文学回忆录

刘醒龙

LITERARY MEMOIRS

Liu Xinglong

劉醒龍

刘醒龙 —— 著

SPM
南方出版传媒
广东人民出版社
·广州·

图书在版编目（CIP）数据

刘醒龙文学回忆录 / 刘醒龙著．— 广州：广东人民出版社，2019.5
ISBN 978-7-218-13477-2

Ⅰ．①刘… Ⅱ．①刘… Ⅲ．①回忆录—作品集—中国—当代 Ⅳ．①I251

中国版本图书馆 CIP 数据核字（2019）第 057042 号

Liu Xinglong Wenxue Huiyilu
刘醒龙文学回忆录
刘醒龙　著

出 版 人：肖风华

丛书主编：陈思和
责任编辑：刘　宇　马妮璐
责任技编：周　杰　易志华
装帧设计：广　岛

出版发行：广东人民出版社
地　　址：广州市大沙头四马路 10 号（邮政编码：510102）
电　　话：（020）83798714（总编室）
传　　真：（020）83780199
网　　址：http://www.gdpph.com
印　　刷：山东临沂新华印刷物流集团有限责任公司
开　　本：880mm×1230mm　1/32
印　　张：11.5　　**字　　数**：260 千
版　　次：2019 年 5 月第 1 版　2019 年 5 月第 1 次印刷
定　　价：68.00 元

如发现印装质量问题，影响阅读，请与出版社（020－83795749）联系调换。
售书热线：（020）83795240

陈思和

总　序

二十世纪的中国社会大潮从启蒙到革命，从抗战到解放，从浩劫到反思，浩浩荡荡。在此语境下的文学思潮，其主体也表现为激情引导下的青春澎湃，一路呼啸。直到“文革”结束，中国文学才进入一个相对稳定、宽松而多元的年代。

一九七八年初，我考进复旦大学中文系不久，同班同学卢新华写了一篇小说《伤痕》，一下子触动了全社会痛定思痛的神经，于是“伤痕文学”引起风潮。理论界还在那里忙着讨论什么“歌颂”还是“暴露”、“社会主义体制下会不会产生悲剧”等夹缠不清的话题时，广大人民群众已经呼啦一下通过了这部作品，由此开启了被称作“新时期文学”的方向。差不多在同一时间，思想解放运动中诞生的《今天》等一批民刊，被称作“朦胧诗”的新诗潮流开始在青年读者中广为流行，尽管不很确切，尽管引起了争论，但是“新的美学原则”由此得到普遍认可，改变了诗歌创作的路径。

一九八五年，一批知青作家尝试从民间风俗文化描写入手，融汇传统审美特点与西方现代主义手法，以此改变文学与政治紧密捆绑的写作观念，兴起了蓬蓬勃勃的“寻根文学”，这一创作思潮对二十世纪九十年代作家们转向民间、坚持写实和人文理想，产生了直接的推动作用……

一晃，四十年弹指一挥间。这四十年来，虽然道路走得曲曲折折，但国家领导层面基本上遵守了解放思想、改革开放、不搞阶级斗争、中心工作转移到经济建设上等承诺。经济建设带来国家的强盛，大国和平崛起的赞声不断出现。这个时候，我常常想起地球上的另一块土地，欧洲欧罗巴，一八七一年巴黎公社起义被镇压下去以后，欧洲资本主义经济飞速发展，殖民政策给宗主国带来了广阔市场，国内经济发达，物质繁荣，人们陶醉在纸醉金迷的欲望追求之中，文学上流行了唯美主义、颓废主义等声色犬马的世纪末思潮。就在三十年后，法国作家罗曼·罗兰写出了《贝多芬传》，大声疾呼人类精神的追求。再过差不多十年，第一次世界大战突然爆发，又是罗曼·罗兰发表了《超越混乱之上》的精神宣言，强调在国别以上，应该追求人类共同的精神。作家在国人与敌人的咒骂声中获得了诺贝尔文学奖，但咒骂他的人，却在战争废墟上不得不收拾残瓦一片了。

文学是社会的良知，是人类历史的见证。文学在一个时期内可能会被误解、被咒骂甚至被威胁、被迫害，但是优秀文学的真正力量，仍然在于无畏地揭示真相，肯定真善美的理想，让人性中的虚伪、凶残、血腥、无耻都感到战栗与无趣。记得很多年以前，无意中看了一部电视剧，剧中汉景帝对晁错说：“老师啊，你告诉过我，对的事情总是对的，错的事情总是错的。可是，为什么现在明明对的事情却变成了错的？错的东西倒好像变成对的了？”于是，晁错被杀了。在临刑前，晁错对汉景帝说："皇上，我还要说，对的，到最后还是对的；错的，到最后总是错的。"我想，两千年以前的对与错，现在已经一点也不重要了。但这样一种坚信自己是"对的"的理想，只有在文学作品里，才会被描写得那么生动，那么有生命力。这就是文学的不朽所在！

广东人民出版社推出的这套"文学回忆录"丛书，意在为研究二十世纪下半叶的文学提供第一手的资料，收录当代作家有关文学创作的回忆与反思，以及在文学创作道路上对人生、社会和历史诸问题的思考。这是一个非常有意义的选题。四十年的文学道路和人的历史，将在这里"立此存照"，给当下一个见证，给未来一份信史，也给广大读者提供了一个多维度认知作家的好读本。

策划者向继东先生邀我为丛书作序。恭敬不如从命，于是想到了上面这些，并与本丛书作者与读者共勉。

2017年5月27日

于上海鱼焦了斋

目录

自序

打理这部与往事重逢的书稿，时常冒出一种古老感觉。如同前几天搬家，从柜子最深处翻出那瓶贴着“1997”标签、青岛产的干白葡萄酒，一边窃喜，一边找来抹布，正要擦拭，又停了下来。落在酒瓶上的一九九七年的灰尘，不擦干净可惜，擦得太干净了更可惜。来到新居所，第一件事就是将权当没被重新发现的灰蒙蒙酒瓶安置好。有岁月当底气，在阳光下深深浅浅不断变幻颜色的玻璃瓶中，老酒婀娜晃荡，仿佛是窗外那树每天一种模样的秋叶，舍不得打开瓶盖闻一闻酒香，品一品醇味，就已经沁人肺腑，醉人心脾。

在我的文学经历中，一九九六年及随后的一段时间，无论从何种角度去看，都是文学意义上“正面强攻”的重要节点。这年夏天，天津百花文艺出版社的一个长篇小说策划活动安排在青岛。在此之前，以中短篇小说名义举办的活动涉足较多，以长篇小说为主旨的活动则是头一次参加。这也为自己两三年后，开始专注于长篇小说创作埋下了伏笔。此外，整个年代最大规模的一次文学风潮，正是这个时候显示出不将我卷入其中决不罢休的锐利锋芒。

第一次去青岛时，我已经很“恐高”了。由于人还年轻，可以咬着牙在飞机上坚持一两个小时，落地后一两个小时，就能完全恢复。那时，从武汉到青岛有三十小时左右直达的火车，但是卧铺票难买的程度与机巧，比某些人削尖脑袋跑官买官有过之而无不及。飞机飞临青岛上空，在海上略一盘旋，还没有来得及看清舷窗外的鸥鸟船舶，机头突然往下一扎，像是要直接栽入大海，有超过半数的乘客惊叫起来。一九九五年底，我到克罗地亚访问时，受东道主安排去地中海上的赫瓦尔岛。当时巴尔干半岛上炮火纷飞，克塞两国正以举国之力打得不可开交，我们乘坐的客机以强击机的猛烈姿态，由浪尖上直挺挺地跌落机场。相比之下，青岛上空的飞机，由海空至陆地的驾驶动作，有点老练过头而显出几分油滑，不够格形容为跌落。只不过由于是在国内，乘客们心理要求更严格一些，才有惊呼之声爆发。这一点用在文学的各个方面也颇为相像，生长于本土的，各种偏好也来自本土的，总是要经过更加严格的考验。这样的生长与偏好，在本土中人看来，不仅是太熟悉了，还会受到千丝万缕的个人因素牵扯，谁都有可能用自身的东西来说事，进而生发出貌似客观，实质上是以一己之主观，与这个文学时代过不去。

在青岛，我们策划了一套名为“新支点”的长篇小说丛书。回到武汉，正赶上商店推销一款由青岛出产的可移动式水冷空调，花了四千多元稿费买回去，装在办公楼内自己的写作间兼卧室里。整个办公楼，那时只有小会议室装有一台窗式空调，却不是随便就能使用的。我的这台可以随便使用，别人也可以随便蹭凉的空调，成了整个楼的宝物。来的人并不说是蹭凉，而是借口看看从未见过的新式空调。自己趴在写字台上写作，背后的床铺和椅子上，常常坐满了人。所幸单位后来非正式宣布了不是纪律的纪律，来蹭凉的才急剧减少。前后四十多天中，白天给这空调加一桶水，晚上再加一桶水，硬是让武汉的火炉变清凉了，也将一向歇息的夏季，变成了新的写作季。按期写完交稿的长篇小说《寂寞歌唱》，在天津一家工厂印刷时，车间里的捡字工、印刷工和装订工，迫不及待地将油墨未干的一个个印张，订成比毛边书还要毛边的书，在厂内厂外传看，还请出版社的人带话给作者，他们厂正是这样的。引起工人们心中共鸣的是，在社会舆论普遍认为，只要来了一位能挽狂澜于既倒的改革家，陷入困境的企业就会起死回生。小说却写了一个所谓的改革家，如何将一家不错的工厂弄垮掉。一般来说，那个时期的印刷工人，都是十分可靠的读者。他们热爱这部小说还有一个原因，在小说后记中，我明确地表示，这是“写给我的工人兄弟”。纯粹是某种令人啼笑皆非的原因，这部还未印行就被先期接触过的读者普遍看好的作品，最终尘封在出版社的仓库里。

记忆这东西，如果是她不肯要的，想千方，用百计，也无法使她留住。反过来，记忆执意要留下的，就是将脑海开一百个天窗，该留下来的还会摆在明目张胆的位置。摈弃只会拖文学下水的恩恩怨怨，让那些所谓绕不过去的坎，只在一个人心中“寂寞歌唱”，则是文学的宏阔天地。重要的是文学还在，作品还在。假如过程中有伤口与伤疤，最简单的方法是不使其直接裸露，想也不用想随手贴上一片创可贴。

正如一般回忆在山里长大的情景，总爱用孤陋寡闻这类浅俗套路来形容，往往词不达意，无法抵达真实时态。“文革”那些年，除了一两样出版物可以公开流通，其余本该烧了毁了，却没被烧掉毁掉的，在避过最猛烈的风头后，又慢慢地半公开出现了。这种半公开，不是在教室里，也不是在会场上，而是放学之后，任我们漫山遍野撒欢的荒草地和小树林。有一阵，几个年岁相仿的少年，趴在山沟的岩石上，头挨头凑在一起，反复读一本残破不全的小说。小说结尾中写道，美国军舰开进胶东湾，送美军登陆后，山东解放区的中国军队派出代表到青岛与美军方面谈判。几个最远只到过县城的少年，在对青岛是不是岛的争论中，慢慢形成共识，这个叫青岛的地方，应当与上海滩一样洋气。上海滩地方太大，一般人不敢胡思乱想。青岛这样的小地方，正好让混沌少年浮想联翩。不可否认，能得到这个名叫洋气的理念，表明其内心与世界各地相同，并且可以通达世界各地。

洋气作为一种理念，在小说这种相对通俗的文学样式中，有着至关重要的意义。某些后来评说文学价值不高的作品，在一九五〇至一九六〇年代的风行，正是由于有着无可替代的洋气。洋气不只是一种理念，更是一种方法，一种态度，一种胸怀，就是不可以当成一种理想。在文学中，洋气是打破乡愁陈旧面具的天边陨石，是打通乡愁去路与出路的高速铁路。福克纳只用一枚邮票来比喻故乡的大小，道理也在于此。邮票是见过世面的，可以走到全世界，而不仅仅是对屁股那么大，脚掌那么大，碗口那么大的乡愁的沉溺。在中国文学阔大的乡愁传统中，洋气是神一样的存在。

“文革”后期，为了铺设给县城送电的两万五千伏高压线路，在大部分干部还在继续改造时，父亲等几个人提前由五·七干校解脱出来，派到全国各地采购相关材料。父亲都去了哪些地方，与我们无关，只知道他出门几十天，最后是从青岛返回的。父亲回家时，手里提着一只硕大的提包，打开来，里面装着的全是苹果。这成了父亲一辈子经常提及的事。每一次，他都会开心地说，在青岛时，因为风灾，苹果堆在地上卖，花五角钱就买了一堆。也就是这一次，从父亲那里得知，世界著名的青岛啤酒，别处都买不到，青岛街上却是用大碗装着卖，一角钱一碗，随随便便就能喝到。日后，啤酒这东西也卖到山里了，偶尔在哪家供销社见到青岛啤酒，就忍不住多看几眼。终于喝上青岛啤酒是进厂当工人之后。不曾料到一直以来作为美好想念的物什，只喝一口，就一点不剩地吐了出来。这还不算，还要找来清水，狠狠漱几遍口。虽然后来弄明白，不是青岛啤酒不好，也不是自己口味不适，而是啤酒要新鲜才好喝。那个时期，食品类的东西从不讲什么保质期，是不是坏了，变质了，无法食用，全靠用鼻子嗅闻，用舌尖品尝。像青岛啤酒这类尤物，少说也要周转一年以上，才到达本地。若是今日，敢卖变质啤酒的，肯定会被罚得血本无归。五角钱一堆的青岛苹果，变了质也不影响著名的青岛啤酒，本质上，已经在向山里少年暗示一条不同的文学之路。想来也很有趣，那时，一群少年在一起说这事，最后定性时，用的也是洋气二字。

二〇〇六年五月底再到青岛，自己也领到生平第一个有大额奖金、配得上那个阶段消费时尚的中国小说学会第二届长篇小说大奖。才过一年，再到青岛，在一处隐秘的军港，基地指挥员指着一道长长的海堤一样的建筑，自信加自豪地说，这就是咱们中国的航母码头。这时候，离中国第一艘航母正式成军的二〇一二年九月二十五日，尚有六年，巨大的航母码头就静静地舒展在黄海边。这些依然可以用得上简简单单的洋气理念。不同时间，不同地方，不同的人，在各种各样条件下，对洋气一说的认可，绝对不是又一种崇洋，而是借了洋的概念，释放不愿憋在某个角落里的情怀。崂山上，那道士玩穿越时的一堵墙，显得不那么可笑；那株白天是花，夜里是娇妻美人的白牡丹，其美妙能够渗入骨子里，比小憩时倚着一旁的千年古柏还要坚挺，也是洋气在推波助澜。

一九九四年初，从家乡黄州调入武汉当专业作家。我不善饮，更不多饮，却是武汉文学圈公认的酒桌上的开先河者。别人喝啤酒可以喝上半箱一箱时，我在一旁独自饮着干白葡萄酒；好不容易让别人也开始爱上干白葡萄酒时，我又一个人喝上了干红葡萄酒；等到别人也将干红葡萄酒往天上吹，我又转头去喝那只需两杯下肚准保额头出汗的真正酱香型白酒……说到底，这并不是什么真本事，无非是那一阵子，在全国各地跑得比别人多，先一步接触到一些事物。一九九五年七月三十日完稿的长篇小说《生命是劳动与仁慈》，整整隔了一年，才由人民文学出版社收入“探索者丛书”出版。在青岛时，免不了要议论这书。这种议论从武汉到全国各地都有，最主要的有两点，一是说，都什么时代了，还在描写劳动。二是不认同书中人物离开乡村后，出于对乡村的怀念，有意将自己开的酒店打造成田园牧歌风格。后一点不仅遭到同行诟病，就连读者都说，这是完全不可能的天方夜谭。事实上，小说出版的第二年，武汉当地就出现了这类品格的酒店。至于劳动问题，更不用说了。一群普通少年在“文革”时期，还能惦念洋气，作家在文学上的构想更需要超前一点点了。

一九九六年夏天在青岛那一次，我们去到附近的一家酒庄。他们用自家葡萄园里的葡萄酿造一种名叫华东薏丝琳的干白葡萄酒。一行人中，端着酒杯，全都喝得依依不舍。那种醇厚与绵长，回甘与沉香，只此一次，便长时间收藏在心里。几年后，有一次陪夫人逛商场，意外发现两瓶仅存的一九九七年产的薏丝琳干白葡萄酒，便毫不犹豫地买了下来。回家后，与夫人共饮了一瓶。在家中酒柜里一直存放至今的这一瓶，就是那次留下来的。时过境迁，回看当年随意之举，想不感慨也难。

经历了明处的，再了解暗处的，经历了正面的，再了解负面的，凡事知道得多一些，才能体会，何苦总是醉打山门。更能明白，人生过往，还是以微醺为最佳。假如心里总记着一些可以不必记着的不悦之事，又何必寄希望于青史！明明那块石头可以扔在路边，却硬要捡起来，抱在怀里不松手，是没办法走得更远，走得更久的。别人的手，别人的嘴，要写什么，要说什么，没办法控制，也不可以控制。自己的手和自己的嘴，一切责任指令全在一念之间。记忆再多能，不抵一瓶美酒。文学之事，标准高的与圣贤差不多，标准低的也要求做到与圣贤为邻。当初与自己在青岛和赫瓦尔岛乘同一架飞机的另一半人，对飞机的着陆方式不惊不乍，一脸淡然。那般若无其事，肯定是对机翼掠过浪尖的情形见惯了。就像五角钱一堆的苹果，一角一碗的啤酒，说一说就好，不可以真正当成与当前日子比较的要素。人吃五谷杂粮，谁不曾患过疥癣之疾。人走四面八方，哪能不走错路和不弄错方向。人著书立说，也不可能不写错字和说错话。既然蒙尘岁月已经不再打扰今天，就尽管让岁月灰头灰脸好了。俗话说，当父亲的要有当父亲的样子，当儿子的也要有儿子的样子。推广开来，开飞机的要有开飞机的样子，坐飞机的也要有坐飞机的样子。苹果、啤酒和葡萄酒也要有属于各自的样子，归结到最后，文学就该有文学的样子，作家就该有作家的样子。

第一次来青岛又离开青岛后，我顺路去了济南。在那里，与当地文学界贤兄雅弟小聚时，拜将军作家李存葆所赐，指我的小说是正面强攻。我也喜欢英雄好汉，对真正的军人也有着天生的信任。那些在战场上应用的简明军事术语，被用作诠释艺术真谛和万物真理时，表现力更加了得。一时间触动心绪，就着当地中了广告状元的好酒，作了平生唯一一次豪饮。一醉方休后，昏昏沉沉地听他们说，我喝了不少于一斤，也有说我至少喝了一斤二两。第二天中午临去机场时，还被送到附近医院打点滴。多年之后，再次面对来自那个年代的美酒，回忆起旧时美妙，分明只是到访的客人，偏要以一己之醉而醉山水，以一杯之雄而雄南北。那一次，我刚回到武汉，就接到济南作家朋友的问候电话，听他说了在济南与各位见面背后的秘闻，不禁暗自惊叹。文学之事，与用兵之道异曲同工。真正踏实可靠，有胆有识加上有实力，品格坚韧的作家才能悟出，并且卓有成效地实践“正面强攻”的文学精神。

2018 年 11 月 2 日于斯泰苑

劉醒龍

第一章　获奖是过年，写作是过日子

1

不知不觉中，对过去的痕迹产生莫大兴趣已有一段时间了。在我心情郁闷时，这痕迹就像乡土中晚来的炊烟，时而蛰伏在屋后黝黑的山坳里，时而恍恍惚惚地飘向落寞的夜空。假如我的心情不错，本是无影无踪的痕迹，就会是雨过天晴之际，由那肥硕的蚯蚓一耸一耸地爬过，犁出一条宛如房东女人的粗针大线，并且更像小路弯弯的七色和五彩。更多的时候，心静如水，一切如同从来没有发生。痕迹便成了秋收之后弥漫在田间地头的各种印花，有四瓣，有五瓣，有敦实，有轻盈，那是狐狸和黄鼠狼，还有狗獾、猪獾，甚至还有果子狸，总之都是小兽留下来的脚印。我明白，在这些想法的背后，是自己离开乡土太久太久，太远太远。

在人生的旅途上忘乎所以地走了又走，最终也不会像一滴自天而降的雨水，化入江湖不见毫发，就是因为我们的灵魂总是系着我们的痕迹之根。

在习惯里，灵魂是果实，是人的贡品；痕迹是枝蔓，能作为薪柴就不错了。其实，人是大可不必对灵魂如此充满敬畏，对灵魂的善待恰恰是对它的严酷拷问。唯有这些充满力量的拷问，才有可能确保生命意义与生命进程息息相关。

很多时候，一个看上去毫无异相的人，会用其生命爆发出一种异常强大的力量，无论从什么角度去看，得到的解释都与奇迹有关。与之相反的是那惯于登高振臂呼风唤雨的一类：他们的伟岸是不真实的，是别人的匍匐衬托出来的。他们的强悍也不真实，因为与之对应的人并不是真的无法把握自己，是他们自己缴了自己的枪械，自己废了自己的功夫。在时光的长河里，只要有人敢于苏醒过来，哪怕只是对曾经的作为，画上半个问号，那些自傲的巨人就会半身不遂，筋骨松散。坐着轿子行走，就算能日行千里，那本领也是虚伪的。问题的实质是，我们愿意还是不愿意将拷问的鞭子对准自己的胸脯。事关历史的过去不会开玩笑，也不会闹误会，刻在它们身上的那些错误从来就不属于它们。过去的光荣与耻辱，甚至连创造这些过去的人都不属于！他们已经逝去，烟消灰灭了！不管接受还是不接受，它已经属于后来者。于是，过去是一堆包袱，过去也是一笔财富，过去更是一种深刻。对于肉体，这样的深刻毫无用处，它只能面对后继者的灵魂而存在。

怀想过去是实在的，无论它所带来的内容是憎恨、愤懑，还是懊恼与醒悟。站在生活雄关上的人，离未来只有几步之遥。真要走到那边去仍然很难。有过去在身后适时提出警醒，就是憧憬很多，也不会迷失方向。所有能够被称为过去的东西，都会有它的用处。

小时候，曾在一本书中读到一句让我终生不忘的话：若问朝中事，去问乡下人。

放在过去，这样的话是不用多做解释的。可惜再提起这话时已是现在了。大批大批的人被现代化迷雾麻木了自己的思维，忘了乡土的遥远，足以使人的目光变得更加深邃和高远，也忘了乡土的平淡，可以排遣阻碍自己认知与批判的泛滥。在写作中，我一遍遍地问过他们。时间上虽然是过去，要问的道理却是现今的。同样，我也一遍遍地问自己。即便是蜗居在整日喧嚣的都市里，我还是想听到有鞭子闪击而来，在头顶阵阵作响。

而文学于我、我与文学都是隐喻的。这是生活所决定的。在过去，生活就是如此神秘地向我诉说着，能不能听懂完全是看我的造化。现在和将来，生活仍会继续这样。还有一句话，也是我常常听到的：三十年河东，三十年河西。从我所写的那个七十年代算起，正好又到了新轮回新变迁的起始。生活的表象看上去有了天壤之别，生活的精髓变化并不大。仿佛还要经历一次三十年河西，三十年河东。真的这样那也太可怕了。一个人如果毕生待在炼狱里，不知道世上还有天堂，他一定会认为炼狱是最好的去处。值得高兴的是，不仅仅是我，很多很多的人都已经知道天堂是一种真实的存在。这一点正是过去了的东西不再在我们生活中轮回的力量之源。

2

中篇小说《挑担茶叶上北京》获得第一届鲁迅文学奖的消息，是这篇小说的责任编辑李师东最早打电话告诉我的，时值一九九七年秋天，我正在自己生活的江北汉口，向江南武昌行进。李师东特别提到，当初由我推荐给《上海文学》发表的邓一光的《父亲是个兵》也获奖了，而且是全票。实际上，就我个人来说，也是获得全票。终评时，有评委对《分享艰难》更有兴趣，认为《分享艰难》比《挑担茶叶上北京》更应该获奖。投票结果，十五个评委，有三位将票投给《分享艰难》，另十二位投票给了《挑担茶叶上北京》，这就相当于有人说我的鼻子更好看，有人认为我的眼睛更好看，加起来就是全票了。

这消息让我开心一阵后，接下来便是一种恐惧。觉得自己在干一件特别的坏事，因为我在为一种本不为多数人所知的卑劣行为做广告。记得前些年，给新闻记者送红包、刊登有偿新闻，也不是一般人能知道的。后来新闻界的人在媒体上反复发表对此拒绝和划清界限的声明，弄得举国上下人人皆知，使其愈发流行开来。连最偏远的村落也不能幸免。

这篇小说写了一个关于采冬茶的故事和一群与采冬茶有关的人。我确实喝过冬茶，虽然只有二两，而且还将其中一两送给了一位老朋友。凡是尝过的，都对其色香味赞叹有加。小说的来由就这么一点点。我却要郑重而负责任地声明：小说中所有那些看上去真真切切的采摘冬茶的办法，都是一九九六年秋天，我在武汉西郊的纺织疗养院小住的那段日子里虚构出来的，千万不可有心去试一把。我没见过，甚至也没听说过冬茶的采法。至于那种茶可以治癌，小说中已说清楚了，那是骗人的，切不可效法，以免错过治病救人的最佳时机。

就我来说，自己对这部作品最喜欢的地方是关于采摘冬茶的描写：那被白雪覆盖得严严实实的齐腰高的茶树上，女人冻得通红的手像蝴蝶般地上下翻飞。在我的心里，那是一种悲壮之美、沧桑之美和痛切之美。我们所处的社会到了这种地步，有时真让人无话可说。这让我从另一层面去设想，人是如何坠入庸俗和猥琐空间的？这问题让我不能不进一步去想，在平常生活中，人们将什么作为理想？将什么作为目的？换言之，我从未见过，像今天这样太多卑劣横行，连一根纱也不肯用来遮羞的现象，使得人有时不免为自己的那点绝顶聪明行为觉得可耻。在当代百姓中，那些从神话时代一直流传下来的，地方官选美女进宫的怨愤故事，在当代人的文化承传中断了线。人们并没有忘记这样的精神痛楚，可现实的压力让大家每每选择本不应该的选择，物质社会是一个让人生畏、又让人向往的社会，去时挑担茶叶上北京，从北京获得的也许光靠肩挑是不够的，得用车载才能回来，这的确让许多人心存幻想。

我不知道如此采冬茶的主意是谁第一个想出来，采摘冬茶是近几年才有的事。但我想这个人是绝不敢像别的有特殊贡献的人那样，站出来申请专利，甚至连被载入经典这样有诱惑力的好事，他也会退避三舍。也不可能像第一个吃螃蟹的人那样获得某种赞美与歌颂。而我却为这事这人立了传。假如冬茶真的流行在那些礼品盒里，我会非常不安。

3

在我不算太长的写作日子里，与《天行者》相关的文学元素总是如影相随。从一九九二年的情结，到二〇〇九年的情怀，感谢稍纵即逝的时光，让我独享十七年的沉静与深思。感谢牵挂不舍的读者，在日新月异的时尚风潮里，始终关注那些在乡野中卑微生活的知识分子。感谢本届评奖的组织者和评委们，用公开公正的方式，将当代中国文学的莫大荣誉授予我和我的《天行者》。

所有这些让人心存感动的因素证明了，我们这个时代的作家需要对本土文学特质的坚守和坚持。文学不是自生自灭的野火，而是世代相传的薪火。在写作中遵守天赋原则无疑是正确的。然而，我们还要记住在有限的天赋之上还有无限的天职，当天职被忽略和遗忘时，最终的受害者将是我们自己。

今天是老父亲八十六岁生日，二十天前，我回到离古城黄州只有二十公里，名叫张家寨的小地方，在爷爷长眠的小秦岭上，为年迈的父亲寻找最后的安身之地。在爷爷的坟头前我长跪不起，并用乳名自称，以让老人家认识这个最爱听他讲故事的长孙。那一刻我不曾丝毫记起文学，直到一步一步离开茅草与水稻，十里百里地朝着城市远去，我才惊奇发现，天地上下全被文学情愫所缭绕。

一个人的灵魂品格既是血脉风骨的根底，也是心性情怀之本源。天下的读书人都有某种无法摆脱的情结，对我而言此情此结名为田野。无论心之田野是辉煌还是寂寞，都将殊途同归，以诗意作为共同归宿。

此时此刻，让我们铭记生命之上，诗意漫天！

这篇短文，是二〇一一年九月十九日，在国家大剧院受颁第八届茅盾文学奖时的感言。

从北京参加完颁奖活动回来，在武汉举行的相关活动上，我说了一句话：获奖是过年，写作是日子。相比过年，过日子更加重要。但是，人平平淡淡过日子久了，需要有过年这种方式，让大家找个机会到一起欢乐一下，也是必要的。

平常日子里，我最喜欢回到家里，站在灶台边，将母亲刚刚煎好的巴掌那么大的一块豆腐用手拈着吃。现在，母亲年迈了，不大能做饭了，而我体内尿酸也超过临界点，也就懒得吃别人做的豆制品了。我还爱吃山溪里那种长不大的马口鱼，也可惜因为田野里有太多的农药和化肥，小鱼们经受不起，都快灭绝了。二〇一七年冬天，大姐好不容易弄到几斤马口鱼送来，简直比小时候盼到过年了还高兴。前不久，侄子去到安徽霍山的漫水河镇，请人留意收购，几天下来，也才收了不到一斤这种小鱼，冰冻后送来，放了一个月也没舍得吃。我抽烟的时间不长，也就几年时间，因为夫人不喜欢，说戒掉就戒掉了。以往是不喝酒的，不知为何这两年，居然对酱香类白酒有些馋。有时候，往墨汁里掺些酱香类白酒写书法时，还顺带喝上一口，慢慢地二两酒下肚，感觉良好，以往只需一两就能将自己放倒。一九九八年元月，我在武汉有了自己真正的家。从厨房点火的第一餐起，就无师自通地煨得一手好喜头鱼萝卜汤，还能蒸出国内文学界朋友中但凡尝过，必定会说是最好的清蒸武昌鱼。而夫人擅长煮的我们戏称为天下最敢不放米的粥，一小把米就能熬成满满一电饭煲，如果不是夹菜，完全可以不用筷子。从二〇〇六年开始，我迷上了游泳，每天游一次，每次游一千米，近两年又加上十五分钟的桑拿。两项活动完，回家后喝上两大碗这样的粥，不知多么惬意。二〇一八年春天，去超市买菜时，顺便买了些泡菜，忽发奇想，用那顺带的一点泡菜水，在家里试着自己做泡菜，居然大获成功，迄今为止已经泡了十几罐，无一败绩。下一步，我还想将母亲当年亲手做的，全家人每每吃过了，还会垂涎三尺的萝卜丝的制作方式再试验一下。

所有这些，都是过日子的念想。与过年相比，显得更加真实，也更加亲切。说到底，过年所拥有的，不过是将过日子那些做一次大规模的汇集。

做这些过日子的事情时，人才会感觉到生命是真实的，也能感受到人生的种种妙不可言。这就像写小说，那些只有情节而不在乎细节的文本，是无法留住我们的目光，更别说让心灵长驻了。

曾经有人开玩笑，获奖之后最大的好处是将获奖变成别人的问题，自己成了黄鹤楼上看帆船的，看够了便调头回去写作。这就像丰收给人以喜悦，当那些歉收的人家还在愁眉不展时，别人已经转入明年应当如何耕种的进程之中。

大人望种田，小孩盼过年。

成年人如果不想过日子，只想过年，是智力超级低下。

反过来，有人说自己只想过日子，不想过年，一定是生活中有着巨大的困惑。在文学中，若有哪位写作者说类似的话，要么是在伪饰，要么就是有着无法一洗了之的难言之隐。

4

因为父亲工作调来调去的缘故，小时候我上过不少的学校。不过给我留下最深记忆的还是贺家桥中心小学。“红卫兵运动”后期这所小学改名为温泉中学。在我读完初中不久，它又在当时的体制之下被改为板桥大队小学。听人说，前两年差一点被撤，幸得一位在国内证券很有业绩的同学慷慨捐赠，这所已经严重退化的学校才得以保存下来。与校园平摆着有一个比较大的塆叫河西塆。两者相距大约一里路。据说，河西塆原先风水极好，塆后背靠虎头一样小山，小山的两翼又伸展出两条山岗，恰似猛虎添翼。塆前面有一口好大的水塘，水塘两边各有一只长年不干的甜水井，名副其实地是虎嘴和虎眼睛。在先人留下来的传说中，河西塆是典型风水宝地。贺家桥是个小镇，隔着河与河西塆遥遥相对。地相先生曾经说，河西塆是只吊睛白额虎，迟早要将贺家桥吃掉。相对于河西塆，住在贺家桥的人都是有头有脸的人物，没头没脸的也是个精明刁钻的生意人。他们买通地相先生，反说河西塆在虎口之中，地脉极坏。哄得河西塆人听信了地相先生的话，填了一眼井，使老虎瞎了一只眼，又在河上修了一座桥，像箭搭在弓上一样威慑着老虎。贺家桥与河西塆虽然自此以后相安无事，却也没能干成一件惊天动地的事情，养育出什么惊天动地的人物。贺家桥最辉煌的历史也不过是在二次国内革命战争时期，做了一阵鄂豫皖苏区红山中心县委所在地。

小时候上学，先经过河上那座桥，再顺路直朝河西塆奔去，到临近塆前的水塘时，小路忽然一扭身，强迫我们转个九十度大急弯，折向校园。实际上这路是河西塆的，不是学校的。到学校去，本应有另外一条路。过桥后，走上几十步远，便有一道田埂，直通到学校操场边。若道路顺田埂而去，至少要省去河西塆那条弯路的三分之二。所以，大约从学校建立之日起，所有的学生，包括老师，都有过铤而走险的经历，从田埂上抄近路，走捷径上学或回家。田埂很窄，一到春耕，农民就在上面辛辛苦苦地种上绿豆或黄豆。凭着现在一个成年人的良心起誓，我们当时绝没有破坏“革命生产”的念头。我们只是不想走弯路。田埂很窄，经不起几回踩，那些绿豆黄豆，年年的收成都没有播下的种子多。到了冬天，田里不再有水，如果不种麦子或油菜，一定会种上紫云英。虽然从来没有人故意去踏去踩，因为失足的缘故，沿田埂两米多宽的庄稼，年年都会葬身于师生们的脚底。

河西垮是一个生产队。当年的生产队长是个五十岁来岁的男人，厚厚的头发不肯留着，剃了一个光头，晒得黑黑红红的。不管天晴天阴，下雨下雪，从不见他戴过帽子。在我的印象中，他终日扛着一柄锄头，在学校门前的田畈中转来转去，不时能听到他冲着田里劳作的某人大骂：“你这个‘四类分子’，今天不把这块田搞完，晚上开会专你的政！”他见我们在田埂上像野马一样飞跑，也大声叫骂着，说要将我们抓起来，送到学校里划一个小“四类分子”，但生产队长只是干打雷，不下雨，从没见他真的撵上来抓我们。即便真撵，也只是将我们撵到路上便作罢。

大约是在我上五年级的时候，从不戴帽子的队长，被派驻生产队的工作组撤职，戴上一顶坏分子的帽子，原因是他勾结“四类分子”暗地里私分生产队里的粮食。其实，是他见到“四类分子”们饿得可怜，将队里准备给养猪场当饲料的红薯蒂和没有长成形的红薯根，分给了他们。生产队长被撤职后，工作组的人自己管起生产队里的事，也是到处吆喝叫骂，却是戴着白草帽，穿着白衬衣，裤腿挽得老高，露出的双腿也比生产队的姑娘的脖子白嫩几分。工作组的人对付我们这些抄近路的学生，是动了真格。我是撞在这只枪口上的第一只猎物。

那天，我不知道河西湾的政治格局发生了改变，过桥后，脚一沾上田埂，便飞快地跑起来。突然之间有人冲着我大吼一声。尽管我跑得像风一样，最终却被黄豆禾绊倒在田里，像泥猴一样被撵上来的工作组的人抓住。工作组的人押着我走进校长办公室，并唤来班主任，少先队中队长、大队长等人。工作组的人在狠狠痛斥我的同时，也将一心一意地培养红色接班人的学校领导批判得体无完肤。最最入木三分的是工作组的人严正警告，学校再也不能听任学生走这条修正主义道路了。工作组的人要我先写一份检讨书贴出去以观后效。我洗去身上的泥污，回到教室后，拿起笔正想着如何写检讨书，那边工作组的人发现我是刘区长的儿子。虽然他仍旧要我写下去，语气却缓和了许多。工作组的人说我是“红五类”出身，如不好好检讨，更容易走上修正主义道路。写完检讨书，我对着学校办的批评栏，提心吊胆地可怜巴巴了几天，那检讨书却一直没有出现在上面。

因为工作组的人较真，学校里发起了一场轰轰烈烈的“革命路再远再艰辛也要走，修正主义道路再近再舒服也不走”的活动。说这活动没效果也是不真实的。有一段时间，田埂上这条确实没人走了。随后的某个晚上，我在学校排练完节目回家时，见天黑无人，实在忍不住抄近路的诱惑，重又踏上了田埂。行至半中间，猛地发觉迎面来了一个人。躲又无处躲，心想若碰上工作组的人就完了。我硬着头皮迎上去，才知来人不是工作组的人，而是我们的校长。

又过了一段时间，“修正主义道路”又如当初一样畅通了，田埂上每天都有许多小学生蝴蝶般一阵阵飘来飘去，而不理会工作组的人在怒吼。渐渐地工作组的人也对自己成天追赶小学生的举动感到不满，便眉头一皱计上心来，安排人上山砍了一堆杂刺，拦在田埂上。谁知小学生中也不乏刀枪不入的勇士，仅仅一个星期，荆棘堡垒就被攻克，乖乖地退至两旁，让出中间的路来。工作组又叫人堵上。小学生们又再次弄开。几经较量后，工作组的人又有新的发明，他牵来河西塆最凶恶的一只大花狗，用一根绳子拴在田埂上。大花狗雄赳赳地镇守在“修正主义道路”上，很令工作组的人高兴了一阵。不料好景不长，我们每天经过大花狗身边上学时，扔给它一团熟红薯，放学时，又叫它一声大花。大花狗经不住我们的物质引诱和花言巧语的腐蚀，没过多久，大花狗就开始网开一面。当我们重新走在田埂上，它还亲热地舔着我们的脚跟。工作组的人及时发现“阶级斗争新动向”，将大花狗用筷子牙齿镇压后，换了一只戴着嘴笼头的大灰狗。我们则以变应变，每天早中晚三次，用土块石头猛砸大灰狗，打得大灰狗一见到背书包的小学生，就赶忙伏在田埂下的土沟里，连头也不敢抬。

就在我们以为工作组的人无计可施时，工作组的人用一天三个工分，安排了一个田埂看守人。

一天三个工分的田埂守护人，是河西塆的一个傻子，用当地人说法就是大苕。时至今日，我还坚信，天下再也找不到比这大苕更忠于职守的人了。大苕成天到晚坐在田埂上，只要有人走近，就说：“工作组下了命令，谁也不许从这走。”整整一个夏季，竟无人能越雷池一步。田埂上的黄豆眼见着能头一回获得丰收了。有一天工作组恭恭敬敬地领着几个人，说是检查工作，要走那条“修正主义道路”。大苕横里拦住说：“谁也不许从这走。”工作组一时性起，推开大苕就往田埂上走。大苕急了，用力甩开工作组，追上去将走在最后的那位拦腰一抱，扔回到田埂头边。嘴里还嗷嗷叫唤，工作组说了，谁也不许从这田埂上走，只要有人走了就扣他的工分。另几位见势不妙，赶忙自动退回来。回头一看，扔在田埂头边的人，脚踝摔断了。自然，大苕不能守田埂了。至此，工作组的人再也不见拿出什么新招来。

多年后的一个春节，我因故路过贺家桥时才发现，那条田埂真的变成了一条大路，远远望去，似乎可以通汽车。我低头和身边一个与我当年一般模样的小孩说着话，并遥指那条路，问是什么时候修的。小孩很是困惑地说不知道。那神情又分明是在反问：这路难道不是一开始就有吗？

5

某日，听见一位男性恭维他的女同事，说你长得真美。女同事当即回答说，你别用这么俗气的词好不好。我听了初时一笑，片刻后，就笑不起来了。我想起在少年时的几件事。

那时，我们的作业本经老师批改后发下来，同学们自然要相互比个高低，看看后面写的是哪一句毛主席语录。按照成绩的好坏，常用的毛主席语录有这样几句：

“你们青年人好像是早晨八九点钟的太阳，希望寄托在你们身上。”

“好好学习，天天向上。”

“要自学，靠自己学。”

“要斗私批修。”

特别是上初中的那一段，哪怕是（+1）+（-1）=2这样的计算结果，老师也不敢在作业本上打××，怕被打了××的学生会跳上讲台批判自己，而写上“要斗私批修”一语。所以，在当时，这是最差最坏等一类的代名词。而代表美丽、美好与优秀的方式中，最著名的一句话是“你们青年人好像是早晨八九点钟的太阳，希望寄托在你们身上”。然而，私下里，在青春萌动的少年心里，却是从未见诸正式批语的“小资产阶级思想”一说。

二〇一八年十月中旬，在汉阳物外书店，替杭州女作家萧耳站台，分享她的长篇小说新作《中产阶级看月亮》时，很感慨地表示，整个二十世纪，中国社会只有“资产阶级”和“无产阶级”，没有“中产阶级”的概念，在“资产阶级”和“无产阶级”之外，如果还要找出对我们影响最大的文学人物，就只有“小资产阶级的”冬妮娅和林道静了。

我是在小学四年级时，第一次听到这个名词的，原因是我上课偷嘴吃东西被老师发现。老师就用一种现在想起来也还娓娓动听的声调，批评我有“小资产阶级思想”。其后间断了差不多五年。五年中，一直没人用这么动听的方式批评我。

由于我启蒙早，过去班里按高矮次序排座位，我总是被排到“灯下黑”的地方。每逢“泥腿子”上讲台之际，贫下中农最纯洁、最高尚、最聪明的唾沫星，几乎全都沐浴到我的身上。雨露滋润禾苗壮，我终于茁壮成长到第三排中间位置，并且当上民兵排文体委员兼管第三基干班。也就在这时，我又听到了关于我的“小资产阶级思想”的批评与批判。

当时，学校里有四个最大的“小资产阶级思想”。三男一女，女同学叫萨丽，她哥哥也在这“四人帮”之数，还有我和另一个同学。我们四个人是全校出类拔萃的学生，排节目、搞体育、办墙报，哪一样也少不了我们。还有一个共同特点，我们四人全是区长或区委书记的子女。

说起来，萨丽的“小资产阶级思想”历史更悠久些。到底从哪年哪月开始的我不知道，反正从我们开始同学起，大家几乎天天都这么批判她。走路柔柔款款，大家批判她是温室里的嫩苗；夏天穿着凉鞋，大家批判她不与光着脚的贫下中农子女打成一片；说话细声细气，大家批判她革命不是请客吃饭，不能那样雅致，不能那样温良恭俭让；受惊时叫声哎哟，大家批判她像恶霸地主的千金小姐林黛玉无病呻吟；唱歌时用假嗓子唱，大家批判她对革命者没有真情实感；甚至穿了一条一度当成时髦的日本尿素袋做的裤子，教室后面的革命大批判栏里，也添了几篇批判文章。

在革命大批判的烈焰中，萨丽的“小资产阶级思想”丝毫没有受到损伤。学校文艺宣传队排演《红灯记》，她扮演李铁梅。排演《沙家浜》，她演阿庆嫂。排演《智取威虎山》，她演小常宝和女卫生员白茹。

我们这届中学生，赶在“文化大革命”刚刚爆发之初，上小学高年级时，来得及读了《林海雪原》。心中都默默地认定，萨丽演得最好的角色，是《智取威虎山》里的女卫生员白茹。萨丽若是与谁个开玩笑叫了声“二〇三”，然后要谁个帮忙做点什么，没有人不会死心塌地心甘情愿地为其效劳，嘴里却说是向雷锋同志学习，直到听到萨丽喊别人为“二〇三”时才作罢。同学当中，有人有一支钢笔，上面有“二〇三”几个标号，他简直比座山雕得到联络图还高兴。

若是哪一天，萨丽因故没来上学，教室里便觉得缺少了很多东西，变得空荡荡的，甚至老师讲课也有几分恍惚。

也有令大家气愤的时候。下课打乒乓球，十五分钟课间休息时间实在太短了，轮不到几个人，大家便玩起争资格：赢了第一个球的人便有资格打一盘，输了的则马上换别人来争。萨丽总是能争得资格，无论是面对曾经获全县乒乓球比赛第三名的学校冠军，还是别的什么人，一律如此。除非她自己不争气，失误了。那占着擂台的同学，马上会递上自己的球拍让她打一场。尽管这课间打乒乓球的机会难得有第二次，她一上台，只够“斗私批修”水准的球艺，肯定招致输球下台。占着擂台的同学也在所不惜，一点不在乎自己打下的“红色江山”，葬送在“小资产阶级思想”手里。就连我的“小资产阶级思想”碰上她的“小资产阶级思想”以后，也会不由自主地缴械交枪。她只要对打得正起劲的人微微一笑，说让我打一盘行吗？打球的人就像被人操纵一样，乖乖地将球拍递过去。

严格地讲，她要球拍时从没笑，只是大家都觉得她在笑。看着她将自己好不容易得以占据擂台的机会，潇潇洒洒、娇娇滴滴地丢掉，谁也不曾后悔过。

非常耐人寻味的是，尽管对我们的“小资产阶级思想”的批判，由小字报升格为大字报；优秀学生标准，由三好、四好、五好、六好，猛升至十好，但有严重“小资产阶级思想”的我们仍然次次榜上有名。

终于读到了高中。

高中时，批判“小资产阶级思想”的武器，被用于针对“批林批孔”等“资产阶级思想”，而“小资产阶级思想”的高潮正是这期间掀起的。

我们的化学老师和语文老师，比我们晚进学校半年左右。语文老师姓蒋，是女的，刚从武汉音乐学院毕业，她是学钢琴的。这届毕业的只有两名学生，但仍须下到山区接受再教育。多年以后，蒋老师回到母校，在钢琴系主任任上退休。化学老师是男的，姓丁，也是大学毕业，老师和学生都在传说，丁老师的父亲是大资本家。

蒋老师相貌平平，一双手上的十个指头却是出奇的好看。当时我们不知如何形容，私下议论起来不知如何是好，后来才知道千百年前早有一句古话专门形容它：十指尖尖如玉笋。

丁老师却是一副正宗男子汉的骨架，全校化学课就他一个人讲，谁也不清楚他讲的是好是差是对是错，是照本宣科，还是信口雌黄。但他在篮球场上纵横捭阖，如入无人之境，确实明显高人一头。

蒋老师上的语文课，班里几个成绩好的学生一点也不以为然。蒋老师大概也明白这一点，时常搞些“教育革命”，让我们几个放开手脚上讲台去胡闹个痛快。但是，蒋老师的音乐修养同丁老师的化学水准一样，在学校里已到了无人评说、无法评说的境界。

蒋老师来之前，贫下中农驻校代表石某的二胡，在我们眼中简直拉得出神入化。蒋老师来后，领着学生排演《智取威虎山》。石某穿得从未有过的整齐，大约是将从部队复员带回的、准备结婚时用的那套崭新军装穿在身上，再用一方白手帕垫在膝盖与二胡琴筒之间。丁老师为何肯扮演杨子荣，混在一群大孩子中间丢人现眼，开始我们一点也不明白。萨丽死不改悔地用那有“小资产阶级思想”的嗓子，唱着“只盼着深山出太阳”。石某卖力地拽动马尾弓来伴奏。蒋老师用那特别好看的手打着拍子，扮演“二〇三”首长的我，在这一场里无戏可演，把一双惊讶的眼睛，盯着蒋老师如何将石某指挥得大汗淋漓，面如猪肝，并且无数次指出石某将半音拉成了全音，将全音拉成了半音。

休息时，蒋老师对石某说：“节奏还得快一点。”

石某眼巴巴地回答：“我一切听从蒋老师的安排。”

在这句话前面，石某生硬地加上一个“我”，让在场的我们听得怪怪的。

我在“泥腿子”石某手下当了两年高中生，这是唯一一次听见他称老师为老师。正如后来许多文章所云，样板戏里的人都是不食人间烟火的怪物，纵然李玉和、郭建光等不沾女色，凡间仍有人在恋天下之大爱。

石某虽为贫下中农驻校代表，那话里的意思却绝对是有“小资产阶级思想”的。因为学校里两性之间种种隔离，大家不敢言传却能意会。石某的话当即惹得少男少女们的眼光碰得叭叭直响。蒋老师木头观音一样没有理睬石某。我们也认为石某这是牛鬼蛇神想翻天，癞蛤蟆想吃天鹅肉。

事隔不久，县城关中学来联欢。演出前，我有事找蒋老师，冒失地闯进她的宿舍，看见她正在给“杨子荣”化妆。两人挨得很近，样子也格外甜蜜。

第二天是星期天。下午，二年级一个姓胡的同学，突然跑到我这一年级学生的家里，满面潮红地对我说：昨天晚上，蒋老师和丁老师在宿舍谈恋爱，被石某和食堂女炊事员捉住了。石某质问谈恋爱怎么跑到床上去了。丁老师说只有一只凳子不坐床上坐哪。石某又问为什么将蚊帐放下来。蒋老师说蚊子太多了。女炊事员积极配合石某，伸长鼻子在蒋老师的床上床下屋角门旮旯里到处嗅。石某热烈希望她能找出某种证据；结果是一点蛛丝马迹也没有。石某将他俩隔离起来，门口放上学生站岗，让他俩各写一份交代。

蒋老师和丁老师写的交代，后来竟在学校里悄悄地流传开了。我开始还不能完全理解，为什么高年级学生不惜屈尊，专程跑到低年级学生家里，说与一件对二者来说并无利害关系的事。当我也读到这份交代的第 × 版手抄本时，我才明白是这位胡同学最深层的青春底蕴被引爆了。

这份交代，使我们第一次知道了什么叫爱情，那种柔情蜜意，那种绵绵爱心，那种至纯至洁爱情旅程，我们读它，既是无邪欲之爱的启蒙，又是青春时节的一番洗礼。

最终，石某心不甘情不愿地宣布，蒋老师和丁老师的“小资产阶级思想”在那夜里作怪了。

不开大会批判，是石某唯一正确的选择，那份交代如果在大会上宣读，全校的青年男女都会成为“花痴”的。石某不会没有看出，学生们在看蒋丁二位老师时，眼睛里放出了异彩。

这场由于“小资产阶级思想”作怪而引起的风波，在学校里久久荡漾着。

尽管石某和女炊事员在不久之后，被人双双从食堂后面的柴堆里，赤条条地撵出来，且也写了交代，人们都是一笑了之。

半个月后，有人在食堂里打饭时大声说了一句，这屋里怎么这么臊哇？众人大笑一场，然后就再无人提起了。

我那时悄悄地羡慕，不知自己何时也能“小资产阶级思想”作怪一回。人能有此一回，才是真正的幸福，真正的不负青春。在那种年代，小资产阶级思想，是爱情、美好事物的代名词。享受此种“殊荣”的都是些英俊潇洒、能歌善舞、多才多艺、学习冒尖和情感丰富的年轻人。所以“小资产阶级思想”虽屡遭火烧炮轰，却总是打而不倒，并使许多人在对它的批判中，开始认识人生与社会。

那天在物外书店分享《中产阶级看月亮》时，我与萧耳说，小资产阶级和中产阶级，并非只是物质上的相对富足优越，而应当是一种人生境界和精神状态。否则即便满身珠光宝气、穿金戴银，也只是摩登原始人。

6

一九七二年春天，我家又搬家了。此次搬家各方面都沉重得很。这不仅仅是因为父母发现我们兄弟姐妹几个已经长大了，不必请人，可以节省几个钱，光靠自家的力量就可以对付那些简陋的家具，也不仅仅是因为这是我家搬家史上，破天荒第一回父母亲没有调动工作而不得不搬家。就算是两项原因相加，也不是造成沉重的全部原因。

根本原因是我发现大人们说谎了。

准确地说是我家先前的房东说谎了。

在这之前，我以为说谎是少年的专利。小时候我说了多少次谎话，实在是记不清了，只记得其中比较惊心动魄的三次。

一九八七年我在英山县文化馆工作时，一位业余作者在向我讨教了小说创作技法诸此等等之后，反过来“点拨起”我的命运来。他说我相貌百事都好，可惜鼻梁歪了点。他这一可惜，不免使我大为诧异。业余作者走后，我立即拿出镜子反复验证，三点成一线地打量过后，才见鼻梁果然有点歪。

经常拿我的小眼睛开玩笑的家人，朝夕相处竟没发现这一点不足，说明它还没歪到惨不忍睹的地步。我们刘家小眼睛虽是层出不穷，歪鼻梁却不是传统。想来想去，越来越觉得这一定是当年那姓张的小伙伴用砖头砸的。

当年的一个夏夜，区礼堂里放电影《奇袭》，为了一桩小事，弟弟和一个姓张的伙伴吵了起来，随后又打了起来。弟弟小，吃了亏。我闻讯赶过去，既没说什么，也没做什么，只是吼了一声，姓张的伙伴见势不妙，拔腿就跑。跑到区礼堂前面那座搞武斗时修的碉楼底下，眼见着被我追上了，走投无路时，姓张的伙伴突然蹲下去，捡起一块砖头，转身朝我砸来。我觉得脸上挨了一下，当即夺过砖头，朝他身上乱砸一通。当时虽然大获全胜，连他妈妈都出面向我认错。始料不及的是，他那一击，历史影响竟是这样悠久。

兄弟姐妹们都知道我和人打架了，却替我瞒着，帮忙说谎话。母亲问我脸上血糊流稀是怎样搞的。我说是上山砍柴不慎摔的。兄弟姐妹们的证词，使母亲十分怜爱地说：你真要好生点，若是将眼睛摔坏了如何是好？

第二次说谎起因于打枣子。

屋外的竹林中有两棵枣树。那一年，枣子还没熟，青青的，像苦楝树籽。等不及让它熟，我和弟弟一起钻进竹林里打枣子解馋。

当然，真到熟了时，也轮不到我们吃，那些馋嘴的山雀，只要枣子上有一点点红，就会在第一时间叼了去。

枣树有刺，也没办法攀爬，唯有用竹竿打，用石块砸。我们没有竹竿，只好捡起地上的石块，朝树上的枣子串砸去。枣子没落下，石块倒先掉下来，正巧落在弟弟的头上，将弟弟的头砸了一个窟窿。

弟弟痛得嗷嗷叫，嚷着要告诉母亲去。我小时候最怕母亲。母亲当售货员，成天忙得少有功夫耐心说服教育。谁有过失，操起棍子，抡起巴掌，来几下现成的，回头又得站到柜台后面，为买一两盐、半块肥皂的贫下中农操心去了。

弟弟一哭叫，我便慌了神，从口袋里掏出仅有的八分钱，递过去威胁利诱说，要是再哭，以后就不准和我一起玩，要是不哭，就将这钱全给你。这是我第一次攒私房钱，三个两分，两个一分，一共五枚硬币。它是我用半年时间，在爷爷睡觉的床上找到的。爷爷掌管全家的伙食费，心细得很。

钱一到弟弟掌心，哭声就停止了。我教他，回头母亲若问，就说是自己走路不小心摔的。如果在现在，我的儿子这么骗我，我会马上戳穿他的谎言，走路再怎么摔也不会摔破头顶心呀。

尽管后来弟弟回答母亲的质询时，还明显地犹豫了一阵，最终还是我代他说的，母亲竟一点也没起疑心。

说起来令今天的独生子女们羡慕，我三次说谎都与弟弟有关。

我上初中二年级时是一九七〇年。那年放暑假，我和弟弟走了十几里路，到在县水利局当局长的父亲那去玩。吃过中饭后，父亲让我们回去，并在屋里七翻八翻，弄出几个皮蛋和馒头，用手帕包好，让我们带回去。这是第一次接受父亲委派的任务，想到家里的妹妹们见到这份礼物的高兴劲，我就感到庄重和兴奋，将手帕拿得紧紧地，唯恐有所闪失。

出了县城，上得一座山嘴，正值公社的人吃午饭的时候。山嘴旁的凹地里，一片瓜地上，几只西瓜使劲勾引我。四顾无人，我便迅猛地向地边的一只西瓜扑过去。事后我很奇怪，当时怎么就想不到山嘴上瓜棚里的看瓜人呢？所以，在瓜棚里响起一声喊叫以后，我和弟弟吓得撒开脚丫子就跑。

山嘴下面是大队部，好多人聚集在门前。我假装与弟弟赛跑，嘴里喊着：一二一！一二一！顺利冲过可能的堵截后，身后才响起抓偷瓜的喊声。几年后的一个冬季，在一处水库工地上，我见到一群“四类分子”每天都在付出比别人多几倍的劳动量时，记起这件事，心里就产生联想，当时追赶我和弟弟的人一定是一名“四类分子”，他想戴罪立功，求表现，换了别人，绝不会追上五里地，只为抓两个偷瓜不成的小孩。这天中午，我和弟弟分吃了一盘粉蒸肉，刚跑时，我们觉得浑身是劲。跑了一阵，弟弟就气吁吁地说跑不动了。跑到约三里远，我与弟弟和看瓜人之间的距离已经是均等了。

我挣扎着跑，心里想，弟弟若被抓去，会让他挂黑牌子游公社吗？

看瓜人突然停止追赶，站在一条水沟边骂几句后退走了。我愣了半天才恍然大悟，我们已经逃出他们大队地界。脚下这个大队与他们大队，在“文化大革命”中分属两派，武斗打得既精彩又惊险，并结下了难解冤仇。

弟弟赶上来后，为了安抚他，我说我俩将那两个馒头分吃了好吗？弟弟只有点头的份。然而，包着皮蛋和馒头的手帕不见了。慌乱之中，我将它忘在瓜地里了。

那时节，一个馒头至少可以换两只瓜。

我们损失惨重地回家后，妹妹们对哥哥们空空两手很是失望。爷爷问父亲没叫你们带点东西回？我咬紧牙关说没有。爷爷顿时不满地嘟哝了几句。

我的这些谎话，还有我所尽知的小伙伴们的谎话，全都是顺理成章，浑然天成。但是大人们为什么要说谎呢？

要说我家住在房东家时间不算短，前前后后有八个年头。医房东大妈也姓刘，平素里我们还称她为姑姑。房东租给我家两间屋子，墙壁上尽是些狰狞的裂缝。房子据说是大办钢铁时盖的，干打垒的墙壁。到我家住进去时，已能非常轻松随便地钻进太阳、月亮和星星。光有裂缝也罢，更要命的是墙壁像老人的背，驼成了一口锅。那时做屋不兴偷工减料，现在的墙绝对弯不到这种程度。

一九七二年春节过后，房东通知，要为十八岁的儿子筹办婚事，房子要拆了重新盖，我家必须限期搬走。母亲和爷爷奔走了多日，才在贺家桥街上租到一处房子。虽是小了许多，却无狰狞裂缝的恐吓。搬家前，爷爷与房东大妈闲聊中，说将灶拆了，把砖也搬走，免得再花钱买。

回头我上厕所，路过房东的窗外，听到房东正冲着房东大妈暴跳如雷，说他家要是拆灶搬砖，我就砸了他家的锅。

我匆匆做完方便之事，进屋将此话对爷爷说了。爷爷当即大惑不解，这砌灶的砖是我家买的，为何不许搬走呢？

很显然，爷爷在我上学去以后，曾到房东那里寻找答案了。当我放学回来，一出现在门前时，房东就将我逮捕归案，拎到爷爷跟前，万分冤枉地说：我什么时候说过要砸你家的锅，你卵子大的一点东西，说这么大的谎，我自己说的自己怎么不知道，你这小卵子倒听见了？房东大妈也冷冰冰地教育道：古人说从小看大，细伢儿要学好，若是我儿子说假话，我非将他打成个二面熟不可。爷爷这时将他的长孙领回去，嘴里喃喃地叫着我的乳名回应：没说就好，胖儿太小，听错了。房东火气仍很足：什么听错了，我根本就没说与你家灶有关的话。爷爷忙说：那就更要你费心了。

爷爷后来改变主意说不要那旧砖，让房东拿去作肥料种自留地好了，到新家买新砖搭新灶，再穷也不少那几块砖钱。

父亲知道后，阴着脸，说了一个字：拆。隔一会，又说一个字：搬。

我开始非常反对搬这被柴火熏得漆黑的砖，那东西一沾身，人就变了模样，被街上那些有“小资产阶级思想”的女孩看见了，丢人得很。这时，我却响应父亲的号召，头一个扛着从灶上拆下来的砖出了房东家的门。

乡下人常说，会说谎的细伢儿聪明。

乡下人没说说谎的大人怎样。

多年以后，我还在想：在权力面前一个人要想说谎是何等的容易！

比如，一九八三年到一九八四年，我从阀门厂借调到县文化馆，说好是先借后调。到头来却难以逾越重重关卡，从文化馆到文化局，管事的人都说，我的身份是大集体所有制也即是县办工厂的工人，按政策规定是不可以调到事业单位的。在我之前，明明有位女士，身份是小集体所有制也就是街道办工厂的工人，却能调到文化馆，且只能做些卖售门票的事。当面比较起来，他们说的那些理由，连被称之为谎言都觉得丢人，只能说是鬼话。一气之下，自己主动要求回阀门厂。才过三个月，文化系统管事的换人了，我还是我，正式调动的事却迅速启动了。接下来一路绿灯，尽管最终动用了县人民政府的大印，过程中的曲折，也就是县人事局负责办理调动手续的那位副局长，盯着那枚有着国徽图案的大红官印，足足看了五分钟，然后咬牙切齿一声不吭地将几样表格一一签章了。还有一种谎言。二〇〇八年湖北省作家协会换届，人事部的一位小姑娘到我安身立命的单位，调取我担本届省作家协会兼职副主席期间的相关情况。小姑娘从人事部门复印了我的履职情况申报表格，其中有必须由本人签字的。因为熟悉，签完字后，我与小姑娘开玩笑，说这么一大沓“黑材料”呀！说时信手一翻，正巧翻到二〇〇五年初填写的有关二〇〇四年履职情况，在由相关负责人填写的年度考评结论一栏里，赫然写着“基本合格”四个大字。按国家人事考核制度规定的，被评为基本合格的人，要接受诫勉谈话，相当于书面警告加口头警告，提醒其人，在二〇〇四年度中干得不好，没有完成应当完成的任务。然而，在二〇〇五年初，填这个表格时，长篇小说《圣天门口》已经出版了，大家都说，凭着这部花费六年心血的长达百万字的三卷本长篇小说，足够评十次劳动模范。可偏偏被人偷偷摸摸地评为“基本合格”。我认真地询问过，从大单位的负责人，到小单位管事的，全都矢口否认有这事，还一脸无辜地认为我看错了。可是省作家协会人事部那位满脸尴尬的小姑娘难道也弄错了吗？

做孩子的说谎，总是因为害怕受到惩罚。成年人说谎就复杂多了，个中原因，大多是为自身谋取最大的利益，或者是预防自身利益受到不可挽回损失时，无所不用其极的最后招数。二〇〇五年十一月，在北京召开"《圣天门口》学术研讨会"后，某些人，俨然要将《圣天门口》当成"大毒草"。此后，差不多半年时间里，文坛都在风传《圣天门口》要成为禁书了。实际上，这是别有用心者的谎言。这些年，自媒体高度发达后，那些用冠冕堂皇的理由来为自己辩解，将自己打扮成道德卫士的各种片段，大多是披在谎言身上的皇帝新衣。

好在这个世界，还有像父亲那样的硬汉，任何谎言都经不住一个拆字，也经不住一个搬字。

7

常说读书早，悟世早。我四岁半启蒙，为什么这么匆匆地让我上学，这问题我至今没问过父母。我肯定不是神童，如果是神童，就不会上学伊始就留级的。造成这个问题的原因肯定是弟弟和妹妹的相继出生，家中保姆带不了许多孩子。大姐启蒙上学时，顺便将我也带到学校。一年级上学期，大姐不小心摔伤，休学一个月，我也跟着一个月没有上学。期终考试后，大姐还能跟上别的同学一道升入二年级，我就不行了，只能独自留下来，再读一次一年级。这种结果，大概也是父母让我提前上学的计划之中的事。

启蒙时，全家住在一个叫石头嘴的小镇里。冲着这地名，就知道那地方本不该有幼儿园的。事实上却办了一阵子，我们也上了一阵子。记得幼儿园里有几张高低床，孩子们总是抢着爬到高处佯装睡觉。屋子里还养了几只大白兔。那时的兔子个个都会打洞，无论老师如何起劲地填土，兔子们总有办法在地面上打出洞来。因为三年灾害的到来，幼儿园停办了。所以我猜父母是将小学当成幼儿园让我上的。

从我出生到上四年级，搬了多少次家，家里如今少有人记得清了。我记得上学四年，搬了三次。一九六二年，全家搬到红山区，住在名叫金家墩的塆子里，因为母亲在塆子旁边的供销社当售货员。在金家墩时，有几件事记忆特别深刻。一是在金家墩小学教算术的王老师，传说她前夫是军统特务，她与前夫生的女儿，跟着区里下来的干部去拆乌云山上的大庙，好好的一个美女，回来后就犯癫痫病，经常无缘无故地倒在地上，口吐白沫如死人一般。塆里的人都说，王老师的女儿是让菩萨敲了。二是与供销社只隔条小溪的山坡上，有人发现一只体形较大的野猫，就想将其剥了皮卖钱。那人拿着棍子上前去捕杀时，还不知道那是一只小豹子，结果耳朵被咬掉一只，脸上全被抓，破了相。还有，在金家墩小学读二年级时，第一次参加文艺活动，在一个小节目《想起往日苦》中，扮演孤苦伶仃讨米要饭的孩子。这首歌成了我好几年的保留曲目，直到父亲的三弟，我的二叔从部队转业回来，听到我唱这歌后，现时改了一句歌词，善意地嘲笑我在十岁之后才不再犯的男孩的毛病，才不再哼唱。两年后的一九六四年初，母亲依然是售货员，上班的地方变成了贺家桥镇上的红山区供销社。过完年，再次搬家后，我便进了区公所所在地的贺家桥中心小学。

这时，我们家祖孙三代都到齐了，计爷爷一人，父母两人，兄弟姐妹五人。八口人吃喝穿戴用全仰赖父母刚刚百元的工资收入，其窘态实在不好意思重复。尽管这样，当年还受到当地人的妒忌。

在贺家桥中心小学读四年级时，我遇上一位女老师，名叫刘克惠。八十年代，因为有几十篇长长短短的小说散见于报刊，圈内圈外的人都喊我作家。但在那个年代，自己是不能这么说的。那时候，从事文学创作的人，对称呼区分很严格，有业余作者、青年作家、作家、知名作家和著名作家等，就像职务和职称一样，是不可以乱说的。一个业余作者，如果夸口说自己是青年作家，是会犯忌到被社会所唾弃。但是在往事中遇到的有些人，硬是称我为青年作家，并和我说，曾当过我的老师，让我出具证明以便评职称时使用。尽管他们几几年，几几班地对我进行诱导，我还是说了令他们失望的话。四年级以前，教过我的书的，我的确只记得刘克惠老师。为什么只记得她？朋友们说，肯定是弗洛伊德作怪，刘老师一定非常漂亮。可是某次到一个同学家去玩，提到刘老师，她脱口说，刘老师脸形如何如何，身材如何如何，声音如何如何。这如何不是贬，也不是褒，是那种让人听了不高兴的大实话。多年以后，在武汉与刘克惠老师重逢，刘老师的模样，与别人说的又有大不同。那种慈祥，应当是人世中最美丽的。老实说，这之前，我一直不知道刘老师后来在何处谋生，也记不得她当年的相貌，我只记得与刘老师有关的几件事。

我们八口之家中，父母为“革命”工作，五个儿女纵然也是为“革命”学习，经济分配仍不平等。父母在外开销很大，剩下六个人，每月的全部开销只有二十几元。

乡下有句俗话，莫怪莫怪，猪油炒菜，是表示赔情的意思。那时，猪油炒菜是最豪华的享受。且炸过油的猪油渣还能美餐一顿。说是美餐一顿，其实从没有痛痛快快吃过一回，爷爷总是将它和蔬菜一起炒，这样可以节省一点油。由于我是长孙，每次炸猪油时，爷爷总要偷偷给我几块猪油渣，让我到外面去躲着吃。那一回，家里又飘起幸福的猪油香。头天夜里，我就将爷爷偷偷给我的几块猪油渣，藏在书包里，留待第二天上学时吃。谁知小猫小狗一样的童年，小伙伴们到一起后嬉闹起来，什么事都忘记了。直到上课后，才记起书包里的宝贝，连忙抠了一块填进嘴里。当年的校规不比如今，只要不在课堂上杀人就行。当年的教室里，学生忍不住打个喷嚏也会受到严厉的批评。我是馋极了才铤而走险的，以为讲台上的刘老师看不见。谁知她明察秋毫，将教鞭往讲台上一拍，喝令我将嘴里的冰糖吐出来。那时候，有一种茶色的冰糖，隔远了看和猪油渣差不多。我乖乖地将猪油渣吐出来，放在掌心上舍不得丢，下课铃一响，仍旧塞回口中。一连几天，同学们都和我很亲热，都想和我结成“一帮一”“一对红”的对子，其实是想分享我的“冰糖”。

那年头，泊满一操场学生中，能有冰糖吃的实在只有三两个，而我突然成了这中间的一员，连高年级的女同学都另眼看我了。

随后几天，少先队中队委开会，刘老师在会上批评我，说雷锋小时候如何苦，讨米被狗咬伤了腿。我们是红孩子，不能翻身忘本。这些重复过一百遍的话，是在炒剩饭，但是随后她说了一个新名词，说我有小资产阶级思想。这是我生平第一次受到如此批评。也许是从刘老师说“小资产阶级思想”前面的那个“小”字时的那种特别的亲切感中，获得某种直觉，我非常乐意听。而关键是我一面由此受到少先队的批评，一面由此感受到比先前更多的自尊。在“学雷锋做毛主席的好孩子”活动如火如荼之际，我经常检讨不该吃那本没有吃的冰糖，谁也不知道该检讨的其实是那烧焦了的猪油渣。

没料到不久后我这凭空而来的自尊，受到一次不小的打击。六十年代中期，全国风靡藏族舞。刘老师为此训练了两个男孩和两个女孩，其中就有我。到演出那天，刘老师嘱咐我晚上将母亲的毛线背心带来。在她心里一定这么推测，能让儿子带冰糖到学校里吃的母亲，不会没有当时是奢侈品的毛线背心。可我和我的全家分明只能找出几根女孩子扎辫子用的红头绳。

听了刘老师的话后，我一直躲着她。她说的那话我都懒得回家开口。到了晚上，演出之前，刘老师猜出什么，一句话没说，回头从自己的箱子底下翻出一件绿毛线背心给我穿上。正是六一儿童节，我丝毫没有感受到此物的优越性，反而觉出许多坏处，特别是羊毛穿过旧衬衣，戳在皮肉上的那滋味。我们是第一批出现在山里小镇上藏族人的形象，实则不过是旧衬衣外面套上一件红红绿绿的毛线背心，再加上一顶纸糊的小花帽而已。还有，我一想到刘老师默默无言地将自己的绿毛线背心往我身上套时，就感到自己瘦小的身子，都快缩成一团了。

自此以后，刘老师不再批评我的“小资产阶级思想”了。而且每逢听见她批评别人有“小资产阶级思想”时，我都不敢抬头看她。

很多年后的一九八七年六月三日，我应约去武汉一家杂志社。我每次到这家杂志社，几乎都要从水果湖到铜人像，将一路电车坐到底。刘老师是武汉人。人一旦成就一两件事后，格外想再见到自己启蒙阶段的老师。我也不例外，坐在一路电车上常常发奇想，若在车上遇见刘老师那才有意思。我早就不认识她了，于是就盼车上有谁喊刘老师。至少是我坐电车时从没有听到有谁喊谁老师的。车上吵架骂娘，深情地喊谁书记主任，凶恶地招呼老娘老头儿的不绝于耳，连一声微弱的称谁为老师的声音也未曾听见过。

大约是二〇〇四年，偶遇一位失联多年的同学，说起来，她竟然知道刘老师，而且一直有来往。在她的安排下，终于再次见到刘老师。刘老师一定记得当年的种种事情，她对班上的学生，从第一排到最后一排，哪个座位上的同学叫什么名字，仍然烂熟于心，其中大部分名字，我都似闻所未闻。在位于青山区那所老旧的房子里，与刘老师促膝对坐，念想着当年贺家桥中心小学操场上，那从武汉来的小巧玲珑的刘老师，傲娇地站在跳高架前，轻盈地跑出一道弧线，然后用那技惊全校的背越式姿势，越过高度一米二的横竿，燕子一样飘落在沙坑里。这样的身影，只是在电影纪录片中才有，却活灵活现地出现在我们的眼前。对于一个在用地主家的老宅子改建的小学校里读书的四年级小男生，是一种致命的诱惑，也是一种天然的理想。

在我后来的作品中，哪怕写那最陈旧的事情，也会有明星朗月一样的文学元素，闪烁在黑暗之上。毫无疑问，刘老师那背越式跳高一定是在我的心里早早留下的伏笔。

8

上高中时我特别喜欢做数学题。这和现在学霸一样，因为某个学科的成绩好，才想更加突出自己。我对数学的喜欢，不过是少年时期那小小虚荣心的自我放大和夸张。当年，我的数学成绩全班最好。如果我不知趣的地坚持下去，只怕也会成为那种敢与陈景润商榷“哥德巴赫猜想”的呆萌。回头来看，在后来的诸多机缘巧合的际遇中，最怀念的几位先生有上小学时，那位教音乐课的会用背越式跳高的刘老师；上中学时，那位教语文的音乐学院钢琴专业毕业的蒋老师，还有那位教物理却偷偷带我上山抓蟋蟀的倪老师等等。但在学校老师中，让我觉得格外与众不同的是那位将“英特纳雄耐尔”永远念成“英特纳雄耐吾尔”的张琢珍老师，整个人就是特别有形的乡贤。七十年代初期的语文课本，篇篇课文都是“宁要社会主义的草，不要资本主义的苗”。张老师讲授时，总能在不知不觉中带出古典与文言的意味。张老师曾在初中教语文，高中二年级时，才过来教我们。能感觉到他有些喜欢我，不上课时，经常在操场边拦着，与我说几句和作文有关的话。有一次，我正在打篮球，张老师趁我捡球时，还走过来搭讪，说上几句。张老师在一九四九年以前就是当老师的，平常大家都习惯说他是教老书的。在“红卫兵运动”后复课的学校里，从来没有人质疑他将“英特纳雄耐尔”念成“英特纳雄耐吾尔”，如果他发现自己念错了，想纠正过来，再念一次时，肯定又会错成“英特耐雄吾耐尔”，反正从没听他念正确过，也从没有人因为这句话而为难他。可见张老师的师德与师艺之高。还有辈分的原因，张老师是学校里年龄最大的老师。因为像是教老书的，大家在心里有意无意地将他认作是一九四九年之前的那种教书先生。教我们语文时，张老师就已经快六十岁了。高中毕业后就没有再见过他。在我心里，他一直活得好好的，活到一百多岁了。

我没有参加高考，自然没有机会上大学。虽然别人总说，如果我上了大学，这个世界只会多一个大学生，而少了一个大作家，在我心里总还是对于没有参加高考留有小小遗憾。最起码少了一大群能伴随大半生的同窗学友。“红卫兵运动”之后，恢复高考时，我也曾报名领了准考证。正式高考那天，自己却留在车间上班，没有进考场。当初与我的准考证连号的冯俊，后来考入武汉水利电力学院马列主义师资班，再后来步步学成，常常进步，曾经任过人民大学副校长。每次见面他都要说，当年他发现身旁应当是我的考位空着的，心里好不疑问。恢复高考后，厂里年轻人几乎全都报了名。高考前三天，又都一齐请假复习，车间里三分之二的机器无人操作，全都空在那里，一向生机勃勃的车间突然变得死气沉沉。为此厂领导找我谈话，要我这个当团支部副书记的带头上班。在厂领导眼里，好像进考场的青年工人们，会全部高考得中，远走高飞，人去车间空，工厂无法办下去了。那场谈话就在厂区的篮球场边，领导带着我绕场走上一周，就将我绕晕了，竟然听信了这番话，不仅没有请假备考，最终连考场都没有去。而且，还是我们厂里年轻人中，唯一一个没有去考场的。

那段时间里，不断有人到我操作的C6140车床来询问，为何不去参加高考。在厂里，大家公认我是最应当去参加高考的，却没有去，这让他们觉得太不可思议了。特别是厂里的两位正宗大学毕业的技术员，问过之后，还拿不敢相信的目光来回看半天。就像后来，自己开始文学创作。如此重大决定，都是独自做出的，没有人曾提供咨询与参考。那时候，如果有家人参与进来，比如父亲或者母亲，带个口信什么的，也许我就会改变主意。可是，他们没有，从来就没有。这事要到很多年后，最小的妹妹大学毕业，当上副总工程师了，母亲才在某次全家团聚时，轻轻地说起这事。母亲认为，我们家兄弟姐妹五个，我是最应该上大学的。母亲说这话时，叫着我的乳名。声音里，只有慈祥，并无后悔。母亲这么说话并不是她所独有的，但凡在与人交谈中提到这事，对方都会说，如果那时考上大学，世界上只是多了一个大学生，绝对会少了一个作家。从走出高中校门后，我就再也没有进过任何学校的门，无论是业余培训，还是专业进修，从来没有人想到要让我去试试。大概是自己在这方面也确实没有兴趣，恢复高考之后，国家又接连推出自修大学、电视大学、党校大专班等等，身边那些在高考中落榜的人，几乎全都想办法弄到一个大专文凭。这时候，我已经全身心迷上文学创作了，不想再在文学之外枉费心机。

我最后一次尝试上大学，是武汉大学设立插班生班时。当时武汉大学有一个真正的作家班，招录了一批文坛骁将。另有一些小荷才露尖尖角的基层业余作者，则进入到由作家班衍生的插班生班，也即是他们自称的小作家班。第一批招录时，我一点音讯也不知道。第二期时，我试着写信给有关老师，结果被婉拒了，理由是我连电视大学、自修大学等等专科文凭都没有。长篇小说《蟠虺》于二〇一四年出版后，文学界齐声说没有想到，太出乎意料了，长篇小说《圣天门口》引起热议的那一阵，华中师范大学的黄曼君先生，曾说这部小说有一种文学中久违的科学精神。黄老先生一再表示，自己会从这点展开仔细研究一下。遗憾的是黄老先生突然去世了。多年后，自己开始写作《蟠虺》。真的写起来，自己才明白，在文学那里，学问是很重要。然而，最关键的还是以何种情怀对待一点一滴汇入内心，感觉中似乎会有些用处，又分明是风马牛不相及的各种碎片。这类称为灵感元素的东西，能否触发心灵深处，连自己都不曾察觉的那些敏感点。

9

在私人影集里，有一张让我倍觉珍惜的相片，它是最早的一张。按父母的说法与记忆，在这之前我也照过一些相片，只是没有保存下来。我相信他们的话。那些年，全家人总是跟着父母四处跑，只要父亲工作调动了，我们就得搬家。母亲工作调动了，我们同样得搬家。有时他们工作岗位并没调换，我们也得搬家。因为是租住别人的房子，房东一旦要房子另作他用，除了搬家外没有别的办法。每次搬家后总有一些东西找不见了，像照片这种在当时没有使用价值的东西被弄丢了是不奇怪的，加上孩子们摆弄着观看时，一双双小脏手毫不讲究，似相片这样娇气的东西，一不小心就被毁坏了。

小时候我就爱看小说，而且对苏联小说情有独钟，特别是关于战争和反间谍、反犯罪的小说，是我最痴迷的。在我的书柜里摆着一副俄罗斯军队用的中尉肩章，是儿子读研究生时，到圣彼得堡短暂学习时，特意作为礼物带回来，送给他老爸的。孩子们都知道，他们的父亲曾经有过不想当将军，只想当中尉的军人梦想。我非常崇拜那些只有中尉军衔的英雄，他们作战勇敢，料敌如神，总能在九死一生的绝境中找到通往胜利的逆袭之门。那些中尉个个年轻潇洒、浪漫、风流，在他们的情网里，总是有一个天下最美丽的姑娘。肯定是这些原因，所以我小时最大的理想是长大了当一名中尉，并为此对没有军衔制的解放军总怀着一种遗憾的心情。

也许是荷尔蒙开始作祟，青春萌动的初中二年级，自己想当兵、想当中尉，想得最疯狂。除此以外，在整个学生时代也不曾有过别的念头，至于当作家，那更是连做梦时也不会想到的。后来终于想起来开始文学创作时，父亲和母亲曾极其反对，很多次举例说明，被打成右派，被划分为坏分子，被看成是牛鬼蛇神的人，个个都是因为爱写文章才惹火烧身。一九八四年四月，在小说处女作发表后，我曾有意放了一本杂志在家里，每次回家都能见到年迈的爷爷捧着那本杂志，嘴里念念有词像是在默诵。父亲和母亲至少在表面上像是不曾看过一眼。对于我的当兵梦想，父亲和母亲是基本赞同的。虽然父亲和母亲赞同的事于我相去甚远，父亲和母亲不赞同的事我反而做得像模像样，也不能说父亲和母亲在孩子的成长问题上做错了什么。对于我来说，无论赞同或者反对，都是他们的天职所在。再说爷爷，随着年事越来越高，老人在家里的声音越来越弱。但他会指着那本刊载有我的小说处女作的杂志，三番五次地对我说，这上面的字太小了。实际上，爷爷还在看的《参考消息》上的字号更小。爷爷想让自己长孙的名字印得更大一些的意愿，也是他从未对我明白说过的愿望。

我们上中学时，初中是两年制，高中也是两年制，且都是春季升学，而不是秋季升学。那时不存在招生一说，只要到了那个时间点，在校学生全都一起升学，初中一年级的升到初中二年级，初中二年级的升到高中一年级，高中一年级的升到高中二年级。初中毕业那年春节后不久，学校正要开学。有天早上，母亲破例将我单独地叫进屋里，一边用手抚着我的头，一边说出一件让我听来简直是晴空霹雳般的事。我那时只有十四岁，母亲却要我参加工作，单位都联系好了，是地区邮电局。母亲那时当售货员，后来也是售货员，直到退休之前，也还只是一个和售货员差不多的食品公司出纳员。母亲一个人负责一个门市部，成年累月难得有空爱抚一下她的孩子。我对母亲的恩宠毫不领情，稍一愣后便放声大哭。按照后来流行的说法，这可能是少年对成长的一种恐惧！我那时整天连玩都玩不过来，上学时也尽做淘气事，“参加工作”这个概念突然降临头上，我肯定是害怕了。真正让我害怕的是自己可能从此无法当兵，当不成中尉了。我一边哭一边叫：“我不参加工作，我要读书，我要当兵！”母亲大概也没料到我的反应会如此激烈！她劝我说，当兵不就是有军装穿吗，她可以为我缝一套黄军装。母亲是锁了供销社门市部大门回家来劝我的，她没有更多时间来做说服工作，她说让我想一想后又赶回去开门营业。

那些年，家境非常困难，八口人只有父母的工资是收入，况且五个孩子都在上学。年年开学时，是母亲最头疼的事，因为害怕交学费，送孩子上学的事，从来都由爷爷去做。好在那时，学校还没有不交学费不发课本的恶习。

送孙辈上学的事，在爷爷看来是件很享受的事。爷爷不在乎学费的拖欠，他自己当初上私塾时，总在拖欠教学先生的学费，家里没钱，就要等田里稻谷成熟了，打下新米后拿了些去替代。或者要等到山上灌木落叶了，砍成柴，挑去抵账。

湖北方言中，“农”“龙”不分。爷爷送我们上学的最大收获，是在我启蒙上学时，将我的名字，由父亲取的“醒农”，堂而皇之地改为“醒龙”。我的名字的来历是一个误会或者是一场不事声张的家庭智力开发，更是流淌在我们血液中的文化正脉，与社会生活的剪不断，理还乱。在我们家，孩子出生上派出所报户口，上粮管所报粮食供应标准，还有上学启蒙等，都是由爷爷负责。我没有问过爷爷，是谁替我改的名字。直到今日，只要想起爷爷主动提及这事时的神情，就是用脚后跟去想，也明白这事肯定是爷爷干的。我上小学一年级用过的小木椅还在，小木椅背后有爷爷手把手教我写下“刘醒龙”三个字。父亲那时因为工作太忙，极少管我们的事。直到我上高中时，父亲才在我家挑水用的竹扁担上发现我的名字是“刘醒龙”，而不是“刘醒农”。父亲当即要我改过来。还特地解释说之所以取名为醒农，意思是农民觉醒了。父亲自然明白，将“醒农”改为“醒龙”，肯定是他的父亲，背着当干部的儿子悄悄替他做的主。一九九四年，我调到武汉市文联任专业作家后，父亲给我写信，从信封到内文，都还用的是“刘醒农”。但到了父亲自己在信中写明“这是做父亲给你写的最后一封信”时，父亲自己也用上爷爷亲手改过的名字“醒龙”，不再称我为“醒农”。爷爷送我们上学时，不仅没有欠学费的愧疚，还常常若无其事地背着手在校园内绕行几圈，用当地似懂非懂的黄冈方言找人问这问那。上初中时，由“醒农”改成的“醒龙”，曾被同班同学写过小字报，贴在教室的“革命大批判专栏”上，不管三七二十一，也不管是葫芦还是瓢，指名道姓，说我是资产阶级的孝子贤孙。因为挨了批判，老师找我谈话，其中一位还是贫下中农驻校代表。我以为老师是受了小字报的影响，也要我改名字。不料他们绕来绕去，最后才对我说，你家里对你的指望是葫芦天样大，你不要弄成葫芦不开花。老师与我谈话的屋子，位于老屋的正中央，只有一扇小窗户开在天井上，很黑，很潮湿，却给我留下一辈子的温暖。

那时，我家五个学生的学费，总是要拖几个月才能全部交清。记得小妹妹启蒙时，爷爷算过账，五个孩子的学费加起来一共是五元五角。这点钱在当时可是我家的天文数字。可我根本无视这些，整整一天，我什么也不吃，什么也不喝，坐在门槛上反反复复地哭叫着，要读书，要当兵，任谁也劝不住我。我家租住的那所农舍，正对着通往贺家桥镇的必经之路，去镇上的人都能听见我的哭声，然后顺便将我的哭声告诉了母亲。母亲大约也是着急了，就让去到镇上的爷爷回来与我说，不要我参加工作了。我不敢相信，继续在那里哭得天翻地覆。天黑后，母亲再次关上供销社门市部大门，专门回来对我说，已经将参加工作的表格退回去了，不要我去参加工作了，让我继续上学读书。我才止住了哭声。

我至今还记得母亲当时一声长叹的模样。

临到开学了，要去报到上高中一年级，必须从母亲上班的地方路过，我依然是胆怯怯地，一边像做错事的孩子那样，跟在别人身后走过那扇大门，一边从人缝里偷偷打量着那扇大门，害怕母亲从里面冲出来，拦着不让我上学校报到。事实上，母亲这时候忙得不可开交，已无心顾及别的事情。开学后不久，我就将这种担心丢到脑后。

多年之后的一九八九年，我调到黄冈地区群众艺术馆任文学部主任，兼《赤壁》杂志副主编，主持成立黄冈地区作家协会后，又兼任副主席，经常去地区邮电局寄信或者发电报和打长途电话。只要想起这件事，我就会对着那栋大楼发愣。假如当年自己听了母亲的话，没有大哭大闹，乖乖来地区邮电局报到上班，这时候的自己会是什么模样？是当一名邮递员，骑着自行车大街小巷送报纸信件，还是踏着沉重的脚爬子，抱着一根根电线杆爬上爬下，或者是坐在柜台后面几分几角地售卖邮票？事情早已过去，过去了的事情，任何假设都没有真的意义。假设不是命运本身，只是关于命运的一种参照景物，所以，很快我就习惯于不去想这事了。

高中一年级上学期，二年级的四位学兄，因为排演一个小话剧被县剧团相中，将其中三位招去当演员。下学期时，这三位学兄来学校挑演员，也不知怎么的就挑中了我。学兄与我说这事时，我一句好言语也没有。三位学兄不死心，与校长说了，让校长来与我说。这还不算，他们还拉上我最尊敬的教导主任柯老师，一起去找母亲。那天放学时，母亲难得站在供销社门市部门口东张西望，见到我时，母亲匆匆上前来问，柯老师说，县剧团要招你去当演员，你去不去？我只说了一个字：不！母亲看了我一眼后说，那就继续读书吧！于是这事就不再是事情了。

到了高中二年级，一年一度的征兵工作开始后，我和一帮同学都跑去报名。体检时被刷了下来。按照那时私下流行的说法，体重至少要八十斤。我知道自己体重不够，临上体重计时，还悄悄地喝了一肚子凉水，仍旧只有七十八斤，没有达到八十斤，而失去进行下一步体检的资格。就当兵这一点来说，自己最接近实现“中尉梦”的是一九七四年冬季征兵时，体检时一切顺利，包括在某个当地医生那里存疑的“窦性心律”，最终也在一位军医的亲自检查下过了关。最终却断送在我的商品粮户口上。按规定，只有县城的商品粮户口才有招兵指标，但我的商品粮户口不在县城，在下面的小镇上。费了很大力气，最终依旧落得个梦碎。如此梦碎也彻底伤透了心，紧接着的一九七五年冬天，我已经是县阀门厂的工人。厂里让我们这些刚进厂的青年工人报名参加征兵体检。事实上，年轻时我一直有副鼻窦炎。之前在镇上时，有医生私下教我的，先到医院开一瓶麻黄素鼻炎净，体检前半小时滴几滴，就能顺利过关。这一次，我什么也不做，原原本本地往五官科一站。果然就被医生写上不合格三个字。所以，中尉梦虽然很浪漫，在我的现实里，只是与青春一起成长的一株经不起风霜的花草。

那场我生平最大的一次哭闹，想来也不是全为中尉梦，因为我在叫喊要当兵之前，还会先喊一句要读书。这种下意识喊出来的话才是命运给我的暗示。让我意想不到的是，没过多久，母亲突然给我缝了一件黄色军装上衣，那布料并不好，是一般的平板布，而别人家像我这般出身的孩子，那黄军装都是卡其布做的。这件衣服让家里上至姐姐，下至小妹妹都羡慕不已。母亲能在过年之外的时节给她的孩子做新衣服，是非常罕见的，特别是这样流行的黄军装。

穿上这身黄军装不久，我就和几个伙伴一起步行十几里到县城里照了这相片。那件黄军装因为太喜欢了，就老穿它，虽然很小心，可还是很快就破得不能再穿了。

往后的日子里，我那想当兵做个中尉的愿望终于没能实现，可这理想一直在心灵深处像蓝宝石那样闪着神秘的光芒。

10

几年前，夫人在一家出版社上班，某天下班回家她很伤心。问过了才知不是她自己的事，是一个同事要调到别的单位，与头头话别时，伤感地说起自己从大学毕业起到现在，将自己最好的青春年华全给了这个单位。不料，那个老男人竟粗暴地回答：谁要你的青春？夫人的同事当即大恸而去。听毕，我忍不住在心里骂了一句粗话。

不一定人人都会老去，但人人都会有自己的青春。我也有过青春，我不敢说自己将青春献给了那座小小的工厂，但从十八岁到二十八岁，如此十年全在这家县办工厂度过。想起来当年之事历历在目，包括进厂之前，即将上岗的青工在一起培训，因为有三家工厂，外加农机站可以选择，当大部分都认为其中的电机厂最为理想，工具厂则次之。在等待分配的上百名年轻人中，印象最差的是农机厂。大家都知道，农机厂是由县城各家手工作坊，各种修理合作社合并而成的。此时，还没有人知道，农机厂大门刚刚挂上阀门厂的招牌。当相关人员问起我的意愿时，我却毫不犹豫选了不久之后将要正式除去农机厂名称，只留下新名称的阀门厂。在一起培训熟悉了的人很奇怪我的选择，在我心里却一点也不奇怪，原因是阀门厂厂房外面有半个篮球场，别的工厂却没有。事实上，我也真的被分到了阀门厂。

二〇一八年的某个早晨，我从游泳池里起来，正在擦干身上的水，忽然接到一个陌生电话，然后应约到省委大院，与省委书记蒋超良见了一面，一口气聊了几十分钟。大部分时间里，我俩都在说自己当车工的体验。超良书记知道我正受到腱鞘炎困扰，他年轻时干农活落下个腱鞘炎，多少年来，一不小心就会复发。超良书记当了四年车工，他体会到不锈钢最难加工，那飞起的铁屑，一旦落到皮肉上，扯都扯不下来。我当了十年车工，我对加工不锈钢的体会更深一层，那些落在皮肉上的不锈钢铁屑不仅扯不下来，还由于温度太高，会同时冒出一股烤肉香。

车工经历，还让我拥有一种别人或许不曾有过的体验。多少年后的今天，我仍对飞速旋转的砂轮心有余悸。那是我进车间当车工的第一天，师傅给了一个毛坯件，要我去砂轮上将毛刺等打磨掉。师傅教给我打开砂轮的方法后，没说如何让砂轮停下来，就回车床旁忙去了。这让我在打磨完毛坯件后很是束手无策。虽然关掉电源半天，砂轮还在高速旋转。冲动之下，我几乎要伸出右手捉住砂轮！那一瞬间里，冥冥中有某种声音提醒，让我在最后时刻中断了那个伸手动作。时间不长，我就晓得砂轮的厉害，人的肌体只要微微碰上去，就会磨去一大块。而当车工的因为天天都在磨车刀，稍不注意就会出现险情。好在磨车刀是细活，碰上了也只是磨去一些皮肉。如果我那用力捉住砂轮的动作完成了，右手手掌肯定也就没有了。在我独立操作车床后的某个夜班，因为加工庞大的阀体，必须用专用小吊车帮助装卸，而这些小吊车都是厂里的钳工用普通电动机自行制造的，并无任何安全认证。那天晚上上大夜班，凌晨一点到车间，加工第一台阀体时，车床后小吊车都是好好的。等到加工第二台阀体时，用 380 伏电压运行的小吊车漏电了。当我伸手抓住悬挂在空中的行程开关，按下红键时，一股强大的电流击倒了我。也正是身体横着倒下的惯性力救了我，如果不是这样，也许我就要变成一堆焦炭了。因为 220 伏电压通常能将触电者弹开，而 380 伏电压会将敢于触碰者牢牢吸附住。那一次，同车间的工友被我的惨叫吓坏了。我却浑然不知。事后在床上躺了三天才恢复过来。在阀门厂，最苦最累的不是通常所认为的翻砂工，而是车工。近两百斤重的大铸件从车床上搬上搬下，加工铸铁扬起的尘矽更是塞满了全身上下的每一个毛孔。最让车工头疼的却是对付不锈钢T形螺杆。当车工的第一年，一位姓刘的师姐，就是在加工不锈钢螺杆时，不慎被缠绕在工件上的铁屑缠住，生生将右臂拧断后，半只断臂挂在工件上继续飞旋。离开工厂十几年后，在一次采访中，有记者对我领口处上十几个疤痕很好奇。那些有着优美弧线的伤痕，正是我当车工强力切削不锈钢时铁屑飞溅的烙印。被车刀挤压下来的铁屑带着几百度的高温，偶尔会准确地钻入我的领口。强力切削时不能中断操作，必须等这一刀走完，停下车床后才能处理。这当中，滚烫的铁屑会将接触到的肌肤烤出一股烤肉香。

这种共同的体验，让省委书记与一个普通作家之间产生许多相互信任的言说。

这个世界有机会闻到自己肌体发出的烤肉香的人应该不会很多，或许这是我一直怀念那座曾经以半座篮球场而成为自己青春梦想的小厂的理由之一。我还怀念那位以爱护的名义阻止我参加高考的党支部书记，不管当时或后来发生了什么，这一点也从未有过改变。

我的那座小工厂条件很差，屋顶上盖着石棉瓦，窗玻璃十块有九块是破的，一年当中三分之一是冰窖，三分之一是火炉。还有一年四季都得加工的不锈钢T型螺杆，别的工厂里，车工们一个班能加工一件就不错了，在我们厂，每个车工每班必须完成的定额是十八件。

所以这些都没有让我觉得有什么不对，都觉得可以克服。最终让我开始怀疑人生的是与一位初中的同学的重逢。在学校里他总是抄我的作业。不让抄时，他便威胁要揍我。这事在班上是公开的秘密，有一次考试，他照例抄我的试卷，成绩出来时，竟然比我的分数还高一分。我实在烦他了，就故意将作业写错，待他抄过之后，再改正过来。结果那位考试成绩破天荒超过我的同学被老师在课堂上教训了一顿，说他连抄人家的作业都有本事抄错。毕业后，那位同学在不到三年的时间里，以火箭速度蹿升，当上区委副书记。我被380伏的交流电击打后，不得不休息了三天。那也是我青春岁月中最惶惑的三天。不仅头一回感到生命如此脆弱，也头一回发现，此前自己对人生的态度似乎有些不对劲，或者可以说是有些对不起自己的人生。休息结束后上班，一切还像往常。八小时做满了，下班之后，一群青年工人相邀到一起，在县城的街道上闲逛。就在县城的小街上，那位习惯抄我作业的同学骑着凤凰牌自行车迎面而来，我与他打招呼时，他朝我轻蔑地看上一眼后，竟然像不认识那样扬长而去。

当天晚上，快乐无忧的我失眠了。这也是我生平第一次彻夜无眠，几乎就是那个终极问题的个人化版本：这样悄悄地来，悄悄地去，人活一辈子与畜生养上一两年就被宰杀的意义有何区别？就在那个不眠之夜，我为自己绘制了一个普通青年的人生梦想。同时也是那个时代的青年学子最喜欢的梦想：将自己的一生交给文学。无论成功与否，决不半途而废。只要真正努力过，决不对自己的选择后悔。相信生命在于奋斗。相信自己所设定的那个目标，是青春与灵魂的一场约会。我没有折断自己的手指，也没有在自己的手腕上割下一道血痕，当然，也没有邀上一群人当众起誓，说不再与他们在一起空耗了，或者在自己的住处贴一幅座右铭什么的。第二天下班后，一个人悄悄出了车间，跑到街上买了一沓稿纸，自此步步演化，使得文学成为自己业余生活的第一选择。并在这种选择中慢慢地明了，一个人终其一生，或是逆流弄潮，或是顺水推舟，碌碌无为也好，轰轰烈烈也罢，真正主宰内心的是对优雅性情与高贵人伦的永久渴望。

当年的工厂，每半年就评选一次选“先进生产者”。十年工人生活，除去借调到县文化馆工作的一年半时间，让我在阀门厂获得十七张“先进生产者”奖状。很多年后，因为写作我获得了武汉市“劳动模范”称号。这小小的荣誉是我最为在意的，也是我最愿意引以为骄傲的。正因为如此，当我的笔下文字与工厂相遇时，总是由衷表达对工厂一切的不舍与敬重，而不敢用那些不敬之语来描写，更不敢有半分亵渎之心。

大约在离开工厂后的二十几年，不锈钢铁屑留给我的伤痕才完全抚平。在我心里却永远记得当年那些从领口里冒出来的烤肉香。我越来越相信，那是一种青春的滋味，虽然那不是青春的唯一滋味，却是我既往生活中最值得热爱的。在我最终真的要离开工厂时，也曾发生过某种不快，这些丝毫不妨碍我对工厂生活中诸如此类不快的热爱。正是这种没有什么了不起的不快，和绝对了不起的青春，锻造了我的近乎不锈钢一样坚韧的神经。

11

二〇〇一年长篇小说《弥天》出版，从评论界到新闻界，都在说有作者精神自传色彩。主人公温三和是一九五六年出生的，而我也是那一年出生。温三和高中毕业后去水库工地的过程正是我的经历，时间、年龄、场景完全一致。

一九七三年冬天，我刚十七岁，在县水利局做计划内临时工才半年，就被派到鄂皖交界处红花公社岩河岭大队所在的岩河岭水库工地，给工地上唯一的技术员当助手。技术员名叫陈桂成，浠水人，说话语气很冲很快，长着一个或两个酒窝，记不太清楚了，很是让工地上的各色人等喜欢，工作起来特别方便。岩河岭水库工程开工不到两个月，临近的占河水库出事故了，输水隧道只要一放水，隧道顶上的山坡就到处喷水。陈桂成因此被调到省里学习用环氧树脂堵漏，随后就去占河水库给输水隧道堵漏，不再管岩河岭水库的事了。我这个十七岁的高中生，一下子变成了号称两万水利民工中唯一的技术员。跟《弥天》中所写的一模一样，我在工地上同指挥长吵架，气得大哭，不明白区里特意派来的最懂得如何修水利的人，为何会允许一群群民工用沙土替代高质量防透水黏土，明目张胆地倾倒在核心墙里。小说里水库的设计，也是按照当时的真实情况写的。岩河岭水库还在使用，水库所在的岩河岭大队，当年是全省非常有名的学大寨先进典型。

二〇一三年五月，我带武汉大学的一位博士生回到那里，水库大坝东头的两棵小松树，当年因为要挂高音喇叭才没有被砍掉，如今已经长成大树模样。回想起当年旧事，不禁脸热腮烧，特别是自己与指挥长吵架后，站在挂着高音喇叭的小松树下面委屈得泪眼双流时，工地上的一群少妇，冲着我比画不害臊的手势。此后我更不敢再招惹她们，只要我想上前阻拦，不许她们将沙土倒进水库核心墙，她们就赤裸裸地威胁说，若敢阻拦，就当众将我的裤子脱下来。那年月，这种事情，是水库工地上屡见不鲜的一种娱乐方式，不是说着玩，而是玩真的。有一阵子，我发现那位一向趾高气扬的副指挥长，突然在普通工作人员面前表现得很谦恭。过了好久才知道，这位副指挥长自导自演了一场发生在指挥部内部，如小说所描写的那种近乎荒唐的“爱情”。同样，小说描写的纯情也有过真实演绎，直到现在我仿佛还能记得放在我的枕头上的那方洁白手帕的气息。我是过了一个星期，而且是将手帕还给手帕的年轻女主人之后，有看见这些的资深男人笑话我太傻，我才明白此中用意。不过，说心里话，对手帕的年轻女主人，我的好感只是少年情谊，否则，这种事情总是无师自通的。

与小说中的温三和稍有不同的是，从一开始，那位叫陈桂成的技术员就明白地告诉过我，这座修建在山顶上的小水库，不可能依靠自然降雨而蓄满设计库容。必须另行修筑引水渠，将被分水岭隔断的其他山坡上的雨水引流过来，岩河岭水库才能完全发挥作用。没有引水渠，水库一半以上的库容只能用来装载阳光和空气。事实上，是否修建岩河岭水库，不是技术人员说了算。修建这类水库的决定，首先是政治考虑。主要官员一直在强调，要让参观学习的人在山下很远的地方，就能看到水库大坝。能不能蓄水，能蓄多少水，只有作为技术人员的陈桂成和我才会将其成天放在心里，挂在嘴上。陈桂成是来真的，他带我到分水岭的另一侧漫山遍野勘察多次，引水渠肯定可以修，工程量也不是很大，问题在于，分水岭的另一侧，大部分山坡属安徽省岳西县管辖。不要说小小岩河岭大队说了不算，就是湖北省革委会主任，那时不叫省长，说了也等于白说。

可以这么说，在岩河岭水库工地上的一年多时间，让一个刚出校门的高中生，初步熟悉了从村干部，到公社和区一级官员，再到县级领导的作风与派头。其间的种种内斗，不时地殃及我和指挥部里的另两位年轻人。这也让我后来从县阀门厂借调到县文化馆的过程中，有了敢于面对相同行径的底气。

一九八三年春天以前，县文化馆有两名创作辅导干部，一位叫熊召政，一位叫姜天民。这是这个岗位上的正式称谓，有人将其称为创作员，其实不是。这个岗位上的人员，主要工作是辅导县内的业余作者进行创作，自己有没有作品发表不是主要的，但也是很重要的。一九八三年春天，两名创作辅导干部中的熊召政获全国诗歌奖被借调到省作家协会，获全国短篇小说奖的姜天民则被借调到黄冈地区文化局，县文化馆如法炮制，将我借调过来，暂时填补空缺下来的创作辅导岗位。被借调的那段时间，县文化局主要负责人只要见面就要我趁早回工厂去，县文化馆不可能正式调入我，免得到时候两头都不讨好。一九八四年十月底，我终于咬紧牙关真的回到阀门厂。二〇一八年出版的长篇小说《黄冈秘卷》开篇两句话：凡事太巧，必有蹊跷，不是天赐，就是阴谋。这话的滋味，在文学生涯早期就曾尝过。我回到工厂才三个月，就经由正规人事调动途径，重新到文化馆担任创作辅导干部。说起来很简单，也就是县文化局长的宝座上换人了。

从回到阀门厂到离开县阀门厂的三个月里，头两个月我是厂办公室主任。后一个月，办公室主任的头衔没有了，成为一个普通的后勤科长。此中内情只有我和新任厂长知道。新任厂长姓黄，比我年轻几岁，只有十五岁就进厂当工人，因为长着娃娃脸，而显得比实际年龄更小。当年，我从车间抽调到厂办公室工作期间，曾奉厂领导之命，将他和他的“工人录用通知书”退回到县计划委员会。作为新厂长，他的问题不再是太年轻，而是他与我等几位一起，并称为阀门厂的改革派。也就在此前后，我写过一篇短篇小说习作《我们厂里的改革派》，小说没有发表，但厂里有不少人知道这事。这篇从未发表的习作手稿后来散失了。我们的所谓改革理念，不仅得不到以手工业者为主体的老工人的支持，就是同龄人也难有共同语言。但在改革大潮当中，只有二十四岁的黄厂长还是顶着风浪上任了。谁也没有想到，黄厂长在上任履职的大会上公开宣布，撤销我的办公室主任职务。这让隔着一座篮球场就是车间的嘈杂会场，顿时安静得像是进了殡仪馆。除了我俩，没有第三个人相信自己听到的话。这个消息传开后，作为上级主管的工业局负责人也不敢相信，再三追问是何缘故。事情的真相，过了很久才由我自己在朋友当中揭开。黄厂长到任之前，因为预感到接下来肯定要面对一场大的风暴，三番五次流露为难之色。我肯定不是因为头脑发热，也肯定是心中有了直觉，必须让新厂长上任伊始就有某种与众不同的事情发生，才可以使得如此年轻之人坐稳阀门厂第一把交椅。我单独与他谈了自己的想法，让他免去我的厂办公室主任之职，而且越快越好，越是迅雷不及掩耳，效果才越好。这场谈话，前后只有几分钟。就连这几分钟，也是以对方的沉默为主。最后他问我是不是真的这么想。我的回答自然十分坚决。

这步险棋，在新厂长的反对者看来，既不是妙棋，也不是臭棋，至少让他们从心里认识到，新厂长在释放某种善意。这事当真发生的那几天，自己还是有些不好受。

可见能让我内心先前那么坚决，唯一的原因是文学的强大。

就在我的厂办公室主任之职被免后的第二个星期，县文化部门新任领导突然找我谈话，过完元旦，他们那边就会开始办理我的调入手续。

所谓的妙手，往往一发而不可收。一九九四年元月，到武汉市文联报到任专业作家时，有关领导特意找我谈话，举了一些在他们看来不算很正面的例子。我当场表态说了三点：一不要房子，二不要职务，三不要荣誉称号。往后二十几年，无论外界有何种传闻与传说，我都照着自己说过的话在做。说高风亮节也好，说一败涂地也好，那都是别人的事，真正与自己有关的事情只有自己的作品。这样的选择让我能够一心一意地用五六年时间抛下一切，专注地写出一百万字的长篇小说《圣天门口》。从当年主动要求免去工厂办公室主任之职起，就已经明白，世间待我最为宽厚的唯有文学。在别人看来如同错过良机的背后，我又创作出版了长篇小说《天行者》。用别人的话来说，在获得茅盾文学奖的作家中，我是唯一没有从地方上得到任何好处的。然而，在获奖之后创作的令我暗自佩服的《蟠虺》《黄冈秘卷》和《上上长江》面前，这些又算得了什么。有此天赐，夫复何求？

从一个普通工人到车间主任，再到厂办主任，后被借调到县文化馆，再无可奈何地回到工厂，不到三个月，情形突然发生变化，又被正式调入县文化馆和县文学艺术创作室，接下来又被正式调到黄冈地区群众艺术馆，再到武汉市文联任专业作家，一路走来，经历很多。其间最大的感触是自己曾经创下中国人事制度的罕有范例。

一九八五年元月，县文化馆真的要将我正式调入。在从所谓“大集体所有制”的工厂，调到县文化馆任公众俗称的创作员时，请调申请上没有分管副县长签字，而是盖着刻着老大国徽的“英山县人民政府”的大印，就连办过无数次人事手续的人事局官员都愣住了。一般来说，“人民政府”的大印是要用在具有法律效应的文书上，一个普通工人调动工作，居然还要动用“人民政府”大印，这中间另有一番苦衷与玄机。同时也见证了一个规律，真有才干的人，任谁也压不住。

即便如此，我还算是幸运的，常常有看似逆风行船又遇惊涛骇浪的经历，事到临头忽然西风转东风，虽然还有浪花飞溅，却已经是如诗如歌的文学元素了。一个普通的底层写作者，要从最底层冒出来，是极为困难的，但我相信只要认真写作，诚实做人，总是会有机会的。这些年来，我始终牢记着这段经历，只要有一丁点可能，我便会尽最大努力去帮助那些和当年的自己一样的年轻写作者，因为我深深了解个中埋首书斋，独坐冷板凳的滋味。

12

文坛一直传言，我与翠柳街一号，总是差那么一点点缘分。这话当不得真，不必往心里去。还有一点，或许是自己与《安徽文学》的苗振亚老师太有缘了，才将其他人事遮蔽太多。

在我心里，最难忘记《安徽文学》的苗振亚老师。他在编辑部当小说组长时，从大量自由来稿中发现了我的小说处女作。尔后又专程翻过大别山的分水岭，到湖北来找我，长谈数日。那是我第一次与一位省级文学杂志的编辑面对面谈话。苗振亚老师所谈到的一些东西，我至今还在受用。比如说，小说中的小说味。苗振亚老师说过，有些人一辈子写小说，别人却无法从他的作品读到小说味。至于什么叫小说味，小说味是什么性质的东西，他说他也不明白。

然而，苗振亚老师坚定地说，小说中的小说味，是绝对存在的。他从合肥专程到湖北来看我，就是因为我的小说中有他所说的小说味，对于初出茅庐的作者来说，这很关键。

一九九五年，人民文学出版社准备出版《刘醒龙·中国当代作家选集丛书》时，我请苗振亚老师为这本书作序。大约是出版过程中沟通不畅，那时候，一般作家都用不起手机，而我又没有正式的住所，没地方安装座机。等到该书面世时，序变成了跋。在一九九五年三月写于合肥的那篇文章里，苗振亚老师详细记录了，我和他在大别山腹地的漫水河镇上的那场奇遇。

> 已经是十二年前的事情。那时，作为安徽省唯一的一家纯文学月刊《安徽文学》还在办着，我是这家刊物的小说编辑。
>
> 一天，我从自由来稿中发现一篇题《黑蝴蝶，黑蝴蝶……》的小说。这篇小说，可以笼统地归类于知青题材。当时这类题材的小说很多，但这一篇写得很出色。它深沉、蕴藉，小说中的人物及其活动的背景，几乎真切到可能触摸的程度，然而这一切又像与我们隔一层大山里的浓雾。雾气氤氲飘荡，把我们的父亲引入诗画的氛围，又让我们不自觉地走入人生奥秘的探寻。这种探寻，终究是不会有结果的，却灌一腔无法排遣的忧郁，似乎我们胸中也有一雾气氤氲。
>
> 我惊叹作者的写实功力，也惊叹作者的艺术手段。
>
> 我被这篇小说深深地感动了，这篇小说的作者叫刘醒龙。一个陌生的名字。当时，正是中国小说空前繁荣时期，只要哪位作者在报刊上发表三五篇小说，就会在每个小说编辑脑海里

留下印象，但刘醒龙这个名字我没有印象。一出手即不凡的作者是有的，但我不相信刘醒龙的第一篇小说就能写出这种成色。我说不清我为什么不相信，也许我是不相信在那个远离都市的山乡小城里的一个不起眼的工厂，会冒出一个如此出众的小说作者。这诚然有几分好笑，那里不是已经出现过诗人熊召政与小说家姜天民吗？强烈的好奇心驱使我给刘醒龙写了一封信又一封信，直言不讳我的喜悦与推崇，对他的来信我也仔细揣摩，想从中发现一个小说家的秘密。这还不够，有一天我竟然突发奇想，要亲自到英山走一趟，看看刘醒龙究竟是个怎样的人。

汽车在大别山的盘山公路上蜿蜒爬行，车厢里挤得双脚够不到实处，一路尘土飞扬，把人涂抹得没了人样。车子太破，超员太多，到了安徽与湖北交界的小镇漫水河，就再也爬不动了。我担心当天到不了英山，有些沮丧，便在镇上邮局给英山挂电话。可能也是缘分，想不到英山县文化馆正在这里办一个创作学习班，刘醒龙正在镇上一家旅馆里。几分钟后，刘醒龙就出现在我眼前。哈，原来是这么年轻，一看就是副诚恳宽厚的模样。随后，我们挤上一辆过路车，当晚到了英山。这一次我们谈了很多话，见了很多县里的人。我发现，每说一个人，他总是能说出人家很多好处，感恩之情不自觉地就流露出来，这使我特别感到难能可贵。这些年，我接触过不少文学青年，像他这样实心仁厚，人缘广结的似乎不多。我还发现他读的书很杂，眼界很高，完全不像有些急功近利的作者，仅从报章杂志上去寻找文学。刘醒龙有天赋，重修养，厚积薄发，比同龄文学青年有更多的东西，我相信他在创作道路上能走得更远更长久，闯出大局面该不是问题。

真是一切都不可预期。春去秋来转眼十个年头，我除了在几家省级文学刊物上偶尔见到刘醒龙的小说以外，在北京上海那些“一登龙门则声誉十倍”的刊物上，还是难以见到他的名字。一个小舢板总是靠不上大港湾，我不知道这种状况如何在折磨他。他没向我倾吐过，表面上似也不猴急。只是我有点替他冤，我向他说起刘震云。刘震云也是个一开始就见小说高手气象，但却不是一开始就幸运。一九八五年初，他已在《安徽文学》发表了近十篇小说，其中《被水卷去的酒帘》与《东方露出鱼肚白》，放在全国一流小说里也绝不逊色。这时，他又把新作《塔铺》寄给我，我们已决定在《安徽文学》刊用，可不久他又来了长途电话，说《人民文学》杂志一位负责人看到《塔铺》的复印稿，很感兴趣，想在《人民文学》五月号头条用出，问我是否同意。我当然同意，更为刘震云高兴。结果，《塔铺》一炮打响，轰动中国文坛，刘震云也一步跨进中国一流小说家行列。我想，如果《塔铺》继续是在《安徽文学》用出来，刘震云也许就要多委屈一阵子了。

这种情况怕是并不值得大惊小怪，自古而然。《世说新语》里有一则这样的故事：西晋文学家左思写出《三都赋》以后，拿给人家看，几乎没人认为那是一篇了不得的文章，甚至遭到讥讽。只有一位叫张华的人还识货，且深谙世故，告诉他：你的文章写得确实不错，可以与班固的《两都赋》，张平子的《二京赋》鼎足而三，但你应当请享有大名的学者推荐一下，否则这文章就不会受人重视，明珠难见天日。左思觉得此话有理，就把文章拿给当时的大学者皇甫谧指正。皇甫谧读后拍案赞扬，并为作序，《三都赋》顿时不胫而走，豪门大族争相传抄而致洛阳纸贵。

名家推荐，名刊登载，对一个应该成名的人而最终得以成名是太重要了。难怪像李白这样的诗人都要慨叹："而君侯何惜阶前盈尺之地，不使白扬眉吐气，激昂青云耶！"

对于刘醒龙最终跻身中国一流小说家之列，其作品得以在国内外叫响，当感谢首都那家明星刊物《青年文学》。那一年，这家刊物一连三期推出刘醒龙三个中篇小说，以后才有国内诸多权威刊物争相约稿，竞相转载，使那一年简直成了小说创作的刘醒龙年。刘醒龙也有了写创作谈的机会。他重感情，不忘衰朽，在一篇创作谈里提到我的名字，并称"恩师"，这使我十分惭愧，也毫无道理，所以一有人提起这事，我就急忙打住："那是刘醒龙瞎说！"真正的恩师应该是《青年文学》的编辑们，是他们把刘醒龙送上他应该站立的位置。

刘醒龙年轻而历练，也许他早已把这一切都看透，不愠不躁，安静如一池明净的水。就在《黑蝴蝶，黑蝴蝶……》那篇小说的结尾，有这样一句话："原来世上人所共知的天才，其实都是一些幸存者和幸运者。"也许他那时候就知道自己有些写小说的才气，只是不知道自己是否会成为幸运者。谋事在人，成事在天，虽然十年以后他才成为幸运者，但这终究还应该是不幸中的大幸。

人生中有些心得可以形成文字，有些心得只能用心体察，然后依旧留在心里。苗振亚老师的这些文字，当年读时心如止水，如今重读，怎么看怎么像是春秋笔法。

13

文学之路，难免遇到人事纷扰，不值得太计较。

如果时间往前推三十年，我绝对不会想到自己这辈子会与文学结下不解之缘。我并不认为自己是一个写作天赋很高的人，刚开始写小说时，我的手稿经常被退回来了，常常被人嘲笑。每次投稿一退到收发室，二百来号人的小厂里，包括厂长、书记就全知道了，每每笑话我是“坐家”。因为别人下班后到处玩乐，只有我一个人待在宿舍里“写东西”。我那时是典型的文学青年，有梦想，也单纯。退稿退到人都麻木了，但我没有不惜一切代价地寻求发表。当年，曾有一篇小说寄给《长江文艺》，他们认为基础很好，但希望改一改，并列出了四条意见。我将修改稿寄回《长江文艺》时，附上自己的回信。在信中，我明确表明只同意其中的一条，但不同意另外三条。结果他们就请我将小说习作“另处”。几年之后的一九八四年，我才在《安徽文学》发表小说处女作。现在想想，当时的自己的确很强硬，也很执拗，但那就是祖辈传给我的性格。黄冈人，像大黄冈地区的黄侃、闻一多、胡风等都是“一根筋”，小范围的包括古城黄州的老黄冈县一带，则是更甚，明明知道转个弯就会有看得见摸得着的“好处”放在那里，就是不肯，也不会转弯。

直到现在我还是认为，过早地发表作品、过早地成名，对作家来说并不是好事。只有不断摸索、不断前进，才能不断自我提升，达到一定水准了，运气也就说来就来。在那些没有作品发表，没有成名的时间里，写作者并没有闲着，手里的笔还在坚持挥舞，怀抱着的文学景象还是风生水起。如此历练，有点像武侠小说中的扫地僧，只要练就一身好功夫，不定什么时候就会等来挽狂澜于既倒的机遇。

14

《上海文学》主编周介人先生也是自己必须长久牢记的。

中篇小说《暮时课诵》是我发在《上海文学》上的第一篇小说，并被《新华文摘》转载和日本《中国现代小说》所译载，也是我的作品头一次被译成汉语以外的语言，并拿到平生第一笔外币稿费。责任编辑卫竹兰大姐回信说，收到我的稿件时，正好编辑部在开会，周介人先生提醒大家注意新出现的一个叫刘醒龙的作者，并让约稿。听说我已主动投稿了，周先生十分高兴，而后迅速在杂志的头条位置上刊发出来。其实，这篇小说被别的刊物退过多次，包括《人民文学》，还有与我有着特殊感情的《安徽文学》。一九九三年前后，受到八十年代末以来的文化气氛的影响，报纸杂志上几乎见不着正面写寺庙的文学作品。由于这部小说有某种亲历性，比如听家人讲的闻所未闻的和尚化缘的故事，还有与朋友一道去罗田县城附近的寺庙时的种种感受，自己特别喜欢它，历经不下十次退稿后，仍心有不甘地投寄到《上海文学》。这种喜欢一直延续到今日，将来也不会有任何改变，只要是自己编选集，第一个会想到《暮时课诵》。

与大部分作家不同，我的主要作品，几乎都发在《青年文学》

《上海文学》上，像《人民文学》反而觉得与之缘分不够。这种遗憾直到长篇小说《蟠虺》，在《人民文学》上首发，才有所挽回。《青年文学》曾在十五个月内，一口气发了我三部中篇小说，《上海文学》则将一九九六、一九九七和一九九八连续三年的第一期的头条位置全给了我。这种幸运，之前没有过，之后也没有谁能够重复。

15

我的文学教育，更多的是受民间的影响。小时候，每到夏天，在院子里乘凉，爷爷就会给我讲很多的民间故事，有《封神榜》这样的民族文学，也有当地的民间故事。《大别山之迷》系列小说的写作展示了我个人对自然、对艺术、对人等一切通过文字来表现的那种想象力。在这种小说里，个人的想象力完全发挥了。但是问题也出在这里，那就是想象力过于放纵。毕竟写小说的目的还是要给人看，过分放纵自己的想象力，而不考虑别人如何才能进入到这种想象中，不考虑别人怎么样去理解自己的想象力。这就形成了后来人们所说的读不懂。几乎没有人跟我说过能读懂我的"大别山之迷"系列小说。我特意以《异香——大别山之迷》为书名，编选了自己的第一部小说集。

"大别山之迷"是我的本意，但这些小说在《青年作家》《奔流》《安徽文学》《长江》丛刊和《长江文艺》等杂志刊发时，无一例外地被编辑们武断地改为"大别山之谜"。"谜"是可以解开的，"迷"就不一定了，有可能解得开，也有可能永远无解。通常情况下，编辑们都会觉得自己解得开这个文学青年设下的文学之谜，而不愿面对还有某种解不开的文学之迷。

就像小说中的小说味，小说味是迷而不是谜。而小说味是根本不需要谁来化解的，那些能说得清清楚楚的东西，既不是小说，也不是文学。所以，迷才是文学范围，谜不过将日常游戏用文学稍加点缀。这些叫《大别山之迷》的小说，也许连我自己都不懂，或者本来就不想弄懂。

这种写作是任性的，我只想在创作中完完全全地展示我的想象力。

然而，与人的任性一样，文学一旦任性起来，是无法走向高远的。

作家终归要慢慢地意识到：最好的文学，只有在思绪相对收敛、情怀相对理智的背景下写作才能把它写好。否则自己认为写得好到天花乱坠，效果却适得其反。我没有科班出身那样的清晰脉络，很难用几句话将这种变化说清楚，最简洁的说法，还是灵魂深处的高度自由与独立。不管别人说什么，我只会按照自己心灵所指写下每一个字。

16

对我而言，文学是内心的一种情结、感觉。从我出生那一天开始就有一种东西在积淀，多年的写作，一直没有很好表达出来，所以，我一直想写一部能够表达成长至今的经历中最为纯朴、深情和挚爱的作品。

很庆幸自己能从出生的那一天就开始做准备。小说中许多的内涵，是自己当年直接从丰饶的民间中获取。临到写作了，只需找到一种合适的沟通方式，就能将我的血液反哺到小说中。

从事小说写作的原因有许多，归根到底还是来自个人对生命品质的判断。有什么样的判断就会做什么样的事情。当我认识到，唯有写写小说，才能够抚慰灵魂，让一点点地活下去的生命彰显超凡脱俗的意义，我就动手干了，否则，内心就会永无宁日。

17

一九九二年六月我还在黄冈地区群艺馆工作时，因为《小说月报》要转载《凤凰琴》，我第一次写自己作品的创作谈，其中说到——

> 父亲六月九日来信说，他从报上看到我的《村支书》反响很大，就到县城里我的几个朋友那去找。父亲在信中历数了几位的姓名，才用一种很累的口吻说："直到昨晚小刘才将《小说月报》三期送来。晚上光线不好看不清，今天早五点半就看起，刚看完。我是你爸爸，又是老干部、老党员。《村支书》是写得好，好在真实，好在好读。我代表我们家族向你祝贺，并希望你今后写出更多、更好的作品。永远不要忘记，你是老农民的后代……"
>
> 父亲曾是我的小说最激烈的批评者。他曾在我的短篇小说《我的雪婆婆的黑森林》上做了七十二个疑问记号，这些疑问是包罗万象的，以至让我很难相信，父亲只读过一年私塾，四十

多年来一直在区乡任职，他怎么获得这些文学知识的。当然，父亲无疑是属于“革命现实主义”的读者。尽管《村支书》不是属于“革命现实主义”范畴，但父亲一定从中看到了自己的影子，所以，这一次他无法去否定了。用弗洛伊德的观点，儿子征服了父亲，儿子当然会高兴的。我又想，过不久父亲读到《凤凰琴》以后，他又会喜欢的。

我的童年、少年和青年时期的大部分，都是跟着父亲辗转在大别山腹地的乡村，常常是到一个地方就租几间农舍，将全家安顿下来。在当地人看来我们几乎无异于是农家子弟。每逢农忙假、寒暑假，生产队长就堂堂正正地安排我们出工割谷插秧。不出工时，就和当地人家的孩子一道上山砍柴。后来，我们进城了。但我在城里几乎找不到一个真正朋友，与多数人总是话不投机。

几年前，某次去武汉，听到文学界的几位熟人在一起议论一位在新闻界做事的人，说他案发被抓，末了大家忽然来了一句：一个乡巴佬也想来闯武汉？我听后心里难受极了，假如将来自己也来武汉，他们也会如此说我吗？

一九九〇年秋天，省内召开我的作品研讨会，王先霈先生发言，说我的小说是“乡下孩子写的乡下事”。我听后大受震动，由此开始苦苦想着一个问题，可一直没有说出口。我想说：其实，所谓“落后的农民意识”在每一个中国人身上都存在，只是表现形式不一样。那种居高临下，对农民品头论足、说三道四的人，其行动契机本身就是“农民意识”在起作用。

我现在才明白，父亲过去的激烈批评是有道理的。那时，我把自己的位置摆得高了，总以为自己能为我的穷苦的乡村指点迷津。现在，我终于懂得，天南地北的乡亲的出路，唯有靠他们自己去创建，而我唯一能做的一件事，就是献上自己的真情。

《凤凰琴》的构思，是从山里几位当民办教师的朋友身上得到的，好多年了，我一直想写它，却总感觉火候未到。事实上，这感觉是对的，如果早几年用父亲激烈批评过的那方式来叙述，很可能会将那几个朋友糟蹋了。应当感谢《青年文学》编辑部，他们决定一年内连续发表我的三个中篇，实际上只用了十个月。他们接二连三地催稿，使我无暇按部就班地去虚构思考，只好匆匆忙忙地将那种生活，从记忆里挤出来，于是就写得与以前不一样了。不一样的让自己吃惊，甚至不敢相信冯牧先生对自己作品的评价，不敢和别人讨论《村支书》。然而，在写《凤凰琴》时，我被自己的文字感动了，尚未成篇，就迫不及待地对朋友说，这一篇肯定比以前的好。往日，我从不敢说过头话，但这一次，我实在不能自已了。我还可以说，我总算做了一件对得起乡村，对得起乡下朋友的事。

引起父亲对我的小说由批评到表扬的变化之缘故，除上述之外，还有一个，但它是需要一篇长文才说得清的。

一八三九年秋，乔治·桑离开法国诺昂回到巴黎，她想起诺昂那些犁过的田地，想起休耕地周围的胡桃树，就叹息说："没什么好说的，生为乡巴佬，根本适应不了城市的喧哗，我认为还是家乡的泥土美，而这里的泥土，使我恶心。"时至今日，大概少有人对城市感到恶心了。但是，乔治·桑在她的人生的最后时刻说的话，值得包括她的同行在内的所有城里人谨记。

她说："留下青翠的草木。"

我是打定主意这样做的。我再也不会去玩泥塑和根雕了。

这里面有一句"大受震动"的话，后来被不少人误用，或者是有意为之，而忽略了或者根本就是视而不见，我"苦苦想着一个问题，可一直没有说出口"的隐喻。虽然在这里，父亲亲口说出我是"老农民的后代"，这话只能从他的朴素感情去理解。从爷爷到父亲，从来就算不上是纯粹的农民。在"红卫兵运动"背景下，人人都想方设法让自己的出身红之又红时，父亲也不曾在自己的履历表上，以及被"红卫兵"禁闭在斗室里所写的交代材料里，写上"贫农"二字，而是白纸黑字地写着"雇工"。爷爷居住在乡村，一辈子以"织布师"为生。子承父业的父亲，也是凭着一身织布手艺，进到汉口城内做了一名织布工人。

於可训先生有句话十分契合我的写作态度，可惜这句颇为深刻的话，反而没有引起其他人的重视。他认为，我的每一部表现乡村生活的小说背后，都有一个强大的城市背景在起着推波助澜作用。

很多人为我后来写《蟠虺》这样的长篇小说而吃惊。

我自己却一点也不意外，或许这才是小说中真正的"我"。

18

曾经预告，引起父亲对我的小说由批评到表扬的变化之缘故，还有一个，但需要一篇长文才说得清。后来，我不止一次写过，也很多次公开说过。

一九八六年十一月中旬，在大别山腹地的红安县城，听湖北省群众艺术馆冯康男先生的讲座。过程中，这位饱经风霜的长者，朗诵了一首短诗：

前天，我放学回家/锅里有一碗油盐饭//昨天，我放学回家/锅里没有一碗油盐饭//今天，我放学回家/炒了一碗油盐饭/放在妈妈的坟前！

在场的有来自全黄冈地区的近二百名业余作者。后来的日子里，当我重复提及这首名叫《一碗油盐饭》的小诗时，那些曾经与我一同听过的人，莫不是一脸茫然，丝毫不记得曾经有过此事。就连冯康男先生本人也健忘了。在他去世前不久，我们电话聊天，提及这事时，他满是狐疑地反问，自己是不是真的这么朗诵了？一九八六年秋天那一次，听冯康男先生即兴朗诵完这首小诗后，难以克制的泪水竟然在自己的脸上肆意横流。

多年之后，因为不断转述，导致一些莫名其妙的人写信来，说这首诗是他写的。我一直在克制着不理睬，不去放大内心深处的愤怒。二〇〇二年的夏天，荒谬又重新出现，一位男子不仅写信，还千方百计地打来电话，说这首诗是自己上小学时写的。巧的是这位男子也是红安人，我终于发现再不愤怒不行了，在一番厉声斥责之后，还狠狠地摔了家里的电话。家里人从未见我对外面的人发这么大火，若不是夫人抱着才两岁的女儿过来提醒，我可能会生更大的气，发更大的火。稍后几天，对方的家人悄悄打来电话，替他道歉，说他最近受到别人压迫，心情不好，并请求我原谅。曾经以来，总在说，自己不晓得这首诗的作者是谁。实际情况并非如此，写诗的女孩我没见过，传诵此诗的长者却熟识她。写诗的女孩名叫黛妹，生长在鄂西长阳县的美轮美奂的清江边。黛妹只活了短短的十八年，因为一场凄凉的爱情，而导致神情恍惚，在一场车祸中回归永生。在长阳如果有人无意中见到某处小小的墓碑前，摆着一束新艳的野花，那一定是黛妹的安息处。为了纪念，当地文学爱好者出资为黛妹修建了这座小小的墓碑。也成了传诵者的我，在浠水县的一次文学创作会议上头一回说起这首诗时，在县文化馆看门的一位老人，失控地就在街边放声大哭，泪水流得比所有人都多。

在没有这首就叫《一碗油盐饭》的诗时，看油菜花，就能早早闻到那浓酽的菜油香。有了这首名叫《一碗油盐饭》的诗后，油菜花一开，依然可以早早闻到浓酽的菜油香，同时，还能感到一种诗一样的痛苦。二〇〇四年三月底，应法国方面邀请去巴黎，参加法中文化年中国文学周活动，在一个关于乡村文学的讲座上，我再次讲到这首诗。在新艳的时尚之都，陈年的乡土同样难以抵抗。站在讲台上，看得见一行行泪水，在异国的人们脸上清晰地流淌。演讲结束后，担任同声翻译的那位加拿大老人，一定要我将那首诗用汉语写下来，他要好好收藏。加拿大老人曾经为已故中国国家主席李先念当过同声翻译。在这首诗面前，他说，自己哽咽着几乎翻译不下去了。这种痛苦，也是诗一样的痛苦。

日常人生中，时常会有某种尴尬出现。在某些场合，一个人的言谈举止不甚合适，某个与他最亲近的人往往会装作不经意咳嗽一声，给这个人以善意提醒。写作是很个人化的，各个方面是否合适，往往也是需要最理解的人给予适当的提醒。我从不羡慕我的同行一次次从欧美文学大师那里得到点化，也从不妒忌他们信口就来滔滔不绝地引用欧美文学中的名篇名句，更不会强迫自己吃两颗安眠药以化解飞机恐惧症从而不时去到世界某地以显示自己也是世界性作家。文学这东西好就好在充分尊重每个人的造化，让那种一辈子只待在一个小地方的人也能将其价值极大化。能从前辈大师或者当代名家中得到启示，自然是再好不过的事情，那种主要得益于身边人事的方式，不仅省心省力，也更加有趣味、有活力。后来的经历证明，当初冯康男老师朗诵《一碗油盐饭》，正是于乱纷纷人世中，专门针对我的一声咳嗽。这样的咳嗽，别人听见了也不会在意，更听不懂。在当时，我也是似懂非懂。我注意到了，不仅注意到了，还惊讶自己为何被感动得如同重回少年？直到几年后，自己忽然一改行文风格，同样写山里，同样写水边，虽然没有达到物是人非地步，也没有差异到天壤之别，从《大别山之迷》到《村支书》《凤凰琴》，这中间的区隔还是足够巨大的。

二〇〇六年元月，在上海复旦大学召开的《圣天门口》研讨会上，陈思和教授在发言中谈及自己当年如何读显克维支的《你往何处去》，再谈到自己现在如何读《圣天门口》。研讨会刚刚结束，《文学报》评论部主任朱小如就感慨地和我说，陈思和到底是陈思和，所说的就是导师的话，与学生辈的那些人不一样。也许别人还不懂陈思和谈刘醒龙，为何要扯得天高地远，先说显克微支。朱小如说他是懂了，也只有他才懂得，陈思和这是在教别人如何进入刘醒龙的小说世界，如何才能读懂《圣天门口》。一般俗手光顾着定调子，下结论，以凸显自己独领风骚。真正的高人才不会这样，反而只是谈方法。方法对了，路走对了，自然会有正确的结果。反之，只会是风马牛不相及，不是张冠李戴，就是李代桃僵。再说浅俗点，也就是授人以鱼，还是授人以渔。

很显然，冯康男先生的一番话，让我发现了与众不同的自己。

一九九五年四月，去杭州，《江南》杂志将那一年的文学奖颁给了我的中篇小说《白菜萝卜》。期间有去金华的活动，在火车上，与谢冕先生谈到《一碗油盐饭》，老先生听后完全无动于衷。这应了那句话：一个人的经典！那些只能作为一个人的经典的作品，关键不是不好，也不是与别人在审美判断上存有巨大差异。那些只能作为一个人的经典的作品，从本质上看，所显示的意义，往往是如何拨云见日的方法。在我这里，后来的写作让自己一直遵循一条规律，但凡能够写得简洁明了的小说，一定不要弄得神龙见首不见尾，但凡能够用朴素形式来表现的文本，就一定要做到质本洁来还洁去。《一碗油盐饭》就是那条蜿蜒在莽莽群山中的小路，大多数人未必会有机会从这里经过，凡是必须要经过的，则要走对才行，不然就出不了高山大壑。将某些看上去很深奥前沿的写作，放到这条小路上一测试，就会发现原来是满肚子牢骚无处发泄，满脑子欲望膨胀得比挂着广告条幅的气球还要大，说是文学塑造，实际上是自己将自己弄得不像人形。

19

在外面行走，所到之处，凡是美景都是天然的，是原始生态的。那些被人工改变过的地方，怎么看怎么丑陋。大西北的黄土地，荒无人烟，不见生机，也有撼动人心的美。而那些假眉假眼的混凝土山水，总是让人不想再看第二眼。文学说起来是人用文字创造的，准确地表述，应当是从人心里自然流淌出来的。原始生态下的自然是最好的，原始心态下的文学也会是最好的。任何背向心灵的书写，包括那些背向心灵的行为，都需要矫正，使其尽早回到与心灵源泉共同源远流长上来。

人在看似平常的日子里，才会留下那些值得深深怀念的事物。

平常日子里的事物，去来都是自然而然，没有任何的刻意，不带有半点矫情，也没有环境污染，生态破坏那样，由于心生歹意而派生出让人看着恶心的东西。

文学也是如此，流水自然的文字，才是魅力所在。所谓变形，与所谓变态，只隔着一层纸。变形可以是艺术，若是变态，就惨不忍睹了。

20

我的文学路途充满了艰辛而又平静如水。

这两点形容，确实非常标准。充满艰辛是我的过去，平静如水是我的现在。我特别要感谢从一九九九年开始的那六年，它不只是给了我书写《圣天门口》的时空，重要的是，我用这些时间，将个人心灵，将身边的生活，将内心所能达到历史深处，做一次彻底整理。回过头来看，同时代许多被俗众茶余饭后议论的所谓才华在谁之上的人，如果能够真正地沉潜下来，也许早就写出了这样的作品，而逼迫我去进行其他的探索。我会一直将对这六年的怀念，变成往后的每一天。

六年时间极少在文坛露面，不时地就会有深深的寂寞袭来。

在我的少年时期有过另一种寂寞，常常凌晨五点钟以前就得起床，出门上山砍柴。少年时期的大别山中，稍矮一点的山头全是光秃秃的，能当柴禾的草木，长不到秋天就被砍光了，最惨的几年，连草皮都被铲起来当了柴禾。一般时候是结伙，也有伙伴临时变卦不去，只能独自一人走上二十里山路，去到一处叫余家冲的深山里砍一担柴禾。余家冲里有一座水库，当年父亲曾潜到水库深处，冒死打开防洪闸门。有一次，好不容易砍了一担柴挑下来，遇上一个不怀好意的人，说我砍了禁山上的柴，要全部没收。我当然不肯应范。脱身之后，走到水库边，突然埋怨起父亲来，别的干部子弟这时都在家里玩，为何我要走这么远的山路，砍柴不说，还要受人欺负。甚至在心里恨恨地说，为什么父亲那次没有在这水库里淹死，真要是淹死就好了，就没有人要自己来砍柴了！

人与人不尽相同，寂寞与寂寞更加不同。

人有一千种性格，寂寞就会有一万种样式。

每次要我上山砍柴的是爷爷，并非父亲。父亲听说我经常去余家冲砍柴，让家里的灶一日三餐有得烧的，曾面带赞许地朝我看上一眼。父亲从不砍柴，只会偶尔从名叫桃花冲的更深更大的山里买一车柴送回家。我埋怨父亲，也是因为觉得自己是受到父亲那少得可怜赞许的蛊惑，上了当，受了骗。爷爷不仅一天到晚督促着要我上山砍柴，还经常不高兴，嫌我挑回家的柴禾不够多。偶尔，我不想去远处砍柴，找理由说还有作业要做。爷爷就用过日子的道理回应，说家里人要吃饭，总不能吃生米吧！在最寂寞孤苦时，我没有埋怨爷爷。爷爷无法走远路了，但还是坚持不懈天天背着竹篓，在住地附近的山野中，寻找一切可以用于烧火做饭的枯木杂草。每一次，当我挑着柴禾回家时，天色肯定完全黑了下来。这中间全部营养只有出门前的一碗油盐饭，加上沿途的小溪流中，可以任意捧起来，喝下去的清清泉水。中途需要翻过乌云山，山脊上有一棵生长了数百年的大樟树。每一次砍完柴往回走，路过大樟树，在那树下歇息时，身子平躺在草地上，十次当中，有十二次不想再起身。多年后，因为总记得这棵大樟树，我写了中篇小说《玉树临风》。在记忆中，这棵大樟树，分明是一位长在山野，立在山野，不朽在山野的大哲学家。

在文学中，我仍然是一个赶早出门上山砍柴的人。比起那些上午十点才起床，眯着惺忪睡眼，懒洋洋伸手一拧，就能将煤气灶烧得旺旺的酒店大厨，需要付出多一些汗水，是一件很自然的事情。不仅如此，那些路边的野狗，阴沟里的蛇蝎，不知从哪里钻出来的要夺走柴刀与柴禾的不明不白的烂人，还需要额外付出宝贵的心血和时光。

写了这么久，生活了这么久，在世界上行走了这么长时间，脑子里沉淀了很多东西。在能够上山砍柴前几年，就得到很多独一无二的细节。我一直记着这些细节，至于这些东西会作何用途，自己一点不知道，直到《圣天门口》的出现。像是伴着我成长，这些散落民间的历史秘密总在逼着我，催着我。到一定年龄，选择做一件事，把它做成了，总会有更多属于精神层面的收获。即使没有收获，或者收获不大，这样做也值得。无论如何，这是自己的选择。最亲密的知音，最大声的喝彩，首先是自己，这是过日子的头条真理。让自己将日子过幸福了，再想象过年的模样，是为正途。

第二章　唯有故乡才能给我们以未来

21

我出生在江边小城黄州，尚不及用脚丫感知这块文学积蕴深厚的故土，便举家迁徙到大别山主峰天堂寨下面的石头嘴镇。很多年后，我因工作调动重新回到黄州后，母亲领着我，在那处叫八卦井的地方来来回回走了几趟，也没有找到我出生时临时居住的房子。当年的房屋也许被哪处高楼挡住了，随随便便地看不见。也许早就被人拆掉重新起了别样的楼房。只能在心里记着那房子名叫黄冈地区行署招待所。刚刚出生就住这样的房子，注定了人生的漂泊无定。父亲说，一岁的我是被放在箩筐里让人挑进山里的。三岁的大姐在另一只箩筐里，姐弟俩正好凑成一担。三十年后，我只身返回黄州，故土上的人将我的血脉所系置一边而不顾，只肯认我是一个从山里出来闯世界的青年。在我开始写小说时，我并不了解这块故土，也不在意离老家只有十几里远的地方，出了李四光、熊十力、秦兆阳等一代宗师，还有同样只隔十几里的林家大塆里的那位元帅。我只知道爷爷，亲爱的爷爷和敬爱的爷爷！不止一次地，面对眼前东坡先生潇洒过的赤壁，以及大江东去后的野火春风，我举步迟疑，心扉晃荡，渴望有一个满脸沧桑，佝偻着身子的拄杖老人，出现在身边。而我越是知道这将是一个只能伴随着自己的一个长梦，越是固执地想这梦境能成为现实。我的生命能够吮吸三江四水、八面来风变得如斯浩荡，在其本质上全是仰仗着爷爷，是他给了我脊骨一样重要的文学精神。

我固执地认为，对于一个作家来说，耳朵比眼睛更要紧，从未听说有一个聋子能成为作家的。听来的东西可以充分想象，看到的事情常常难以再行构建。我就是用耳朵读完爷爷毕生的长篇巨著的：爷爷四十岁上就失去了我的奶奶；爷爷的胸口有一只碗大的被日本人毒打留下的伤疤；爷爷曾在林彪家当雇工织布；爷爷八十岁上被水牛撞碎胯骨却在八十一岁上重新站立起来。爷爷在山里的日子是一种孤独如寒夜晓星的日子。是爷爷领着我，让我站在他心里装着的那片故土上，领略弥漫着祖先气息的庄严和温情。爷爷给了我奶奶的慈祥、父亲的威严和母亲的柔情蜜意。虽然我时常怀疑在这些熏陶人生的课题面前，爷爷是否称职。每每思忖爷爷那消瘦、残缺的人生时，我想我不该奢求。

一九九〇年十二月，我应邀在一所大学里举办一个文学讲座。我讲了自己文学的起源是爷爷讲的一个故事，说到关键处，满堂的大学生一齐发出惊呼来。这个关于落水鬼的故事是我童年记忆中最早最完整的一个，我还记得那个夏夜的熏蚊虫的稻草把子燃起的浓烟是如何的酽香，并且自己是如何的恐惧。那是爷爷亲身经历的一件事，不管它如何不可思议都是难以否认的。随后的一个冬日正午，我带七岁的儿子到一处人防工程改成的游乐宫玩，正赶上停电，洞中的漆黑才叫黑，儿子恐惧极了。在电灯重新亮起后的一刹那，我好像明白：人的恐惧来源于崇拜。儿子恐惧黑暗是因为崇拜光明。我对爷爷的生存过程感到恐惧，是因为崇拜他那神奇曲折的经历。我对文学的崇拜，是因为自己对生命来去无踪的恐惧。一九八八年秋天，爷爷胸前那块四十多年无异样的伤疤忽然开始流出白色的液体，黑夜里，已穿上寿衣的爷爷用手指了指寿帽。父亲给他戴上后，他就平静地在后辈们的注视下合上眼，去寻找四十几年前就在人生中走失的奶奶去了。

爷爷的故事给我感受太多了，他以各种形象悄然走进我的小说里，我还没有察觉。是朋友问怎么有一个老头老是出现在你的笔下，我有些猛醒，同时又深感庆幸：无论历史章节如何难以被翻动，无论人生如何来点冷意与灰色，无论青春与爱情是何等的令人伤感与怀念，我们仍赶上了已经过去和正在过去的历史中的最好时光。我还庆幸，爷爷给我留下一把探索人生的钥匙，拥有它，我便有可能开启面我而来的芸芸众生中每一座心室。我不后悔自己一口气写了这么多的老头，恰恰相反，这些像枯水河中裸露礁石一样的沧桑人生，引导着我找到丰盈纯正的清泉，并觅得自己在都市喧哗中失落的那份真情。爷爷的根系在乡下，爷爷的血脉连着故土，至于我会不会背叛这些，爷爷会知道的。不管文学如何的博大无垠，只要自己不丢失那枚钥匙，我想我是能够走下去而不迷路的。

22

过去和现在，我读过的经典和非经典著作，难有一个精确的数字，其中有我喜爱的，还有我并不喜爱的，综合起来对我的影响也是一个很难说清楚的问题。我能确定的是，无论何时何地都不可能进入经典，甚至连非经典都算不上的爷爷，对我写作上的影响是巨大的。也包括我正在修养的书法，从二〇一二年元月十八日开始与水墨共舞，略有长进后，连一向熟悉的家人和朋友都认为我一定有过童子功。我只能说那一定也是爷爷在天之灵在暗中传授，爷爷虽然只读过一年半私塾，却写得一手好毛笔字。小时候，我家的椅子、水桶、扁担等时常外借的生活用具上，爷爷都会用正楷写上他的长孙的名字。

这样的举动在当时是很普遍的，就像现在我们会在自己的电脑或者手机上设定一个密码。很小的时候我就晓得爷爷名叫刘耀庭，至今还记得当初对爷爷名字的感觉：爷爷就是爷爷，爷爷怎么可以有名字呢？稍大一些，自己又像很有文化一样，暗地里不喜欢爷爷的名字，觉得俗气加古怪。当年，我却不高兴，爷爷为什么不将他自己的名字写在那些物品上？我不高兴的原因还在于，那时候，我的名字经常被说成是带有封建主义思想，而受到同伴一定程度上的歧视。

爷爷的名字如今赫然刻在老家团风县上巴河镇张家寨村的一座小山上。在那块刻着爷爷名字的石碑面前，我年年清明都要回去下跪祭拜。石碑后面的那抔黄土是爷爷永远的故事，那些故事曾经让我心中五味俱全，并且终生难忘。每一次祭拜之后，我站在小山之上，望着山下那口浅浅的水塘，心里总也免不了要问，当然不是问大梦千年与万岁的爷爷，而是问自己：这么一口平常的水塘，如何装得下爷爷那千变万化、常说常新的故事？星光下，火盆旁，那些故事曾是一大群孩子的快乐与梦幻所在，也是惊悚与胆怯的根源。

一定是爷爷对我的影响。从能听故事时起，我就不喜欢那类不是捉弄就是卖弄的所谓机智人物的故事。我喜欢爷爷讲的那些不知是真是假，在形式与内容上绝对具有亲历性的那类故事。爷爷的故事人物是有形象的，爷爷故事的内容是有着某种喻世规劝的，爷爷的故事起始是有命运感的！这大约是我更喜欢长篇小说的写作，而在短篇小说上不够下力的最初原因。一如在《往事温柔》中神秘而残忍的笑刑，还有那只一直在记忆中游荡、却找不到契机为其写作的死而复生的鸭子。

讲故事是小说的天性，写小说是故事的修养。故事不灭，小说就不会消亡。那种摈弃故事的小说写作，无异于取消加减乘除的数学。直到今天，我还在向记忆中的爷爷学习，希望在某个夏天里，用自己的故事来取悦自家的孩子，让他们远离手机、电脑或者电视机。在夜空下，一边默数着星星，一边听着那些能够绵延一个接一个的夏夜、既不重复自己、也不模仿他人的独一无二的美妙故事。

23

谈及对乡村生活的了解，我的一些作家朋友肯定超过我。他们知道太多的乡村民情、乡村故事、乡村人物。但为什么他们不能写得生动？原因很简单，因为他们知道太多，反而不知取舍；我知道的少，所以我珍惜。换句话说，我是个“穷人”，我只有那么一丁点财富，如果我不珍惜，我就一无所有。所以我会宝贝它，尽可能地去珍惜它、爱护它、想象它。

虽然我之后一直在城里工作，但是我的感情和记忆中的大部分，都是关于乡土的。作为一个写作上的成功者来到城市，感受到的是一个漂亮，但是化过妆的城市，一个真实但不太真诚的城市。而乡村对我来说是素面朝天的，被城市掩盖的每一个细微之处，它都会在更广阔的天地袒露给你。

24

乡土看似有根，实在是一种漂泊。

这样的漂泊者对故乡的梦想与怀念，是普通人难以想象的。

小时候，因为父母工作调动，不得不经常搬家。每一次迁徙所导致小伙伴的丢失，丰富和丰厚了我的情感。而在选择写作之后，又让我在潜意识中习惯性地选择稳定的叙述角度和文体，也算是一种后期的心理补偿吧。

写作者的情感深处，藏着一把名为深情的手术刀，它要解剖的是自己的心灵。发现有否携带某种名为矫情的病灶，并尽可能清除干净。深情所致，就像有了时空隧道，与写作相关和不相关的元素，都会滚滚而来。

只要青山常在，绿水长流，乡村就不可能被瓦解。

乡村是在吸收新的文化元素，作为新的营养，用来种植大地，养殖万物。

好的小说会将乡村深处某些多数人无意和少数人蓄意掩盖的隐秘挖掘出来。

好的小说家好似一棵在乱砍滥伐年代挣扎出来的野草。

好小说是无法控制的，写小说的我也从不害怕任何的遏制。力学中作用力与反作用力的原理，对作家个人的创造力同样适用。从二〇〇〇年至今，这十八年是自己文学生命力旺盛时期，不单单是出版《痛失》《弥天》《圣天门口》《天行者》《蟠虺》《黄冈秘卷》六部长篇小说，还有长篇散文《上上长江》，在人生其他方面的影响，更是难以简单形容的。其中一点，让自己任何时候都不会忘记，质朴、勤勉、隐忍、善良，如此种种，是做人的基本精神品质。

生活从来就是由数不清的小事情、小人物和小道理累积起来的，由不得大人物的摆布。伟大和崇高，总是由卑微所体现。

25

关于故乡的话，我几乎在作品中全说了。

在作品之外，我要强调的只有一点，只要有人执意认为自己是从天上掉下来的，他就可以漠视故乡。从“五四”开始，直到今天，当然还有明天，故乡的话题之所以源源不断，是因为无论你承认或者不承认，都有一个严肃的问题摆在面前：在社会越来越文明之后，人们应当如何诚实地表达自身对故乡的认知？

一个人之于故乡，不是你介意或者不介意所能决定的，我还是相信自己在书中所表达的，有这样人生经历者，生命力更为强大，这也是我们所无法左右的。就像别人叫我，晓得我的故乡在黄冈或者团风。我喜欢自己的身份，当一个来自故乡的土得掉渣的作家，一点不比时髦的口口声声要捍卫人类家园的环保主义者丢份，甚至相反，应该是更加奇丽和不朽。那些宁肯去珠峰捡垃圾，却对丢弃在自家门外的各类废品视而不见的人，所念叨的任何话题，也还是故乡意义的某个部分。等到城市有了真正的文化之后，城市也会成为我们的故乡。一个善待故乡的作家所思所想、所拥所抱的艺术才情，是那些昙花一现的都市萌宠望尘莫及的。

26

都二十年了，还不习惯称自己是团风人，宁肯先说一句自己是老黄冈县人，然后才不嫌啰唆地补充道，就是现在的团风县。老黄冈县很大，大到从前的黄州，从前的新洲，都为属地。团风县很小，小到在时下格外流行的各种排序中，都被有意无意地弄到敬陪末席。为了对父老乡亲负责，对子孙后代负责，必须为此先说一句，当初将黄冈县拆零的行政决议，是对鄂东文化的无视，是对祖宗基业的纨绔，用明明白白的话来说，就是数典忘祖。

身为受这块土地养育之恩的游子，很理解更多乡亲需要关于这地方的文献史实，也同样理解这地方有识之士的执着与不甘，所以为团风县编纂一部简史，显然是无奈之中的坚持，是努力之下的妥协。当然也是自媒体时代传承经典的一次创意。

历史的尴尬如何形容？尴尬的历史如何评说？面对已是不

争的现实，一方面要实实在在面对，该做的不仅要做，还要做好，每一件事都要做出不一样的精彩。不叫黄冈的团风，县域面积八百三十八平方公里，只要每一平方公里流传一个精彩故事，就会有八百三十八个精彩故事。虽然建县只有二十年，只要每一年都向前迈出一个坚实的步伐，就有了二十步坚实的跨越。所有这些故事，都包含在始于隋开皇十八年（公元五九八年），一直沿用至一九九五年的老黄冈县志史之中。所有前进的步伐，都是延续在这块土地上生生不息1398年的人性文脉。

如同这简史，暂且向现实妥协，依这世俗之所称，向上追溯，虽旧石器时期只剩余遗迹，往下便可知团风在商代为举国属地，春秋时，又成了俗话说的吴头楚尾蔡脚，是春秋五霸及战国七雄之楚国经蔡国称霸中原的主要通道。又因为夏商时代，即有行政建置，秦汉之际，亦为郡国之属，团风注定是长江中游著名码头，且在三国时期地名乌林，是长江中游一带，与赤壁大战之乌林，在各要素上最接近历史真实的处所。偏偏数百年后，别的几处也开始叫乌林了，真的乌林却不愿叫乌林，改名换姓称为团风，如是一直以来总是断不了考古界的否定之否定，考证考证再考证。那些后来自称的乌林，除了成为一段历史的瓜葛，再三声明的丁点来头，甚至都达不到县乡一级。唯我团风作为兵家必争之地，从来都是不争事实。春秋后期巴人在楚地西部式微，被迁徙到团风地域，巴水河畔，至两晋时期形成著名的五水蛮，每有兴风作浪，即与各朝禁卫大军血战于团风为中心的巴水、举水等五水之上，虽然最终完全溶入汉地，其英勇善战、血气方刚的文化性格，至今还使团风地方人众，凡事显得更勇于担当和敢作敢为。明末清初，也是惯于渴饮巴举二水的诗人杜茶村，为邻里家乡题写“用尽风霜力，难移草木心”之句，于声名卓著之外，重要的是对故土亲人的心血传记。

天下地理，也可以说成是用大地写成的道理。有山有水则称位置优越，家乡北部所倚大崎山，高不过七百米，却是佛道名山，更是盛夏江汉一带避暑第一方便处，也是清凉胜过远处高山的奇妙所在。南边所抱长江，江水一改别处凶神恶煞模样，从三江口分出天赐美丽的罗霍洲，再到隔水眺望的西山胜境，然后是因前后二赋被世所尽知的赤壁矶，将天地造人而慈悲于人，将人感天地而献身天地的大慈大悲大仁大义表现得淋漓尽致。有物有产则珍惜为物产丰富。家乡最让人难忘记的是那泥水田中种出来的荸荠，向东过了巴水，向西只要越过举水，向北向南，一旦过了大崎山与长江，那泥水中长出来相貌相同的小小东西，生在团风就如香甜水果，落到外地就变得像是咀嚼渣滓。还有家人在厨房随随便便做出一种名为狗脚的面食，果真是全世界再无第二份的美味。还有同样由家人在家中随随便便做出来的面食包面，真个是人世间万千美食中的美食。

又有所谓地灵人杰，人文荟萃。心底黄冈，眼前团风。即便不与大的黄冈计较，单以小的团风计数，莫不是五水之中心，莫不是五水之重点。得幸天造地设的垂青，才有历史长河中如星斗者，如杜牧、苏东坡等莅临我乡，以及由本土生长的李四光、熊十力、林彪、王亚南、秦兆阳、殷海光等显赫中华。

作为县的团风，二十年来经济和社会事业持续发展，民间绘画、黄冈善书、民间武术、龙舟会、天符圣会等非物质文化遗产得到了有效的保护和传承。其倾尽所能接纳的南水北调工程移民，其中代表成为感动中国的年度人物，两条铁路、三条高速公路贯通境内，这样的变化让古老的家乡显出新的活力。

二〇一二年，应团风诸位要求，为家乡写了一首歌：

桃花雨，梅花霜，
山回龙处红半江。
梦里曾忆青梅愁，
白首常将儿歌唱。
天涯近，天堂远，
有一个梦想叫故乡！

云飞静，水流响，
乌林古道万代长。
慈母芳华织春秋，
百年父老垦沧桑。
天涯近，天堂远，
有一个梦想叫故乡！

这几年时有国际同行来访，常将这首歌唱家乡的歌放给他们听。那一次塞尔维亚作家协会主席带几个作家诗人来访，听过这歌后，执意要我送给各位一份。我照办了。现今世界，塞尔维亚算是对家园失落有刻骨铭心之痛的。

家园的迷失还有别的方式，譬如作为文化符号的称谓。

所以，最后一定还要记上一笔，百年政治，千年文化，团风作为县名，注定是暂时的，等到团风不再是县名，等到团风县重新成为黄冈县，等到黄州重新称为黄州城，那时节，无论中国，无论中国湖北，无论中国湖北东部，才会是真的政通人和，万众享乐。

上面这段文字，是应团风亲友之邀，为《团风简史》写的序言。写完这篇序言，自己心里突然觉得格外踏实。

27

很多时候，连我都觉得自己的身份十分可疑，而更相信自己漂泊无定，没有真正意义的故乡和故土。有一阵，我在写一部关于乡土的散文，其中就书写了自己的这种状态。我的老家无法像大多数人那样，有一座老屋可以寄放，有一棵同年同月同日生的树木作为标志，再加上无论走得多远都能让内心踏实可感的一块土地。三十岁那年，为了替垂危的爷爷选一块墓地，父亲第一次带我回到他的老家。当他指着一块已被别人做了菜地的废墟，说这就是当年栖息之所时，那个关于老家的仅有的梦，突然裂成碎片，四散地一去不返了。从此，我就有了这个问题的最终答案：除了将心灵作为老家，我实在别无选择。

我曾把后来生活过的每一个地方都当成自己的老家，完全出自后天的情感。况且，在日常生活中如果有人说自己没有老家，肯定会被其他人当成一个矫情的怪物。我是在古城黄州的黄冈地委招待所出生的。刚满一岁，父亲就请了两个挑夫，一位挑着我和姐姐，一位挑起我们全家的行李，一步一步地走进大别山腹地，在一处名叫石头嘴的小镇上停留下来。那一年，堂兄专程来汉口，让我为新修的家谱作序。如果不是父亲早先在电话里嘱咐过，真让人难以相信这白发苍苍的陌生老人和自己竟是一脉相承。

高中毕业后，我在县水利局短暂工作期间，刚开始在占河水库管理处，所做工作与农民无异，就是在开山劈岭留下的乱石残岩上，种植耐旱的玉米和高粱。那时候化肥十分稀缺，水库工地上炸药很多，竟然被用来当作化肥使用。也算是自己高中毕业进入社会后头一回开眼界。在管理处同一天发生的两件事让人记忆深刻，一是头一个月的十八元工资，因为感冒发烧迷迷糊糊睡着了，醒来后发现装在自己荷包里的钱全部不见了。二是管理处那天分派我挑水将公共厕所灌满。厕所旁边有一条水沟，还有一条临时搁置不用的橡胶管，我灵机一动，就用了虹吸原理，将水沟里的水通过水管自动流进粪池里，自己则待在一旁看书。当天晚上，管理处开大会，负责人不点名地将我的行为“批判”了一通。这之后，县里要在西河上游修一座水库，我被派去辅助专业技术人员，做前期的水库库容地形图测量工作。每天早上，我扛着一根五米长的花杆，钻到河两岸的山上跑等高线。在密林中，根本看不到操持经纬仪的工程师给出的信号，一切全靠预估和判断，在心里想当然地认为对方已经观测到了，便又跑到下一个点上去。那些山谷和山峰都是令人生畏的，我从没有看透几步之外的大树后、葛藤下，甚至是深深的茅草旦所蕴藏的东西。有些地方无论自己如何壮胆，仍然不敢深入进去。慢慢地在写作中成熟起来后，我便理所当然地会想到，用雄奇险峻的峡谷行文，用风雨留痕的大树造人，用四季草木丛中清泉当情怀。

28

关于我的籍贯，团风和英山两地的朋友们每到一起就吵得不亦乐乎。特别是英山的一些人，时常将我对团风的认同，严重时，甚至视为一种忘恩负义的背叛。不得已，后来我说了一句话：我的灵魂与血肉是团风（黄冈）给的，而思想与智慧是在英山丰富的。二〇一二年秋天，父亲去世，我写了一篇彻头彻尾的关于家乡的散文，算是一次正式的回应。

抱着父亲。

我走在回故乡的路上。

一只模模糊糊的小身影，在小路上方自由地飘荡。

田野上自由延伸的小路，左边散落着一层薄薄的稻草。相同的稻草薄薄地遮盖着道路右边，都是为了纪念刚刚过去的收获季节。茂密的芭茅草，从高及屋檐的顶端开始，枯黄了所有的叶子，只在茎干上偶尔留一点苍翠，用来记忆狭长的叶片，如何从那个位置上生长出来。就像人们时常惶惑地盯着一棵大树，猜度自己的家族，如何在树下的老旧村落里繁衍生息。

我很清楚，自己抱过父亲的次数。哪怕自己是天下最弱智的儿子，哪怕自己存心想弄错，也不会有出现差错的可能。因为，这是我平生第一次抱起父亲，也是我最后一次抱起父亲。

父亲像一朵朝云，逍遥地飘荡在我的怀里。童年时代，父亲总在外面忙忙碌碌，一年当中见不上几次，刚刚迈进家门，转过身来就会消失在租住的农舍外面的梧桐树下。长大之后，遇到人生中的某个关隘苦苦难渡时，父亲一改总是用学名叫我的习惯，忽然一声声呼唤着乳名，让我的胸膛感觉到一种从未有过的温厚。那时的父亲，则像是穿堂而过的阵阵晚风。

父亲像一只圆润的家乡鱼丸，而且是在远离江畔湖乡的大山深处，在滚滚的沸水中，既不浮起，也不沉底，在水体中段舒缓徘徊的那一种。父亲曾抱怨我的刀功不力，满锅小丸子，能达到如此境界的少之又少。抱着父亲，我才明白，能在沸水中保持平静是何等的性情之美。父亲像是一只丰厚的家乡包面，并且绝对是不离乌林古道两旁的敦厚人家所制。父亲用最后一个夏天，来表达对包面的怀念。那种怀念不只是如痴如醉，更近乎偏执与狂想。好不容易弄了一碗，父亲又将所谓包面拨拉到一边，对着空荡荡的筷子生气。抱着父亲，我才想到，山里手法，山里原料，如何配制大江大湖的气韵？只有聚集各类面食之所长的家乡包面，才能抚慰父亲五十年离乡之愁。

怀抱中的父亲，更像一枚五分硬币。那是小时候我们的压岁钱。父亲亲手递上的，是坚硬，是柔软，是渴望，是满足，如此种种，百般亲情，尽在其中。

怀抱中的父亲，更像一颗坨坨糖。那是小时候我们从父亲的手提包里掏出来的，有甜蜜，有芬芳，更有过后长久留存的种种回甘。

父亲抱过我多少次？我当然不记得。

我出生时，父亲在大别山中一个叫黄栗树的地方，担任帮助工作的工作队长。得到消息，他借了一辆自行车，用一天时间，骑行三百里山路赶回家，抱起我时，随口为我取了一个名字。这是唯一一次由父亲亲口证实的往日怀抱。父亲甚至说，除此以外，他再也没有抱过我。我不相信这种说法。与天下的父亲一样，男人的本性使得父亲尽一切可能，不使自己柔软的另一面，显露在儿子面前。所谓有泪不轻弹，所谓有伤不常叹，所谓膝下有黄金，所谓不受嗟来之食，说的就是父亲一类的男人。所以，父亲不记得抱过我多少次，是因为父亲不想将女孩子才会看重的情感元素太当回事。

头顶上方的小身影还在飘荡。

我很想将她当作是一颗来自天籁的种子，如蒲公英和狗尾巴草，但她更像父亲在山路上骑着自行车的样子。

在父亲心里，有比怀抱更重要的东西值得记起。对于一个男人来说，一辈子都在承受父亲的责骂，能让其更有效地锤炼出一副更能够担当的肩膀。不必有太多别的想法，凭着正常的思维，就能回忆起，一名男婴，作为这个家庭的长子，谁会怀疑那些聚于一身的万千宠爱？

抱着父亲，我们一起走向回龙山下那个名叫郑仓的小地方。

抱着父亲，我还要送父亲走上那座没有名字的小山。

郑仓正南方向这座没有名字的小山，向来没有名字。

乡亲们说起来，对我是用“你爷爷睡的那山上”一语作为所指，意思是爷爷的归宿之所。对我堂弟，则是用“你父亲小时候睡通宵的那山上”，意思是说我那叔父尚小时夜里乘凉的地方。家乡之风情，无论是历史还是现世，无论是家事还是国事，无论是山水还是草木，无论是男女还是老幼，常常用一种固定的默契，取代那些似无必要的烦琐。譬如，父亲会问，你去那山上看过没有？莽莽山岳，叠叠峰峦，大大小小数不胜数，我们绝对不会弄错，父亲所说的山是哪一座！譬如父亲会问，你最近回去过没有？人生繁复，去来曲折，有情怀而日夜思念的小住之所，有愁绪而挥之不去的长留之地，只比牛毛略少一二，我们也断断不会让情感流落到别处。

小山太小，不仅不能称为峰，甚至连称其为山也觉得太过分。那山之微不足道，甚至只能叫作小小山。因为要带父亲去那里，因为离开太久而缺少对家乡的默契，那地方就不能没有名字。像父亲给我取名那样，我在心里给这座小山取名为小秦岭。我将这山想象成季节中的春与秋。父亲的人生将在这座山上分成两个部分，一部分称为春，一部分叫秋。称为春的这一部分有八十八年之久，叫着秋的这一部分，则是无边无际。就像故乡小路前头的田野，近处新苗茁壮，早前称作谷雨，稍后又有芒种，实实在在有利于打理田间。又如，数日之前的立冬，还有几天之后的小雪，明明白白地提醒要注意正在到来的隆冬。相较远方天地苍茫，再用纪年表述，已经毫无意义！

我不敢直接用春秋称呼这小山。

春秋意义太深远！

春秋场面太宏阔！

春秋用心太伟大！

春秋用于父亲，是一种奢华，是一种冒犯。

父亲太普通，也太平凡，在我抱起父亲前几天，父亲还在牵挂一件衣服；还在操心一点养老金；还在希望新婚的孙媳何时为这个家族添上男性血脉；甚至还在埋怨距离手边超过半尺的拐杖！父亲也不是没有丁点志向，在我抱起父亲的前几天，父亲还要一位老友过几天再来，一起聊一聊“十八大”；还要关心偶尔也会被某些人称为老人的长子，下一步还有什么目标。

于是我想，这小山，这小小山，一半是春，一半是秋，正好合为一个秦字，为什么不可能叫作小秦岭呢？父亲和先于父亲回到这山上的亲友与乡亲，人人都是半部《春秋》！

那小小身影还在盘旋，不离不弃地跟随着风，或者是我们。

小路弯弯，穿过芭茅草，又是芭茅草。

小路长长，这头是芭茅草，另一头还是芭茅草。

轻轻地走在芭茅草丛中，身边如同弥漫着父亲童年的炊烟，清清淡淡，芬芬芳芳。炊烟是饥饿的天敌，炊烟是温情的伙伴。而这些只会成为炊烟的芭茅草，同样既是父亲的天敌，又是父亲的伙伴。在父亲童年的一百种害怕中，毒蛇与马蜂排在很后的位置，传说中最令人毛骨悚然的鬼魂，亲身遇见过的莹莹鬼火都不是榜上所列的头名。被父亲视为恐怖之最的正是郑仓塆前塆后，山上山下疯长的芭茅草。这家乡田野上最常见的植物，超越乔木，超越灌木，成为人们在倾心种植的庄稼之外，最大宗物产。八十年前的这个季节，八岁的父亲正拿着镰刀，光手光脚地在小秦岭下功夫收割芭茅草。这些植物曾经割破少年鲁班的手。父亲的手与脚也被割破了无数次。少年鲁班因此发明了锯子。父亲没机会发明锯子了。父亲唯一的疑惑是，这些作为家中唯一柴禾的植物，为什么非要生长着锯齿一样的叶片？

芭茅草很长很逶迤，叶片上的锯齿锋利依然。怀抱中的父亲很安静，亦步亦趋地由着我，没有丁点犹豫和畏葸。暖风中的芭茅草，见到久违的故人，免不了也来几样曼妙身姿，瑟瑟如塞上秋词。此时此刻，我不晓得芭茅草与父亲再次相逢的感觉。我只清楚，芭茅草用罕有的温顺，轻轻地抚过我的头发，我的脸颊，我的手臂、胸脯、腰肢和双腿，还有正在让我行走的小路。分明是母亲八十大寿那天，父亲拉着我的手，感觉上有些苍茫，有些温厚，更多的是不舍与留恋。

冬日初临，太阳正暖。

这时候，父亲本该在远离家乡的那颗太阳下面，眯着双眼小声地响着呼噜，晒晒自己。身边任何事情看上去与之毫无关系，然而，只要有熟悉的声音出现，父亲就会清醒过来，用第一反应拉着家人，毫无障碍地聊起台湾、钓鱼岛和航空母舰。是我双膝跪拜，双手高举，从铺天盖地的阳光里抱起父亲，让父亲回到更加熟悉的太阳之下。我能感觉到家乡太阳对父亲格外温馨，已经苍凉的父亲，在我的怀抱里慢慢地温暖起来。

小路还在我和父亲的脚下。

小路正在穿过父亲一直在念叨的郑仓。

有与父亲一道割过芭茅草的人，在塆边叫着父亲的乳名。鞭炮声声中，我感到父亲在怀里轻轻颤动了一下。父亲一定是回答了。像那呼唤者一样，也在说，回来好，回到郑仓一切就好了！像小路旁的芭茅草记得故人，二十二户人家的郑仓，只认亲人，而不认其他。恰逢家国浩劫，时值中年的父亲逃回家乡，芭茅草掩蔽下的郑仓，像芭茅草一样掩蔽起父亲。没有人为难父亲，也没有人敢来为难父亲。那时的父亲，一定也听别人说，同时自己也说，回到郑仓，一切就好了。

随心所欲的小路，随心所欲地穿过那些新居与旧宅。

我还在抱着父亲。正如那小小身影，还在空中飞扬。

不用抬头，我也记得，前面是一片竹林。无论是多年前，还是多年之后，这竹林总是同一副模样。竹子不多也不少，不大也不小，不茂密也不稀疏。竹林是郑仓一带少有的没有生长芭茅草的地方，然而那些竹子却长得像芭茅草一样。

没有芭茅草的小路，再次落满因为收获而遗下的稻草。

父亲喜欢这样的小路。父亲还是一年四季都是赤脚的少年时，则更加喜欢，不是因为宛如铺上柔软的地毯，是因为这稻草的温软，或多或少地阻隔了地面上的冰雪寒霜。那时候的父亲，深得姑妈体恤，不管婆家有没有不满，年年冬季，都要给侄儿侄女各做一双布鞋。除此之外，父亲他们再无穿鞋的可能。一九九一年中秋节次日，父亲让我陪着走遍黄州城内的主要商店，寻找价格最贵的皮鞋。父亲亲手拎着因为价格最贵而被认作是最好的皮鞋，去了父亲的表兄家，亲手将皮鞋敬上，以感谢父亲姑妈，我的姑奶奶，当年之恩情。

接连几场秋雨，将小路洗出冬季风骨。太阳晒一晒，小路上又有了些许别的季节风情。如果是当年，这样的季节，这样的天气，再有这样的稻草铺着，赤脚的父亲一定会冲着这小路欢天喜地。这样的时候，我一定要走得轻一些，走得慢一些。这样的时候，我一定要走得更轻一些，更慢一些。然而，竹林是天下最普通的竹林，也是天下最漫不经心的竹林，生得随便，长得随便，小路穿过竹林也没法不随便。

北风微微一吹，竹林就散去，将一座小山散淡地放在小路前面。

用不着问小路，也用不着问父亲，这便是那小秦岭了。

有一阵，我看不见那小小身影了，还以为她不认识小秦岭，或者不肯去往小秦岭。不待我再多想些什么，那小小身影又出现了，那样子只可能是拉在后面，与那些熟悉的竹梢小有缠绵。

父亲的小秦岭，乘过父亲童年的凉，晒过父亲童年的太阳，饿过父亲童年的饥饿，冷过父亲童年的寒冷，更盼过父亲童年对外出做工的爷爷的渴盼。小秦岭是父亲的小小高地。童年之男踮着脚或者拼命蹦跳，即便是爬上那棵少有人愿意爬着玩的松树，除了父亲的父亲，我的爷爷，父亲还能盼望什么呢？远处的回龙山，更远处的大崎山，这些都不在父亲期盼范围。

父亲更没有望见，在比大崎山更远的大别山深处那个名叫老鹳冲的村落。蜿蜒在老鹳冲村的小路我走过不多的几次。那时候的父亲身强体壮，父亲立下军令状，不让老鹳冲因全村人年年外出讨米要饭而继续著名。那里的小路更坚硬，也更复杂。父亲在远离郑仓，却与郑仓有几分相似的地方，同样留下一次著名的伫立。是那山洪暴发的时节，村边沙河再次溃口。就在所有人只顾慌张逃命时，有人发现父亲没有逃走。父亲不是英雄，没有跳入洪水中，用身体堵塞溃口。父亲不是榜样，没有振臂高呼，让谁谁谁跟着自己冲上去。父亲打着伞，纹丝不动地站在沙堤溃口，任凭沙堤在脚下一块块地崩塌。逃走人纷纷返回时，父亲还是那样站着，什么话也没说，直到溃口被堵住，父亲才说，今年不用讨米要饭了。果然，这一年，丰收的水稻，将习惯外出讨米要饭的人，尽数留了下来。

我的站在沙河边的父亲！

我的站在小秦岭上的父亲！

一个在怀抱细微的梦想！

一个在怀抱质朴的理想！

春与秋累积的小秦岭！短暂与永恒相加的小秦岭！离我们只剩下几步之遥了，怀抱中的父亲似乎贴紧了些。我不得不将步履迈得比慢还要慢。我很清楚，只要走完剩下几步，父亲就会离开我的怀抱。成为一种梦幻，重新独自伫立在小秦岭上。

小路尽头的稻草很香，是那种浓得令人内心颤抖的酽香。如果它们堆在一起燃烧成一股青烟，就不仅仅为父亲所喜欢，同样会被我所喜欢。那样的青烟绕绕，野火燎燎，正是头一次与父亲一同行走在这条小路上的情景。

同样的父亲，同样的我，那一次，父亲在这小路上，用那双大脚流星追月一样畅快地行走，快乐得可以与任何一棵小树握握手，可以与任何一只小兽打招呼，更别说突然出现在小路拐弯处久违的发小。那一次，我完完全全是个多余的人。家乡对我的反应，几乎全是一个啊字。还分不清在这唯一的啊字后面，是画上句号？还是惊叹号？或许是省略号？那一次，是我唯一见过极具少年风采的父亲。

小秦岭！郑仓！张家寨！标云岗！上巴河！

在那稍纵即逝的少年回眸里，目光触及所在，全属于父亲！父亲是那样贪婪！父亲是那样霸道！即使是整座田野上最难容下行人脚步的田埂，也要试着走上一走，并且总有父亲渴望发现的发现，渴望获得的获得。

如果家乡是慈母，我当然相信，那一次的父亲，正是一个成年男子为内心柔软所在寻找寄托。如果大地有怀抱，我更愿相信，那一次的父亲，正是对能使自身投入的怀抱的寻找。

小路，只有小路，才是用来寻找的。

小路，只有小路，才是用来深爱的。

小路，只有小路，才是用来回家的。

八十八年的行走，再坚硬的山坡也被踩成一条与后代同享的坦途。

一个坚强的男人，何时才会接受另一个坚强男人的拥抱?

一个父亲，何时才会没有任何主观意识地任凭另一个父亲将其抱在怀里?

无论如何，那一次，我都不可能有抱起父亲的念头。无论父亲做什么和不做什么，也无论父亲说什么和不说什么，更遑论父亲想什么和不想什么。现在，无论如何，我也同样不可能有放弃父亲的念头。无论父亲有多重和有多轻，也无论父亲有多冷和有多热，更别说父亲有多少恩和多少情。

在我的词汇里，曾经多么喜欢大路朝天这个词。

在我的话语中，也曾如此欣赏小路总有尽头的说法。

此时此刻，我才发现大路朝天也好，小路总有尽头也罢，都在自己的真情实感范围之外。

一条青蛇钻进夏天的草丛，一只狐狸藏身秋天的谷堆，一只枯叶卷进冬天的寒风，一片冰雪化入春天的泥土。无须提醒，父亲肯定明白，小路像青蛇、狐狸、枯叶和冰雪那样，在我的脚下消失了。父亲对小秦岭太熟悉，即便是在千山万壑之外做噩梦时，也不会混淆，金银花在两地芳菲的差异；也不会分不出，此地花喜鹊与彼处花喜鹊鸣叫的不同。

小路起于平淡无奇，又终于平淡无奇。

没有路的小秦岭，本来就不需要路。父亲一定是这样想的，春天里采过鲜花，夏天里数过星星，秋天里摘过野果，冬天里烧过野火，这样的去处，无论什么路，都是画蛇添足的多余败笔。

山坡上，一堆新土正散发着千万年深蕴而生发的大地芬芳。父亲没有挣扎，也没有不挣扎。不知何处迸发出来的力量，将父亲从我的怀抱里带走。或许根本与力学无关。无人推波助澜的水，也会在小溪中流淌；无人呼风唤雨的云，也会在天边散漫。父亲的离散是逻辑中的逻辑，也是自然中的自然。说道理没有用，不说道理也没有用。

龙回大海，凤凰还巢，叶落归根，宝剑入鞘。

父亲不是云，却像流云一样飘然而去。

父亲不是风，却像东风一样独赴天涯。

我的怀抱里空了，却很宽阔。因为这是父亲第一次躺过的怀抱。

我的怀抱里轻了，却很沉重。因为这是父亲最后一次躺过的怀抱。

趁着尚且能够寻觅的痕迹，我匍匐在那堆新土之上，一膝一膝，一肘一肘，从黄土丘一端跪行到另一端。一只倒插的镐把从地下慢慢地拔起来，三尺长的镐把下面，留着一道通达蓝天大地的洞径，有小股青烟缓缓升起。我拿一些吃食，轻轻地放入其中。我终于有机会亲手给父亲喂食了。我也终于有机会最后一次亲手给父亲喂食。是父亲最想念的包面？还是父亲最不肯马虎的鱼丸？我不想记住，也不愿记住。有黄土涌过来，将那嘴巴一样，眼睛一样，鼻孔一样，耳郭一样，肚脐一样，心窝一样的洞径填满了。填得与漫不经心地铺陈在周边的黄土们一模一样。如果这也是路，那她就是联系父亲与他的子孙们最后的一程。

这路程一断，父亲再也回不到我们身边。

这路程一断，小秦岭就化成了我们的父亲。

天地有无声响，我不在乎，因为父亲已不在乎。

人间有无伤悲，我不在乎，因为父亲已不在乎。

我只在乎，父亲轻轻离去的那一刻，自己有没有放肆，有没有轻浮，有没有无情，有没有乱了方寸。

这是我第一次描写父亲。

请多包涵。就像小时候，

我总是原谅小路中间的那堆牛粪。

这是我第一次描写家乡。

请多包涵。就像小时候，

我总是原谅小路中间的那堆牛粪。

此时此刻，我再次看见那小小身影了。她离我那么近，用眼角都能看得清清楚楚。她是从眼前那棵大松树上飘下来的，在与松果分离的那一瞬间里，她变成一粒小小的种子，凭着风飘洒而下，像我的情思那样，轻轻化入黄土之中。她要去寻找什么只有她自己清楚。我只晓得，当她再次出现，一定是苍苍翠翠的茂盛新生！

这些文字是为父亲守灵时写下的。当时觉得断断续续，写到最后才发现，几乎不需要再增删什么，依着原始的样子就行。主要的感觉是遗憾，是文学在表现情感时，无力达到真实状态的那种遗憾。对家乡的习俗我并不是太陌生，即便如此，当父亲被掩埋在土地里，我还是强烈震撼了。热心帮忙的乡亲们，将预先埋下的锄柄从堆土中拔起，留下一个通向墓室的小洞。作为长子的我，几乎是趴着将几样家乡食物放进小洞中，让深埋在土地里的父亲吃上人世间最后一顿午餐，再用双手捧起黄土堵上这洞口。这种震撼再过几辈子我也许会写出来，但在这篇文字里，我的文字是苍白的。家人中有看过的，除了夫人掉过眼泪，别人都是默不作声。我不去问他们，我想他们一定与我一样，任何关于父亲的文字都不会令亲人满意。

过去的故乡是一种形而上的情绪。这一次，这一篇，所有的文字全是形而下的。所以我才称其为第一次。小路、小塆、小山，还有那只珍藏着父亲的小盒子，一切都不再是抒情，而是一点都不含糊的真真切切的存在。写小路时，那种湿润的感觉就会出现在电脑桌下的地板上。写小塆时，那种寂静的声音就会飘荡在书房的窗外。重要的是，这里的“第一次”还在于父亲与故乡合为一体了，还在于作为儿子的自己，“第一次”也是最后一次抱着父亲。

直到现在，我也没有在家乡待过一整天，我喝过家乡的茶，吃过家乡的饭，挖过家乡的芭茅草，坐在家乡的长凳上与形形色色的乡亲聊天说事，甚至通过熟人让省里某部门给家乡拨付一笔修水泥路、太阳能路灯和自来水的不小款项，却没有在家乡的床上睡过一个夜晚。人都是这样，忙忙碌碌时，对那些达不到的境界，用精神上的惦记做些宽慰。这种宽慰终归还是要落到实处。

少小离家老大还，这大概是每个人都难以免俗的经历。我从没有为离开家乡而庆幸。我只庆幸过去、现在、将来，有一个小地方始终是心里最重要的牵挂。

还有心痛。我这辈子没有见过奶奶和外公，外婆也只出现在我一岁时那早已找不到踪影的记忆中。爷爷和父亲都是八十八岁时离开我们的。爷爷走时，我正闹失眠症，守了两天两夜之后，我从下午两点一口气睡到第二天上午十点，失眠症就此痊愈。爷爷走时当事的是父亲，所以，父亲是我当事送别的第一个亲人。那种心痛，包含着对诸多无法弥补的往事的追悔。父亲离世，外人都说是高寿，但对儿子来说，还是太突然，相伴几十年的亲人远去了，那种滋味实在太难受、太痛了！这种难受和痛本身就是一种“在场”，那些不在场的人自然感受不到这些。这和情感一样，如果情感不在场，就有可能是精神出轨了。

29

从一九八九年六月由英山县文艺创作室，调到黄冈地区群众艺术馆，再于一九九四年元月离开黄州，调到武汉市文联任专业作家，我在黄州居住了四年。

在黄州的日子里，有个星期天，我领着儿子上集贸市场买菜。儿子站在张牙舞爪的龙虾面前不肯走。没奈何，我只好停下来，让儿子自己去挑，儿子伸手刚向前又缩回来，他怕，要我动手。我正准备说我也怕，虾贩子已飞快地替我们代劳了。一边往菜篮里扔那些狰狞可怖的尤物，一边挺热心地说个大体肥的龙虾最好。我对龙虾没有经验，对各色菜贩子却是有经验的，他们总是恨不得将孬的一下子先炒出去。我想，虾贩子说大的好，我就偏要小的。于是，便顾不得含蓄斯文，冲着处处暗藏杀机的龙虾们大打出手了。

回家后方知，儿子要吃龙虾是假，要玩龙虾是真。他哭闹着使尽浑身解数，不让我将它们活活蒸了，自己端了半脸盆水，放几只精灵的龙虾，用一只小棍子去和那些大钳子打斗。最逗儿子开心的是龙虾中小的们。由此，我想到在与虾贩子的较量中，我胜了。其实，在回家的路上我就明白过来，这吃龙虾与吃螃蟹应是一样的道理，讲究的就是个大体肥。

在那次，由于儿子的欢乐，我发现自己对龙虾的感情起了变化。

一九九〇年那个流火的月份，在通往大别山主峰天堂寨的客车上，往日的冷清寂寥，被突发的熙熙攘攘搅得令当地人吃惊，猜不透这满满一车横行霸道的城里人，来这大山里面干什么。有问则有答，说是去山上宾馆开笔会的，他们啊了一声，仿佛懂了。我则以为未必是真懂，这种拢到一起写小说写诗的会，在城里都要很费一番口舌做解释，而在山里，他们也许是将我们当成卖笔买笔的生意人，来此开展销会。

如火如荼的季节，笔会亦开得如火如荼。高手当仁不让，新秀死不认输，三三两两住一间屋子，大家都暗暗较着劲写。宾馆条件应该说是不错的，却无法使每个人都得到一张桌子和一张椅子。无奈，大家各显神通，或是掀了被窝将床板当桌子，或是将水桶倒过来做成椅子。直弄得服务员叫苦不迭。而到了夜里，一群人叠起会议室的沙发茶几，拎一部录音机放出了抒情浪漫的舞曲。自然又欢欢乐乐，轻轻松松了。

宾馆在天堂寨山腰上，外面一弯小桥和一群裸露的玄武岩，勾勒出一条清悠悠的小河。我曾说过，在这山泉之中洗衣服是一种享受。后来，当我看到几个小孩在那溪水中扑腾时，一番蓦然回首之中，呼地觉得，那才是一种不再有了的享受。

那天中午，在去餐厅的路上，几个湿漉漉的小孩迎面跑来，大点的一个手上托着一只罐头瓶，瓶里装着几只小螃蟹。我立即想起了儿子和龙虾，你这螃蟹能给我一只吗？小孩愣也不愣便说，你拿吧。我从口袋里翻出一只旧信封，随手拿了一只装进去。坐在餐厅等候上菜的时间里，我拿出螃蟹炫耀说，自己给儿子弄了一个最漂亮的礼物。旁边的人却提醒说，螃蟹是只死的。我一细看顿时愣了，果然那小生命已魂归山野了。

料想不到的是，等我步出餐厅，那小孩竟候在外面，见了我，问，喂，你那蟹子是死的吧。我说是呀是呀，蟹子是死的。我小时候也是将螃蟹叫蟹子。小孩说，不怕，我再到河里给你捉一只，河里蟹子多得很。又问，你住哪个房间，捉到后，我给你送去。我告诉他我住205房间。到天黑，散步回来，小孩不知从什么地方一下蹦到我面前，依然喂了一声，说，我把蟹子放到你房间里去了。回到房间，果然，茶几上放着一只罐头瓶，瓶里的清水中，透出一只大螃蟹和几只小螃蟹。

此后和小孩碰面，我们都以喂来打招呼。有一次我问他，这蟹子吃什么。小孩认真地想了想，极负责地回答说，吃沙子。我是真心问，小孩也是真心答。我不知道螃蟹吃什么，却能断定绝不是吃沙子。我仍然笑着点头表示懂了，回房间后，却丢了几粒饭粒在瓶子里。

下山之际，和《长江文艺》的刘耀仑君坐在一辆吉普里，忍不住从那声喂，谈到山里人的纯朴，同时拿出瓶子里的螃蟹作证。刘君精神大振，说他家里谁给他儿子送了一只小乌龟，谁又送给他儿子一只小团鱼（鳖），说，干脆也将这螃蟹送给我儿子吧，这样，三位铁甲将军就会齐了。我笑一笑，没作表示，心里则想，你有儿子，我就没儿子吗！

谁知在罗田县城住下开总结会的那一日中午，《芳草》编辑部的刘宝玲先生忽然很沉痛地冲着进门的我说，你看看，好像那大螃蟹将小螃蟹吃了！我立刻将眼睛凑近去，但见瓶内浊水横溢，一条条断胳膊残腿在展示着一场凄惨的屠杀。小螃蟹全不见了，只剩下那只大螃蟹耀武扬威地举着屠刀似的两把大钳子。我真想骂，你这混账东西怎么可以残害自己的兄弟呢，真不该错爱你一场。却没有骂出声，我怕伤害送我螃蟹的小孩的心，尽管他听不见，可人做事说话都得凭着良心，而不能似这天堂之中的横行者。

再也没有将这螃蟹送给儿子作礼物的兴致了，回转身就将它送给了刘耀仑君。刘君立即给我一副感谢的样子。我几乎要告诉他这家伙的暴行和血债，但我更愿见到龟鳖蟹同居一室，比试谁斗得过谁，就强忍着终没说出口。

在我们这一行人中，没有谁能解释螃蟹为什么会自相残杀。日后，在另一场合，我又说起螃蟹之残忍。有人不以为然地说，假如你不把它囚禁起来，它就不会吃自己的同胞，它是饿急了才这样。

我一时竟无话可答。如他所言，倒是我凶残而不是别的什么了。此君亦是那次笔会中人，他继续引申，说，就像那次笔会，上山时车上挤得像蒸饺子，我们反而怪路上不该还有人上车，如果没有我们这一帮人，车上会那么挤吗？在山上，我们埋怨服务质量不高，但若是别的普通会议，就不会那么难伺候了。我终于有了话，我说，假如山下的新鲜东西，始终不上山去横行，那山上不永远是死气沉沉吗？

在这一瞬间里我突发奇想，这个世界假如从没有骄横之物，那又会是什么样子呢？因为历史从来都是横行者开的头，所以，我很想知道刘君家里三个铁甲将军会面后，会是怎样的一种结尾。然而，我不会询问的，因为我更想将这一切全部忘掉。

30

说来也巧，儿子出生几个月后，做父亲的小说处女作也发表了。

三十五年后的二〇一八年毕业季，武汉大学邀请我作为毕业生家长代表，参加儿子的毕业典礼，并做了如下讲话：

> 作为武汉大学外语学院本届博士毕业生刘早的父亲，有机会来到校园看着孩子完成学业，自然会像别的家长一样高兴。前两天见到刘早穿博士生红袍时，情不自禁地自斟自饮了两杯。在此我就不说高兴了，而说说感怀。在我家，最疼爱刘早的不是我，而是我的父亲，刘早的爷爷。刘早考上大学时老人家喜出望外。读硕士时老人家去世。又升为博士生后，刘早专程到

老人家的墓前说给老人家知道。他爷爷酒量奇好，但生前极少沾酒，得知孙子也像书香人家的孩子读书读成了博士，老人家一定会在天国邀上三五老友，喝成不醉不归。在大学说这类话有点不合适。我的意思是孩子们每一点成长，天上地下，不知有多少人在关注。那些看上去无法再关心的先祖，实际上，还在以量子纠缠的方式起作用，不会因为看不到，也摸不着就不存在。我在乱用奇特的量子物理现象以表达一位家长此刻的心情。人和人之间的血脉传承，可否与量子一样，不曾与祖先见过面，还能涌动千年不断的心潮？从历史和现实的意义上讲，毕业一方面是现实的要求，另一方面本身就是这股前不见源头，后不见尽头的血脉纠缠。

作为刘早的父亲，向手把手培养他的胡谷明教授和其他师长当面致谢，是我多时的念想。过去三十年，刘早一天天从少年而青年。在珞珈山下求学三度春秋，身上才有了读书人气质。我家是老黄冈人，刚出版的长篇小说《黄冈秘卷》，写黄冈人不只是铁血，更有人所忽视的贤良方正。上世纪初，如果也有精准扶贫，我家肯定排名在前。我的爷爷只上过一年半私塾，刘早的爷爷只上过一年私塾，我自己也只是“红卫兵运动”后的高中生，用老人们的话说，只相当于读三年私塾。我们这一辈智力都不差，却只有刘早的小姑姑考上过长沙铁道学院。我自己当工人用业余时间写小说，一路走下来，比一般上过大学的同行辛苦十倍不止。刘早的爷爷生前最大愿望是让开在我家的书香传承下去。刘早考上博士生，入胡教授门下，我都来不及开心，便开始担心，学业如何立，学问如何做，如何才能不辱师门？有时候很想与导师私下交流一下，看看刘早到底学成什么样子，又怕自己的轻率打扰导师教导。前些时，刘早报喜说答辩通过了，我心里还留有余地。直到胡教授邀请我参加毕业典礼，才相信孩子并非报喜不报忧。俄语我一句没学会，俄罗斯文学还略知一二。刘早最初译作我不甚满意，三年光景下来，再看他的译作，不由得暗暗称道。在心里猜度，能用三年岁月将青涩学子养成学术模样，指点迷津的教授功力该是何等了得！寻蜂收取野蜜，随鹭可采嘉莲。面对引路人，说声谢谢难以表达全部心情，又只有谢谢二字才符合家长的心情，也符合时下的纪律规矩。在此，我向外语学院的全体老师和莅临典礼的嘉宾鞠躬致意。

作为父亲，哪怕孩子已博士学成，还要叮嘱几句。去年此时，我正在可可西里，那天，一位随行记者忽然说，刘老师，你应当是将万里长江从头走到尾的第一位作家。同行的人一琢磨，还真的如此，从屈原到李杜到当代同行，文学史之前的确无人走完长江全程。话是这么说，心里总觉得哪里不对。行走到索南达杰保护站，手机信号还是满格，才明白过来。人在当前，只要有愿望和资金，行走长江写写才华文章，已不是难题。而在唐宋明清却是与登天一样不可能的事。不说中下游，就是让人闻之色变的可可西里，黑色公路比校园外的八一路还好，让人在天堑面前也有如履平地的气概。没有国家的巨大进步，我也不可能走完长江全程。人需要才华，人的成功看上去是仰仗才华，如果脱离身处的家国，才华就会沦为人生空谈。刘早能顺利做到博士生毕业，背后支撑的妻子和女儿，还有其他家人，也是不可或缺的关键因素。人可以恃才，切不可傲物。才是自己的，物是外部的给予。轻看或者无视，失去有力支撑的才华，只是天上云霞，中看不中用。在家一定要是好儿女，好夫妻，好父母，在国一定要是守护者和建设者。爱我们的家国，是有志者的不二选择。

长角的都不是食肉动物，开花的成不了栋梁之材。在家里我常与刘早说这两句话。希望刘早和各位同学，不管将来做何事业，一定要有格局，做不到事业伟大，也要情怀阔大。我们这代人，最远到达天涯海角，同学们的理想比火星还远。去的地方越远，越要记住东湖边，珞珈山下，开满樱花桂花，铺满枫叶的武汉大学校园，是你们人生的再造之地。

祝福各位师长！祝福各位同学！

说这些话时，儿子就在台下端坐着。之前我与他说起那年在黄州买小龙虾的事，他居然还有记忆。一晃之间，他就长大了，坐在那里像是父亲的又一部作品。

31

写《圣天门口》的六年我很入世、也很世俗，六年时间让我养大了女儿。从夫人怀孕开始写这部小说，夫人怀孕我不好出门。可爱的女儿出生了，我也不好出门。女儿身体不好，我也不好出门。所以这段时间正好在家写作，别人用不着想象我是苦行僧。最为难的时候，也就是有一段时间女儿总在生病，一个夏天住了三次院，那是最焦躁和为难的时候。女儿只要恢复健康，自己往电脑前面一坐，感觉就很舒服。很多人读我的《圣天门口》，都说你应该是六十岁的人，但是我就不是六十岁的人，这六年我也是食人间烟火的，再苦再累也要把女儿养大。男人真的过了四十岁之后才知道怎么做父亲，我有太深刻的体会了。看着自己珍惜这个小生命在一点点长大，写得太累的时候，需要安慰，需要爱抚，女儿也从只会牙牙学语，到明明白白地说一句，我亲爸爸一下，爸爸就不累了。女儿总是左边亲一下，右边亲一下，不够的话再在额头上加一下。除了感谢上天赐予我写作能力以外，我也感谢上天给我这么一个女儿，如果没有这个女儿也不会有这个作品。《圣天门口》最初的名字是《雪杭》。我过去就有很多积累和想法，甚至有过要写这部小说的念头。我和夫人第一次去杭州时，赶上一场多年不遇的大雪，正是在这样的时刻，《雪杭》的名字从无边无际的世界中跳到我的眼前。六年时间，不光把这个作品拿出来了，而且还有很大的收获。这是非常开心的，家人和朋友都替我开心，就像一下子添了两个女儿。

写这部长篇小说不感觉到辛苦。虽然花了六年，回忆起来，觉得这是我的写作生涯中最安宁、最安详、最享受的一段日子。

对于一个职业的写作者来说，如果连写作中的孤独、苦闷都承受不了，就不配当作家。面对外部诱惑，必须拒绝，否则就没有时间写。这个是起码的，是必须坚持的职业操守。要写一百万字，必须付出写这么多字的时间。一百万字单单是抄写，也要很长时间。作家的职业操守，与其他任何行业相比，并无本质区别。

六年之间，像闭关修炼高深武功。六年之后，再开门出来一看，文坛的话题全变了。开始写《圣天门口》时，媒体炒作得最火热的文学话题是“60后”。等到《圣天门口》问世，文学话题中的“60后”几乎见不着，四面八方全是“80后”、甚至是“90后”，中间“70后”像是不曾存在过。

文学还是有一点陌生感好。陌生会产生孤独，人在孤独的时候，思考更有意味。作家有些才能不是与生俱来的，能力成长的过程也是个人成长的过程。写作的过程也是一种认识的过程。一个人写作才华最旺盛的时候，不是思考的时候，而是写作的时候。我不是那种天才型的，甚至不是才子型的人，我是比较笨拙的。写《圣天门口》，我开了三次头，第一次头写了五万字，后来就废掉了，第二次开头写了十二万字，又扔掉了，直到第三次开头，一发不可收，我很满意。曾经说过，后人很多时候是在继承祖宗的才华。有人把我的小说称为是历史小说，无论小说，还是写小说的自己，都是历史与时代之间的桥梁与纽带。

32

一般聪慧的孩子在别人看来，父母会很轻松，其实正相反。

女儿大了，上小学之后，我经常忍不住要对她如此说一说。除去一些情不自禁地喟叹，这样与她说话，在心里，更多的是想借此来激励她，让她更独立，同时在安排自己学习和每天的起居上更加自律。女儿的确做得很好。时常听到别的家长在一起抱怨，孩子才那么小，却要每天做作业到晚上八九点钟。可女儿老爱在家里反讽一样地叹气说，老师布置的作业真少，我一会就做完了，为什么不多布置一点？上学后的第二个星期，有一天她趴在桌子上到了八点还没下来。初时还以为作业上有问题。想过去问问，她连忙用手捂着，不让我们看清楚她在写什么。就这样奇怪地等到她终于休息了，才晓得她是嫌作业太少，便写起日记来。那些文字，非常像模像样，其中一些话，简直让我们惊艳，想不起来，她是何时何地学会了这样表达自己的情感与思维的。冬天刚来时，有天晚上，她又在自己的屋子里忙碌着，看她在台灯下面手忙脚乱地查字典，就晓得她一定又是在写什么。殊不知，这一次她写的是家庭健康方面的规定：爸爸，为了防止感冒咳嗽，请全家注意以下几点：一，多锻炼；二，冬天到了，多看天气预报，了解天气变化；三，要知道何时脱衣、加衣，以免着凉。（特别是爸爸）。写完了，她还用胶水粘贴在书房门上。

细细一想，这样一些事情能算作是女儿长大了吗？似乎不是。

上了学，女儿经历的事情要比幼儿园多许多。首先是学校离家的距离要远，不比幼儿园，出院门往左一拐，过一条大马路，再进到另一处大院里就算到了。而学校离家有足足五公里。这样的距离让我曾经计划，将去学校接女儿当成散步。为此，我当真试过几次，不紧不慢地一路走过去，正好一个小时。因为院子里的孩子大部分在这所学校，女儿早两年就作了决定，要同那些带着她玩的小哥哥和小姐姐进同一所校门。女儿终于在那所小学报上名，等到学校张榜公布具体分班情况时，她却有些失望地说，只差一点就分到一（4）班了。就因为有位小哥哥就是从一（4）班一路升级上去的，小哥哥对她说一（4）班如何好。她就以为所有的一（4）班一定同样好。如果这还说明她尚且稚嫩的话，那么，女儿无数次问我，家门口的 411 和 108 路公共汽车是不是可以到达她将来要去读书的那所学校，一定要看成是她太渴望成长了。每一次我回答说是时，她就坚定地说，将来她要自己买票坐公共汽车上学，不用爸爸妈妈接送。每一次，我都要说，不行，哪怕坐公共汽车，爸爸也要陪你，直到你读完小学、读完初中、读完高中为止，上了大学后爸爸才不再接你送你了。说这些话，我总是婉转告诉她，社会上有些不安全的因素，让自己心爱的女儿，像断了线的风筝那样，在人潮如海的大街被人挤得东倒西歪飘忽无定，爸爸实在是不放心。

长篇小说《圣天门口》是女儿出生前后开始写的，闭关六年，小说出版了，女儿也要上学了。我也答应暂时放下自己的写作，出任《芳草》文学杂志的主编。二〇〇六年这一年，我无法再像以往那样可以充分自由地安排自己的时间，女儿从上学的第一天开始，就没有享受到我所承诺给她的亲自接送待遇。一方面是因那时家里只有夫人会开车，另一方面也是因为我必须每天在被长江分隔在南北的家与杂志社之间来回奔波。我只是偶尔替夫人顶顶班，所以，女儿似乎忘了我曾经说过的话。每次见到是我在接她，便会随口说上一句，爸爸，是你呀！然后，便是行使她那不可能再有谁能拥有的特权，要我将头低下来，让她贴在我的耳边说上那句百听不烦的悄悄话：今天你要宠宠我！上了小学的女儿眼界不一样了，不再是只想吃一根烤香肠了，每一次她要带着我去那家卖珍珠果茶的小店，任由她选一种饮品。只有一次例外，我对她说，今天爸爸想买点别的给你吃。我刚说出来是麦辣鸡翅，女儿便在街边咯咯地笑起来，说我真是她肚子里的蛔虫，她正想告诉我，我就说出来了。

还是说接女儿的事吧，那天是十二月四号，我、夫人、女儿班上的数学老师、托管站的老师、学校门房的伯伯、夫人的女同事——

也是女儿要好的那位小姐姐的妈妈，还有远在家乡正好有事打电话找我的一位老朋友，全都被她吓坏了。那天是周一，是我必须上班的日子。夫人也是有事，下午四点钟时突然在电话告知，要我去学校接女儿。这时候离女儿放学时间只有四十分钟了。任何一座城市都怕堵车，被两条大江隔成几块的武汉曾经有过一辆汽车趴在长江二桥上，导致整座城市瘫痪的记录。我要去学校接女儿，这座常常让人觉得十分要命的桥梁却是无法绕过去的紧要咽喉。轻松时我点过数，从单位出来，到女儿的学校，大约有十五六个红绿灯，只要赶上一个，就没有躲得过的。最快的也得半个小时，慢一点就得四五十分钟甚至谁也说不准会在路上堵塞多长时间。那天天气有些阴冷，出租车跑得不快也不慢，离学校还有两百米时，就看到有学生放学了。下了车，到接送点一问，说是女儿班上的路队已经出来。环顾四周，没有女儿的人影，更听不到女儿扑上来时那一串串让人心醉的童音。我以为又像前一次，也是迟到几分钟，结果发现女儿正在教室里做清洁。然而，这一次，女儿班上的教室门已经上了锁。我又以为，像有一次，也是没有正好赶上放学时间，结果发现托管的老师，并没有将下午放学的女儿托付给她们的女儿顺便带回托管站了。我还以为女儿有可能在学校操场边，她更喜欢的百草园里与同学一起做如同蝴蝶翻飞一样的游戏。我甚至还到女儿要我宠她的那家饮品店前看过，虽然明知女儿身上没有一分钱，不可能馋成一只想吃好东西的小猫——一切有可能的地方都没女儿的踪影，女儿最有可能待的学校门房旁边，只有一群别人家的孩子。

我一边打电话给夫人，一边心急火燎地在学校附近的街道与小商店里乱窜，能问的也都问了，没有人晓得我的宝贝女儿在哪里！

明白女儿不见了是一种不容否认的事实后，先是头皮一阵发麻，接着两腿就软了。天气预报说，这是入冬以来气温最低的一天，最高气温只有 9.4℃，最低气温才 5.1℃。转眼之间，一阵接一阵的大汗，就将全身湿透了。事后才感觉到，找不到女儿的这一小时里，所耗去机体能量并带来的种种不适，三天后才有所恢复。没有女儿的消息。没有女儿的消息。还是没有女儿的消息。各种各样的地方，各种各样的电话，各种各样身份的人那里，都不能告知我们急切得恨不能看透城市的每一角落也要明白女儿去哪里的消息。天色完全黑了，被惊动的人聚集在学校门口，除了大家心里都想到，但没有说出来打 110 报警的办法外，我们已经没有了其他任何主意。

就在这时，手机再次响了，上面显示的是我们家所在院落里门房的电话。我一定是用哆嗦着的手指按了一下接听键：“爸爸，我自己回来啦！”听到这一声比世上任何音乐都动听的声音时，我已经顾不上多问她一个字，只叫女儿哪里也不要去了，转身朝着女儿班上那位陪着我们着急了许久的美丽的数学老师说了声谢谢，便同夫人往家里赶。回到院子里，从邻居家接回分明是如隔三秋的女儿，大约是我的激动吓着了她，或者是女儿后来所说刚刚经历的那段历程让她太兴奋了，当我将女儿紧紧搂在怀里时，女儿突然放声大哭起来。一起哭泣的还有她妈妈。这时候，我只能躲进厨房，装作给她们做好吃的。

我们终于弄清楚，放学后，女儿悄悄地独自沿着马路左边走回了家。

这段五公里长的马路，靠左边走，只有三处较大的街口，但它却是整个市区车速最快的路段，似我这种一定在女儿面前做遵守交通规则表率的人，七八分钟找不到过马路机会是常有的事。曾经带女儿沿着这条马路走过一次，只走了不到一半女儿就不肯走了，站在马路旁边自己伸手拦出租车，而且走过的这一段，有一路程是由我替她拿着书包。

后来，我们才明白，女儿事先同我们说过这一天她要自己走路回家。

女儿嘤嘤地说，头天晚上她就跟妈妈说过，今天早上要六点半钟起床，然后像班上的一位男同学那样自己上学去，不要爸爸妈妈送。女儿的确如此说过，在当时，我们只是告诉她太远了，那位同学的家就在学校附近，我们家离学校太远，要到她长大了以后才可以自己走着去。想起来女儿的道理要比我们这些成年人要简单得多，既然早上还是妈妈开车送她到了学校，为了不使傍晚时妈妈再来接她回家，所以，一出校门便以初生牛犊不怕虎的气概背着书包踏上了回家之路。不是她没想到，这样做会给别人带来多少麻烦，而是她根本就没有忧天下之忧的成年人思路。她所想到只是自己是可以和别的小同学做得一样好或者更好。班上那位同学学习成绩不理想是女儿自己回来说的。夫人就要女儿去发现人家的优点。夫人听别的家长说，这位同学由于家庭情况所决定，每天回家都要自己做饭，并且总是自己上学，自己回家。就现在孩子来说，这的确是个了不起的优点。六七岁的孩子，自己能够做饭给自己吃，在城市里真是太难得了。夫人说过几次，要女儿学习人家的优点。女儿便真的这样做了。做得让我们不是哭笑不得，而是哭也哭得，笑也笑得。

女儿长到六岁，她不是没有走过这么远的路，比这还要长，还要难走的路她都走过。今年暑假，约了几家人去爬大别山南麓的三角山。整整走了三个小时，行程也许达五公里的一倍以上。还没爬到半山腰，女儿就叫走不动了。当大家开玩笑地任命她为亲友团团长后，她立刻变了一个人，往后的路程再也没有叫一声累不说，还前前后后地招呼大家，平缓处走快点，险要处走慢些。每到一个休息点，她马上选一个合适的位置，站在那里大声讲一些她从书上读到、让我们闻所未闻的真的很好笑的笑话，并且最终第一个回到登山的起点。

用女儿过去说过的话，从学校到家的这一段路，让她一个人来走，以小小的六岁年纪，才是真正的危险现场。对于她，这些只是一次全新的尝试。当女儿背着沉重的书包独自行走在马路边，实在觉得累了便在马路边休息一会时，我们这些大人个个在嘴上说肯定会没事，在心里又有哪一个不是在承受着无比的煎熬，不敢去想，又不得不去想，那些就发生在身边的种种常见的意外呢？

后来，我和夫人说起来，都怪自己忽视了。女儿说过的话，一般情况下她会记得牢牢的，而且基本上都会说到做到。这应该是她的一大优点，问题是我们的心弦绷得有多紧？就像这一次，我们哪里料得到，她真的要向那位同学学习。临睡时，照例要与女儿好好说一阵话。女儿还没有偎到我怀里就说，爸爸，不要再说那件事了。我们说点高兴的事情吧！女儿于是很夸张地对我说，今天上午她们班上发生了一件非常恐怖的事情，有七个同学将数学作业忘在家里了，居然还有——女儿说了一个名字，那女孩是班上的副班长。女儿说了许多，只要我一开始拐弯抹角地说起她所冒的这一场险，女儿就将我的嘴巴捂得紧紧的。睡了一觉起来，送上学的女儿到楼梯口。我冲着她说，放学时一定要等爸爸来接你哟。女儿趴在楼梯上笑弯了腰：爸爸，你还记得昨天的事，没忘记呀！这种小模小样哪像是一个刚刚上学的女孩，分明是那种善解人意的可人女子。剩下一个人时，我站在屋子中间呆呆地想，最终想了些什么，自己也不清楚，当然也就不记得了。

无论是谁，回家的路，越是熟悉，走起来就越是不一样。如同女儿走过的这五公里，当她从爸爸妈妈感知范围内消失后的那一个小时里，这样的距离漫长得远远超过这半辈子在北半球上走过的所有的路程。一般的时候，回家的路是惬意的。可有时候，回家的路反而是世界上最为艰难的。常常听到这样一种说法：回来就好，回到家里来就好。这样说话往往是长辈们，不只是儿行千里母担忧，也不只是出门千般好不如家里一碗粥，天造地设的几样人血肉相连地聚到一起，你中有我，我中有你，缺一而不可，哪怕只是少听了一句家常话，少看到一丝温馨的微笑，就会怅然若失，更何况是用父母心尖尖上最为敏感的一团血肉做成的女儿！女儿因为天天在身边，天天都在出门和回家，那种长大的变化太细微了，轻易地发现不了。非要等到她敢于独自走回家来的事情发生，方才大吃一惊。

33

面对女儿那总也没有止境的古怪问题，我终于想到一个可以好好考一考她的问题。那天早上，女儿刚刚醒来，正在床上瞪着眼睛不知想何事情时，我赶紧问她：谁比妈妈更伟大？女儿一笑，有些轻蔑地回答说：当然是地球呀！这样说不是没有道理，当今的孩子个个信奉绿色懂得环保，晓得地球是全人类共同的母亲。可我说的是家里的人，让女儿选择的也只是家庭中有着血缘关系的这一群人。于是女儿在我面前轻轻地撒了一个娇，然后说，那就是爸爸你呗！于是我也对她说，你也有答不对的问题吧。你最早学唱的一首歌谣，有这样一句话，妈妈的妈妈叫什么？女儿赶紧说是外婆。是呀，世界上只有妈妈最伟大，那生下妈妈的外婆不是更伟大吗？女儿明白过来，直往我怀里拱，用一只毛茸茸的后脑勺，顶着我的下巴。这是她在害羞时惯用的方法。

成长到如今，许多的岁月过去，许多曾经让我心动与心碎的羡慕都无法持久，譬如，小时候，我最羡慕的是有朝一日要独自一人吃一碗蒸鸡蛋，后来有条件时，却很难一个人吃下一碗蒸鸡蛋。让我持之以恒，从未有过改变的，是我对别人的外婆的羡慕。因为，我这辈子再无可能冲着一个女人叫一声外婆了。在我们这一代出生之前，奶奶便早早大行。在我还没来得及开口说话的时候，实在忍不了所居住的团风酒厂刺鼻的气味成天说要离开的外婆，终于离开了我们，最终的原因不是那气味，而是外婆实在无法跟随我们全家去到山里，从此便再也没有见过外婆面。成年之前我一直觉得，也许自己曾在牙牙学语时，叫过几声外婆，所以我一直认为，天下最美妙的称谓只能是外婆。这种无法弥补的遗憾，在我成年之后，反而愈演愈烈。稍早的那些时间里，这种情感上的缺陷总是被人从我的小说中阅读出来。

坦率地说，后来与女儿的妈妈第一次见面，第一次看她一眼，她也第一次看我一眼，我便在那一瞬间里决定，这就是我这辈子要娶的女人，根本原因也在这里。在过去的日子里，我心里积淀了太多对外婆的向往，包括虚拟中外婆对一个男孩子的关爱与抚育。在与夫人相爱之后，才晓得夫人真的有过一位神似我那虚拟记忆中的外婆。她给我看过那张仅存下来的相片，外婆在二十世纪四十年代的模样，竟是如此熟悉，就此开始，外婆在我心里也变得实在起来。

第一次随夫人去浙江义乌探亲时，我就在外婆曾经住过的旧房子外面久久徘徊，正是黄昏时分，那种感觉竟然分不清眼前所见所闻，是真是假，是自己走进了自己的写作里，还是写作中的梦想所布下的一个美丽陷阱。正是那一次，让我下定决心，婚后一定要一个女儿。再次见到那所旧房子时，女儿已经上小学一年级了。旧房子已经更旧了，那魅力一点也没有减少。

前不久，与朋友聊起来，说起外婆，几个大男人立即收拾起嘻嘻哈哈的表情，一个个充满神往地说，外婆是所有孩子的天堂。这样的天堂对我来说从未有过真实的存在。想不到，女儿也将终生带着这样一种缺失。如果她有一个真实的外婆，以她那滴溜溜地转得飞快地小心眼，肯定会联想到，只有外婆才会比妈妈更伟大。所以，我坚决不让女儿去读那删节得只剩下铜臭的所谓儿童版的《红楼梦》，我担心女儿会由此混淆童话里的狼外婆，与比妈妈还要伟大的外婆的区别。尽管曾经有过这样或者那样的说法，但我还是相信，只要不是另有所图，天下之青少年，没有不喜欢《红楼梦》中贾母对黛玉以及金陵十二钗的疼爱。只要是孩子，能有这样一位外婆为什么就不是幸福哩。即便是被我念念不忘的这些文字，时至今日也还令我感动不已，并且每翻看一遍，就会有一种由衷地满足。从未有过外婆的我和今后也不可能拥有外婆的女儿，只要懂得外婆在我们的生命中所象征的意义，也许并不比别人少太多。

《圣天门口》写作冲动乍现时，在杭州赶上一场几十年不遇的大雪，于是，不仅有了雪姓，还有了杭姓。最早的时候，还想将书叫作《雪杭》。梅外公没有名字是因为我不肯给梅外婆一个名字。从生下来，我就没有见过外婆。在孩子心里，外婆是唯一比妈妈伟大的女人。同样，外婆也是离每个孩子最近的梦想。我女儿也像我一样出生后就没有外婆。夫人年轻丧母，上大学时巧遇母亲的大学同学，自此二人关系情同母女。那位阿姨的名字中有一个梅字，于是便顺理成章地有了梅外婆之梅。这样来想，有些写作成分，简直就是对自身生活缺失地找回。

34

散文集《女儿是父亲前世栽下的玫瑰》在中国青年出版社出版后，有女记者问，女儿在你心中的地位是怎样的？

无可替代。凡事绝对优先。

她笑的时候是真理的胜利。

她哭的时候则是真理在呼唤——真的！

对她，我只能这样说。

我这样回答后，那位女记者眼圈马上湿了。

35

庭院静好是乡土家园这棵树上开出来的一朵玫瑰花。

家园是写作者永恒的母题，我不会例外，别人也不会例外。

根是一种抚摸骨头的感觉，一个人寻找到自己的根并不是一件令自己特别快乐的事情。它会让人怀疑，从这根上生发出来的事物，真的与这根有着生生不息的关系吗?

每每见到一些作品将大量乡情恣意汪洋地堆砌其中，我就感到难受，是妒忌，也是遗憾。相比他们对家乡的日常起居有太多了解，因为我所晓得的量少，就会更加珍惜。家园意象可以是一百件事，也可能是一件事。重要的是它们在每个人心中的分量。

城市里的人反感拆迁，也是因为城市也是有故乡的。这种情怀现在有了根本的改变，只要政府或者开发商付出足够的拆迁补偿，就算一年拆一次，一年搬一次家，也难得有人反对了。随着城市建设的大功告成，城市生活相对稳定下来，人与人一点一滴积累起来的情感秩序，也会慢慢回到城市。

36

再伟大的男人，回到家乡也是孙子。这是二〇一一年八月底，在爷爷的墓碑前，我找到的一句话。二〇一八年八月底，为了给家乡的扶贫工作代言，我又找到一句话：唯有故乡才能给我们以未来。

第三章　用别人的情，说自己的爱

37

面对铺天盖地的时尚语言时，有时候不得不做一些独立思考。特别是作为一个写作者，跟风没有意义啊。大家批判你也跟着批判，大家弘扬你也跟着弘扬，这种写作立场值得怀疑。我一直主张，写作者必须是清醒的，他有时候就应该像一个守夜人，别人都睡着了，他开始打更。如果将作家的功能无理放大，作家的身份就不太真实了。

作家的功能不能无限放大。

作家就是一个守夜人，一个清醒者。

不一定看得很明白，但一定看得出问题了，然后把它写下来。

比如说我们现在看《红楼梦》，好像这一句大有深意，那一段又揭示了什么道理。其实《红楼梦》不过是提供了一个角度，提供了一个环境，提供了一个契机，让你去思考文学之外的意义。它本身并不承载其他功能。《红楼梦》并非像某些人夸耀的是什么理论体系，更不是批判武器。

38

二〇一〇年五月，受中国作家协会委派，我和北京外国语大学阿拉伯语系副主任王保华教授结伴去突尼斯。这不仅是我第一次去突尼斯，据中国作家协会相关负责人说，这也是中国作家第一次正式访问突尼斯。而一个人带着一个翻译，这在中国作家外访中也是罕见的。王保华教授的阿拉伯语很好，我们在突尼斯的大街上散步时，只要一停下脚步，就会有一群当地人围上来说这说那。刚开始还以为是热情，后来才明白，那些人都是想找机会，得到一份哪怕是临时的工作。我们到达的第二天，就发现大街上的闲人太多，咖啡馆里坐满无所事事的年轻人。那一年，报载新闻说，突尼斯大学生毕业后的失业率为百分之六十。政府为了缓解压力，强令所有咖啡馆，一律免费向客人提供白水和法式长棍面包。许多没有任何收入来源的年轻人，就靠着这样的规定，用白水和法式长棍面包来对付自己的肚皮。那天，该做的事做完后，我们临时想起来，去突尼斯作家协会看看，发现院子里挤满从突尼斯各地来的作家。突尼斯全国一千多万人口，作家协会的经费由总统府、外交部和文化部三方共同拨付。各级作家协会共有六百多名正式的工作人员，这些人本身又是作家。突尼斯的公开活动，是由文化部副部长亲自主持的。在他们国家，作家很受公众尊重。能聚起一两百号作家，集体要求得到一份工作，就已经是非常大的事件了。联想到街头上的许许多多的失业大学生，当时就冒出一句话，这样的国家，迟早要出事的。果然，没过多久，就爆发了影响整个阿拉伯世界的“茉莉花革命”。

离开突尼斯时，我们早上五点起床，六点钟赶到机场，却因突尼斯航空公司的电脑系统找不到我们的信息而无法登机。突尼斯机场的工作人员都是突尼斯人，按说是会讲阿拉伯语，可他们偏偏只讲法语。担任翻译的王保华教授，阿拉伯语好极了，却不懂法语。从六点钟到机场，在候机大厅里乱窜了一个小时，眼看着办理登机手续的闸口办完其他人的登机手续后熄灯走人，就是没有一个人肯用阿拉伯语与我们沟通。情急之下，突然想起自己包里有一份有突尼斯的《人民日报》之称的《自由报》，我试着拿给一位穿制服的工作人员看，指指上面关于我的来访的大篇幅新闻和照片，又指了指自己的鼻尖，再让他看了写在纸条上的航班号。工作人员看了看上面的阿拉伯文字后，用自己的四根手指不断拍打着自己的前臂。我还在犯糊涂时，王教授猛地明白过来，那是要我们去找制服的衣袖上有四道杠杠的人。我们抬头一看，之前与之交涉过的一位工作人员其衣袖上就有四道杠杠。王保华教授，一把拿过我的报纸，紧走几步后递给那人，对方只看了几眼，就态度巨变，先竖起大拇指，用法语接连重复“作家”这个词，再抬手招来几个士兵，让他们扛上我们的行李，他自己亲手拿着我们的护照，走到边防海关交给一个人，然后领着我们径直走过边防闸口，等着有人将我们的登机手续送来，再送我们到达登机口，及时赶上飞返法兰克福的航班。

类似这样的历险，在国外还有过。第一次肩负传播中国文学责任是去斯洛伐克和克罗地亚两国访问。在斯洛伐克时，遇上大雪。

那天早上一行人去到火车站，人高马大的当地陪同说是去买张刚出来的报纸。也就离开两分钟，再回来时满脸鲜血，身后还跟着一个瘪三一样的男人。见势必不妙，四位中国作家一齐冲上去，将陪同挡在身后。没想到那瘪三一样的斯洛伐克男人伸出手来，“哗”地一下从怀里掏出一只过去只在电影中见过的驳壳枪，对着我们的胸膛。那一次，我们作为斯洛伐克的“外国人”，也品尝到外国人对中国人的礼遇。尽管手无寸铁，我们也没后退一步。反而那个拿着手枪的家伙，略一僵持后，便倖倖地转身走了。事后，我们问陪同，他吞吞吐吐一直没有说清楚挨打的原因，反而将报复措施说得明明白白，他会找当地黑道人士出这口气，摆平这事。还有些风险来得让人觉得更有文学性。在克罗地亚时，给我们当翻译的是一位到当地做生意的河南人。那天我们去克罗地亚山看独立圣火，归来时路过一处小商品市场。一切好好的，给我当翻译的小伙子突然哭得像个泪人。我们正在发愣，同行的一位长者悄悄问我，为何要说对方是汉奸。这话让我听得一头雾水。几经询问，才弄清楚，在小商品市场上，我曾说了一句，这不就是汉正街的吗？那时，在克罗地亚的中国人，除大使馆工作人员，总共不超过十人。或许是太孤单、太弱势，而产生误听，而将“汉正街”听成是“汉奸”。听过解释后，之后几天相处，对方时有不好意思的表示。

在突尼斯时，一位在当地教汉语的大学老师闻讯来看我。临分别时，我将剩下来的一包麻辣萝卜干送给她，她竟然激动得眼圈都红了。正如老人们常说的，出门千般好，不如家里一碗粥。与亲人在一起，才是世上最美的风景与生活。离开突尼斯的头一天，按照这位老师的指点，我在门可罗雀的商店买了一副国内十分流行的女式眼镜。好不容易从突尼斯回到家里，将特意买的眼镜拿给夫人。夫人刚一试戴，那眼镜就从鼻梁上滑下来。听她情不自禁地说，这是欧洲人高鼻梁戴的，没有鼻夹的。一时间，我有些傻，自己当时竟然没有想到这一点。

想起来，文学也如同这样的眼镜，看上去中国文学与外国文学差不多，若不用心，只会时尚时髦，就有可能犯下没想清楚，将黄种人的鼻梁与白种人的鼻梁等而视之的谬误。

39

二〇〇〇年去美国访问，一位在加州图书馆工作的华人作家在网上搜索，发现美国一些大的图书馆都收藏有我的作品。回头来看我们，国内不断有图书馆给我来信，要我捐书。我不是不想捐，但我总觉得，当你确认一个人的书值得收藏，就该拿你的经费做点什么。而不要将财政拨付的纳税人的血汗钱，拿去做那些与藏书和阅读风马牛不相及的事。曾经收到一封信函，称已经给我来过三次信，希望我能捐给他们图书馆，并说哪些人已经热心捐过自己的著作了，唯有我不理不睬。言下之意甚是严厉。当然，即便是凶狠也吓不着我。真到了该自己付出的，自己一定要慷慨付出。一九九九年，我的长篇小说《一棵树的爱情史》（又名《山水谣》）被武汉市歌舞剧院改编成舞剧，我象征性地以一元人民币将版权卖给了人家。这之后不久，金庸也以一元钱将自己的一部作品转让给了谁。有媒体人，也不查查谁先谁后，就反客为主，说我这里在东施效颦。别人或是钱多不在乎，愿意炒作热点。我所想到的只是完全赠予虽然在法律上也是可行的，但总比不过有价有市来得严谨。还有纯粹舞剧，与市井通俗沾不上任何边，没办法走市场，所能得到的正式的经费支持也极为有限，还如此看重当代小说，要将其改编为艺术皇冠明珠的舞剧，自当能有多大支持就出多大的力量。

40

有个问题：在逻辑与经验面前，我们会做如何选择？

二十世纪九十年代初，我的那部中篇小说《凤凰琴》被改编为同名电影。也是从这开始，我便有了没完没了的口舌之烦。特别是与陌生人相见，听他们热情复述，说《凤凰琴》小说写得如何如何，其中民办教师在升国旗时，用口琴吹奏国歌的场景尤为感人等等。每次听完，我不得不说对方，不是看的小说，而是看的电影，因为小说中，升国旗时，民办教师们是用笛子吹奏国歌，到了电影里，才被改为口琴。对一般人，这种判断是对的。换了那些真正读过小说的，也这样说，而且还再三强调，电影大不如小说原著，我就不太明白了——为何从头到尾都没有在小说中出现的口琴，会出现在将小说读得很深刻的这些人的记忆里？

通常情况下，人们看上去总在强调逻辑，实际上是在下意识地依赖经验。

《凤凰琴》首映式在北京举行的那年，我坦率地告诉该电影的一位主创人员：他并不了解民办教师，从本质上讲，他是在用城市生活经验来阐述乡村，因而不晓得在城市生活中随便得不能再随便的口琴，在乡村里却是极度奢华，不仅仅是物质的，更是一种精神上的。唯有从田野上生长出来的竹笛，用它的声音来呼应乡村，才是再自然不过的事情。我对改编电影的遗憾，还有一些其他原因。所以，我一直将电影《凤凰琴》当成小说《凤凰琴》的都市版。

多年之后，在写作《音乐小屋》时，我丝毫不曾记起，曾经有过这段与口琴的无缘之缘。直到此时此刻，因为要写创作谈，才想起来，于是在心里直呼吊诡：或许这也是骨子里久久存在的城市与乡村的某个宿命。

我不得不承认，对一个人，总有一些东西是与生俱来的。

这宿命的与生俱来，应当是我们全部理想的原始起点，不管是主动的写作，还是被动的阅读，不管是向着青春激荡，还是面对苍老沉浮。

也只有这样，才能解释，为何一向偏爱竹笛，却在《音乐小屋》的开篇里，大张旗鼓地抒写一个刚刚进城当清洁工的青年男子，手握口琴，在那藏身楼梯底角的蜗居里伫立并张望。这不是某个人的角色转换，而是整个乡村角色正在发生极大变化。

口琴这东西，一直以来是有属性的。

正如我年轻时，能够拥有口琴的，是另外一些年轻人，这群年轻人被我们统称为“武汉知青”。那时候，如果有当地的年轻人试图操弄口琴，马上就会引来无边无际的疑问：你也想当“武汉知青”？

对于某个事实，常常顾不上去追究它是如何发生的，甚于无须牢记它的发生过程，只要有了结果，这事实，哪怕只是有理由称为时间之外的那一点点，就变得胜于雄辩。

如果不是由我来进行矛与盾的自行探讨，很难有人再去思考一只口琴在历史与当下的处境。当年轻的清洁工在城市最不堪的角落里陶醉于口琴时，所获得的是这座城市所能赋予他的全部幸福感。反过来，所获得的则是城市在试图压碎他时，如同在麻醉失效时，强行抽取骨髓那般骨感的疼痛。

在都市版及电影《凤凰琴》那里，那种将口琴硬塞进乡村的好意，虽然不忍心说成是伪善，那的的确确是一种伪善。这就如同，有大人物要深入民间，会有人临时将一些家用电器搬进去作为摆设。相比伪善的最为可怕，在《音乐小屋》中，会吹口琴的清洁工万方，在瞬间的城市之爱后，陷入从未有体察过的骨感之痛，这些反而近似巨大股灾后的最终探底与筑底。

任何进步都要付出代价。这代价要比没完没了的横盘整理，甚至是杀人不见血的阴跌要来得畅快。

屋小音乐不小。

人小命运不小。

41

我更愿意把农村称为乡村。“乡村”才是真正意义上农民的领域，而不带有任何政治意味。我在乡村待了十六年，父亲是区里的干部，但我们全家一直租住农民的房子，除了要拿着供应本到粮管所买粮油，其余作息方式与农家子弟几乎没有区别。那时区里干部的孩子也都如此，当年的老师，直到现在还记得当时三个特别淘气的干部子弟，我是其中一个，那两个现在很有成就，一个号称金融大鳄，另一个成了武警部队的少将。

有人说我是农民的代言人。我不敢说自己是农民代言人，也不愿意做这样的代言人。但我对乡村的感情超过农民自身。作为个人，有很长一段时间，只要一提到乡土，我就有一种欲哭无泪的感觉，这辈子无以为报的念头。一个人，一个只能写作的人，能还给乡土什么呢？就算把自己撕碎撒入乡土，对乡土又有什么用处呢？这种强烈的感觉，我从写作《分享艰难》就有了。我一直觉得，一九四九年以前，真正爱土地的是地主，因为土地不属于农民。一九四九年以后，农民拥有了土地，他们爱土地，但他们不拥有话语权。城里人有很多渠道表达愿望，但农民不行。离开乡土的人可以在任何场合、用任何机会把自己的想法喊出来，但祖辈都生活在乡土的人跟谁说呢？我能做的，就是用手中的笔把他们的愿望表达出来。这样做绝对不是代言，而是情感上的自我安慰。事实上，世上一切的代言都不可能成功，想要成功，只能是被代言的群体自己挺身而出，才会形成真正的力量。

我的全部情感来自乡村。我一直试图获得某种回答，对于乡土，一个人的力量到底有多大？为什么讴歌反而显得苍白，为什么诅咒无法掩盖她的美丽？从来乡土只属于远离乡土之人，她是人类所有挥之不去的传统中的一种。我对乡土上发生的一切都充满深情，绝没有鄙薄任何人的意思，包括外来的知青。问题是知青们时刻把自己当作外来人，他们对乡土的情感是值得怀疑的。《弥天》出版之初，在上海举办研讨会，有人讲了一个女知青的真实故事。这个女知青是极不情愿下乡的，总在想着怎么离开。有一天机会来了。一批官员来村子里视察，女知青就等在路边一堆热乎乎的牛粪旁，等官员们过来的时候，她用双手把牛粪捧起来，送到庄稼地里。于是，官员们就号召大家向她学习，并马上把她调走了。

每个人都应该对自己过去的一切行为负责，正视过去的行为。很多人正是缺少这一点。很多知青只认为自己是受害者，没有意识到自己行为的负面作用，从一定程度上说，乡村也受到了伤害，甚至受到伤害更严重。

对乡村感情深厚，不代表对城市的天生排斥。对城市我从来不反感，城市给了我很多新鲜的生活和体验，甚至给了我安身立业的家，如果在这种情况下我还反感城市，那是反常的。於可训先生曾经著文，谈到我的小说，哪怕是最遥远的乡村，其背后也有一个强大的城市因素。这一点，是看我看得很透的，我的作品真的是这样。我是一九九四年作为“人才引进”调进武汉的，当时《凤凰琴》的影响比较大。我是从乡土走来的，刚到武汉的时候，情绪波动比较大。城市信息量大，变化快，而我内心永远有一个乡土的背景存在，难免为乡土而产生焦虑和痛苦。

乡村受到的伤害是显而易见的，例如农民负担重，文化教育落后等。我看过一本关于农民的书，里面有一个情节：几十个农民上访，在天安门广场，面对崇高的国旗，齐刷刷地下跪。我看到这里，泪流满面，这就是我们的农民，软弱中有坚强，无奈中坚守对国家的信仰。很多人写乡村的怨恨和丑恶，却对那里的善和美没有真正理解。当然，我们已经进化到二十一世纪，农民应该从心理和文化上进行调整，更好地适应时代的发展。

42

中国乡村小说有几大败笔。第一种败笔是刮东风时写东风、西风来了写西风的应景之作，其间生硬地安插一些极为媚俗的所谓人性觉醒之类的情爱，还美其名曰敏感。这类写作态度不诚实。有人媚俗，有人媚上，这种人是在媚自己，其笔下乡村，只不过是个人作秀的舞台。第二败笔是所谓时代的记录员，经常带着笔记本下乡，记到什么东西回来就写什么。还有一个败笔，那就是将乡土妖魔化，还硬要说成是狂欢式写作。对这样的小说我总是深深地感到恐惧，读到最后很害怕，因为我所读到的全是仇恨，没有一点点爱与仁慈。有人说，莫言的小说看上去也很残酷。莫言的残酷，是艺术范畴的残酷，在残酷的写作手法中，潜藏着强大的人性美。所以，他的小说中存在着很多很可爱的元素。最好的作家应该是仁慈的、悲悯的。这是我们对乡土小说最应该持有的态度。乡土给我们最有价值的东西就是仁慈。实际上，任谁说什么，乡土都不在乎，它依然那样生活。当你需要乡土来宽容、安抚的时候，它依然会接纳。这已经不是我们对乡土的认识，而是对世界的认识，是一种世界观。这是一个伟大的小说家所应该具备的。

43

有人认为都市文学太年轻，我认为还是应该回归到艺术的本质上来谈。艺术的本质是向后的，人在向前走，人会留恋过去的很多东西，但记忆是不可靠的，因此艺术就取代了记忆的位置。任何艺术都喜欢表现黄昏，没有几个喜欢清晨的，所谓的“挽歌”总比赞歌更加感动人。

农村这个词，特别政治化，不属于文学范畴。如果我们真正从乡土来看，国外还有很多作家写乡村、田野写得很出色。我也写过城市题材的小说，但潜意识里的道德体系规范着我的写作行为，而这个道德体系还是来自乡村，比如我特别尊重老人。黄建新当初在电影的署名上玩点小技巧，我可以不计较，但我最不能接受的，是他改了小说中一句至关重要的话。在《秋风醉了》里面，王副馆长的父亲是一个补鞋匠，他补坏了县委宣传部部长的皮鞋，又不能找儿子要钱去赔人家，只好自己到医院去卖皮肤给别人治疗烧伤。小说写父亲坚定地认为补坏了鞋子就得赔，这是补鞋匠最基本的责任。黄建新则把故事改编为，父亲故意把鞋子弄破，然后去卖血，导致提着宣传部部长的皮鞋来补的文化馆长，在众人怪罪中丢官去职，而他的儿子王副馆长则有机会晋升。虽然只改动一句话，人性的分野便显得截然不同。这样的残酷本身就是一种虚伪，比残酷更残酷。

44

都市与乡村、都市人与乡村人，二者之间就像人与自己的影子。无论各自态度如何，都无法改变。从八九十年代至今，中国乡村发生了巨大变化，最大的变化是城市对乡村的歧视变得明目张胆，并且不知羞耻。而乡村的最大变化在于终于明白这种歧视的存在！乡村的衰败、凋零，除了多年政策性忽视之外，另一个原因是盲目发展非农业经济，将有限的资源白白糟蹋不说，甚至还遗祸后代。乡村唯一正确的愿景，应是世外桃源而非其他。

45

我的小说的读者群从来不大。我没有做过调查，只是一些简单判断。在接触中我发现，读我的小说得有一些阅历。我的前期作品更多的读者生活在中小城市，很怪。这可能也和小说的背景有关，因为我写的是乡村。可有时候我为此感到悲哀。我感觉我们的乡村正在迅速地退出某个舞台。

从经济上讲可能是这样。这个国家里多数人生活在乡村，城市里不少人也来自乡村，可是我们这么快的把乡村给遗忘了，给抛弃掉了。这是一个很大的问题。是情感意义上的，而不是经济上的。这种大面积的遗忘只有主流的意识形态才可能做到。这才是非常可怕的。在经济上乡村已经退居第二线第三线，甚至边缘化了，这是时代发展的结果。但是这么快从情感上将其抛弃，其中必有蹊跷。这种情形是有意识的抛弃和无意识的遗忘的合谋。前几年，一家报社请我去开了一个会，探讨果子狸该不该吃。发现现在很多事情的讨论老是停留在技术层面上，而忽略了其他。当时我就谈了一个观点，我说我们以前是不吃野生动物的。在以前的农村，除了做药引，吃甲鱼、乌龟什么的是被人耻笑的。从前农民都认为甲鱼、乌龟都是在阴湿环境中生存，是肮脏的，不洁的。只有那些懒汉和二流子不务农事，才会去捉来吃。我小的时候就经常看见田埂阴沟到处都爬着乌龟、甲鱼，没人理会。可是为什么短短几年，人的欲望会突然猛增？吃乌龟、甲鱼，吃蛇、吃果子狸，什么都吃。其实这里面就是因为主流媒体在起着推波助澜的作用。想想哪一家媒体在说家常菜就够了？三室一厅就够了？大家都在说山珍海味、豪华别墅、明星生活。被过度夸张的城市化是乡村被边缘化的根本原因。发达国家的城市化是在乡村安逸富足的基础上进行的，我们的城市化，不能建立在乡村贫困粗俗的基础上，那样的城市化是没有前途的。

我们这个时代看起来很开放，实际上思想很匮乏，越来越受控制。以前是体制，现在是媒体，现在的人非常容易被媒体所左右，反过来说是被自己所限制。现在的媒体，简直就是一面自我欲望的镜子。

46

任何新的写作，首先要使写作者自己感觉到新的体验。这包括个人精神与艺术经验。在《圣天门口》这里，还有一个时空性的体验。六年时间，不管放在谁的人生中，都会显得有些漫长，有人甚至还会惋惜。对于我，不谈作品，光是这段时间修炼心性的收获，就太值得了。写作的过程也是催人长进的过程，写作一部作品时的新发现，总是首先对写作者本人产生影响，在这一点上，我们可以将鲁迅先生看成楷模。当然，有些写作者的人格是分裂的，这也是文学魅力之一种，否则人如其文的说法，就不会那样著名了。

《圣天门口》也完全不同于“新写实主义”以来的写作。她的写作过程，让自己在不知不觉地蜕变成为具有独特的价值观和历史观的作家。有的作家，虽然写出了历史小说，然而，其历史价值观未必会有。过去一些评论家将我的写作划归某一流派的做法，现在看来也是欠妥的。我总觉得，作家如果真的能够被划归一个流派，一个真正的作家也就消失了。真正伟大的作家，应该永远是非常独特的。评论家的这种偷懒行为，最糟糕的效果是使作家个体消失了。

说我的写作事关乡土，我认账。说我的写作事关现实，我也不会反对。我一向敬重所有愿意为我作品写出任何文字的人，无论批评，还是其他。唯有“流派”一事，我一直在表示异议。从小我就被认为清高、瞧不起人，朋友少，铁哥们更少。因为不会做人，我只好选择孤独。所以，我幸好选择了文学。过去、现在和将来，我都不可能入某个流。流派一说对写作并无太大意义。写作者如果太热心如此，那一定是实力不够，而不得不靠拉帮结派来壮声势。文坛上的有些流派，并不具有真的学术意义。相反，有些事在局外人看来，简直就是一个常言所说的某种组织。说得难听一点、过分一些：都快变成黑社会了。事实上，研究现当代中国文学，从“帮派”入手，应该比所谓“流派”更有意义。

新写实主义是作为一种话语方式，还是作为一种叙事方式？再不就是作为作家的观察和认识世界的方法？还有人认为它是对现实主义的颠覆与重构。这要看我们如何界别现实主义了。如果用经典现实主义来比照，她与新写实主义的差别就如同天壤。作为后者的写作，在世俗面前的姿态是无可奈何的妥协。这也是那个时期的特殊社会心理在背后起作用。所谓物极必反，既然彩虹已经在心里彻底消失，何不就将理想毁灭给世界看看。这种自暴自弃，对后来者研究那个时期的社会十分有意义。在阅读上，我们可以将其当成是另一种警世。但在写作者那里，最深刻的动机却是放弃文学对于人和人性的理想。现实主义不是大杂院，不是什么人都能生活其间的，更不能将过路的或者走错门的人都算进来。中国文学中的现实主义总是急不可耐地想着与时俱进，甚至不大清楚现实主义是什么，便将正在床上做梦的人强行唤醒，让其在第一时间里写这个梦，而不管这个梦是否做得有头有尾。还以为如此了就是现实主义，不如此就不是现实主义。现实主义应该注重源远流长的传统，应该将经典性作为思想与写作时的首选。

47

《圣天门口》的关键词是——人伦的高贵。

唯此才是潜藏在历史最深处，中华文化神奇而伟大的动因。

现当代中国文学一直在片面地强化文化传统中的种种灾祸。奇怪的是被描述成大酱缸的中华文化却能够绵延五千年。近代中国文学史实际上成了一部苦难史。提及苦难时，人人都是如此理直气壮。导致少有人去想，能够走出苦难，使之生生不息的正是被苦难当成天敌的人伦的高贵。所以，开始在电脑上敲出第一个字时，我就晓得自己正面临着巨大的挑战。

也许读者要读到梅外公、梅外婆和雪柠那一段落时，才意识到这部小说是在用一种新的价值视角来阐释历史的。再读到雪柠看见一群人用刀砍一只老鼠的尾巴，想让它生养出没有尾巴的小老鼠这一段，和梅外婆的“用人的眼光去看，普天之下全是人；用畜生的眼光去看，普天之下全是畜生”这句话时，才会思索这部小说的真正的用意。

48

现当代中国文学缺少一部真正具备史诗品质的作品。

这也是隐忍在每个写作者心里的最大梦想。

我一向习惯于用潜意识来推动小说的进程。在一定意义上，潜意识也是可控的。发生在人身上的一切，都受制于同一命定。在《圣天门口》的结构上，事先我也只是想到将虚的《黑暗传》说书，自创世纪开始，到辛亥革命成功结束。实的小说主干，则从辛亥革命之后的乱世开始，到“红卫兵运动”高潮时期终局。其余事先想到的还有主要人物的大概命运走向。某些人所说的家族史，不是我的真实想法。我是执着地在写一座小镇，写小地方的大历史，同时不可避免地要写到小人物的大命运。家族之间的争斗与仇杀几乎成了写往日事件的固定艺术模式，别人已经尝试过的东西，于我已经没有吸引力了。虽然笔下出现最多的是一座小镇，表现起来却是全景式的。家族间的针锋相对，容易戏剧化，容易出阅读效果，也正是对这类所谓小说要素的保守，想要有厚度和有深度地揭开历史的种种重大隐秘时，其苍白无力也就难以避免了。

小说的史诗品质，不可能率性而为就可以写出来，必须是从第一个字、第一个标点符号起，一点点架构起来。

49

小说家的吊诡之处，在于善于运用直觉。特别是面对最前沿的人文发现时，更应如此。

《圣天门口》中，小小的天门口，看上去只有雪、杭两种力量，其实，还有像傅朗西、段三国、马鹞子、常守义这几股力量。还有冯旅长、小岛北这两种带有符号性质的邪性力量。还有董重里、常天亮等人伦的力量，在傅朗西所代表的红色力量里，还有小曹司志、欧阳大姐这样的力量群体。还有像林大雨这样的人，也有着因夺妻之恨而引发出来的人性恶的力量。

多条线索相互交织，甚至相互排斥，仅从生和死的角度判断，似乎没有给予孰优孰劣的评价，想拯救世界的人没能挽救自己，想获得美满幸福的人屡屡被美满幸福所伤害。卑鄙者貌似肆无忌惮，其实是惶惶不可终日。在高贵面前，任何卑鄙都明白自身的卑贱。能明白这一点，就是历史的正确，也是文学的成功。文学毕竟不是用来解决问题的，但文学一定要成为世界的良心。

重要的话说三遍，小说中反复出现的所谓“福音”，只是还原当初一类人的一种生活，并非有些人强加的所谓象征基督什么的。在这部小说里，“福音”是一种代词，所表达的是比福音更久远的孔孟劝喻，是从孔夫子以来人心中长存的那类大爱与大善。这种大善与大爱历史上从未中断，只是文学中人不太关注。二十世纪的文学训练，让太多的人，将爱之切、恨之深等等过于简单的性情，当成唯一审美之源。这种偏颇得有些一边倒的审美态势，影响了中国文学向着博大精深进步。

所以，《圣天门口》不是一部关于“福音”的小说。

所以，《圣天门口》不是一部关于“基督”的小说。

所以，《圣天门口》不是一部为了满足某些人让文学首先“欧化”起来的小说，而是一部向着纯中国文学前进的小说。

重要的话说三遍！三遍！三遍！

在文学现实中，我已经说了无数个三遍了！

50

有一个更大的秘密值得注意：在《圣天门口》中，我不再使用“敌人”这一概念。可是，产生“敌人”思想的土壤深厚到扁担插下去也能开花。《圣天门口》要出第二版，我在修订时，发现书中竟然还残存有几个“敌人”。近些年来的美国总统最爱使用“邪恶”这一概念，到头来惹得更多的人厌恶在这个位置上。纵观教科书中的历史，莫不是以他人为敌、以异类为敌。好在我们已经认识到世上最大对手是自己，小说中人，用一点一滴的圣洁来改写自己，改造身边的人事，应该不难理解为，这样做才是改写历史的正途。

关于“敌人”这一点，一直没有人发现。

是我亲自出面提醒后，才引起注意的。

人就是人，每一个生命都是历史不可或缺的财富。谁能想到，孙中山在广州多次精心组织暴动，无一不是以失败告终。反而是武昌城内一群愣头青的年轻人，仓促之中出手起事，反而成就了辛亥革命的大事。即使是物，也还可以各尽其能。

文学的判断只能是隐含在文学之中。这是不二法则。否则就会闹出主题先行、图解时政等让人不齿的笑话。眼看着用这类图解来写作的人不会再有市场时，却有一种图解某类思想的作品行销于时下，甚至还能引发一定的喝彩声。

中国文学的资源十分丰富，却存在着滥用的问题。

《圣天门口》不存在“基督立场”。不能因为小说中出现“福音”和“小教堂”，就往这方面联想。小说中还出现有“巴黎公社”，难道就要说她有异国情调吗？文学当中的中国传统才是我一直所看重的，我始终没有停止过这方面的探索。传统也好，时尚也好，“基督”在中国更像是某种流行。客观来看，有没有信仰和信仰什么并不会导致社会生活出现重大分野。譬如，泛神主义者可以认为“圣”就是我们的敬畏之心，环保主义者可以认为宁可走路也不坐汽车就是一种“圣”。

就小说来看，我写了这样一段话：一个人的能力救不了全部的人，那就救一部分人，再不行就救几个人，还不行就救一个人，实在救不了别人，那就救自己，人人都能救自己，不也是救了全部的人吗？这个意思我想人人都懂。

不仅是写作之初，写作前许久，我就做出了这样的选择。甚至可以追溯到童年。那时候，我们家附近住着一户被划为地主成分的人家。那户人家住着两间搭建在别人家墙边的破茅屋，一家四口，没有一件完好的衣服。在那种时期，那样的人家是没有政治地位的。奇怪的是，我一直对他们家有着深深的敬畏。这种敬畏并非来自小学课文上，偷辣椒的老地主，将少年刘文学活活掐死。多年以后我才明白，童年时的那种敬畏，来源于那户人家的大人小孩，衣服破得再厉害，那上面的每一个补丁都是整整齐齐的。还有他们仿佛总也弄不脏的手脚与脸庞，总也洁白得没有丁点牙慧的口齿。如此等等。当年我的情感可不是在他们那一边。然而，临到写作了，我才明白，那种记忆竟然一直在左右着我的情感。我不认为，“圣”是可以升到高天之上的精神控制，我景仰的“圣”可以小到记忆中，那户人家的孩子将一块洗净的旧布叠得方方正正装在荷包里，作为清洁自己的手帕。所以，才有小说中的董重里，因为随身的一块手帕始终保持着洁白，才被在肃反运动中杀人如麻的欧阳大姐法外施恩。我要强调的是，人人心里都存有一个“圣”的角落，所以，每个人在对待他人时，都要记住并由衷尊崇这类角落，这也是一些评论家就小说所提出来的所谓“雪家精神”，也是我们的文学理论中有所缺位的中国文学中的“高贵精神”。

《圣天门口》中的雪家，其实也是饱受损害与污辱的。下卷中，在书的最后部分，有个细节，雪柠从抽屉里拿出一沓从不同年历上撕下来的杂乱无章的日历，每张日历后面都写着一个耳熟能详的男人名字，独独没有世人以为是恶魔的杭九枫。这一个细节，最能展示两个人的力量，一是杭九枫的“圣”的力量，二是雪柠的承受力量。所以，雪家的力量，也还在于承受，而草莽英雄杭九枫也有着对“圣”的虔敬。人性从来都是复杂的，所以，在众多的人物之中，杭九枫也是我创造出来，并深爱着的一个人物。在雪家人身上体现出来的大爱与大善，还应包括承受之上的那种承担，承受是被动的，承担则有主动因素。但二者又是互动和互为因果的。我喜欢并尊重笔下的每一个人物。相比之下，有时候我会更加喜欢小说中的那些非主要人物，例如常天亮、荷边等等。

面对写作过程中的人与事，写作者还要经受我该如何做的灵魂拷问。

小说精神往往反映着写作者一定的个人精神亲历性。

《圣天门口》的结尾，有意频繁使用“吊诡”一词。这样做的用意，是想在正统之外赋予历史新的品质，也可以说历史本来具有这样的品质。从“吊诡”一词出发，有人会觉得其意义在于颠覆与消解，而用人们对历史复杂性的重新认识，或者以重新认识历史之中的我们等观点来理解，应当更合适。

关于历史的经典小说，必定同时又是一部心灵史。只有与心灵相伴相随的东西，才会真的深入到历史真相中。历史的品质几乎就是心灵的品质。在时代与历史的交接过程中，许多真相注定要被那只强而有力的大手尽可能彻底地抹去。有一个时期，大家都爱说海枯石烂心不变。如果心灵有所改变，就会意味着某种重生。只要能够把握住这条心路，无论历史改头换面到何种程度，写作者就不会被历史的吊诡所迷惑。

51

《文艺报》评论部主任刘颋，有一次作为对话者，曾经发问：你有没有意识到，你的这本《圣天门口》因此带上了"暴力"色彩。这本书如果成立的话，那么，从长篇小说的环节链上讲，有的长篇，如《红旗谱》《暴风骤雨》《青春之歌》《野火春风斗古城》等便成了纯粹意义的小说，甚至故事，它们的意义可能存在，但价值却丢失了。至于像什么《烈火金刚》《铁道游击队》《苦菜花》等则变成了一种红色的荒诞了。这样一来，《圣天门口》要摧毁的可能就是半个世纪以来在几代人心中建立起来的价值体系与精神体系了。

这话说起来很刺激。但也是因为太刺激了，而显得离经叛道。

价值这东西，是时代的产物。几十年前的大米的营养和几十年后的大米营养几乎没有变化，在营养学上的价值变化巨大。几十年前人们的食物中，大米就是一切。几十年后，大米只是众多食物中的一种。凡事都不能脱离事情发生的环境。从理论上讲是如此。具体阅读过程,《红旗谱》等小说，在我的青少年时代，平均读过三遍以上。对我来说，日后记起来，能够津津乐道的也就是那些闻所未闻的故事。曾经被“经典”过的一些小说，根本毋须有外力来做什么，便自动离休或者退休闲居了。所以说，经典产生的过程，是将自童年以来关于文学的不断发现，通过聚沙成塔的方式集中到一起，到头来形成一股可以持之以恒的力量。

52

任何历史，政治的、军事的和文学的，距离远，视野总会相对开阔一些。后来者总是幸运儿，因为有前辈们用灵与肉来探索。当然，那样的前车之鉴，也还需要善于理解和运用。文学总会首先与她所处的时代共命运的。当社会苦难太过深重时，文学自然难以幸免。这样来看二十世纪的中国文学，以鲁迅为代表的那一辈，以周立波等为代表的稍晚一辈，虽然隔山隔水隔时空，其经历却是一样的，都是用文学来请命，力图挽狂澜于既倒，救国民出水深火热。从现代文学的出现，到当代文学的兴起，许许多多的作家一直在承担着国家兴亡、匹夫有责之责。正因为如此，前两年突然盛行阅读当初以汉奸之身置于民族大义之外，写下的那类闲散舒适的文字，足以让后来者深思、深思、再深思。二十世纪九十年代以前的中国文学，承担了太多本不应该由文学来承担的重责，这是由阶段性的历史决定的，后来者应该向作为亲历者的那些作家表示足够的敬意。文学经典性的重要方面，就在于她与本民族的命运休戚相关。到我们这里，文学的环境已经改良，无须再用负重百十来斤的能力，无奈地承担两三百斤的分量。我们这一代人如此三生有幸，究竟有何德何能？那么多的大师在前面披荆斩棘，为我们争取到一派豁然开朗。剩下来，就看个人的文学造化了。

无论是鲁迅生前，还是在先生身后，对他的研究与表述，一直存在着深刻的片面。在这一点上，我所读出来的鲁迅，并不是那个普遍认同，只会将文章当作匕首和投枪的鲁迅。我想这一点很重要，鲁迅精神不能理解为，只是某种阶层或者执政当局的天敌。文学就是这样，除非有新的超越性的元素出现，才会获得生命力。后来者的优势并不是树上结的果子，只要季节适当就可以挑着箩筐去收获。只有懂得站到高处，钻进深处，从茂密的果树丛中发现新的变异株，进而培育出新品种之人才是真正有优势的后来者。

聚沙成塔的中国文学过程。后人评说当然容易许多，过来人就大不一样了。不管怎么说，我都会始终敬重杨沫、周立波等等前辈作家，是他们告诉了我，母语是何等美妙，文学对于人是何其重要。

53

我是一个很感性的人，那种太过理性的观念，常常让我望而却步，不敢去想，害怕自己会越想越糊涂。事实上，重述历史的是整个天门口，而不是一两个人。人的开始是生，人生的目的绝不是最终的死，却又从无例外地要走进死亡。暴力作为一种有效的变更历史手段，已经深深地扎根在我们的历史里。《黑暗传》的引入，是为了将文本的纵深扩展到汉民族史已知的最远端，让其间接地变为叙事过程的一部分，使得小说所展现的所有暴力，一目了然地追溯到共工被女娲所杀的根本之上。至于反暴力归结，正像小说所援引的，近代中国从梁启超先生那里就开始了，陈独秀也基本上是反暴力的。二十一世纪以来，人类对暴力的反拨声浪已经越来越强劲。在中国，就有建设和谐社会方针的提出。毫无疑问，这是最为明确的反暴力立场。《圣天门口》是用一种深刻的痛来唤醒人的意识里对痛的憎恶，用一点点地积累起来的柔性的力量，去和各个阶段的宏大历史发生对冲。

我要再次强调，我的小说是为大爱大善而写。阅读者与写作者的立场存在差异，是可以理解的。纯粹就这个问题来看，如果不是狭隘地将小说中的描述，直接而生硬的认为那就是基督或曰宗教了，对雪家处境的理解就不会出现歧义。同样，也就不会产生对爱与善在文学中巨大存在的质疑。宗教与神性，在文学中只能是一种“也许”。在我生活过的一些山区小镇上，当年的教堂还在，只是做了别的用途，有的就做了小说中所描写的那类卫生所。教堂在不等于宗教就在。一个口称上帝保佑的人，很有可能是天不怕地不怕的无神论者。小说不是神学著作，哪怕她会经常提及神学中的某些词汇，描写宗教祭祀的某些行为，也只是为了表现社会生活的丰富性。文学中最为紧要的还是爱与善。

中国文学应该有自己的传统，自己的经典。

在世界文学中，一直就有纯英国文学、纯俄罗斯文学，甚至还有纯日本文学之说，唐宋明清之后，纯中国文学就找不着了。

当代中国文学太过看重所谓与世界接轨，甚至不惜抛弃传统。一些有影响力的作家，其写作资源往往直接依赖于来自欧美的转基因营养。中国文学的好坏与否，不在于外国人如何评说，而在于没有独立于世的传统与风格。我同意顾彬所说，中国作家要发出中国人的声音，不能老想着如何发出德国人或者瑞典人的声音。还应该看到，图书出版受资本过度影响所带来的恶果。“狼”也好，“美女”也好，都是资本通过相关运作来影响市场，目的只是为了获取最大额度的利润。本来与文学毫不相关。外国人并不了解这种现实，不明白铜臭在当下中国的无所不在，而将那些花钱赚吆喝的软性广告语言，当成了文学定论。我很担心，使用舶来的宗教与神性评价一部纯粹的中国小说，会不会犯下一龙带九江那样的系列错误？

我不能不遗憾地认为，有些所谓的资深学者在指责中国当代文学时，其对中国当代文学的成熟度与高度缺少基本的了解。

还是做一个泛信仰的泛神论者比较轻松，不用对什么进行顶礼膜拜。说到底信仰就是让人们心存敬畏与感恩之心，并非自恃万物之灵，为所欲为。

54

《圣天门口》在叙述梅外婆去世，以及雪家的事情时，使用了一点传奇手法。因此有人曾说，在肃反、土改、大跃进这些历史阶段时，如果换用一种荒诞手法，应该更可以体现作家情感。六十年代以后的这一茬人喜欢做如此选择，他们后来听来的那些，在口头传播过程中已经或多或少地变形了。于我则无必要，想要写的那些，在心里贮备了数十年。荒诞得再艺术，也还是某种侧面。当下的文学现状，已经暴露出这类写作的狐狸尾巴。那些针对当下的“荒诞”，只是一种掩饰内心的文学贮存远不足量的浮躁手法。采用这类手法的最大可能性，是为了掩盖这类写作中的主要元素的缺位。须知，一切关于荒诞的艺术从来就不仅仅是手法，而是渗透到灵魂里的一种生存哲学。穿着一袭“荒诞”盛装，内里的躯壳是百分之一百二十的世俗，只能是又一款皇帝的新衣。

现实主义的手法是更重要的，直接面对现实的毁灭与荒谬更加触目惊心。六十年代以后的写作者们迟早要正面面对。有时候我会杞人忧天地设想，在我们之后年代的写作者中，毕飞宇们的出众简直就是被泛滥成灾的“荒诞”衬托起来的，因为他是年轻一些的写作者中，极少数不靠“荒诞”来立足的。荒诞的生出与存在，需要与之匹配的哲学厚度。既然中华文化中从未有过这类学说，单一的文学“荒诞”，就算能一时地“哗众”，却无法真的有所“取宠”。

对小说中人物的去来，我从来不会处理得太随便。《圣天门口》里的人物之死，譬如雪茄、爱栀夫妇凭空而来的死，让人不忍不甘。到了小说后半部，连读者都要忘记了，才一反中国小说以猝死了结一切爱恨情仇的情感方式，揭开了如此处理的原因。对于人来说，死亡是何其了得的大事，那就更不能简简单单地一了百了。死亡不同，对应的那种大爱与大善却一直在贯穿着。这便是雪家人执着寻求的，要生生地扭断“以血还血，以牙还牙”这类死结连环，哪怕自身的承担与承受是那样的不可预估。新仇旧恨哪怕深似海，却像难以克服的随地吐痰，不能见到满地都是秽物，就觉得反正已经脏了，少吐一口痰也不会令其变清洁，自己随地再吐一口痰也不会令其变得更脏。我让雪家人那样做，对仇恨的最大报复是不去报复，少一次报复，世上就会少一份仇恨，那类死结的连环套就有斩断的可能了。这也是人生所能到达的最高境界，相比以眼还眼的冤冤相报，这种不像报复，却又是最大报复的报复，行动起来，只需要内心强大就行了，不需要其他方面的强求。

佛语说，苦海无边。其意在说，恶是没有边际的。佛语又说，回头是岸。其意是为，唯有善才是恶的不可逾越之界。有限与无限，有界与无界，往往在瞬间里就产生了。活着的人，只有懂得每一种死亡都是不幸，只有在每一种死亡发生都感到疼痛，才能真正走进历史并理解历史。

一位访谈者曾经对我说："我是在这里转回头重读这篇小说的。我觉得我要重读的原因之一，就是因为你的写作过程中，已经没有了读者。从阅读的经验上讲，譬如我，从来都是对作家的写作过程有着某种预期与猜测的。我们是这样走上阅读过程的。然而，我们过去的阅读经验，特别是意识形态方面的满足，到此已经荡然无存了。当然，这可能正是对读者、对事实的最大尊重。这样一来，原先对雪家的同情，到第二遍重读时，便已改变成敬重，而对段三国——这可能是这本书中，一个最为吊诡，也最为智慧的名字——将两个女儿分别嫁给杭九枫与马鹞子的行为，感到特别容易接受。你肯定在这个名字上以及在像一省、一县、一镇等名字上下过功夫。当然，有意思的是，他们是被丝丝、线线连起来的。至于对董重里那样的整体投降，也没有了更多的阶级意识的对立与不满。所以，从这个角度上讲，读者对你的感谢自不待言，但一个清醒的读者，在此刻一定是非常痛苦的。邵燕君等人评论这本书时说，她大大超越了同一类的小说写作。"

与好的读者、好的评论家对话是很有趣的一件事。

小说中应该也有一些有趣的东西。这种有趣，可以提升品位，还可以一展才华。

写作于我，在自己的心灵轨迹之外，很少去想其他因素。在文学中，描述对象、作者和读者的三位一体中，再也没有比心灵相通更为重要的东西。

是人玩弄历史，还是历史玩弄人，这里面也有一个如同雪家人所面临的是承受还是承担的问题。我在山东师范大学做过一次文学讲演，题目是：历史是当下的心灵。无论后来者如何议论，历史还是历史。真正的疑问在于，我们的心灵是否充实？只要心灵是充实的，历史就会还我们以真相。

55

文学是用别人的情，来说自己的爱。

有时候，我也会感谢自己。

这里的自己，是那个文学的自己，也是世俗的自己。

是文学的自己，让世俗的自己生活得更有品质。

56

写《圣天门口》，除了定心定性，除了对全部人物有了深入的分析与理解以外，还得准备好对军事学、医学、民俗学、气象学、物候学、地理学、政治学、历史学以及风土人情的研究与把握，更重要的，还有思想史这一块的研究与思考，既不能像学者那样抽象，又要高于思想家们的解说，实在是庞大而艰辛，需要动用很多方面的知识才能完成这本书。最后部分写二十四种云与各种人的对应，连我自己都有一种神来之笔的暗自得意。

写作过程的所谓六年，只是表示案头时间。

一部作品的诞生，岂止是案头工作。小说中的核心人事，从我记事的时起，就在心里反复地打造与琢磨。从小说完成后的激动中平静下来，我才明白，自己分明是在用毕生来写这部小说。她几乎掏空了我，无论是艺术层面，还是生理意义，都是如此。孤灯下独守六年，我把身上最优质的那些成分，尽数倾注到小说中，留下来陪伴我的肉体的是一连串疾病。

也是由于这疾病，让我开始一种有节奏、有节制和有节操的生活。比如，从二〇〇六年秋天开始第一次下游泳池后，就不再中断的每天一千米的水中晨练。虽然没有详细统计，除去出差在外等因素，按每年三百天计数，每年累计游泳距离达三十万米。十二年来，共计不会少于三百六十万米，也就是三千六百公里，比广州到哈尔滨的三千三百五十五公里还要远。如此坚持下来，自己的健康状况良好。同样，先前看似全身心的文学元素都被掏空了，过了一段时间再看，发现在那些仿佛的空白处，又生长出令自己怦然心动，不写不足以释怀的灵感一样的东西。

57

长篇小说是当代中国文学中成熟与不成熟反差最大的文体。即使二十世纪九十年代那些堪称典范的样板之作，也有显而易见的者多问题。相比而言，这类粗疏的缺憾反映在长篇小说中，就没有中短篇小说那么刺眼了。有时候，还会让人觉得粗疏只是长篇小说中不成问题的问题，是长篇小说的某种组成部分。因为粗疏所相伴的一定是宏大，如同海啸只会发生在大海里。《圣天门口》出版之后，我有些后悔。虽然经历了文化快餐时代不可思议的六年闭关，但我还是觉得出手快了，假如能再放上一两年，然后再用一两年来修改，如此花上十年时间，那些让我后悔的地方，肯定就不会有了。即使是这样，我也仍然信奉，长篇小说用不着写得太精致。在一些重大纪年与事件的连接处的粗疏，是长篇小说必不可少的艺术特点。

长篇小说结构本来就是见仁见智，有喜欢倒叙插叙地将历史与现实扭曲在一起变成语言迷宫的，有喜欢用“我奶奶、我爷爷”等全知全觉第四人称的，还有娓娓道来喜欢追忆似水年华的，然而，这些都写不下我想写的。汉民族从创世纪开始的历史，通过说书形成一种古往今来的氛围，这种氛围又将天门口时下的人事引入历史当中。如果将那种常见的为追求普通阅读效果的戏剧化因素，用在这样一部作品，就会因为过于刻意而变得见小的。

对方言的运用，我只选择相比普通话规范的用语有所超越的那些。比如相对“知道”的“晓得”，相对“聊天”的“挖古”等等。作为母语的汉语，文学界应该有种危机感，现在来看，随着中国大国地位的日益确定，汉语热在全世界持续升温，所谓语言的“全球化”问题也变得不那么突出了，反而是汉语自身的过分口语化，加上语声含糊、组词难看的“京腔”，使得我们的母语越来越烂。在我所主编的《芳草》文学杂志的扉页上，我有感而发，撰写了两句话：汉语神韵，华文风骨。的确，我喜欢听台北人讲的“国语”，感觉上那种优雅古典的言说方式，才是我们的正统母语。真正的方言，往往是经历了长久的历史选择后存留下来的母语精髓。时下的许多被称为方言的，其实是俗语。多半是汉语在白话化过程中，不断产生的垃圾物，如果不明就里将其塞进文学作品中，会有损文学品位。

文学的存世与种庄稼的原理一样，试来试去，还是“绿色食品”最受欢迎。在信息时代，不要以为一个人掌握了互联网就掌握了一切。互联网只是个工具，使用不当可能干的是错事。实际上，生活中很多流传的都是假象，是以讹传讹的东西，很多问题一定要现场解决。曾经听北京的朋友讲，南水北调的水到北京后变成“浑水”了，他家自来水管确实流过“浑水”。二〇一五年夏天，参加“南水北调人文行走”活动，听专家解释，这是因为北方长期用地下水，水管里形成了一层水垢，丹江口水库的水是弱碱性，流到北京的自来水管网系统后，将水管里的弱酸性水垢溶解了，变成浑水从水龙头里流出来。等到自来水管里的水垢完全溶解后，这个问题就不存在了。所以，我相信，长篇小说中的缺欠是不可避免的，是为了衬托其不可替代的独一无二性质。在长河一样的流水中，漂过一些枯枝败叶，臭鱼烂虾，也是其势力范围之内能有效控制的现象。

58

这两年，朋友来武汉，或者自己去外地，在一起说着话，总会情不自禁地提到高铁。而我也特别愿意与他们聊高铁。聊起高铁，就像聊自己开的汽车、自己种的蔬菜花草树木、自己写的满意与不甚满意的文字。

朋友圈内都晓得我不爱坐飞机，实在没办法时才硬着头皮去机场。最近一次是从太原飞杭州，原因是一家文学杂志的活动，原本说好不去，因为需要救场，而不得不临时乘飞机前往，正高兴碰上升舱的好事，从经济舱挪到头等舱，却赶上沙尘暴，飞机起飞时的那个难受劲，让我自此以后彻底放弃乘飞机出行。近两年，多次接到邀请，去云南、贵州、西藏、青海、新疆和内蒙古等地，一想到去那些地方只能乘飞机，还没开口问去那里干什么，心里就打了退堂鼓。又怕被人当成矫情，不好意思说不想坐飞机，往往结结巴巴半天才让对方打消好心邀请的念头。慢慢地，圈内人都知道了。前几天，中国作家协会来函邀请我去参加博鳌文学论坛。我回复说，到海南岛的高铁修通了吗？对方马上冰雪聪明地回应说是明白我的意思了。尽管朋友们都劝，一九九七年夏天，我从大连回武汉时，所乘飞机曾经出过起落架和机翼都折断的大事故，等于说是消灾了，往后就不会再有了。在我心里却不是这样想的。倒不是担心自己会成为世上罕有的接连遇上空难的倒霉蛋，是因为自己天生不敢登得太高，只要不是脚踏实地，就觉得自己不是自己。飞机不敢坐，一般的火车又太慢和太乱。如果世界不做改变，于我真的是自废行走之功，自绝于五湖四海了。

二十岁时，生平第一次坐火车，从武汉上车到洛阳、西安、成都，再转重庆、贵阳、柳州，最后取道桂林、长沙，返回武汉，从西北到西南绕了几乎半个中国。那时候自己正在工厂当车工，厂里有位采购员犯了严重的在今天来看也是不可以犯了白犯的男女作风错误。受了处分的采购员被放到铸造车间当了一个月的炉前工，再回到原先的岗位上时，免不了闹点小情绪。那时我还很年轻，采购员的浪荡苟且之事听着都脸红。也不知厂里是怎么想的，竟然派我陪采购员出差推销本厂的产品。七十年代的火车全靠燃煤作动力。更早的时候，家居的镇上铁匠铺换掉木炭，改烧煤炭后，带给小镇的工业气息，曾令一群少年在浓烟弥漫中欢天喜地地蹦蹦跳跳。七十年代的火车，将童年时期对充满硫黄气味烟雾的夸张喜悦打回了原型。途经成昆线上火车要在山肚子里盘旋几个小时的大小凉山隧道，一开始还为其世界著名而自豪，半个小时下来，就感到一种身处地狱般的窒息。好不容易熬到出了隧道，打开车窗张大嘴深吸了一口外面的空气，那滋味很接近天堂的恩赐。这一趟跑下来，回到工厂后接连洗几次温泉，鼻孔里的黑算是洗干净了，身上的煤烟气味依旧隐约可辨。

关于二十世纪的火车，这还不算悲惨，最是一九九二年夏天从长沙去广州，那番经历才是真正的炼人之狱。下午四点左右，长沙的两位朋友先将先行上车后堵着车窗口的乘客吼得放弃抵抗，然后硬是用四只手，将我从玻璃缝里推进人多得被大家齐声骂成“拉猪的”火车内。我一直相信那趟从西安开往广州的火车上的乘客，除了制造时称京广线上最乱最差的名声之外，还独创一系列乘车宝典：上车后双脚几乎不用沾地，用彼肩膀挂着此肩膀，用此腰肢撑着彼腰肢，依凭火车急转急停，绝不会有失去平衡的情形发生。后半夜终于得到机会蜷缩一下身子，在密密麻麻的大腿、小腿以及膝盖中蹲了半小时。原以为这是最困难时刻的最大享受，不料在腿缝中的一瞥让我发现，长条座椅底下竟然同样密密麻麻地平躺着许多比我这一蹲更为享受的男男女女。那天夜里，每到一个站，我都要付出极大的努力才不让自己冲动地跳下火车，中断这次行程。最终能熬到广州站，不全是个人毅力，部分原因是自己缺乏冲破层层阻拦去到车门的力量。车行一夜，也想了一夜。从最初妒忌那些有座位的人，到最后同情那些有座位的人，个中原因很有哲思，在同一车厢里不存在所谓的天壤之别。当座椅的靠背上趴着人，当座椅名义上的主人鼻尖贴着站立者的屁股，不同角色已不是用权贵与贱民作区分，唯一的差异是坚韧与脆弱。

多年以来，关于火车的纠结，像感冒发烧一样每隔一阵就要犯一回毛病。有些地方有事不得不去，有高速公路之后，就多了开车自驾的选择，譬如去路途遥远的泸州、亳州、宁波和武威。我喜欢自驾时那种酷劲，只是来来回回，路上耗费时间太多，有些不划算。

因为如此，我现在喜欢与朋友开玩笑，说中国高速铁路是专为我这种德行的人设计制造的。甚至与他们说，等高铁修到你们那里了，我才去你们那里走走。从某种意义上讲，这两年我敢于不坐飞机也是被高铁娇惯的。待在武汉这地方，能切身感受到一百多年来在现代化进程中的三大机遇，一是民国时期京汉铁路的开通，二是共和国初期长江大桥的修建，三是如今像蜘蛛网一样向全国各地辐射出去的高铁。

汽车没有改变我，过去与现在仍旧是那个安于写作的奇葩宅男。虽然常常有自驾去青藏的念想，那只是一百种人生浪漫之外的又一种。去年夏天坐火车去青藏，算是圆了这梦想的一半，虽然还是费时，但比坐飞机一下子就到了拉萨，其对青藏之美的身心感受，性价比少说也要优良十倍以上。那段旅程最难忘的不是藏羚羊，不是藏野驴，也不是神秘的可可西里，而是一只只站立在铁路边，拎着两只小小前腿盯着火车的可爱的小野兔。

电脑也没有改变我，过去与现在仍旧不大与太多光怪陆离事物时尚风潮亲密接触。天天在电脑面前坐着，不过是将钢笔换成了键盘，将报纸换成了数码。

然而，高铁实实在在改变了我。首先让我深深喜欢上自己所在的城市。曾经以往，自己是何等不客气地批评甚至批判其恶俗与落伍。几乎是一夜之间，这座城市就成了无与伦比的出行极为便捷的高铁运行中心，其独步天下的优雅气质，在一夜之间改变了武汉形象，更是改变了自己因为不愿意坐飞机而尽量减少出行的习惯。二〇一三年全年，绝大部分时间我都关上手机，专心写作长篇小说《蟠虺》。如此誓与外界隔绝的状态，也没办法阻止我半年之内乘高铁去广州三个来回，去南京一个来回，去镇江一个来回，去北京一个来回，去上海一个来回，去济南一个来回，去长沙一个来回，加上从武汉至太原，从西安至武汉各一趟，还有已经买好了票，因故不得不退票往北京等地的好几个来回。最漂亮的一次是去中山大学办讲座，早上出门，到广州吃过午饭，小睡一阵，下午两点半开讲，讲座结束后，马上乘高铁回武汉，晚上十一点，又是老婆孩子热炕头的习惯景象。以至于家人都怪怪地望着我，好像我根本没去过广州。从今年已经发生的行程和已有计划的行程，假借高铁独步天下的机会不会少于二十次。

高铁更让我改变了写作习惯。写作多年，成稿的多是大部头。相对而言，随笔散文一类的文稿，因为觉得时间上不合算，常常想写又不愿意写。坐上高铁后感觉就不同了，四五个小时的车程，独自一人时，只用来打盹太可惜，正好打开电脑，去时写好初稿，回程时细细改定，一篇短文就写成了。与朋友们聊起这些，也有不以为然的，说飞机也能做到这样，候机时，飞行时都能写一写。但朋友也承认，候机时不管是飞机正点还是延误，总令人心神不定害怕耽搁，飞行途中更是如此，不定什么时候就会有乘务员提醒说是遇到气流，小心颠簸，让人收起小桌板和电子设备，在这种环境里是写不出好文章的。

一个人坐高铁，可以发很深刻的呆。当时空速度超过早先习惯的最高速度时，身边那些司空见惯的恶习干扰就幻化成悄声无息的宇宙尘埃。

一个人坐高铁，可以读很艰涩的书。当熟悉的开花万物以不寻常的身姿飞跃时，悬挂在神经末梢上的思绪也会变得异乎寻常的敏感犀利。

这两年，每次坐高铁我都会揣上一本关于青铜重器的专业书籍。那样的文字，只要周边有一点点喧嚣烦躁，就很难往心里去。如果心里再有不能安静的因素，那些文字便会像绣花针一样不可入眼。在高铁上读青铜重器，能方便地找到金属的天然质感。这种天籁意味与文学本质已近在咫尺。在高铁上，与我相遇的蟠虺意境，直接升华的结果便是长篇小说新作《蟠虺》。

高铁改变了武汉自不待言，高铁正在改变中国，也是不争的事实。当中国的高铁从哈尔滨通达到深圳，从上海延伸到乌鲁木齐，先前那些诅咒的声音也像是在一夜之间消失了。大概是那些人实在不好意思再违反常识，肆意歪曲在三千公里、五千公里的中国大地上奔驰的高铁，与在两百公里、三百公里的日本新干线上跑着的快速列车是同一回事。去年还是门可罗雀的各处高铁车站，今年就变得熙熙攘攘。去年各路高铁车厢还是空空如也，今年就变得一票难求。我希望我们的高铁上更多一些思考者与读书人，也希望父老兄弟慈母姐妹们打工的血汗工厂的利税，多用在民族工业的高铁上。由此我们有理由期待，再过些年，崛起的大中华因为这项改变我和世界的伟大贡献而真正受到世界的尊敬。我和世界正心甘情愿地快意见证。在中国大地上流传的文学，终将与殊途同归的高铁一样，成就中国气派和中国气象。

第四章　生命是劳动与仁慈

59

我一直坚持认为，文学和音乐，是从心性与灵魂的交融处产生的。

年年秋天又至时，于冷风瑟瑟的黄昏中，总让我的乡村回想一个一个地显现不停。当我想抓住它时，它们却腾身闪过，让思维里留下种种扑空的感觉。以至我不得不每每慨叹都市已让人没了感觉。那天，霓虹又上时，我走在汉口六渡桥的过街天桥上，忽然有人伸出手臂挡住我的去路。留心一看，地上有一摊竹笛。在我以后的伫望中，卖笛人的手臂一直在护卫那些竹笛。可惜别人没有他的那份爱笛之心，在很长的时间里，竟无一人在其面前驻足询问。后来，笛声响了起来。但是那旋律被都市的喧嚣淹没得几近彻底，剩下的那点隐约的声音，干涩得像是枯河中兽蹄印内的黄锈水和洪灾之后挂在树杈上的浮渣。卖笛人那副忘我的样子让人心生痛惜。这种痛惜，终于使我在大厦的阴影压迫下捕捉到自己的一个回想。

一九七三年国庆过后到一九七五年元旦之前，我被县水利局派到处在湖北和安徽省界线上的岩河岭水库工地当施工员。那地方是大山顶上的一小块盆地，隔着一道小山脊就是安徽省岳西县。工地号称有两万民工，实际在一万两千左右。这么多的人散住在工地附近的山塆里。

那时，我十八岁，黄昏后的行走，是当年的唯一浪漫。

最初的时候，我特别喜欢听那位在小学校里当老师的下乡知青悠扬的笛声。有笛声相伴的行走，总让自己心生一种趾高气扬的感觉。然而，有一天傍晚，从民工住的破屋里传出的一种笛声深深地震撼了我。我一直认定那种断断续续、五音不全的旋律是从那种两角钱一支的竹笛中钻出来的。当时，天正下着不大不小的雪。我扛着测量水渠线路的水准仪，沿着山边的小路往指挥部走。不远处的工地上，那些为着早些完成任务回家去的民工，还在冒雪挑灯夜战。茫茫然的雪花遮蔽了民工们的吆喝，平素不太引人关注，作为唯一穿透雪夜的笛声，一下子突现出来。那种苍凉、冷峻的命运感和竭力挣扎的渴望，给人以颠覆性的感悟。那时，我并没有意识到，这种粗糙的、没有训练、没有装饰、不见优雅和华丽的笛声，会在几年后才开始的文学生涯中，产生那么大的影响，甚至直接影响个人的文学审美、文学趣味和文学趋向。在当时，我只是知道一个人站在那片苍茫里久久地聆听。就像一名学生站在自己所崇拜的导师面前那样。

一九九二年元月，中篇小说《凤凰琴》以一队队的文字出现在笔下时，我才发现，多少年来，自己心里一直怀有对乡村中普通人的崇敬之情。小说中，那几位吹着竹笛升起国旗的老师，也即是那于风雪之夜，在破旧屋子里吹着竹笛，飘散出五音不全旋律的民工们。

我一直不敢在自己的写作中，对父老乡亲有半点伤害。在他们面前，我没有半点文化上的优越感。每当面对那些被风霜水土、杂草粪肥过度侵蚀的容颜时，内心深处总感觉自己占了他们的便宜。所以在写作时，能与笔下的那些人物平等相处，是我想象中的归宿与解脱。我一直不太相信在从事写作的这一群人中，有谁比乡村里的老农民更懂得生活和命运。他们是天生的社会学家、天造的历史学家、天才的哲学家和美学家。在乡村里，家家户户的老水牛都是大英雄，屋前屋后的老母猪全是大美人。这话没有丝毫调侃，我是百分之百地认同这些话。老水牛那毕生不改其志的劲头，比时下许多时髦学问家强。老水牛那只管耕耘不计收获的“牛格”，比那些只想收获不事耕耘的花花公子们的人格要强。那些人，得到好处越多，越爱在办公楼里骂阵。在现实生活中越是狂捞好处，越在互联网上扮成正义的化身骂街。那老母猪心甘情愿地用一己之力，换得一户农家过上一段安逸日子，当然够得上美人级别。

保持一种平等心理，平常心态，用以在写作时面对笔下的中国乡村，这成了九十年代，我对乡村小说奉献的一种“新状态”。城里人听不懂，也不愿听那竹笛，竹笛从本质上讲也不属于城市。

《凤凰琴》改编成电影以后，尽管故事情节语言几乎原封未动，可是，怎么看怎么不像原小说了。根由就在于进行电影再创作时，那种平等的状态失去了。为乡村贫困窘迫所萌发的同情、怜悯，为乡村的落后愚昧而激发的愤慨、忧虑，在一些揣着高学历，住在高楼的人那里，这些表情的潜意识里包含着居高临下、指点江山的优等感觉。同情与怜悯带着施舍的背景，愤慨与忧虑则是恨铁不成钢的教师爷前提。这些东西妨碍着公正的、公平的写出乡土小说里的哲学意识与历史感来。对乡村的文化歧视，使得社会在政治经济上付出更大代价。乡下人抽鸦片和赌博总是被认为愚昧，城市人吸毒、玩老虎机则是一种文明病。乡下人按自己的意念在私宅前雕龙塑凤，却招来城市人认作是对中国文化的糟践的谩骂。没有多少人能够真正地理解中国乡村。乡村中人们自己发明了联产承包责任制，自己搞成了乡镇企业，让那些办公楼与研究所里的专家，跌坏了大大的眼镜。这一点既是乡村的骄傲，也是乡村的悲哀。

对于新乡村小说家来说，这将是一场挑战。

面前的对手很有可能就是自我。

这个自我，正是对乡村满怀善意的文化歧视者。

我无意让竹笛响彻城市，然而我的确想让城市听懂竹笛。

60

一九九七年人民文学出版社出版了我的长篇小说《生命是劳动与仁慈》。

二〇一二年十一月父亲去世，我将这句话刻在父亲的墓碑上。

二〇一三年，上海文艺出版社重新出版本书时，我给了她一个新名字《燕子红》。

墓碑树起来的那个春节长假之后，上班的第一天，黄冈师范学院中文系夏元明教授来电话，告知一件奇事。他的一位同事，在家里过完春节，返回学校时，驾车沿着国道往黄州行驶。不知是何原因，竟然放在宽大的国道不走，将轿车拐了九十度的急弯，进到一条“村村通”的窄道，行驶不到两公里，就到了道路尽头。暮色昏暗时，车头近处树着一座类似方尖碑一样的墓碑。他那同事觉得奇怪，但还是停车下来，看个究竟。猛见得墓碑上刻着一行字，是我曾经的长篇小说名“生命是劳动与仁慈”，他那同事不由得大吃一惊。到底是读书人和教书人，为了弄得更明白，第二天上午他那同事再次驾车返回来，将这一切看得确切无误后，这才打电话与夏元明教授说了这段奇遇。我一直想见一见这位老师，却又无缘相见。不说别的原因，也许是父亲觉得那刻在墓碑上的话，还有更多更广的作用，而通过这种方式来提醒我。当初改名时，就曾遭到众多善意的批评，有父亲的暗示，我于是决定借再版时将《燕子红》恢复为《生命是劳动与仁慈》。

除了小说，再也没有其他形式能将人生表述得如此生动，如此不朽。

61

小说本来就是一种动感的东西，它不像散文诗歌，可以面对静物潜心写意。小说是一条奔流不息的河，如果没有水在其中流淌，河就会干涸，就会死。有些作家不主张让小说太好读了，他们需要一种间隔和停顿效果，认为唯有这样才会使读者保有自己的思维空间，闭上自己的眼睛，好好地理解这部小说。我喜欢有故事的小说，自小我就喜欢。作为一名读者，我首先想享受的是一部小说能给自己以阅读上的快感。有了快感，自然就会牢牢记住所读到的内容。至于小说中的思想，我不认为它可以凌驾于小说故事之上，它只能是小说故事的一种成分。我希望我的读者能在放下小说后的某个瞬间里，忽然想起小说里的某人某事，原来还有另一层含意。他们在读小说时可以边哭边笑边咬牙，怎么都行，就是不要边读边想。我会认为那小说一定是在故作深沉。

62

写作的最大特点，就是尽一切可能，将自己的文字与他人区别开来。人生的美妙也在于此。这类区别往往是本质的，而非为了有所区别而作秀。我的本质是，我爱城市，便更爱乡村。我爱宽街窄巷，但留恋原野土地。我爱乘现代化邮轮，但更爱能让小时候的我光着身子戏水摸鱼的小溪。这是一种与生俱来，是一个人的命定。我喜欢这样的命定。有人说我的写作是“在黑色的土地上，把心交给那些承受苦难、抗拒苦难的人们”，在数字化时代，如何避开流淌于生活表面的泡沫，把心安放于大地之中？我在写每一个字时，都要认真思考这个问题。

63

一九七八年，以短篇小说《眼镜》获得第一届全国优秀短篇小说奖，一九八〇年再次以短篇小说《南湖月》获得第三届全国优秀短篇小说奖的刘富道老师，是我在生活中见过的第一位大作家，也是我加入省作家协会的介绍人，是他给我的第一本小说集《异香》写序，前几年，他又亲自动手写了一篇关于我的印象性文章。

一位女作家曾跟醒龙说，你要想获得成功，比起我们来要付出十倍的功夫。为什么呢？因为我在省城，你在下面，因为我是女性，你是男性。这不一定是原话，但肯定是原意。一个小地方的男性写作者，比起位居大城市的女性写作者，出道和成名要艰难得多。

醒龙最早的作品，发在周边省份安徽、河南的刊物上。在他当时居住的鄂东英山县城看来，似乎进军武汉，比到邻近的安徽、河南遥远得多。他的《大别山之迷》系列小说前几篇，在周边省份受到青睐之后，湖北、武汉的刊物才把注意力投向他。他从工厂借调到县文化馆还有过被退回去的经历。后来他成为武汉市民，是作为特殊人才引进来的，武汉市文联慷慨地给了他一个专业作家的席位。此前，他的《天行者》的前身《凤凰琴》已在中国大地奏响。

一九八六年，他同姜天民一道来看我，给我的印象是一个身材瘦弱的白面书生，从不多的言辞中也看不出特别出众的才华。及至读到《大别山之迷》系列小说，我被他编织的现代童话迷住了，我迷惑不解地暗自发问：他的这些怪念头是怎么产生的呢？他羸弱的身体怎么容得下这么大一个奇异世界呢？

这里也不能不提到一九九一年由我们《长江》丛刊发起，同《长江文艺》《芳草》杂志联办的“刘醒龙作品研讨会”。当时这样的规格让许多年轻作家觊觎。研讨会上的学术气氛非常浓厚，辩论一直延伸到午餐的饭桌上，醒龙非常有个性地站起来进行自我辩护。与会学者对醒龙的赞誉是充分的，也对他未来创作走向开了不少药方。真正让我感觉醒龙能成大气候，是在这次研讨会之后，他没有依照那些“药方”乱吃药，而是坚持走自己的路。这条路用一句话说，就是坚守民间立场，对民众做一个知冷知热的作家。一时间，他的《凤凰琴》《秋风醉了》《分享艰难》等一批优秀的中篇小说，都在全国范围内产生了非凡的影响。

二十世纪九十年代中期，有人说湖北文坛是阴盛阳衰。我当时写过一篇文章《莫道阴盛阳衰》作为回应。然而不可回避的事实是，只要到外地走走，人家谈论湖北作家的名字，频率最高的还是两位女作家。自从有了醒龙等几位年轻气盛的男性作家，可以说湖北文坛才进入了滋阴壮阳协调发展的良性生态。

醒龙特别能吃苦，特别能耐得住寂寞，写三卷本长篇小说《圣天门口》的六年间，他几乎从朋友们的视线中消失。就是这么十多年，出版了十一部长篇小说，出版了几十本书，像个得奖专业户一样，在全国各地到处拿奖。现在我们湖北自称为文学大省，靠哪些作家和作品支撑呢，其中当然包括醒龙这一个支点。

如今留着小平头的刘醒龙，壮实的体魄显得底气十足，能够应对玩命般的写作。虽然口头表达不是他的强项，但他在当今社会已经掌握了话语权，我们经常可以听到他在各种媒体发出的声音。虽然他从来不耽误写作，但他把一本大型文学期刊《芳草》原创版，经营成全国有影响的名刊。虽然他男子汉气势十足，而他偏偏策划了一个《芳草》汉语文学女评委大奖，而且已经成为全国文坛引人瞩目的文学奖项。

我不能不说他是小地方走出来的高人。

读富道老师的文字，就能知道他才是真正的高人。文章中那些关于我的具体的判断，我最喜欢“特别能吃苦，特别能耐得住寂寞”这句话，对于文学，我的确是“玩命般的写作”。

64

有的批评家总爱说，谁谁的作品缺少鲁迅先生那样深刻的批判性。

对此种批判，我颇不以为然。文学所描写的都是一些普通人。他们已经活得非常艰难，再那么尖刻地对待他们、批判他们，就算称不上残忍，也会觉得于心不忍。这样的判断正是文学中绝对不能缺席的宽宏大量与仁至义尽。近百年来，大家都说，从鲁迅开始，主要的艺术主张就是批判。时至今日，这种批判是不是太多了？太多了恐怕也不是一件好事吧？就像对待我们国家的足球一样，十几亿人都在骂他，足球还是没有起色，哪怕请再好的外国教练也还是不行。唯有努力发现发掘中国足球的长处优点，才能获得真正的进步。

对国民的劣根性批判太多，却对国民的优良品质忽略太久，才是莫大的失算。

我多次表明，自己在探究中国人安身立命之本，就是这个意思。

一个民族几千年来，连绵不绝，生生不息，一定有其优秀的品质。要警惕我们有可能出现身在此中，不识庐山真面目的错觉。比如美国，他们自己对政治层面的东西批判很深刻，可是他们对自己的民族性却几乎很少批评。在美国的艺术作品中，美国人的性格总是那么阳刚、张扬、甚至有点夸张，他们不断描绘这种美国精神而不觉得腻烦。这放在中国的艺术作品中几乎是难以想象的。可能也是一个年轻国家和历史悠久国家的区别吧。

65

一九九五年三月九日，在武汉市文联楼内的写作间兼卧室的斗室里，匆匆忙忙地给时任《上海文学》执行主编的周介人先生写了一封短信。

周老师：

您好！

非常郑重地向您推荐邓一光的这部《父亲是个兵》，我刚刚一口气读完它，心里的的确确地被它震撼了。关于军人的作品一直是我最喜欢的，可这种喜爱通常只是在外国文学，特别是苏联文学中才能得到。苛刻点儿讲，我们不少写中国军人的作品，要么是苏联军人的某种翻版，要么就是“土匪”“强盗”披上军装，如此而已。《父亲是个兵》却不是这样。它为我们塑造了一个真正的中国军人的形象。军人这个词对许多人来说只是一个普通人而已，然而军人绝不是普通人。我想您在读过这部中篇之后，也许会赞同我的看法。在血火雷霆之中铸造出来的人至少比普通人多出那份阳刚之气，可以前我们没有这份福气去欣赏那种独具魅力的人性美，而许多人又拿一些水货来哄骗我们，所以我要再说一遍：《父亲是个兵》还给我们一个真正的中国军人！

我马上要去机场，临出门前匆匆写上这些。

谨颂，编安。

醒龙

这封短信，刊载在《上海文学》一九九五年第八期上，主编周介人觉得在自己的杂志上让人称“周老师”不妥，而改为“主编先生”。所谓军事文学中，但凡动人心弦的不是战斗故事的传奇，而是在战场上才能见到被称为军人的人的品质，李存葆的《高山下的花环》、陈怀国的《农家军歌》，还有阿列克谢耶维奇的《战争中没有女性》，都是如此。

66

二〇一八年元月三十一日，我又写了一封信，也谈到战争与英雄，那封信是写给女儿的。

亲爱的刘晚：

去年的一个秋夜，你放学回来，听见北风吹得窗户哗哗响时，浅浅地向我们表示，想读一读描写战争的书，爸爸向你推荐获诺贝尔文学奖的白俄罗斯女作家阿列克谢耶维奇的《战争中没有女性》。那天晚上，你上完晚自习回来，与爸爸妈妈聊起这本书，在我们的阅读过程中，最受震撼的是书中那些体重只有四十公斤的娇小的女护士，居然能够将体重超过一百公斤重伤员从炮火纷飞的战壕中背回到后方救护站。你的答案却更让我们震惊！你说你最感动的是，一群被囚禁在纳粹集中营里的俄罗斯女兵，在暗无天日的日子里，遇到房顶被大风刮破一个洞的机会。女兵们搭起人梯，让最上面的小个子同伴，透过难得的天窗，告诉大家久违的外部世界是什么样子。那位女兵久久说不出话来，好不容易发出声来后，告诉战友们，她看到房顶上长着一朵小花！听说看到一朵小花了，这群被纳粹俘虏的俄罗斯女兵高兴得又唱又跳。书中情节我们当然知道，我们震撼的是你轻轻叙述这些时，几度哽咽和无论如何也抑制不住的热泪！人的一生智商与智慧当然是很重要的天赋资本，但是人这一辈子，真正引领生命的是我们的情怀！唯有美丽的情怀，才可以使得生命在任何环境中都能发现自身的珍奇宝贵！……

不同的两封信，相隔整整一代人，二十多年，从字面上，军人与英雄的意义，在时光流逝中有了巨大区隔，事实上却更加说明一个真相，即便是军人这种特殊群体，优雅与高贵也是他们的第一选择。

67

一九九八年八月三十日晚十点，《新民晚报》的项玮打来电话，告诉我周介人先生走了。

她在电话里同我说了半天，我记不得她说了什么，更不记得自己回应了些什么。放下电话后我马上给蔡翔打了个电话，当那不敢相信的消息被证实以后，泪水顿时模糊了我的眼睛。这样残酷的结局落在这么好的一个人身上，我不知道该去质问谁，追究谁：好人为什么总不能平安？

这年稍早些的五月初，到上海领《上海文学》奖时，一下飞机，我和邓一光就在潘向黎的陪同下，直奔医院去看周先生。那几年，《上海文学》对我的偏爱人所共知，因为爱屋及乌，邓一光新写了一部中篇小说《父亲是个兵》，请我写信推荐给《上海文学》。周先生不仅发了这部小说，还将我的推荐信也发出来。周先生对我的信任还可以从他与我的通信与交谈中有所表现。一般文坛中长辈，是不轻易在后学面前敞开心扉的，然而，周先生不仅对我说了许多京城文事，多次与我谈及他力主刊发，却非真正喜欢的作家作品，包括武汉本地的某些。见到我们时，周先生特别高兴，那惬意的笑容让人记忆犹新。周先生那时并不知道自己病情的严重，《上海文学》这边因为想让他好好治疗，提前与他说，不让与会者前来看望。周先生当时回应说，有两个人你们是挡不住的，一个是刘醒龙，另一个是邓一光。我俩去后，周先生非常高兴，说自己果然料到了。殊不知这也是经过特许的。

那一刻，周先生躺在床上对我说，自己九十月会出院的，希望我一九九九年元月仍然给《上海文学》写一个头条小说，他还要亲自为我的作品写卷首语。我当时说笑，指着邓一光说，自己已连续三年霸占了《上海文学》元月号的头条位置，从一九九九年开始应该让邓一光来写。周先生听了更高兴，说这样更好，他可以再为邓一光写三年。那时，我们都知道周先生的情况不好。那次颁奖会都开成了对周先生的表彰会，大家都在讲周先生的许多好处。

我总在想，自己在文坛上算是一个幸运者。认识周先生则是这些幸运中的一次。我知道文坛上有些对他不利的传言，可那些事发生在我认识他之前很久。当我们以文学的名义认识之后，我实在是非常喜欢他。没有别的原因，就因为我觉得他是个好人。就像他自己为我的作品所做的概括那样，他是一个行大善的人。周先生不去追求那完美的小善，而将那充满缺憾的大善作为文学的本质。这一点，对我的启发尤其深刻。一九九六年元月号的《上海文学》在头条位置发表了我的中篇小说《分享艰难》。许多人都知道这篇名是周先生替我改的。因为这篇名周先生与我都挨了许多莫名的辱骂。对于这些，周先生一直劝我保持沉默，不去理会。正是在这种沉默的不理睬中，我愈发理解了那种“包容恶、改造恶”的大善境界。

周先生算是对文坛看得比较透的人了。有一次周先生对我说，从《凤凰琴》到《分享艰难》，一系列作品出现后，文坛上能说话的人几乎都开口了，但也有个别人从未说过一个字，好像这些都不曾存在过。周先生笑称，此人其实比谁都明白，他宁肯对那些成不了气候的作品极尽赞美，是因为这些作品不可能对其地位构成冲击。周先生对我说的许多话中，最让我铭记在心的是，他当主编虽有自己的偏爱，但有些作品哪怕不喜欢也不得不同意发表，有些事关文学大局的观点，哪怕其针对作品很不如意，为了及时提出也要退而求其次，以求对文学思潮的把握。周先生曾经明确指出，没有在杂志露面的三位作家，当时正红火，但不会有前途。周先生的判断让我惊讶，不是他说的是否正确，而是他如此信任我，将文坛中最忌讳的东西全说给我听。

实际上，周先生与我相交相处的许多事例，也正是一段与大家分享艰难的过程。写下这样一段话，也算是对一些人的回答吧！这时候自己若不为周先生分辩几句，于良心总有些过不去，尽管这有可能违反他的本意。

我常常奇怪，当生命需要的自由在现实中一天比一天多时，为什么人生会越来越不自在。周先生这一走，让我突然明白，再好的东西也无法做到极致。因为人好，大家才会觉得他走得早了。我们获得多一份自由，同时也就获得多十份责任。我们想象中的世界越来越美妙，我们眼中见到的现实丑恶也就越来越多。这大概就是周先生所言的大善中的境界。如此也就可以理解像周先生这样的好人为什么不能平安的原因了。

68

二〇〇六年四月四日，我给《文汇报》周毅写了一封《喜鹊犹如小说家》的长信，也是回她的来信。

周毅：

你好！

三月七日午休后刚打开电脑，邮箱就开始缓慢地接收一封有附件的来信。

等待的时候，我站起来走向窗口。这也是写作《圣天门口》的六年时间养成的习惯，用故意不将电话放在顺手处等小伎俩，迫使自己在不自觉的长时间写作过程中，站起来，哪怕只是在屋子里走几步。甚至因此认为，长篇小说艺术的特质也是这样，既不会遥不可及，又无法唾手可得。所称小说即是人生，完全可以融合在与写作密切相关或者毫不相关的日常中，对一些熟知事物潜意识的挑衅与超越。

窗台上，一对斑鸠正在轮番整理那只整个冬天都是空着的鸟巢。虽然自己用了百分之百的似曾相识燕归来心情，看来看去仍然不清楚是不是那旧时相识。去年的这个时候，《圣天门口》刚刚交给出版社，大约是陪伴了整整六年的缘故，那一阵只要开启电脑，我一定要先双击那个熟悉文档，然后才相信，从春播到秋收，个人文学纪年中，又一个写作季节真的结束了。小斑鸠就是在这种时刻飞来的。小斑鸠来时，书房的窗台上养着一株西湖玫瑰、一株铁树和一蔸几年前老父亲送给我的半人高的文竹。我这人与花草没缘分，越是认真打理，它们生长的样子，越是像受着虐待。一定是铁树上的枯枝吸引了鸟们，我眼前才会上演鸠占鹊巢的一幕。曾经有喜鹊在此徘徊，后来的斑鸠却在它们辛苦啣来的几根细枝上，构建了从春到秋生下几窝蛋，孵出一群小鸟的鸟巢。依据小时候在大别山区积累起来的民间知识，这种脖子上披着少许彩色羽毛的灰斑鸠，唯有孵蛋时，才想到鸟巢，平常时候只喜欢栖息在茂密的竹林里，和阔叶浓厚的大樟树上。在夏季，小斑鸠从出壳到飞腾也就十来天。之后，就是空巢，直到又有斑鸠来如此周而复始。我不奇怪自己一直将它们当成是同一对夫妻鸟，写作的情绪与灵感通常就是来源于这类不同寻常的判断。就算是最普通的鸟也能找出个性，对于小说家，也是一种基本的才能。真正的小说家，是用悲哀和悲伤养育而成的，命中注定要恋旧，假如我眼里小斑鸠，每次都是新来的，历史和命运就会被我演变成一种时尚，那种心态下的写作，必然是披着小说外衣的某种广告或策划文案。

前几天，武汉落了一场很大的雪。这些年，此地老是不落雪。近两年落雪的场次多了些，时节却比从前延迟许多，春节前很难见到雪景，偶尔有，也是粗制滥造，一如今日某些畅销书，名曰小说，其实是一些书界肖小胡乱涂鸦。融雪的水渍和潮湿，没有完全干。归来的斑鸠等不到居住标准符合人的想法，就孵进巢里，我以为它又要下蛋了，没想到只是试试，时间不长，它便腾空而起。就在这时候，我所设定的电邮收毕的铃声响了起来，转身一看，邮件标题竟然是“请看附件·周毅”。

花了两个小时，将你这书信体的文章读完后，很奇怪春节前的那封电邮，竟然是你发来的。曾经对李修文说，徐春萍夸奖你那篇文章写得十分好。若不提起，过去、现在和将来我都会以为，先前那封既无标题，又不署名的电邮作者是《文学报》的徐春萍。这种电报体率性随心的文字，《圣天门口》的责任编辑杨柳也是惯用的。不过，杨柳的文字非常事务性，永远都是询问一些和解释一些具体东西。经你一说，又觉得没错，这也是你的文字性情。因为文学而相识的这些年，也就是一九九八年发大洪水，你来武汉采访时见过一面。你还好，不像同期从上海来的新闻界朋友，随身带着救灾衣物，硬要塞给我们一些。这仅有的一次见面，远不如当年周介人先生约你所写那篇评论我的小说的文章记忆深刻。是否因应电邮和短信的特征？后来接触到你文章之外的文字，正是这般简约精准，就像金庸小说中的众女侠，不仅长袖善舞，更以行使独门暗器见血封喉为特权。换个角度来想，有些事情本来就是只要说清楚就行，无须浪费笔墨，如此才可以将有限的心血流淌成汪洋大水。淡泊明志，宁静致远，是说做人的态度，用在写作上，是要我们坚决地放弃那些泛爱滥情，以及做梦也要做得比别人有才华的虚妄。由此我想到长篇小说文体，就像传统中国家庭中的老大，注定要为命运承担更多分量。长篇小说在能量大、影响大、难度大之外，所承担的艺术审美、思想启蒙和心灵史志的作用，也是空前的。诗歌和散文可以是清风云霞，飞瀑流泉，长篇小说永远只能落实在茫茫大地上，任何浪荡花腔，都会酿成可以预见的荒废与颓败。小说容易得到万千宠爱，同时也容易受到无情奚落，亦酷似现代人对茫茫大地的爱恨之切。说起来，也是人之常情。当老大的总是吃力不讨好，又不能学弟妹们，不时地用精神撒娇放纵自己的原欲，往往如牛重负沧桑早至。这种特质在当下尤为突出。

一开始就同你说斑鸠窝是有目的的。小说这种被人当作俗物的文体，本质上绝非俗物，只是因为写作的人低俗了，阅读的人低俗了。那对斑鸠，在喜鹊弃置的几根细枝之上，再添些许杂草，不是也成了鸟巢！喜鹊不是这样，它是一位真正的小说家。为了搭建一座真正的窝，不惜舍弃已经形成的规模。它所弃之如敝屣的开头，被斑鸠捡了去，当成宝贝似的金窝银窝。呈现经典小说一样的喜鹊，将自己的窝发表在苍茫的树梢和现代化的高压线塔上，如同天造地设的风景。说实话，如果不是五岁女儿做出决定，让我们付出三盆花草全部枯死的代价，加上九个月不能开窗户，看上去尽是些丑陋粪便的所谓鸟巢，早就在弹指之间灰飞烟灭了。如果小说可以是一群鸟的生活，真正的小说肯定是在空中高蹈的喜鹊和喜鹊窝。那些必不可少的混珠，当然就是斑鸠和斑鸠窝了。小说精髓总是处在可望而不可即的位置上，没有人能独占，也没有人能够真正予以摧毁。所以小说的模样，正是喜鹊的模样。小说的声音，正是喜鹊的声音。无论是独立枝头，还是穿越云天，喜鹊是从容的，安详的，优雅的，高贵的，哪怕迫害就要发生，也还是有尊严的。斑鸠们除了正好相反的品行外，还有一些习惯让人生厌：鬼头鬼脑，从不正眼看人，永远有事没事地故弄玄虚，好好地也要猛地一拍翅膀，发出惊心动魄的音响，不晓得的还以为真有惊悚悬念发生，定下神来去看，卖那么大的关子，根本不是要一飞冲天，往往只是蹿出百步之遥。实际效果，如同人之哗众取宠。

将北岛的诗句改一改：粗鄙虽是粗鄙者的通行证，优雅绝非优雅者的墓志铭。这是我对近年来长篇小说的总体看法。粗鄙是一种个人精神状态，优雅则是个人精神达到极致状态时的灵魂结晶。但凡粗鄙的小说家，写作意志算不得太坚定，甚至就是正在学舌的孩子，听得几句从大人们嘴里冒出来的脏话，便好奇地在某个最不应该的场合里突然大声地说出来，使得一些人像遭电击那样发出种种强度不等的痉挛。这样的反应算不得审美范畴。以这种的心境要想混迹在长篇小说领域，就不行了。长篇小说的写作状态是不能招之即来，枯坐斗室的长期孤独，也不会挥之即去。粗鄙是对他人的，须得营造一些嘈杂环境才能用武。优雅是为了自身，不仅不怕，还渴望独处的境界更高尚和更奇特。所以，进入长篇小说写作领域的人，需要达到较高的修养境界。这样想来，就会发现，世上各类事物，形而上也好，形而下也好，一直被我们用艰难系数分解得清清楚楚。无法例外的写作，将长篇小说当成人所景仰的青藏高原。那样的海拔，那样的敬畏，完全由不得我们。即便是我等资深与熟练的写作者，一旦失去敬畏，生命在小说中延续的过程就会事实终止。我很庆幸，曾经一而再，再而三地重写开头，不惜先后废弃足以构成一部时下热门的所谓小长篇的近二十万字。这种潜意识表达，足以证实我对小说高原的深深敬畏。

长篇小说神韵必须是优雅的。长篇小说风骨必须是高贵的。

在写作这部小说的早期和中期，我用的是另一个名字：雪杭。它来自那年冬天，在杭州遇上的一场大雪。“圣”的概念明晰之前，曾经有过多次，突然中断正在进行的写作，怔怔地为自己创造出“雪杭”这个词而不知所措。我很偏爱它，却不晓得是否真的合适。随着书写的进展，女儿也出生了。在她长成一副小女生的模样后，我们送她到东湖边的一所芭蕾舞学校进行训练，真实想法是希望纠正女儿那长得不甚理想的腿形。女儿的芭蕾舞教师名叫奥丽加，是俄罗斯圣彼得堡芭蕾舞团的演员，因意外受伤才转而从教。学芭蕾舞的女儿不够天鹅的份，只能称作“咪咪鹅”。每逢上课，奥丽加总是提前来到练功房，以一系列的独舞作为热身。那种惊人的优雅，不用说当家长的成年人，就连三五岁的“咪咪鹅”们也会情不自禁地站在门外，不敢有任何多余的声音或动作，唯恐有不当打扰。练习课结束，奥丽加同她一群“咪咪鹅”互致告别礼，当家长的便会带着孩子离开。很久之后，我们才在无意之中发现，与孩子们别过了，奥丽加收拾起自己的舞蹈服，在胸前划一个十字后，必定会回到练功房正中央，行一个深深的谢幕礼。有时候，几个担任助教的中国女孩尚在一旁说着课后的闲话；有时候，还有因故没有走开的家长和孩子。最是在那些人去练功房空，只有奥丽加独自一人的时刻，这种充满感恩的谢幕，哪怕已经重复过一百次，仍旧百倍地让人震撼不已。曾经在阅读中见到类似的文学描写，在亲眼看见这一幕之后，才算真的明白，这些绝非只是对艺术的由衷热爱，而是往心灵深处引领的一种圣洁。那一瞬间，我突然想到，自己正在书写的这座小镇也应该冠名：圣天门口。

优雅是一种圣，高贵是一种圣，尊严也是一种圣。一个“圣”字，解开我心中郁积八百年的情结。对“圣”的发现，不只让这部小说拨云见日，更是使其挺起人在历史中的风骨，哪怕是马鹞子这一类人的命运，也不再被历史抛弃。身为书写者，如果没有小说中日益彰显的优雅、高贵与尊严时刻相伴，信息时代的六年沉默，就会形同六年苦役。年复一年不与外界接触的书写，因为有了圣，才不枯燥，才有写小说二十几年来，最为光彩幸福的体验。很佩服你一下子就从洋洋百万言中，抓住马鹞子的“轻轻一死”。也很奇怪，每当多数人集中挑剔小说中的某些地方，总是你在没有半点沟通的前提下，道出我之所以如此书写的真相。那个马鹞子前半生是何等威风，如何让他死去是一个很困扰的问题。一开始写成这个样子，没有一点刻意，本想先这样交代过去，留待后来再作修改。想不到这就是他的命运，后来几次尝试都失败了，再多的文字，也比不上这“轻轻一死”。我把这一点当成马鹞子个人命运中的优雅与高贵，一个人生前做不到的，用最后的死亡来实现了。

如果不是轻轻一死，难保马鹞子不会重陷旧时文学怪圈，继续在反面人物形象的认识中无法自拔。有了这最后的优雅与高贵，先前的马鹞子，便羽化登仙一般轻轻地化去，连同所有的仇恨。豪杰一生竟然比不过那阵短短的清风，换来些永久的感化。一般人都会将俄罗斯女孩儿譬如成美丽的白天鹅。教芭蕾舞的奥丽加，在空无一人的练功房中行一鞠深情的谢幕礼后的离去，被我在心里与马鹞子的轻轻一死混为一团。那些司样渐行渐远的身影，留给我们的是毫无二致的一串串比飞翔的天鹅还要感伤的梦想。

还有一种优雅。童年时期为我留下许多终身无法释怀的记忆，其中又以“地主婆”为最深刻。在我心里还来不及建立优雅与高贵的概念的时期，这些被孩子们称之为“地主婆”的女人，政治地位已经低得不能再低了，就连牙牙学语的乳牙小儿也敢跟在身后，一声声地叫骂。奇怪的是，只要地主婆一回头，孩子们就会望风而逃。“地主婆”们什么动作也不做，就算开口，也只能轻轻地说：你们这些细伢儿！当年不懂心中胆怯从何而来，是因为年纪太小。大了之后，多数时候记不起来，偶然记起来了，心里怦然一响，多年来的生活匆匆，也没想到需要细细思量。假如没有这长达六年的书写，这种对自己的灵魂必不可少的梳理，不晓得又会延缓到何时。雪家女人形象来自我夫人仅存的那张外婆照片。往深处追究，外婆身着旗袍的照片是一扇门，居住在门后的，正是那些童年中活生生的“地主婆”。那个时代的“地主婆”，家境破败到极点，全家老少聚在一起，也见不到一件完好的衣服。在乡村，穿破衣服的人很多。“地主婆”的区别在于，她会将衣服上大大小小的窟窿补得整整齐齐、错落有致，男人也好，女人也罢，眼睛有多干净，脸上就会洗得有多干净。优雅与高贵是人世间无法剥夺的精神资源。拥有这种资源就等于拥有巨大的魅力。旧时代的那些孩子，怎么会在“地主婆”面前胆怯哩，是突然出现的这种魅力，让他们因不知为何物而惊慌失措。对小说的审美表面上存在着千差万别，能否尝试和鉴识这种让无知者手忙脚乱，头皮发麻的优雅与高贵，是最为需要和不可或缺的核心。小说的兴起，一定是此二者天衣无缝地结合到书写者的笔下。小说的衰落，也一定是此二者在书写者心里率先沦陷和沦丧。

写小说时，我有一道心理防线，从不肯接受以北京俚语为主要因素的各种粗鄙的流行用语。无论它如何甚嚣尘上地表达出人与人之间的强烈亲近感和时髦相。我还会喋喋不休地诘问，作为政治和文化中心的首都之城，不去升华既有的民间人文精髓本来就是大错，那些在此基础上变本加厉制造文化垃圾的行为，就应该挨天堂里老祖宗的鞭挞了。不记得是谁写的，只记得那本书名《被委以重任的方言》。就算是望文生义吧，起码对这句话我是深有同感。有人评价说，我在《圣天门口》起用了大量的方言土语。其实不然，常用的方言词汇也就二十来个：

汏衣服／掇东西／啸水／阊风／打野／落雨／落雪／往日／昨日／今日／明日／后日／嘎白／晓得／吊诡／嘲几口，如此等等。这些较为典型的鄂东方言，与当下常用的同义语对比，明显具备高出一筹的优雅。这种特质犹如定海神针，一旦出现，就会让人觉得无所不在。仰仗民间人文底蕴的长篇小说，不可以视流行俗语为至宝。

在我的第一部长篇小说《威风凛凛》的开头，讲过这样一个故事：牧师和修女在路上走着，天上掉下一滴鸟粪，正好落在牧师的头上。牧师骂了一句：他妈的！一旁的修女于是提醒，这样粗俗，上帝会发怒的！一会，又有飞鸟将一滴鸟粪撒在牧师头上。牧师忍不住又骂了一句。修女当然又要提醒。等到第三只鸟飞来，第三次重复先前的那些时，天上突然响起一声惊雷。修女应声倒在地上。牧师正在发愣，忽然听到空中传来上帝的声音：他妈的，打错了！故事讲的正是小说的处境，是像修女那样优雅地死去？还是像牧师那样粗鄙地活着？有人担心，我是不担心的。想想上帝最后说的那句话，这世界有许多貌似不可逆转的事情，其实是一场错误。不要以为上帝每天都犯错误，也不要以为上帝真的能够宽容普天之下的一切过失。上帝说过粗话骂过人，不等于上帝已下定决心将这些作为自己的家常便饭。如果就此将上帝曾经在粗俗面前附和过的言说作为新的《圣经》，灵魂的世界就得崩溃。上帝的粗俗，是心里有数的粗俗。一滴唾沫，哪怕它来自上帝的舌尖，也还是一滴唾沫，不能当成是普降天下的甘霖。砰然倒地的修女，正如那些深藏于民间的珠玑般的方言。在现代信息狂潮肆无忌惮地泛滥之际，那些曾经不被注意的方言，反而显著地提高了自身的重要性。绵绵不绝的方言是一种经典。稍加整理，就能透出神采飞扬的韵律。又因为基因遗传及文化熏陶等要素，精彩方言和方言精华，会使我们随着潜意识沉入博大的民间叙事和深远的人文理想中。

我在电脑里保存着你于元月十六日十五点三十三分的来信："上海话里有句话叫'弹眼落睛'，普通话大概叫'目瞪口呆'，这两个词可大约形容这个双休日我看你作品的感受。现在才看到三百页。"这些文字带给我窃喜，真正的情绪应该是欣慰。三月初，《圣天门口》被评为第二届中国小说学会奖，本届范围的这三年，能从《受活》《水乳大地》《人面桃花》《秦腔》《平原》等众多佳作中脱颖而出成为唯一的幸运者，最强烈的感觉也是欣慰。

去年十二月十三日，相关单位在和敬府宾馆召开《圣天门口》学术研讨会，多数与会者说，这是多年来北京开得最成功、水平最高的一次研讨会。好好的一件事，临末了，却被人硬往心里塞进那种早已臭不可闻的烂石头……研讨会结束离京的那天晚上，我给陈建功和刘颋等发短信，提及一段旧事。当年路遥去世时，湖北本地的一批年轻作家正在一个叫咸宁的地方开笔会，当有人伤感地想到，下一个将被写死的作家是谁，在场的人无一例外地指着我。我对他们提及这些的本意是，自己在都市里隐身六年，写了这样一部不合潮流的小说，能够出版就该谢天谢地，我的心愿已了，任何评说都是此身之外的东西。

时下的中国小说，被时世逼到不得不作出抉择的岔路口上。

这些年，小说的传统因素，被各种各样的行为反动掉了。尽管传统的为政治服务论还有相当市场，想要回归从前的大张旗鼓却是痴人说梦。政治因素变得越来越不明朗，多数时候，只能以暗地里搞小动作的“匿名者”面目出现。真正值得深思的反而是受到国际化潮流驱动，将勃勃雄心挂在世界文学的顶峰上，并试图搭乘直升机，直达珠穆朗玛的第三台阶。如此超级快速地登上地球第三极顶，也是一种文学的存在。只可惜这样登顶算不得登山。当我们将长篇小说看作是一座大山时，唯有真诚地从山脚下开始，并且每走一步都是向着顶峰，哪怕终止处是在半山腰，也能营造出独具风格的个人高峰。我深信，长篇小说并不在乎有新艳资源被发明，老练和持重对其生命力的延续更为紧要。同样，小说资源亦是无法掠夺和占有的，只要创造手法得当，那些貌似的贫瘠和古老，其中艺术元素量，不经意间就能达到震撼心灵程度。在现代主义的世界性话语倍受宠爱的当下，深藏在民间的陈年芝麻旧时事，反而会被映衬得分外辉煌。

长篇小说有着明显的生命体征。正如真正的登山者，每一点每一滴的超越，都会产生动物年岁、植物年轮那样的生长印痕。有人在读过你的文字后，曾经说，你非常尊重我。这话听起来很有分量。人性中最基本的特质，正面的和负面的，莫不是与尊重相关。有了尊重才会有仁爱慈善，没有了尊重才会有仇恨凶残。对生命的尊重正在于认识到它是“轻轻的”，当我明白长篇小说是有生命的文体时，用“轻轻的”方式处理叙述过程中的重大关键，便契合了人生的优雅与高贵。

没有任何例外，在百万言中包容的每个人物的每一言行，都曾让我在写作过程中的突然停顿中发现，这些其实都是我自己梦想着希望去做的。十年前，周介人先生曾选择你来为我的小说写评论，从而让你我有缘相识。周先生那时提出一个概念：大善。相比稍后提出来的“现实主义冲击波”，“大善”对于文学的意义更加意味深长。以我与周先生单独接触中留下的印象来看，周先生对于“现实主义冲击波”的提出是犹豫不决的，原因在于他十分讨厌 ×× 等人的写作，很长时间坚持不肯在《上海文学》上发表他的小说。周先生辞世那年五月，《上海文学》举办了一次现实主义文学讨论会。到上海后，我去医院探望，周先生悄悄地说，不让 ×× 参加会议是他的意见。人之将死，其言也善。周先生对这个时期文学现象的最后定义，正如他自己所倡导的是一种“大善”。不晓得周先生有否对你提及这些。周先生的去远，让我的身份变得既是被告，又是原告，并且还是双方的证人。很希望周先生也曾在你面前提及一二，那样我在文学史的这段中的角色就会清晰一些，也会轻松一些。还有，周先生身体康健的那些年，多次对我说到“人文关怀”的提出。

二十世纪的最后两年，我一直在问，周先生身边青年才俊比比皆是，为何要唯一对自己说这些？在那些还没读清楚文本就匆忙展开的猛烈批评面前，不少人将自身的写作转变成功利驱使的捷径而有所投靠。在我这里，当时还是赌气，歇下中短篇小说不写，为着他人能够在“现实主义冲击波”中忘却我。那时的放弃算不上是气定神闲，我只是将它当成修养自身的目标或者方式。曾经有过一段时间，我自问问天，如我这样没有家传书香，也迟迟的人到中年才接触与红色革命文学彻底不一样的其他文学，是在没有答案的地方自寻烦恼。如今你能重新喜欢我的写作，让我可以将其证明为，我具备了在没有答案处找到答案的能力。文学上的追究，是个人艺术天分从实到虚，再到实的不断转换。从《圣天门口》倒推回去，与当年的“现实主义冲击波”联系起来思考，应该能发现周先生等人提出的真正道义。也希望当年周先生私下对我说了许多，正是看出我具有能在未来修炼出一部《圣天门口》的能力。

从收到你的信就开始回复，到今日止，差几天正好一个月。其间有些其他事情耽误，主要原因是身体不适，不得不住进医院接受检查。没想到差点弄出大事来。血检结果，有一项极为重要的指标超过正常值，如果这种标记再有其他佐证，也就意味着一种绝症。在进一步检查的十来天里，我独自一人到东湖边散步排遣心中郁闷，并趁机放纵一下男人的眼泪。除了担心女儿只有六岁不到，想得最多的是，难道对陈建功等人说过的，会一语成谶吗？那些天，上医院打完点滴后，便逃也似的回到家里打开电脑，如写遗书一样，反反复复地在键盘上敲出一些文字用作回信。谢天谢地，进一步的磁共振、彩超等排除性检查，没有发现任何异常。我还有机会再写越来越让我心爱的长篇小说。这场虚惊让我再次体会到生命是那样的轻，如果不能多一些对优雅与高贵的体验，人生这部长篇小说是会书写得淡而无味的。武汉昨天热得出奇，达到八十三年来同期从未有过的三十二度。我回黄冈老家为爷爷奶奶扫墓，在我屈膝跪拜时，忽然察觉到过去在眼里不过是一抔黄土的坟丘，分明是有生命的。只不过它们已悠然站在人生的另一种境界上。这会窗外刮起大风，鸟巢里的小斑鸠的羽毛被吹皱得像只刺猬，本地骤然降温了。如此朝晴暮雨唐突暴戾，表明老天爷的心态不适合于长篇小说写作。

谨祝春安。

刘醒龙于东湖梨园

69

为何大家对《圣天门口》中的阿彩容易记忆犹新呢？

那么美丽的一个女人，按照武汉话应该叫癞痢头，别人都觉得遗憾，在阿彩心里当然是莫大的遗憾。命运往往是从细枝末节开始的。阿彩的命运正是由于癞痢头而起伏变化。充满遗憾的阿彩的确是一个让人很喜欢的人物，也是很具悲剧性，很有典型意义的旧时代的女性。

阿彩作为小说人物的灵感来源，是一个小小的隐私。很多人都曾有过这种经历，比如上小学的时候，男生和女生相互之间偶然眼神对在一起，冒出某种好感。正好被别人看到的时候，别人就瞎编，这是你的小媳妇如何如何。我们家从搬进山里的第一站石头嘴镇，再次搬迁到贺家桥镇时，母亲被安排离小镇有五公里左右的一处供销社门市部当售货员，全家人也跟着她住在门市部所在地的金家墩塆，并在只设有一至四年级的金家墩小学上二年级。多年后，我初到占河水库管理处时，遇上曾在金家墩小学教算术的王老师。王老师被抽调到管理处担任电话接线员。说起当年的事，她还记得我在班上被人欺负的情形。与后来对我的小说研究者说的一样，王老师也认为，由于我家是外来的黄冈人，还由于我们是干部子弟，当地孩子就天然地纠集在一起，与我们家的孩子过不去。小的时候，这种过不去，是以各种各样的淘气来表现的。金家墩塆里有个漂亮女孩，却长着满头金色的瘌痢。有一阵，班上的同学集体欺负我，纷纷指着说，某某是你的小媳妇。这种莫名其妙的羞辱，气得我忍不住号啕大哭。金家墩小学那么多的同学，早被遗忘得一干二净，唯独这个我从未正眼看过的姓袁，小名叫金子的女孩，在我的记忆中从未消失过。

也许这算不上是最开始的性意识和性萌动，但它一直残存在脑海里。几十年过去，到动笔写《圣天门口》时，当年的形象记忆一下子冒了出来。最初的阿彩是美与丑的结合体，写到最后，阿彩身上的那些丑，一点点地变成盘旋在美的上空的那种大美。

阿彩的文学形象彻底形成之后，我也终于能将童年时候内心的小小阴影公开说出来。

70

与小说打交道的时间是从小学四年级时开始的。若算上更早的时候听爷爷挖古，可以说，这辈子几乎一直没有离开过小说。像我这样没有家传书香的人，是那个时代民间的一种真实，其人文传承更依赖于口口相传。由于条件所致，接触到纸质的小说，多数是与“革命”相关。其效果是，总能在第一时间里感受到民间的人文传承，与当时主流意志的冲突。民间总在说长毛贼，长毛匪，以及这些“贼”“匪”在当地留下几处名为杀人塆的地名。主流者却称其为“太平天国革命军”。现当代中国小说，总在有意无意地选择为政治服务，其间偶有经典出现，实属不幸中之万幸。

小说之中，无论何种功利，都是史诗的天敌。

在这种背景下，选择与史诗相关联的书写，正是为了小说的妙不可言。试想一下，除了小说，还有哪种形式的书写，能在一个民族的心灵史中汪洋纵情！不可否认，在小说的兴起和流传过程中，难免会有力所不逮的副作用和副产品。这种在短时间里有所作用的东西，切不可再刻意为之。否则，就会回到从前的老路，辜负了人文传统总是栖身民间的意义。

我要强调一下以前说过的一种意思，所谓史诗，只能是指点通向民族心灵史的探幽之路。

71

在教科书和史志中记载的历史，通常只对某一特定群体负责，这其中又以看执政者的脸色行事为最常见。

小说的超然性就在于她只对人文史观的真正性负责。

换言之，一部伟大的小说总是从打捞散落民间的人文精髓起始，通过书写的那个时代的种种心灵隐秘，最终衔接起对个人当下和社会当下的思考。只要明了小说的这种本义，余下的就不难做了。我一直认为，但凡文明史进程的停滞不前，定是因为人的梦想出了问题。作为个人，我的梦想是用一部小说重建中国人的梦想。为什么要重建中国人的梦？一方面目光短浅只求功利的事物太多了。另一方面所谓梦想又特别虚妄，“皇帝轮流做，明天到我家”，凡能力达不到，就开始破坏，如同玉石俱焚，自个得不到的，别个也休想得到。真正的梦想应当是，人们能普遍地用宽厚仁慈之心做人做事，不要再动辄便诉诸血腥暴力，加上阴谋无耻。

这是不是梦想的梦想。

应该有这样梦想。

不这样做，这个民族就没有希望。

72

认识陈忠实是在海边。

那是二〇〇三年十二月底，俗称圣诞节的日子里，一百万字的长篇小说《圣天门口》初稿终于完成了，带着闭关数年间对家人的亏欠，携夫人和女儿到海南岛休息。本意是悄悄地不想惊动朋友，一家人离开海口时，才发短信给蒋子丹，说自己来了，不想打扰她，但还是知会一声，现在去三亚了。谁知蒋子丹马上来短信和电话，她正在三亚陪着陈忠实，还有李国平等人。且不由分说，在我们一家到三亚后，硬是接到与陈忠实等人同住一家酒店。原计划私下的家庭休闲变成了公开的文学活动。印象很深的是，女儿见到陈忠实后非要喊爷爷，我不同意，让喊伯伯，女儿又不同意，觉得陈忠实比爸爸老很多，只能喊爷爷。实在没办法只好由她去。那天我们搭乘警备区的交通艇去一座没有对外开放全部由部队驻守的小岛，从满是贝壳的沙滩码头上岸后，一队被海风吹得黑亮的年轻士兵在大栈道上列队迎接，冲着走在最前面的陈忠实齐声喊道：“首长好！”背着一只黑色单肩包的陈忠实一时没有反应过来，陪同上岛的警备区政委在他身后小声提醒一句，陈忠实才像有点羞涩地大声说了一句：“该干什干什么去！”惹得跟在身后的我们想笑又不敢笑。那座神秘小岛除了军人再无他人。动物也只有两条狗，一条是公的，一条是母的，士兵们给这两只狗男女取了台湾岛上那对中华民族永远公敌的名字。我们如此叫着两只狗，两只狗马上跑过来。陈忠实也学着叫，那两只狗却不大听他的。大家就说笑，陈忠实的陕西话很深奥，它们听不懂，正如台湾岛上的某些人听不懂我们的善意。

岛四周的海却是懂得一切。女儿在环岛的沙滩上，欢天喜地地捡着贝壳珊瑚，大人们面对深蓝大海时唯一的选择是沉默。天水茫茫，巨浪无边，那些与别处不同的海水，仿佛看得见年年月月台风刮过的痕迹。一般人上不了这岛，上了岛后任何人都要种下一棵树，这既是责任，也是纪念。我们一起在岛上的人工树林中合力栽下一棵树那次，是这辈子栽树事例中最神圣的，能在祖国的最南端，栽下一棵将个体荣耀与民族兴盛紧紧联系在一起的命运之树，实在令人激动，也令人感慨。只是女儿还不到五岁，不懂得人间还有比快乐淘气更为紧要的庄重与庄严，硬是从一脸严肃认真的部队首长那里拎过那如黄金般珍贵的淡水，用自己的小手浇灌给小树，弄得在场的官兵们不知如何是好。半年后，陈忠实成为我们一应作家的团长，率队重走长征路。从南昌出发，翻过贵州境内的梵净山后，我们在住处的院子里，面对一棵小小的红枫叶树，突然说起在南海的小岛上一起种下的那棵树，还有我那淘气的女儿。女儿的情况我当然尽知，但是那棵树，那棵我们一起栽下的树，我们一起种在国土最南端的那棵神圣而庄严的树，虽然相隔只有半年，那些摧毁力超乎想象的风雨对我们栽下的那棵树有过何种的滋润？那里的海涛对我们栽下的那棵树有过怎样的侵袭？我们共同的想法是，只要那棵树能活下来就好。

二〇〇六年四月二十日在汉口百步亭又见到陈忠实，之所以要特别提及这个日子，是因为那天他从东湖边归来，冲着我发了一声感叹，说东湖哪里是湖，完全是海！屋里的人很多，陈忠实是看着我说的，他一定是又想起南海空阔无边的波涛，还有被波涛团团围住的那棵由我们四只大手栽下去，再由我女儿那双小小手浇水灌溉过的杳无音讯的树。多年之后，我才想起，在那一刻，我本当要回答一句的，却没有回答。也是在这次见面的前前后后，因为《圣天门口》的出版，我接受了不少于百次的访谈与采访，我多次说过自己读书的真相，却没有一家媒体如实登载过，原因也是为了我好，害怕我这大实话一出来，会得罪一排人。我说过这样的话，当代中国作家的作品我读过三遍的只有《白鹿原》。那次见面后刚刚二十天，陈忠实就寄来我代朋友索要的他的书法：“胸中云梦波澜阔，眼底沧浪宇宙宽。丙戌书古诗原下陈忠实。”这样的诗句也是海一样的情怀了。当陈忠实说东湖是海时，我本当要告诉他，《白鹿原》的文气像海洋一样！

为人当胸怀江海！生长在滴水如金的黄土高原上的陈忠实，慨叹东湖如大海时，是用自己的心胸装着宽广的海洋。

二〇〇八年元月七日正好是周一，我在西宁参加由《芳草》杂志推出来的青年作家龙仁青的作品研讨会，早上九点整，正是北京那边的上班时间，忽然一连串地接到中国作家协会几个朋友的电话。几位一上班就分别收到由武汉市钟家村邮局寄出的匿名信。经历“红卫兵运动”后，他们普遍痛恨写匿名信的行为，也不相信匿名信，所以才告诉我当心小人。元旦前后，中国作家协会颁布了第七届茅盾文学奖评奖条例，面对与此相关的不正常的文坛躁动，我只能说无聊，甚至连无德都不想说。话虽这么说，心情还是相当不好，曾经很自信，这辈子没做什么能遭人泼污水的事，却还是遇上了。原本打算回家的，便改了行程，第二天去了九曲黄河第一弯的循化，忽然发现黄河之水也能如此清澈。所住的循化宾馆201室，隔着两堵墙就是十一世班禅参拜十世班禅故居时住过的205房。那天下午，我们一起前往十世班禅母亲的家。接下来的一些事情，当地人评价说，是非常吉祥的。于十分复杂的心情下，我写了一首歌不是歌，词不是词的文字：雪山想念天鹅，哈达想念卓玛，彩云一样梦幻的姑娘，是雪莲中的雪莲。酥油灯点亮千年高原，吉祥湖畔开满花朵，啊雪莲中的雪莲，你的眼睛是我的“措”，你的泪水是我的“措”。草原想念羊群，白云想念情歌。羊圈中生下你的阿妈，是卓玛中的卓玛，小小女儿要牵苍老的手，忧伤的爱禁不起祝福。啊卓玛中的卓玛，你的泪水是我的错，你的眼睛是我的错。写完之后，也不知为什么，忽然想起来发短信给陈忠实。陈忠实不会发短信，他马上来电话，说自已高原反应严重，一直不敢来这些地方。听说我们回程要路过西安时，他很高兴，还特别说，很想见见与我同行的朱小如。他说一声，多年不见朱小如了，不知有多少情怀在其中。

二〇〇八年一月十日从西宁飞西安的航班一再延误，一直到傍晚十八点二十分才起飞。到西安后，正在取托运行李，女儿来电话，祝爸爸生日快乐。也在三亚认识的李国平已等候多时，陕西省作家协会办公室主任杨毅亲自驾车。到了市内，径直去餐馆，陈忠实率红柯、周燕芬和李清霞等已等候多时。

见面后我将在西宁机场买的一盒雪茄送给陈忠实。见面不一会，陈忠实就主动提及《圣天门口》，他用那天下独一份的陕西话，说起马上要评的第七届茅盾文学奖，并说《圣天门口》肯定会如何。可以肯定陈忠实这样说，不是关了一盒雪茄的原因。在陈忠实眼里，天下雪茄都不如被关停的宝鸡卷烟厂出产的七元钱一盒的雪茄好。借着高兴，我先说，第四届时，我的长篇小说处女作《威风凛凛》就与《白鹿原》一道入围初评的前二十部。接下来我再将前几天有人写匿名信的事当众说了，形容这是前途险恶的凶兆。闻听此言陈忠实哈哈大笑，然后说了两个字：喝酒！一杯酒喝下来，陈忠实再次冲着我笑，这一次笑却是意味深长。二〇一一年八月，《圣天门口》之后创作的长篇小说《天行者》获第八届茅盾文学奖之际，想起当初陈忠实的笑声，顿时明了个中滋味。

说话间，朱小如透露今天是我的生日。陈忠实连忙让李国平安排，人在旅途，遇上这样一群好朋友，既吃上了寿面，又吃了蛋糕，一位在西安很红的民间歌手，追着陈忠实而来，也顺便唱了一首生日歌，真的很是惬意，一时间就将那匿名信的不快丢到九霄云外。在西安的第二天，李国平带我们去陕西省作家协会转了一圈，得知陈忠实的办公室是当年“西安事变”时，张学良用来关押蒋介石的地方。我也找到机会难得大笑地说，这就对了，这样的房子只有像陈忠实这样的人住在里面才镇得住，别的人待在里面怕是要出问题的。二〇〇八年十月二十八日下午，从北京传来第七届茅盾文学奖终评结果的消息，在许多打来宽慰的电话中，让我既觉得意外，又觉得感动的是陈忠实。我和夫人，还有儿女们正在一起吃晚饭，陈忠实的电话来了。在话筒里陈忠实长叹一声，说简直不敢相信，前些时，他还在《西安晚报》的访谈时，预估《圣天门口》最有可能获奖。陈忠实也不知如何说好，只是一声接一声叹息不停，就这样说了近十分钟，而不肯放下电话。那样子就像是陈忠实自己犯了错，明明公开对记者们发布了个人预测，而今又没有兑现，陈忠实说，这叫我如何与记者们说呀！到头来反而是我劝他，说自己的作品，一定有写得不好的地方，让人揪住了。而当初敢于替《白鹿原》担当的像陈涌先生那样的人又没能出现第二个，出现如此结局也是可以理解的。这一次，我算是又与陈忠实合力栽下又一棵树，只是这棵树是无形的，用肉眼看不了，用文字也难叙述，但她是文学的风骨气韵，更是人格的清洁爽朗。

曾经收到一封电邮，落款是陈忠实，内容则是推荐某个青年作家的作品。粗读一遍发现不是那回事，再细看信又发觉多有不对，比如对方称我为“您”，这显然不符合我与陈忠实一向交流的话境。于是打电话过去问。陈忠实没有直接表示什么，只是说曾向一些青年作家推荐我编的杂志，却从未推荐过具体的作品。换了别人可能会不高兴，发发脾气也是正常的，陈忠实在电话那边不轻不重地说了几句，就将此事一笔带过，再没有表示要追究对方一类的意思。如何对待这种成功心切，时常使些小手段的青年作家，陈忠实又像在海边栽小树一样，在风狂雨暴的季节，重要的是呵护。

二〇一二年五月二十六日，我开车去甘肃参加一个文学活动，要经过西安，途中约陈忠实，到西延路上的一家酒店小聚。我们刚到，陈忠实就来了，还令人惊艳地带来一箱白鹿原出产的樱桃。正是收获高峰季节，那樱桃特别红艳，而我又是格外喜欢樱桃口味，一口气吃下许多，甚至还约有机会去白鹿原，坐在树下吃那樱桃。陈忠实很高兴，历数陈世旭、刘兆林、舒婷、张炜等朋友，都去他家原上吃过樱桃。第二天一早，我开车继续去往兰州。天黑前，到达兰州城外一处度假村，一帮当地与外地的作家先到了，在那里美美吃着烤羊肉，喝着鲜啤酒。我将自己吃剩下的半篮红樱桃拿出来，初时无人动手，待我说起这是陈忠实在白鹿原上亲手摘下的红樱桃时，不知从哪里伸出来那么多的手，眨眼之间就被抢得精光。吃完以后还有人盯着汽车后备厢，以为那里面还有。

二〇一四年八月十九日，《芳草》杂志到西安举办一个活动，那天西安城内发生一件令人啼笑皆非的事情，有两拨人在同一酒店喝酒，因为口角进而互相打起来，其中一方打了对方的人后，发现被打的人是区委要员，打的人是个小官员，也没有人逼他，自个主动下跪道歉，而那区委要员也下跪请对方起来等等。大家说笑话时，我给陈忠实打电话，告知自己来了西安，因为日程太满，只有第二天中午有空，问能否见面聊一下。陈忠实稍一迟疑还是同意，找好地点后，告诉他。他说自己会准时来。回头再给李国平打电话，要他届时也到场聚一下。李国平听后，一连两遍问是不是明天中午，还说，老陈中午有午休习惯，是绝对不见任何人的。听我说绝对不错后，李国平很感叹，说你的面子太大了。这是他认识老陈以来，头一回见他中午出来见朋友。李国平的话说得很严重，我想想也觉得太严重，为什么要生生破坏他人多年养成的良好习惯呢。第二天早餐后我发短信陈忠实："中午就不打扰你了，你先好好休息，我们在酒店吃过自助餐后赶着去华山看看！”那天上午我有讲座，九点三十分结束时，陈忠实刚好来电话，说过遗憾，又约下次见。中午李国平来小坐，说起来才知，老陈情况不太好，陕西省作家协会党组正要向省委报告，让老陈到医院仔细检查一下。那一刻，我们的心情突然沉重起来。当然，也更加觉得，自己主动取消中午小聚，不管成与不成，于情谊是何等珍贵。

二〇一五年七月七日，我去北京参加中宣部一个活动，在八大处报到后，正在无所事事地乱串门时，红柯拖着行李进来，三言两语之后，便告诉大家，陈忠实患口腔癌了，正在做化疗，吃东西很困难，完全靠鼻饲。我心里一着急，明知自己没办法帮忙，但还是请红柯回西安时，带去几句话。几天后的晚上九点，红柯来电话，他将我托转的癌症靶向治疗方法转告给陈忠实。陈忠实要他一定代为感谢，这时候还有朋友惦记。红柯当时在电话里说，老陈对治疗很有信心。再往后，与知情的朋友打听，也说情况恢复得不错。却不知，再得到消息时，自己只能沉重地写上一句：西去永西安，大道送大贤！那天也是从游泳池里起来，得到消息，着实有些不肯相信。时间不长，电话就不停地响起来，都是媒体的朋友，心知他们的意思，却不愿接听，我很清楚自己心里还没做好接受这一事实的准备。直到终于可以面对时，我接听了一家媒体记者的电话，刚刚开口，说我知道你是为什么事，接下来本要说陈忠实三个字，只是这名字还没说出来，自己已泪流满面哽咽着半天说不清一个字。

二〇〇九年十一月六日，陈忠实曾打电话，要我给他寄一本《天行者》，他说他当年也当过民办教师。在《天行者》的扉页上，有这样一句话：献给在中国大地上默默苦行的民间英雄。这句话用于陈忠实同样不错。二〇一六年四月七日下午，在江西于都红军长征纪念碑前，我代表重走长征路的作家们发言，开头的一段话是说给陈忠实的。我说十年前重走长征路时，陈忠实是团长，十年后再次重走长征路，陈忠实身患重病无法成行，有于都这样曾经庇护过十万红军的偌大福地，希望于都将太多的奇迹赐予一些给陈忠实，希望能庇护长征精神的最好诠释者陈忠实平安长在，养好身体再当团长，再与我们一道继续将这政治与军事的长征融合为文学精神的长征。

这时候，我记起那些洒在兰州城外的来自白鹿原上的红樱桃，按照童年的经验，那些从嘴里吐出来的红樱桃核不可能全部入二发芽，但也有足够的比例让这些来自白鹿原的红樱桃长成小树苗。正如南海小岛上那棵由不同的手共同栽的树，有天地护佑，一定可以长成祖国最南端的最坚强的硕大之树。

我不记得南海上那小岛的名字，也不记得与陈忠实共同栽下的那棵树的名字，更不记得那位同意我的不懂人间艰辛的幼小女儿亲手将一桶如黄金贵重的淡火浇在小树上的军人的名字，但是我无论如何也不可能忘记，白鹿原和大别山、东湖和南海、南海上不知名小岛上不知名的小树和在兰州城外被朋友们一抢而空的白鹿原上的红樱桃，她们都有一个共同的名字。

用我长江边故乡的话说，男人的泪水是金贵的，因为她是南海上那能浇灌初生树苗的淡水，因为她是那被人生酸甜苦辣泡过的醇酒，因为她能够结出苍黄莽莽的北方大地上灿烂的红樱桃。天下文学莫不是在南海种下一棵树，天下人等莫不如艳丽的红樱桃，好看固然重要，还要做得到在北方黄土高原上也能好看，也能作为他人的生命营养。

73

认识丁永淮先生的确切日期现在已经记不得了。按照脑子里的模糊印象，应该是八十年代早期。那时我还在英山县阀门厂里做车工。那天在县文化馆工作的姜天民来通知，说丁先生来县里了，想见见我。丁先生那时在鄂东一带名望如日中天，我是下了班，脱了工作服去县政府招待所见他的。我甚至不记得是什么季节，似乎丁先生当时穿着一件外套，里面是白色衬衣。这一点也许根本靠不住。因为认识他久了，哪怕是在炎炎夏日，也常见他这么一身穿戴。丁先生体质不好，比平常人多穿着一些是常事。我同姜天民一起去时，姜天民在前面敲开他房间的门，从此丁先生那瘦小的身影就深深地刻进了我的心里。那次见面，我们之间说了些什么，现在已了无记忆。在大多数时间里，他在同姜天民说着话，我在一旁静静地打量着。这模样注定成了日后同他交往中，我注定的模式。

那一次，丁先生给我的印象有些普通：近视眼镜镜片后面的一双眼睛，看人时不时流露出几分羞涩，至于笑更是明显的腼腆。可正是这一点，赢得了我对他的足够尊重。见到丁先生之前，我已见到一些省内文学界的名流，真正打动我的心灵的唯有丁先生的平易近人。正是这一点，使我后来有困难时，给他写过两封信，虽然他没有亲笔回信，却从没有怪罪过他。

丁先生去世时，我给他献了一只花篮，那是追悼会上唯一鲜艳的有生命的东西。花篮上那句送别他的话是：恩师永在。在我的人生道路上，给我帮助的好人不少，但能成为恩师的人只有丁先生等。

听君一席话，胜读十年书。

我同丁先生之间恐怕有十几次“一席话”。

在丁先生的直接安排下，后来我调到黄冈工作。我住的地方离他家只有几分钟路程，经常是晚饭后一溜散步就到了他的家门口。特别是在我离开黄冈之前的那段最困难的日子，丁先生的家几乎成了我精神上的归宿。黄冈的一些熟人朋友中，唯有丁先生的家门，在被我敲响之前，没有半点犹豫。每次敲得门开，丁先生总是平平淡淡地冲着我一笑，然后将我让进书房。丁先生本不大抽烟，而我先前是半支烟也不抽的。有一次，一进他的书房，我忍不住从茶几上拿了一支烟抽起来。从那以后，只要我到，丁先生马上给我递上烟，然后再转身亲手给我沏一杯茶。我们在一起说得最多的是文学，关于我的写作，他只有几次当面说某篇还不错。但在一些没有我的场合，却为我说了许多溢美之词。称丁先生为恩师，更多的不是他关照了我，后来又极力劝说黄冈方面放我来武汉，而是他那内心深处做人的准则。

以我和丁先生的私交之深，他对我说了许多不可能对别人说的话。终其一点让我佩服的是，从未听见丁先生在背后说过某人的闲话，更没有说过谁的坏话。丁先生是烛光一类的人，他不求轰轰烈烈，也不喜欢轰轰烈烈，就像一名太极高手，许多激烈的事情一经他的手就变得温和许多。

写作的人，做人是第一要紧的。

在这些人中间，往往多的是飞短流长，一宗明明是莫须有的事，常常被谣传得比真的还真。大凡热衷此道的人，都会可惜地浪费了自己的才华，在朋友同道人当中翻云覆雨时，不知不觉地就丢失了文学艺术的本真。

丁先生在这一点上，足以成为我等后学的楷模。

其实丁先生是个感情极丰富的人，他写过一首律诗，其中有这样一句：“夜深夜浅窗移月，人来人去手半温。”好几个晚上，我同他一直在谈这句诗。那是我极少见到的关于他的几个灿烂的时刻。那笑意中有种动人的深情，他对我解释说，这是写送朋友的情境。我自然不能否认他的原意，同时这件事更加深了我对丁先生的心中不肯示人的情怀的认识。

最后一次见到丁先生是一九九七年春节过后，我回黄州为儿子办转学手续，匆忙中去给他拜年后便告辞。到了深秋季节，我到黄冈处理一件私事，忙得焦头烂额时，朋友黄正林说有事告诉我，又不肯说清。直到我将事情办妥，他才告诉我丁先生遇车祸的噩耗。我匆忙赶到殡仪馆，那秋雨之冷，道路之泥泞，更加重了我心疼的感觉。静静躺着的丁先生还是同先前一样，一件蓝色的上衣，让我觉得这只是春寒料峭，绚丽的日子就在后头。由此我猜想自己初次见到丁先生的时候，应该是个实实在在的春天。

春秋无痕，留下的是每个人的足迹。丁先生用那握过许多人的温暖柔弱文人之手，给许多文学中的人以抚慰，而在人们的心中留下印痕。大凡世上给人以恩情，一如夏日炎炎之际雷暴播下的及时雨，一如冰雪初融时杨柳挥动的春风。及时雨是救命的，而春风是给人以唤醒，这后一点更不容易，毕竟春风只有一度。丁先生将春意给了别人，自己在秋天里突然离去。他那瘦小的身子所包含的精神，将会在每一年的春天同春光一道焕发。

74

一个美丽而坦诚的法国女子，她的眼神之丰富令我见到挂在奥塞美术馆里的法国女作家乔治·桑的画像时，格外惊讶于她们的神似。二〇〇三年三月，到巴黎的当天晚上，在法国文化部大楼，一位法国出版商将里尔大学副教授、汉学家傅玉霜（Françoise Naour）女士引到我面前，两个人没说几句，她就转而对正在台上致辞的法国政府官员的所谓废话表示明显的不耐烦。这位有着古典中国名字的法国女子离开在里尔市的家，乘坐高速列车来酒店看我，是我抵达巴黎以后第三天的事。正好有记者在，我便介绍说，这是我的翻译。记者很惊讶，难道中国作家每个人都配有翻译？我只好补充一通，将傅玉霜女士是我的小说法文主要译者的事实说得清清楚楚。这次见面，我也不再客气，挑剔她取了一个用普通话讲起来很不响亮的名字，这样的名字只能在昆曲或越剧等古典戏曲的念白中才会显得动听。这是汉语老师给她取的名字，不能改了。傅玉霜回答时的表情就像面前有一块“天地君亲师位”供牌。

具有古典情怀的傅玉霜在现代意识上一点也不落伍。她来找我第一要务是陪我逛巴黎左岸。那天巴黎的气温只有八摄氏度。她穿着呢绒大衣系着丝绸在小雨中问我，是乘地铁还是坐出租车。听我说一路走过去，傅玉霜高兴得不得了，沿途不断地介绍，日常生活中不管是自己家的车，还是外面的车她都不会轻易使用，汽车太多对环境是一种破坏。绿色的巴黎，环保的巴黎多了我一个，却也苦了我一个。那天我只在休闲内衣上套着一件薄薄的外套，法兰西的春风亦如中国江南的二月剪刀，我们在冷雨潇潇的左岸走了整整一天，好不容易回到酒店，什么也顾不上，赶紧放上一浴缸热水，狠狠地泡出一身热汗才没有冻出毛病。傅玉霜还有一个让人惊讶的习惯，她家至今没有电视机。她觉得电视里的东西会在不知不觉中左右人的思想，所以她和她的丈夫坚持一星期上一次电影院，要看新闻就读报纸。我回国的那个星期五，法国国家电视三台介绍了傅玉霜为我的小说所做的最新译本，相关电视节目，傅玉霜还是在别人家看到的。

前些年的傅玉霜为王蒙先生的小说做了大量的翻译工作。这些年，她用同样的热情一口气翻译了我的三本小说集。以一九九八年的一次深夜的电话交谈为开端，这是我们之间的第一次见面。她用与生俱来的法国浪漫气质爽快地赞同了我的说法，因为我写的是地道的中国乡村，而不是那种挂在中国乡村名下的国际村。三月二十三日下午，在巴黎图书沙龙的乔治·桑厅与法国读者见面会结束后，她将来此看望“外国作家”的白发苍苍的父母介绍给我。那一刻我忽然明白自己在见面会的演说中插入的乡村小诗为何能让法国读者像中国人一样热泪盈眶。法国作家贝尔纳·克拉韦尔在《冬天的果实》卷首中写道：纪念被劳累、慈爱或战争悄悄折磨致死，而在史册中未见提及的父亲和母亲。文学对于每个人正是如此，写作和阅读，都是为了纪念那些曾经活在我们心中爱的细小痕迹。恨是面向过去的，是倒退的，原始的欲望，过多的仇恨只会让这个世界变得更加肮脏。而爱是面向未来的，是向前走的，是将人的原始欲望改变后的一种伟大的动力。在文学中，恨是一种丑陋的审美，爱的审美才是完美的。在巴黎图书沙龙上我谈到上述这些时，受到法国读者的热烈欢迎，语言是有界限的，文学的本质应该不受这种界限的限制。

75

将一个打从内心尊敬的人称为老哥并不是我的创意。

第一次从别人那里听到这种称呼后，我就毫不犹豫地觉得这样非常好，不仅符合自己的身份，对被尊称者也再合适不过。随后我就这样叫了。老哥听到我换了一种叫法，过了好久才问："我真的老了吗？"不知道早先那些如此称老哥的人是不是也接受过如此疑问，至今我还清楚记得那一瞬间里老哥神情的变化，不像是伤感，也不像是忧郁，在当时的感觉里倒有几分责备，毕竟此前我和许多人一样，一直将他称作"刘老师"。曾经在《上海文学》上读到杨斌华所写回忆周介人先生的文章，提到吴亮等人曾经当面问周先生，是否可以像陈村那样不叫他周老师而叫老周。周先生笑着说可以，转过身后，眼睛里却闪现出两朵泪光。老哥叫刘益善，一九七三年十月从华中师范大学中文系毕业后，就在《长江文艺》当编辑，此后便在那几间平凡而充实的斗室里一天接一天地忙碌着。我们正式认识的那一年，老哥已是副主编了。

在正式认识老哥之前，我们之间曾经有过一次不期而遇。

那一次，正好是他当编辑三十年，我们在一起聊天，老哥说起自己有写日记的习惯，三十年来整整写了三十本日记，记录着许多被岁月模糊了的文坛中事，以至于许多人时常向他求证已成历史的一些事情。我当即笑话，自己最早出现在他的日记里，一定是某某某等人中的那个等。这件事情老哥的确不记得了，那时候，他受委派去鄂东英山，为诗人熊召政的一件纷杂之事做些善后工作，而我只是一个即使是在县城里也还没有丁点名气的业余文学爱好者。别人告诉我说谁谁谁来了，完全是出于好奇，想见识那些胸怀伯乐之才的编辑是何面目。正好是上夜班的我，就起早跟着别人，去县委招待所的一间客房里，与这个后来被自己称作老哥的著名编辑、著名诗人见了一面。老哥正在收拾行李，收拾完行李又匆忙奔向汽车站，在等车的那一刻里，我们站在街边买了些油条加稀饭，老哥坚决要付所有的钱。

老哥果然不记得那一刻里非常感动的我。他边笑边说我，该给他当年买油条稀饭的款项付利息了。听他这一说，我又觉得惭愧。这么多年，自己不知请过多少饭局，唯独没有请过老哥，不是没有机会，而是一有这样的机会买单的还是老哥。买完单后，他还要关心我们，当纯文学作家稿费得来不容易。一九九六年我的四卷本文集出版后，曾经挑些朋友熟人送了一些，不知为什么竟然忘了老哥。后来的某天，老哥似是无意地对我说，他的书柜里都有哪些人的文集，就是没有我的。一句话说得我脸皮都快红破了，忙不迭地表示要将自己存档的仅有一套书送给他。老哥笑一笑，大度地表示这倒用不着。

一九九二年夏天，老哥约我为《长江文艺》写部中篇，因为事情多，耽误了，到九月时，老哥一连写了几封信，限我在九月十日以前务必将稿件寄给他。从收到信算起，老哥只给了我一个星期的时间。那几天我正好感冒发烧到三十九度多，硬撑着将那篇名为《秋风醉了》的中篇小说写完寄给他。没过几天他就打电话来非要我删去其中一些文字。偏偏我又惜字如金，最不爱删改自己的作品，何况是在发高烧时写就的文字！在电话里我据理力争，老哥却不让步，振振有词地数出一二三四几条理由，让人恨不得要咬牙切齿地说他是那个在《半夜鸡叫》中百般盘剥长工的周剥皮！

那几年在老哥的操持下，《长江文艺》每年都要举办不下两次笔会。老哥办笔会向来是动真格的，别说游山玩水，就是早上起床晚了，他也会像生产队长一样敲门叫醒，到了吃晚饭时，他又会笑眯眯地逐个询问，了解谁谁当天写了多少字，弄得我们有时候不得不捡起“大跃进”时期的那一套虚报“粮食产量”，仿佛不如此就不好意思拿起筷子。在没有时兴电脑时，老哥对那些字迹潦草的手稿简直是深恶痛绝。因为弄到几本稿纸很不容易，我一向下笔极其谨慎，哪怕是初稿也极少有涂改。为此老哥经常将我作为榜样。

我这人是最不善变化自己的，在称谓上也学不了有些人在我面前演出的，比如早先一口一个老师，过了一阵，就改叫大哥，再往后便大名小号地山呼起来，最后便是以老刘为口头禅。年龄增长是一回事，当初的情分则是另一回事。在许多场合上别人早将老哥叫成老刘了，我却变不了，自从叫上了，就没有再改口，一直将他叫到真的有些老了。那一天，与老哥在一起，先是有人发现我的头发也白了些许，继而便是老哥的自嘲。因为白头白得太多，老哥开始定期上美发店焗油，又因为头发掉得早而多，焗油时人家只按半价收费。

写到这里，我又想起周介人先生。那么好的一个人说走远就走远了，远得活着的人无法想象。一想到这一点我就痛恨自己。那时候并不是不了解他的病情，而是不相信周先生的生命力是有限的。

脆弱的。早知道周先生也像平常人一样，心律、脉动、脑电波，都有可能在重创之下永远消失，我非要为他写上十篇文章，哪怕别人说自己像个爱唠叨的老太婆，哪怕别人背后嘲笑这不过是在投机取巧逢场作戏。可现在，再多的文字周先生也看不见了。这是我一辈子的心痛。正因为如此，我才明白，许多事情是不可犹豫、不可观望、不可环顾四周而等待的。譬如老哥，人好，心地好，很多人都喜欢他，尊重他，我就该当面对他说，这不是他在乎和不在乎的问题。

76

二〇一八年端午临近时，我写了一个句子：太平人生，有聚有散。菩萨心肠，无长无短。

缘由是新洲报恩禅寺一百年了，印顺方丈辗转托人要我为即将树立的四方碑写一段碑文。刚刚答应，这话就从脑子里冒出来。当然，原文不是百分之百如此，先前要繁复些，真到动笔写，才精练成文。这句子本来是说印顺的先师本焕大和尚。文章成后，回头再看，那意思已经变成是对许许多多善良人众的概括。一个人，无论他身处何种位置，只要心怀仁爱，用能有多么善良就用多么善良的方式待人待物，不勉强自己，也不勉强他人；对自己有多么好，就对别人有多么好，就会有菩萨伴随心肠生长。

善良一词，在私下，表现为那种走路不肯踩死蚂蚁的克制。在需要为公众做事的公开岗位上，则是兢兢业业，几十年如一日，当个人荣辱被不明就里地放大时，即便是强作欢颜，打落牙齿往肚子吞却是不掺半点假。而将这如鲠在喉之物，慢慢消化成特殊营养品，能有这类特别功能的，还是一个善字了得。上面这些说的是做人。一个人只要活在世上，就免不了俗务缠身，也免不了要努力做如斯选择。这样的选择，说起来容易，做起来难。可总有些人，不管从哪种角度去看待，用哪种方式去解释，总觉得对方是一个看上一眼就知道可以放心交往的人。

这样说了为人。这样也可以说为文。

有谁见过菩萨心肠？又有谁没有见过菩萨心肠？都知道菩萨心肠是何模样，又都说不明白和写不清楚菩萨心肠是何模样。大约也是如此判断，善腊先生邀我为他多年积攒下来的文字写序时，便想到他写文章不似一般人，处处惜墨如金，只说如何做事和做人如何。页页篇篇，从第一个字开始，到最后一个字结束，不带任何惊艳气质，不用任何华美言词，尽可能平静地书写自己和他人，如何驾驭一座城市惊世骇俗的变革风潮。连闲花飘散都不肯带一笔，硬是像数学般一三五七九、二四六八十地叙述出来。曾经听善腊先生讲述，京广高铁的兴建只差一点就要搬掉半座武昌城，他们一行人如何进京面见相关部门负责人，短短半个小时，便实现乾坤腾挪，让京广高铁大幅改线，给武汉留下一座相对完整的武昌城，给世界留下一座相对完整的大武汉。但在有如笔记小说般的文字里，仿佛事情本来就是这样，风往高处吹，水往低处流，万事万物都是自然规律，人和人只是顺风顺水在自然规律中走了一遭。

在这些波澜不惊的文字里，有善腊先生与著名作家和诗人的交情，与著名科学家和院士的交谊，与著名社会活动家和普通街坊的交集，以及与职务高至一人之下万人之上的领导和低头不见抬头见的同事的交流。这些交情、交谊、交集和交流，是善腊先生在武汉三镇生活工作大半辈子的最好见证。然而，除非是一个个字琢磨，一句句话揣度，否则几乎见不到作为作者的本人，其间有否喜怒哀乐的情怀，或者起承转合的作用。事实上，善腊先生的口碑一直在许多人那里。不用说本地了，就是在青藏高原，一位素不相识的藏族作家，因为孩子上学遇到困难，善腊先生偶然得知，甚至不等人家表达完心情，就已经有了完美的解决方案。

一个个字，一句句话，这样的读法写法，与那种一目十行，一翻十页，只图个痛快娱乐完全不同。一个人的编年史，一个人的教科书，记录去荒无人烟的腾格里沙漠治沙，记录与被疾痛折磨一生的老水手的诗话，被纪念的还有貌似被流行文化淹没的国粹汉剧，以及现时蒸蒸日上、当年却是门可罗雀的东湖高新开发区的前世今生。

这时节，有太多的文字，在学着殿堂上高高供奉的菩萨雕像模样。那些菩萨雕像，历史悠久，金身灿烂，却不是真的菩萨。真的菩萨早已化为无形，存留在那些无长无短的菩萨心肠里。

文字也是这样。真正有力量、有价值的文字，总是越过文字本身，在字里行间隐约漫游。这样的文字，是以大人大事、大开大阖的大千气象，消解那将曲直弯绕、是非莫辨成为手中玩偶的之乎者也，留下并呈现出来的一如时下流行所说“佛系”意味。只不过善腊先生向来本色，做人做事和遇人遇事，都不曾刻意，不曾看淡，也就没有淡出。所谓菩萨心肠，是说只做事，不要说成是做善事。所谓菩萨文章，也是这样的，只是写做事，而不会写成是做好事，更不会凭空使劲舞动生花妙笔，不矫情，不炫爱，不记愁，无了怨，一如《与老水手对话》这般。

77

曾经得到过我不经意帮助的阎志先生，某天的一大早，突然给我送来一套不错的音响。这时候阎志已脱了窘境并且拥有了一家颇有名气的广告公司。阎志告诉我，这是通过“杜比”认证的产品。此前我不是没有听说过“杜比”，但一直没有往心里去，那天见到阎志说“杜比”时的神情，我才感觉自己不能忽视这种东西了。虽然我最终仍然没有去深究它，却从此不再将这个“杜比”视为与自己无关的东西了。“杜比”是家用电器行业里的一种国际标准，它所规定的那些技术数据，让制造商们既咬牙切齿又梦寐以求。在技术时代里我们仿佛越来越离不开“杜比”这类东西了。如水的饮用与排放标准，食品里的大肠杆菌个数，煤气罐的安全压强，电灯泡的使用寿命，食用盐里加碘的剂量，还有写作者一天到晚离不开的稿纸与信封的规格，以及男女交欢是否达到快感所给出的经常指数。如果允许对人的克隆，连人的生产都可以立即制订出一个标准来。

技术时代将一切都量化了，这样做是为了快捷地判别一种事物的意义，使其高度专业化和职业化，以图对市场份额进行有效的瓜分。作为小说也有它的标准，譬如那个每千字三十到一百元的稿酬规定。

小说的稿酬只会影响到写作者的心情。小说在世上的流传与淹没，却与写作者当初获取了多少钱财丝毫没有关系，也与阅读者花费了多少金银购得此小说丝毫没有关系。它们的关系在于写作者的精神通过小说与素昧平生甚至隔朝隔代的人的沟通。这与比尔·盖茨的作品绝不一样。我们这些微软的客户，完全是出于技术的原因而接触这个人和这个人的作品，如果说在感情上对其有点什么，也只是天长日久所养成的操作习惯。小说完全不一样，如果没有不顾一切，一去不回的投入，写作者唯一出产的作品就会无人问津。我们对小说以及其他艺术的需要，完全是出于一个人灵魂的驱使，而与饥寒饱暖无关。文字从发明出来以后，就是人在有限的生存时空里所享受的最美妙的东西。从来就没有人能够占有它，即便是有人在对文字的使用上超出他人许多，到头来受用这些文字更多的不是他自己而是别人。文字是人在世界里实现物质与精神的沟通，跨越种种不平衡而从心理上维持平衡的伟大发现。而小说是人对文字使用的登峰造极。

历经沧桑不褪色的小说不是没道理地凭空而来。这种道理是人生命中的绝对隐秘。就像我们对着大海无亲无故就开始景仰它，欣赏它的壮丽磅礴和深奥，可大海真的就这么一说就清，我们在潜意识里就没有别的什么想法吗！难道就没有因为人是从海里进化而来，所以人的基因里至今还保留着对大海的亲和性吗！在所有艺术形式里，小说最受偏爱，除了它最容易让人感动，难道就没有人在选择小说时，首先是因为它包容了最多的欲望、最大的期望和最失败的情爱悲欢吗！难道就没有小说可以向人提供一种虚拟的参与、虚构的发泄、虚妄的激情吗！对小说的判断从来就是因人而异，在这一点上人修养的差别并不重要，重要的是人在面对客观后主观上的失望有多大。人总是深藏着失望而进入到小说里。希望小说里有颜如玉黄金屋，希望小说里有黑包公白海瑞，希望小说里有自己未竟的理想抱负在心中共鸣共振。在这样的条件下，是不可能出现什么标准的。微软公司开发出来的操作系统，比尔·盖茨自己说了就算，他的标准就是所有人的标准。小说是写作者说了算，同时众多读者也得说了算。在小说里，写作者是主人，读者也是主人。所以，小说才如此经久不衰。

所以，小说是一个时代的奇迹。

在职业化浪潮不可逆转的时节，更能显出真正的小说写作是一种天职。这样的小说是黑暗中的一种光明，是平庸中的一种浪漫，是无奈中的一种反抗，是残酷中的一种温馨，是糊涂中的一种警醒；或者是与此完全相悖，是光明中的一种黑暗，是浪漫中的一种平庸，是反抗中的一种无奈，是温馨中的一种残酷，是警醒中的一种糊涂。小说截然不同的取向，决定了它是无法约束的。在它身上有颇多的上帝意味，在理论上上帝永远只有一个，进入到每个人心中的上帝却个个迥然不同。小说也是这样，写作者与小说的每一次遭遇所产生的结局都是不可以重复的，因此我们见到的每一部小说都有让人惊讶的地方。一旦新的写作开始了，从前的一切经验便即刻成了乌烟化去，只有那些空阔无边的想象在发挥着作用。而当一部小说渐入佳境时，那些先前绝没有意料到的语言与情节让写作者不免一边自我怀疑，一边自我赞叹。没有人要求写作者的写作是因为没有人能够要求写作者的写作。一部小说的诞生是一个人生命升腾灵魂出窍的结果。我们常在冥冥之中感受到一种召唤，随后心就被什么拿走放进油锅里煎熬，这时候除了写作我们无法自救。结果自然可以预料：还有什么能比在拯救自我中所表现出的忘我更让人回味无穷，更让人百读不厌！

在技术时代小说是一种奇迹，标准对于小说如果不是意味着死亡，起码也会将其拖入无聊与平庸的酱缸。

小说的好坏是小说魅力的一种，与一切标准无关。

78

担任《芳草》的主编已经十余年，回头看看，所刊发的那些既纯粹优雅同时又有影响力的作品中，青藏等地作家的文学作品占了相当分量。说实话，当初在《芳草》杂志上力推藏地作家或者藏地题材的作品，还真没有刻意而为，完全是那些作品感动了我们，符合我们的选稿标准。相对来说《芳草》做得好像略多一些。这些年在文学界我落得一个“藏迷”的别号，如此说法是俗是雅且不管他，我热爱白雪高原、蓝色水天的本性这辈子是改不了的。其实这个世界又有谁不是如此？

二〇一五年八月上旬，《芳草》在拉萨举办一次相关研讨会，之后去珠峰地区采风，在珠峰大本营碰上一大群武汉人，他们预备在世界上最高的寺庙绒布寺过一夜，他们的言行举止就是很好的文学片段。不是所有的好作家都必须到过西藏，但在渴望中行走于西藏边地的作家一定会成为好作家。

新世纪已走过十五年了，当下的文学现状与未来的文学理想，每天都在分化与裂变，甚至出现用富豪榜、用明星化来评价文学的现象。“绿水青山”之说可以帮助我们重新找回文学的源头。在物欲指数一路向上，文学精神超跌之时，中国的边地正是中国文学的不可替代的绿水青山，只有珍惜懂得并发现这样的绿水青山，未来才有属于中国文学的金山银山。中国当代文学究竟该走哪条路，会达到什么境界，绿水青山是我们这些写作者的唯一福祉所在。守得住中国文学的绿水青山，才可以创造出中国文学的金山银山。

从这么多年的接触和了解，我觉得边地的作家物欲要求淡一些，他们笔下的作品，像雪山高原厚重瑰丽，又像冰川湖水美妙惊世。我个人更看重他们对文字的虔诚，他们笔下的每一个文字，甚至每一个标点符号，都像在泥泞道路上一步一个的等身长叩。过去我不喜欢，现在我不喜欢，将来我也不会喜欢那些玩文字和玩文学的。那次去西藏之前，我在合肥拜见小说处女作编辑苗振亚老师，他当面说我的最大的长处是认真。我非常认同这一点。作家不是仁波切，也不是朝圣者，但对文学与文字的敬畏之心，是最重要的文学元素，也是最极品的文学才华。

我不太清楚所谓的辉煌具体怎么定义，也不想费脑筋去想辉煌和不辉煌。但我知道，辉煌的背后是寂寞，只有知道寂寞为何物时，才能走向辉煌。往珠峰行走了一趟，面向珠峰深深鞠了一躬。珠峰的寂寞举世无双，才有珠峰无与伦比的辉煌。寂寞是本质，只有具有了寂寞的精神，才能成就辉煌。也可以这样说，看上去有些木讷，不会在媒体上唠叨，不习惯在媒体上说话的边地作家，肯定能够写出大作品。

二〇〇八年元月，我到青海西宁参加青年作家龙仁青的作品研讨会，龙仁青也是《芳草》杂志发现并推出的。会后去了很偏僻的循化县城。那天下午参观完十世班禅大师的故居，在一个地方休息时，信手翻开一本旧杂志，很无心地读了上面的一篇短篇小说，让我很震撼，没想到在这偏远的地方能遇上这么好的作品。后来我曾与次仁罗布开玩笑，肯定是班禅大师的点化，否则，怎么从他家一出来就遇上你？那篇小说让我记住次仁罗布这个名字，断断续续地打听的次仁罗布不下十个，最后才找到我要找的次仁罗布。寻找次仁罗布的过程也很让人感动。那些叫次仁罗布的都很诚实，不是就是不是，没有人为了可能的名利去冒充。从这里，我看到了边地之人淳朴和纯粹的一面。找到次仁罗布后，我向他约稿，他很快就给了《阿米日嘎》，当时杂志正要出一期用《绿松石》领衔的“吉祥青藏”专号，因为担心这个短篇会被朗诺·班顿先生的长篇淹没，就建议次仁罗布再写一篇，下一期再为他发头条位置。于是就有了《放生羊》《阿米日嘎》同步推出的安排。几年后，《芳草》发表他的《祭语风中》，那样的长篇小说已经超凡脱俗了。

前几次到西藏，临离别时，无一不是我们自己感动得一塌糊涂。二〇一五年八月这一次有些例外，不等我们被感动，一群西藏作家就先动情了。回到武汉多时，那些潮湿的眼光，仍像珠峰上的冰川一样在闪耀。相比边地作家，在物质条件越来越优越的内地，需要我们重新打量一下手中那把无所不用其极的美其名曰批判的手术刀，用文学来充分享受这个世界中最最需要的美与爱。在我们与边地作家的交往中，这种美与爱的合作，效果已经出现了。我们的最终意图，就是想通过这些效果的一点点积累，维护中国文学在世界文学中的尊严。

一九九八年第一次来西藏，我写了长诗《用胸膛行走的高原》。二〇一三年第三次登上青藏高原，又写了《用胸膛行走的高原》之二。年轻时我没有写诗，人到中年，与青藏高原相遇，才激发出自己的诗情。二〇一五年是第四次了，而且终于到达心仪的珠峰面前，能不能再写点什么，还不知道。面对堪称万物之王的珠峰，真的不敢保证能够写得出对得起自己、对得起高原的文字。二〇一六年走上长江源头的可可西里是第五次，也许还有第六次，因为我还想能走到万里长江最远的源头格拉丹东冰川。

79

人所喜欢的东西常常不是外界公认最好的那些。作家也是这样，因为一时心性与情感，那样的写作就带有心绪上的不舍因素。所以我可以简单地列出中篇小说有《凤凰琴》《暮时课诵》《大树还小》，长篇小说《生命是劳动与仁慈》，还有唯一拿出来发表的长诗《用胸膛行走的高原》等。当然，我最喜欢的还是三卷本的长篇小说《圣天门口》。评论家们也说，《圣天门口》大大超越了同一类的小说写作。一百年后，人们还读不读她，时下的你我都无法亲眼看见。我只希望在我们的有生之年，会一直有人读她。我一向要求自己用良知写作，要对得起自己那些不再的时光，只有这样才不会辜负文学对我的期待。

我会佩服那些能造成万人空巷的剧作家，但是，我不会去抢他们的饭碗。对我来说，还是写小说最有趣，也最符合我的性格。

中国作家都偏爱“史诗性作品”，王春林在评论《圣天门口》时说了如下一段话，“史诗性”可以说是中国当代文学批评中的最高级别的形容词，称道一部作品是史诗，也就是将这部作品置于最优秀的作品的行列。当一部作品具有宏大的规模，丰富的历史内涵，深刻的思想，完整的英雄形象，庄重崇高的风格等特点时，便可能被誉为“史诗性”。

80

几十年过来，从一个普通的工厂车工，到专业作家；从长江边到大山里，从乡野小镇到都市武汉，自己也算经历相当丰富和复杂。有一点，那就是从不抱怨环境。在文学上，最重要的是个人才华。就像有退役的乒乓名将怼那位正是当打之年的乒乓球女将，不要一输球就说身上有伤。马路也好，公路也好，对大家都是一样的，偏偏有人会弄出车祸来。开车时，年轻人有点路怒症也算正常，二三十岁时，不年轻气盛还待何时？真的成为路怒族也不对，做人素质太差，开车时反应在车上，做人时就会同样反应在社会里。年轻的小说家中，像次仁罗布、鲁敏、甫跃辉等，了解多一些，在未来的小说天地里，他们或许能成大器。至于个人偏好，我更喜欢叶舟、哨兵等一批年轻诗人。现在的小说，说得好听是生活化，草根性，用大实话来说，就是俗务缠身，字里行间，见不着作者的诗心。浪漫与诗性是人生中永远都不能缺乏的，好小说、好作家也是如此。无论作家还是非作家，浪漫与诗性，都是最重要的学养。

81

文学是一场没有终点的长跑比赛，比的不是谁跑得快，而是看谁跑得更远。很多人不明白什么样的写作才是真正的写作。真正的写作者，无论他的年龄有多大或者有多小，其作品都应该受到比他年幼和年长人的喜爱。如果一个人写出来的作品只能固定在某一类人的眼球上，则无疑还是一名喜欢哗众取宠的文学青年。有些作品，我看后只是笑笑，因为他们是晚辈，但我不能说他们没有前途，因为青年就是代表未来。

82

作家面对最大的压力是一些不懂文学规律的人，凡事大嘴一张，将相隔十万八千里的外行东西拿来说事。一直以来我都在强调，一本书或者一本杂志，哪怕只能拯救一个人的灵魂，也远比逗得十万人无聊痴笑来得重要。认准经典文学的价值，心无旁骛清苦寂寞地坚持下去，才有可能成就二十一世纪的“高山流水”，实现日常状态之上的精神再造。一万个人写写画画，最终只有一个人的作品被流传，这才叫文学。文学从来就不是用于养家糊口，也不是用来作威作福。那些因为没有立竿见影功效而轻视文学的人，本质上是轻视。

83

对人来说，日常生活很平庸，甚至碌碌无为，很多时候，琐事杂物，一地鸡毛，当个“铲屎官”都来不及。人越是在这种环境之下，越是向往和这种生活不一样的东西，不会因为当了“铲屎官”而向往满地全是猫狗的便便。

读也好，写也好，很多时候是在寻找生活中看不到，缺失了的美好。

每天上班，待在了无兴趣的写字间，看不到理想的生活所在，并不等于理想生活就不存在了，否则就不会有那句网红话，世界那么大，我想去看看。这种怀着理想之看看，已经具备文学气质，只要再往前走一步，或者几步，就会抵达文学边界。当年，自己对车间生活挺有兴趣，一不小心，萌生了想看看人生别样风景的念头。一路看，一路走，一路写到现在，文学是真正的慧眼，可以用来看清楚用数学、物理、化学，甚至哲学和社会学解释的世俗人生。

文学的魅力是审美，不是厚黑学，不是职场潜规则，不是官场现形记，更不是对前庭血战、后宫肉搏的展览。那些强行谬说，可能蛊惑一些人，但终究成不了大器。邪道上的东西，天生让人厌恶。充其量不过是像臭豆腐、皮蛋，还有榴梿一类的食品，只能用来吊吊胃口，当不得早中晚一餐也不能少的正餐。

优雅、高贵、诗意才是人与生俱来的最大欲望。

第五章　一切才华都是抵押品

84

家中一位亲戚在车祸中身上骨折上百处，却活了下来。连那位主刀的著名胸外科专家都说是非常罕见，概率极小到只有千分之一。康复阶段，他就研究自己为什么活下来了。他找到一本美国的心理学著作，专门研究人濒临死亡的状态，所研究的结果表明，一个人小时候生活在自然乡村，其生命力要比在城市里长大的人更加强大。其重要依据是，他们对那些死而复生的人的调查，受访者无一例外，在垂危时刻，出现在脑海里的事物，都是在非常美丽的原野上自由自在玩耍。

灵魂力量虽然强大，也少不了需要她所必需的环境。

85

在内心深处，或者说在文学精神上，我还是一个探索主义者。

我放弃了形式上的探索，在精神探索层面上，反而获得更大的力量与自由。

二〇一八年十月二十五日，《河南日报》副刊将我的一篇短篇小说旧作《十八婶》重新推了出来。因为忙着搬家，竟然忘了这一天是武汉沦陷八十周年纪念日，直到下午四点，三镇上空防空警报长鸣，这才明白过来。《河南日报》发过来的有声链接，大约是他们报社的记者自己朗读的，尽管感觉不怎么样，听到最后那一段，我还是被自己的旧作感动了。突然想起来，当初自己写到最后一段时，泪流满面，双手哆嗦，没办法掌控那支小小的钢笔。《十八婶》最初发表在一九八八年《芳草》第十一期上，是《女性的战争》（二题）中的之一。之二篇名《抗妈妈》，若论心痛程度，之二更甚许多。后来收集，我将之二的篇名改为《九妈妈》，不为别的，是因为本地的某人写了一篇，很恶心的作品，并且还有某些没有底线的人，将其与之前的篇名《抗妈妈》一起说事，而不得不亡羊补牢，以做区隔。一九八九年，《芳草》将年度文学奖给了《十八婶》，获奖证书上写着：《女性的战争之一〈十八婶〉》，之二不仅没有获奖，还差点惹出那一阵子经常出现的文学“风波”。用评委们的话说，不是不好，是太好了。太好了，反而容易引起争议。最后大家各退一步，来此折中方案。

值得一提的还有二〇〇一年出版的长篇小说《痛失》，以及二〇〇二年出版的长篇小说《弥天》。前者原来签给了上海文艺出版社，不意被长江文艺出版社半路打劫硬要了去。为了履行与上海文艺出版社签下的协议，这才马上动手写了《弥天》。想不到两本的命运完全相同。《痛失》出版后，市场反应超乎寻常的热烈，湖南石门县一家民营书店的老板专门来电话报告，仅他家的小店，一个星期就卖出一百零四本，是从未有过的纪录。势头正猛时，市面上突然不见《痛失》的影子。一年之后，《弥天》的出版过程，简直就是《痛失》翻版。这一次倒是有白纸黑字的红头文件说明他们的理由。但我和出版社方面有共识，宁肯不再卖一本，也不会改一个字。相比一九九〇年代中后期的《分享艰难》，那时的一切，都还控制在文学范围内，稍有出格的，也不过是在文学观念下，老派与新潮的正常分歧。我们家族和我自己，都是国家进步的直接受益者。我可能看不见别人那里发生了什么，单单从自己身上，就能清清楚楚地看到前些年与近些年的大不同。比如二〇一四年出版的《蟠虺》，我虽然要求出版社不经我的同意不得改一个字，从内心来说，我只将此当成个人理想，在心里我已经做好接受被悄悄删节，将生米煮成熟饭的准备。然而，真实的情况是真的一个字也没有删改。退回到二〇〇一年和二〇〇二年，这简直就是天方夜谭中的天方夜谭。

多年后，这一切才烟消云散。于我，一两本书的波折，丝毫不影响内心的自由。正是这种自由，让我得以打通文学史上著名的“一九四九”壁垒，并且从中汲取到前所未有的力量。

86

任何个人都无法经历亲身经历之外的时代，这是由生命最基本定义所决定的。正因为如此，人的最大欲望便是尽一切可能，使自身超越时代，去向远古、近代与未来。在某种意义上讲，这也是文学最原始的起点。从欲望的共同点出发，文学也是有分野的。一种文学是用尽可能符合人性的方法，给注定要消逝的时代，留下最接近这个时代人性本质的记忆。另一种文学也在用最大可能的主观，异化她所亲密相处的一切，以图通过阅读来影响时代的精神趋向。对于当代文学来说，这两种文本的同时存在与发展，对当事人来说，其严峻性是不言而喻的。是迎风张目，分辨是非，还是掩人耳目，自欺欺人？在阅读当代文学各种文本时，最容易出现这样的感触。

从一九九九年开始，到二〇〇四年底，我一直在闭门写作长篇小说《圣天门口》。那时候我还不知道在同一城市里，一位青年学者，正在做着与自己精神相通的文学学问。小说出版后，被理论界称为，是当代文学中，第一部打通“一九四九”壁垒的小说。也就在这时候，才听说，李遇春以一部《权利 · 主体 · 话语——二十世纪四十—七十年代中国文学研究》的论著，荣获武汉大学优秀博士论文奖。

认识李遇春是在与李遇春熟悉之前。二十世纪九十年代中期，长篇小说《生命是劳动与仁慈》出版不久，我在一本杂志上见到一篇评论文章，当时就很惊讶，这位叫李遇春的青年评论家，如何拥有同我一样对乡村与乡土，积攒半辈子的深情理解。我一直对那些能洞察他人写作动机的评论家格外佩服，能通过文字抵达作家心中，正如作家通过文字抵达千百读者心中，虽然是文学所要求的常识性东西，恰恰是这种常识性，反而让人做起来最难，要做好则是难上加难。

城乡壁垒只存于学术探讨，并非是真正的壁垒。文学中的“一九四九”则是难以攻克的赫赫有名的要塞。很长一段时间，文学的表现，要么只写这以前的年代，要么只写这以后的岁月，两段历史之间，俨然有一座不可逾越的分水岭。即便是以欧美为代表的所谓西方文化与中华文化的关系，也没有像“一九四九”那样，在潜意识里形成一种事实上的禁区。从八十年代起，就有人不断地反思，要打通“一九四九”壁垒。不打通这一壁垒，后来的中国文学就会变成是某种天赐，而用“与生俱来”形容当代中国文学，是十分荒唐可笑的。

87

因为推崇用灵魂和血肉写作的作家，曾经说在中国目前没有比鲁迅更伟大的。但我又曾经也写过一篇文章叫《有一种伟大叫巴金》，这两种说法并不矛盾。因为我们所拥有的一切才华，到头来都不过是人生的抵押品。

鲁迅离我们很遥远，对于鲁迅来说，有些事情我们只能从历史中去对照，去寻找，从文学史中去寻找，鲁迅的一切东西，它存在了，就不可能改变了。但是巴金，在某种意义上，他起码伴随着我们成长。我们的一生当中有一半的时间巴金是在和我们一起成长的。我很感慨，在认识鲁迅的时候，鲁迅已经不可能有任何改变了。巴金作为一个老人，我感觉他在八十岁的时候还在成长，到一百来岁他还在成长！这正是巴金的伟大之处，在不断地忏悔中成长。到晚年，他留下最后一句话：“从现在起，我是为你们活着”，从此再没有留下一个字。躺病床上的巴金，给这个世界留下的这最后一句话意义是非常非常深刻的，就是他仍在承受，仍在承担一种责任。一些不理解他的人认为他是行尸走肉，甚至恶劣地说他已经成为一具僵尸，那是因为这些人太轻浮了。即便是到了这样的地步，巴金还在为这个世界承担着巨大的责任，这才是无人可以超越巴金的地方。

88

在长篇小说《威风凛凛》的扉页上，我特意写了几句话：作家有两种，一种是用思想和智慧写作，一种是用灵魂和血肉写作，我只希望自己成为后者。多少年来，我都不改初衷。如今的智者写作，其身份越来越可疑，许多时候他们只是挑逗读者，根本不在乎读者，须知读者是完成小说创作的最后过程。曾经由于闭关写《圣天门口》，淡出文坛多年。一些人反而不再像“现实主义冲击波”时那样看我的作品了。国内几位著名的批评家，当面或者托人转告，当初对《分享艰难》的批评是误读了。《当代》主编洪清波，笔名洪水，最是爽快，在《文汇报》上著文《发展的代价》，其中说到，那些对《分享艰难》的批评“是犯了盲人摸象的错误”。上海大学的王光东，也数次告诉我，他的导师陈思和教授，多次在学生面前说，一九九六年前后，那场针对中篇小说《分享艰难》的激烈批评，是误读了。

《分享艰难》在《上海文学》一九九六第一期头条位置发表之前，主编周介人就因为将原先的小说名《迷你王八》改为《分享艰难》，专门打电话对我说，小说出来后，肯定会引起大的反响。有人喜欢这四个字，有人不喜欢这四个字。他要我做好心理准备。在批判风暴兴起之前，周介人先生更是先期预见，之所以与雷达先生联手推“现实主义冲击波”这个概念，也是办刊的需要。本质上，我的小说与“三驾马车”等一批作家完全不同。从周介人先生的预见，到后来对批判的批判，这中间相隔差不多十年。

在佛家那里，劝仁劝善时，每每开口，必然会说那些大实话。真的高僧从来不会故弄玄虚。

对我来说，别人的话永远是别人的话。

一诺千金的意思，只是要求对自己的言行负责。

89

二〇〇二年七月，与葛红兵就一些问题有过一番对话。

当时，葛红兵问：“您曾经是‘新现实主义’小说潮流的领军人物，您的‘分享艰难’甚至成了这派小说的一个主导词，就此摩罗曾经批评过你，他是我的朋友，他的思路我大致能理解，我想听听你的看法。”对此，我回答说，摩罗面向当下所表现出来的思想状态，一直受我的尊重。这也包括你。你也曾对我的写作有过尖锐的批评。中国文学有过太多的用暴力来表达不同观点的悲剧，所以仅仅使用尖锐的声音，应当不是文学回归坦途、走上坦荡的正常行为。说到“新现实主义”及其“领军人物”，这无疑是你们强加的，说不上接受还是不接受。这是一个正在走向自由与民主的时期，需要这样说的人有自己的道理。我居住的城市里，有一些了不起的学者。我说他们了不起，是因为同为学院派，但师承更浑厚，学理更清晰。如武汉大学的陈美兰、於可训、华中师范大学的王先霈等。如要说两者的批评有何不同的话，他们更多的是在借助某个话题、某部作品，急风暴雨地向外界传达自己最新的观点。后者就显得沉静许多，而更像千年湖水，是用自身充盈的涵养来映照他人。同为学者，他们对文学的批评，则像那山间溪流，别人的身影尚未照映清楚，那些藏在水底里的美丽小鱼和清洁卵石先行裸露出来。我的写作一直是极其独立的，过去、现在和将来都不会与其他人搅在一起。从三年前开始，我有意放下热炒热卖的中短篇小说不写，就在于我想还原，并且保持住独立于他人的距离。这几年文坛上流行“民间”说法，不仅民间的感觉让人喜欢，类似的乡间、田间、车间、人间和心间的东西也都是我所喜欢的。对于《分享艰难》，我一直认为正反两方都在误读误解，真正懂的人有多少，我也不知道。那些读后一声不吭的人，显然才是想得很多，也想得很深的！陈思和早就提醒过人们，此“分享艰难”非彼“分享艰难”，洪水先生后来也有过“当年有关《分享艰难》的争论，都是犯了盲人摸象的错误”的感慨。摩罗的学养，是值得信任的，阅读上有偏差并不要紧。一部作品经过许多人阅读后，却只有一种观点，那将是写作者的失败。在写作中，我总是十分地尽力，不敢在哪一个字哪一句话上投机取巧。如果有哪一点做得不好，那一定是我的天分不够，与我对小说的敬畏之心，对写作的清洁之情无关。有机会请转告摩罗一个我的问题：在我的老家，县财政每年可以明列在账上的开支将近一个亿，那么去年的一到四月份的财政收入为多少？我曾伸出四个指头让北京的一位朋友猜过，他从四千万猜到四百万，就不敢猜了。我可以告诉你：是四十万！这个数字可以说明很多问题，也可引出很多话题。

那一次我和葛红兵谈得比较多，这段话只是其中一部分。

90

人的灵魂深处有个毛病，世界上的尖端问题研究得越多，越热闹的时候，就越喜欢去想一些寂寞的问题，如生命怎样才算是自由的？在实用价值、实际价值越来越成为判别人生价值的大众标准的时代，那些卑微人群的精神价值是否还有意义，他们在世界上的定位是否与别人平等？其实就生命本身来说，只要能跑、能走、能自由自在地活在世上，它们的历史地位就不该有什么不同。基于这一点，写作者最愿意做的事便是在文学中自由地表现自我的思索、自我的思想和自我的思念。虽然有人认为我们现在所做的这一切尚不能有证据证明它是个人化的，但我认为只要它是个人的，就很好，何必非要统一成什么“化”的呢。

文学是人的精神的一种表达方式。历史的经验反复告诉我们，精神必须是极其自由的。当一个人选择文学时，他其实就是在选择自由，所以任何人都不应以任何方式来干涉任何人的文学寻求及自我定位。

从这一点上来说，我一直不大习惯北京。无论是从西客站进入，还是从首都机场进入，一沾它的边，就会感到盛气凌人。接触多了以后，慢慢地就觉察到在什么都敢说的气氛中，有一种被压抑得很深的歇斯底里。仿佛不是我们，而是他们从来就没有过自由，也从未有过平等。

在我从前的小说《凤凰琴》里，我曾深深地怀念多年前在山里听见的一种笛声。那是水库工地上受饥饿和劳累双重压迫下的民工用劣质的笛子吹出来的，旋律不流畅，音色也是疙疙瘩瘩的，然而它却是那个环境里唯一抽象出来的美。人随听觉跟上它，超越黄昏暮色寒霜冷月，一时间竟然也能进入心旷神怡的境界。我一直以为，那些将无可奈何、无所谓和无常说得极顺溜的人们，内心里响着的同样是只在山野间回荡的粗粝的笛声。那是一种真正属于个人的无所束缚、自由的心声，虽然内容包藏着苦涩艰辛，可那飞翔的空间足以容纳一切想象和神往。我无法不屈服于这些笛声，它那在晚风中飘扬、缥缈和漂泊的样子，实实在在是一个个真切的生命，是一个个灵魂重获自由以后的高贵写真！这种高贵来源于人的精神面对命运时的浪漫！

自由是每个人毕生的精神根基。失去精神根基后，人是何等的不足挂齿！一辈子斜眼看人昂然叫狗、一辈子竖着耳朵缩着脖子，鸡鸣狗盗地小有进项，那种日子到头来连自己都瞧不起。

我们不能放弃根基！这一点现在看来不成问题。问题来自另一方面。

一九九八年夏天从西藏归来，最让我不能忘怀的是神圣二字。这种收获完全来自身临青藏高原时，原始山野所具有的强大力量，以及缺氧条件下人对自身曾经面对自然自由地为所欲为方式的否定。它极端真实，让人无法矫情。所以它同人在用自己经验里的怀旧情绪逐步酝酿起来的那种神圣截然不同。前一种神圣是从灵魂中升华起来的，而后一种神圣则会妨碍灵魂归依到本真的位置。我越来越看重这一年自己的那篇《大树还小》。我们的世界有时挺让人悲哀，因为有了自我假定的神圣，一类人就可以冠冕堂皇地忽略另一类人活着的意义和活着的质量，用一己的自由去置换他人的自由！

在自由的精神根基上，平等是人存在时的尊严。自由是平等的前夜，平等是自由的明天。今天的我们正处在二者之间。那么我们会不会永远只能在祈盼中等待明天哩？如果是这样，那些因为一些人神圣的需要而被理直气壮地忽略的另一类人，是不是就应理所当然地弃之世界的暗角！在《大树还小》里，“知青”只是相对这一类人的另一类人，是在不平等世界中两个对应符号中的一个。袭用哲学语言，只要是人，不管他是美国总统，还是非洲难民，都应该是相同的符号。要命的是，谁真正将自己当成过符号？符号“知青”和符号“当地人”在相同苦难面前的不同历史记录，正是用这样的心理现实书写的！世界上许多曾经的真实就是这样被人毫无羞耻地篡改的。

真实就是这样残酷，一个“符号”在事关自己时，就连多少分之一的机会也不肯给另一个“符号”。

文学的魅力就在于它能够应运而生，将人、人性以及思想的破损，毫不留情地镂刻在艺术的灵魂上。同时修补社会史和思想史里不可避免的缺陷，能够在后人对前人的诘问面前提供一个多维模型，使本不能重复的东西再现于多少年以后。

当下世界视角太多。从东南到西北，最时髦的同最原始的，最先进的同最落后的，犬牙交错混合在一起。特别是最公正的和最不平等的搁在一起时，简直让人心里翻江倒海不知该如何去用心想用眼看。人群之间不可弥补的差异，几乎在精神上将一些人与另一些人完全撕裂开来。彼此间的漠视简直到了触目惊心的地步。人类几千年来，一直解决不好走在前面的少数人进入自由王国，和走在后面的多数人渴望权利平等的关系。以至总是由落在后面的人发动起义，将一切砸个稀巴烂，耗尽一点可怜的社会积累以后，又不得不从头再来。如此周而复始，历史老在皇帝的家门前打转。

我们可以祈祷自由万岁，千万别以为自由万能。

写作者在很多时候对自由的把握要超乎常人，而不需要平等。

独立并不是自由，也不是平等。独立更多是由于利益的驱使，而自由平等才是人性的最高境界。在利益的驱使下，独立实现之日便又是另一类人深陷不自由不平等的开端。生活源头的一些复杂情节，对人类意志的作用，常常只是过去的一段故事。

文学这本该是故事的东西只能站出来，用艺术来做世界的良心。《大树还小》也是用良心写的，是为了天下的“符号”不再有贵贱之分。

写作者首先应该是善于宽容的智者。文学的天国里不可以使谁像鲁戈瓦一样，抢一席之地，遇事只认自己的意志，只相信自己的意志才是不可能出错的，也只有自己的意志才是拯救与升华，并且为了这一点不惜将自己的言行夸张到极致。

不只是新老纳粹和新老霸权主义者，写作者同样也能发动对自由与平等的根本破坏。一旦写作的权利只被一部分人所占用，拥有它的人便会在思想上变得简单和单一。面对这样一个繁杂的世界，写作者更应站上山脉的分水岭，注视另一半空间，这样做也是对自己情操与素质的清点。

对于人格健全的写作者，一部作品的完整创作过程必须包括对自己心灵的完善。

上帝给我们天空，是为了让我们思想享有充分的自由。上帝同时给我们以大地，是为了让我们享有充分的平等。上帝显然预见到了人可能会犯的错误，所以它将无限的天空设计成虚的，而将有限的大地建造成实的。上帝的想法是人可以尽情地在空中自由地胡思乱想去，回到地上后就得面对现实，平等使用有限的物质。本来自由是高贵的，是所有价格制定者和使用者都望尘莫及的。痛惜的是人在不知不觉中，将自由和平等揪到了一起，放在沾满泥泞的大地上，成了一种招揽生意占有份额的招牌。

回头来看，以北京的感受为典型，我们也许确实并不懂自由平等对人的真正意义。还有上海人看谁都是乡下人，广东人看谁都是穷光蛋等例子。无论如何，我不能认同《大树还小》里秦四爹那样的生活，活着人的模样，就要有人的意义，谁也无权剥夺他在上帝心中享受幸福的权利，谁也不能假借手中的便利，冒充合理合法地去漠视他们。秦四爹与所有的人一样有着健康的四肢五官，正常的七情六欲和符合人的道德规范的思想意识。不平等地给他以历史生活各个方面的人权，是对历史生活的肢解。我愿意看到《凤凰琴》里余校长他们那只有一些普通光辉的精神，虽然它被那“大力发展养猪事业”的新闻压在报纸的一角，但在报纸不能覆盖的崇山峻岭中，他们用最质朴的美感实现了自身的自由。

人只能平等地看待自由，而不能自由地看待平等。如此对照当下真实，不能不遗憾，自由平等这棵大树依旧还小。

91

二〇一二年三月十七日，于长沙毛泽东文学院作《有灵魂的写作》讲座之后，有人形容我是快六十的老人了。与三十几岁的当初相比，从有感而发的一事一议，到能够牢牢把握命运的尾巴。通过后来的写作，感觉自己可以扬起鞭子，将命运这头老牛狠狠抽打几下。从对命运的不可捉摸，到能与命运对谈，是最大的进步。对写作者和写作对象都是如此。比如，在别人看来，《天行者》是《凤凰琴》发表十七年后续写的，在我这里，这十七年里，有一种东西从未有过一天的中断，她的名字叫做成长壮大。

《凤凰琴》只写了一段情怀，《天行者》则写了这些人的命运。在情怀中，一切源于感动。在命运里，则是历史与现实、社会生活与个人灵魂的全面碰撞，以显现卑微生命在大千世界中的长久的价值。

曾经与《天行者》英文译者艾米莉·琼斯在电邮里有过一番问答。

她说：天行者的意思是什么？行者是不是表示张英才等民办老师？意思是界岭那一带山很高，当老师是他们的天职吗？

我说：按欧美文化，“天行者”可以理解为“离上帝最近的人”，或者干脆可以称为“走近上帝的人”。在东方文化里，“天行者”可以直接理解为“在天空中行走的人”。在小说文本中，“天行者”则可以理解为，几个看上去很卑微的人，超越了那些看上去很有社会地位、生活得很幸福的人。虽然社会地位被人瞧不起，他们对生命意义的实践，真正体现了人性的伟大。

她说：“民办老师”这个词十分难翻译，因为外国没有这样的老师，所以我怕外国人会看不懂。有“民办老师”的小学大部分都是在农村吗？我觉得“Village teachers”是可以的，但是如果在城市也有很多民办老师，“Community teachers”比较好。

我说：民办教师确实很难翻译，韩语中被翻译为副教师，法语中被翻译为候补教师。都不准确。民办教师是中国“红卫兵运动”

后期到二十世纪九十年代，存在中国乡村的，一九七七年统计的民办教师人数达四百九十一万人。城市里没有。“红卫兵运动”对教育的破坏，导致教师严重不足，不得已而在乡村中挑选那些受过一定文化教育的农民，担任教师。可以说，二十世纪七十年代和八十年代中国乡村的启蒙教育是由民办教师完成的。中国有一个民办教师网站，你可以上去看一看。

她说：“界岭”是虚构的地方吗？应该在中国哪里？

我说：界岭是中国乡村中极为常见的地点，村与村交界处、镇与镇交界处、县与县交界处的地名，经常就直接叫界岭。有些地方，因为叫界岭的地名太多了，就分成东界岭、西界岭、南界岭、北界岭和中界岭等，还有叫大界岭和小界岭的。你可以在互联网上的百度地图上搜索一下，仅我的老家黄冈市就有四十四处，这还是比较有名的，像《天行者》中写的这种没名气的太小的界岭，就更多。

她说：《义务教育法》是什么？在英国，如果一个孩子不上学，都是父母的责任，跟老师没有什么关系。余校长为什么要做《义务教育法》检查（第二章）？

我说：《义务教育法》是中国国家法律，意在保护儿童和少年接受义务教育的权利。中国的情况与英国不同，有些父母因各种各样的原因，包括重男轻女，更多是贫困地区因为家境贫寒而无法让孩子上学，所以国家才出台这样强制性法律，如果父母不能让孩子上学，各级政府机构就有责任想办法让孩子上学接受义务教育。余校长依据《义务教育法》（第二章）进行相关检查，内容为：《中华人民共和国义务教育法》（一九八六年四月十二日第六届全国人民代表大会第四次会议通过，二〇〇六年六月二十九日第十届全国人民代表大会常务委员会第二十二次会议修订）第二章第十一条，凡年满六周岁的儿童，其父母或者其他法定监护人应当送其入学接受并完成义务教育；条件不具备的地区的儿童，可以推迟到七周岁。适龄儿童、少年因身体状况需要延缓入学或者休学的，其父母或者其他法定监护人应当提出申请，由当地乡镇人民政府或者县级人民政府教育行政部门批准。第十二条适龄儿童、少年免试入学。地方各级人民政府应当保障适龄儿童、少年在户籍所在地学校就近入学。父母或者其他法定监护人在非户籍所在地工作或者居住的适龄儿童、少年，在其父母或者其他法定监护人工作或者居住地接受义务教育的，当地人民政府应当为其提供平等接受义务教育的条件。具体办法由省、自治区、直辖市规定。县级人民政府教育行政部门对本行政区域内的军人子女接受义务教育予以保障。第十三条县级人民政府教育行政部门和乡镇人民政府组织和督促适龄儿童、少年入学，帮助解决适龄儿童、少年接受义务教育的困难，采取措施防止适龄儿童、少年辍学。居民委员会和村民委员会协助政府做好工作，督促适龄儿童、少年入学。

她说：支教生是什么？“助理”或者“学生”？

我说：一九九二年《凤凰琴》小说发表之后，相继改编为电影和电视剧，在中国国内引起很大反响，国务院相继出台政策，陆续解决民办教师问题，按计划要将适合担任教师的民办教师，通过不同方法改为正式教师。但是，在界岭这样的偏僻山区，由于教师缺乏，一些在学校读书的大学生暂时放下自己的课程，志愿到偏僻山区去担任小学教师，时间一般为两年。他们的身份还是在校大学生，两年后，重新回大学完成学业。

她说：好像转正以后，不但还当老师，也可以找另一个关于教育的工作？张英才还有蓝飞都这样。请您说明转正的过程？

我说：民办教师转正之后，就成了纳入国家教员编制的正式教师，当然要继续教书。也有人转正后不久，就改行做其他工作。转正需要符合一定条件，这些条件各地都不相同。一般来说，有年龄，学历，担任民办教师时间长短等条件，符合条件的，还要经过相关考试。

她说：蓝飞和他母亲为什么都叫“蓝”？

我说：中国的孩子有随母亲姓的，母亲姓蓝，儿子也姓蓝，就不足为奇。如今单亲母亲的孩子，大都随母亲姓。在以往因婚姻发生变故，母亲单独带孩子生活的，也会让孩子改为随自己姓。

92

有传说，我曾经就是一名民办教师。又有无良者胡编乱造，说《凤凰琴》和《天行者》中的余校长是谁谁谁，还煞有介事地说我与其人有何种交往，对方是如何感动我等等。《凤凰琴》《天行者》的写作确实有一些亲身经历，也确实因为如此触动在心中放久了，不写不行。

文坛如江湖，造假容易，因为只有假东西才具有欺骗性。

我没有当过民办教师，但见过太多民办教师。

上初中时，学校的副校长就是民办教师。这些年，与人聊初中和高中之事，别人的同学大多成了大学生，我的高中同学中，有相当部分的人，回乡当了民办教师。其中一位名叫陈寿恩的，是班上的劳动委员，上高二时，突然传说他结婚了，班上男生女生都用怪怪的眼光看着他。又上了几个星期的课，他就离开学校回去当民办教师了。回家没多久，赶上“双抢”，学校放农忙假。那天，民办教师陈寿恩在田里薅秧，中途休息时，到水塘边洗去身上的泥巴，不料脚下一滑，栽进水塘里再也没有爬起来。我至今也忘不了，读书时他坐在我后排的样子。

多年后，在我生活的那座县城内，出现一个捡垃圾为生的男人。他是一位被清退的民办教师，从十几岁开始教民办，到四十多岁被清退，为了养家糊口，而不得不将帽檐压得很低，在县城捡垃圾维持生计。时至今日，我还清晰地记得，当年在街上遇上他的情境。那顶旧草帽，是生活有中国乡村的初级知识分子的最后一道遮羞布，或者说是人格尊严的最后一道痕迹。

93

《天行者》里面有这样一个情节，国家下达政策要给民办教师转正，但县里一些官员不以为然，认为他们教学资质不够，没有资格转为公立教师。一位领导很生气，质问在场的干部，你们上学时有没有被民办教师教过？被教过的人请举手！愣了一会之后，会上绝大多数人把手举起来了。所以民办教师是六十年代到九十年代变革的特殊时期里，中国乡村社会中一种很奇特的现象。说起来是奇特现象，真实过程十分悲壮。

中篇小说《凤凰琴》在《青年文学》一九九二年第五期发表后，大量读者来信提出希望读到《凤凰琴》续篇。时任中共中央党校副校长的高扬，曾在《光明日报》上著文，也提及这样的希望。我没有赶那个热潮，并不等于说，我不想写，我一直在悄悄做准备，只要有机会见到乡村学校，我一定要走进去看一看。二〇〇八年夏天，在贵州参加一个文学活动，遇上一位来自西北的同行。他告诉我，在他的家乡，乡村教师人手一册《凤凰琴》，那些困难得不知道什么叫困难的老师们，将《凤凰琴》当作经书来读。这之后，我读到一位同行的文章：在汶川大地震中被摧毁的映秀小学，有一位叫樊晓霞的老师，与丈夫结婚后在不同学校分居的十四年中，夫妻俩经常阅读《凤凰琴》，谈论《凤凰琴》，一边伤心落泪，一边又用小说的主人公来安慰自己。十四年后，樊晓霞老师刚从高山上的教学点调到映秀小学，与家人团聚不几天，就被大地震永远地夺走生命。这两件事，都让我为之震撼。特别是后一件，让我觉得让《天行者》成书的时候到了。

一九九二年我写中篇小说《凤凰琴》，只是因为心存感动。事隔十一年，当我写完长篇小说《天行者》时，我发现自己的内心旦充满感恩。因为，我看得见，如果没有那些可以被后人认为是水平不高的乡村教师哺育，那个时代的乡村心灵只能是一片荒漠。

十一年前，我还年轻，很自然地选择了表现一颗躁动不安的心，如何与天荒地老的乡村发生契合。十一年的时光让我的心苍老许多，命运也开始展现其无可抗拒的力度。就像映秀小学的樊晓霞老师，在那么美丽的女性身上，其命运的荒诞，让我一下子看到了乡村知识分子的命运本质。

94

对长篇小说的把握，实质上是对命运的参悟。

而中篇小说，能将生命在某个时刻的状态表现生动，便是一种成功。

好的小说，所描写的某种行业，只是背景与载体，目的是让用思想和情怀共同建构的方舟驶向远方。与民办教师之卑微相同的职业还有许多，好的小说不应当被理解写了这个行业，就是为了解决某个行业的问题。更重要的是，从中发现生命在最卑微时所展现出来的伟大意义。

在《天行者》中，经由万站长提到一个概念，“界岭小学的毒”，“这三个人会让你中毒的”，这种“毒”让张英才在离开数年后，又回到界岭小学，也让土生土长的叶碧秋，时刻想着在自修大学毕业后，回到界岭教书。万站长自己早就中了“界岭小学的毒”，所以才无时无刻不在怀念。这种所谓的“毒”，可以简单地看成是人们总在向往的人格魅力。《天行者》获奖后不久，我曾接到生产建设兵团文联创作研究室主任钱明辉的电话，他刚读完《天行者》。在他阅读的过程中，妻子很奇怪问，是什么书让他这么大年纪了，还不时去找毛巾揩眼睛。钱明辉简单介绍过后，妻子从他手里拿过这本书，接下来反而是他妻子，不停地拿毛巾擦眼泪。我与明辉兄，只是十几年前见过一面，他很感慨地说，虽然兵团内部没有民办教师，但这些民办教师实在是太感动人了。

对于毫不熟悉民办教师生活的人来说，人格魅力是没有界限的。

“民办教师”是一段谁也绕不过的历史。称他们为“二十世纪后半叶中国大地上默默苦行的民间英雄”，是一种艺术的说法，就其贡献来说，完全应当称之为“民族英雄”！二十世纪后半叶，在急需人文教育的中国乡村中，大部分教鞭都执掌在“民办教师”的手里。如果不是这类教师的存在，中国的乡村将会更加蒙昧。也正是由于民办教师的存在，后来出现的社会大变革，其艰难程度也减轻了许多。这个时代太容易遗忘了。好像不丢掉历史，就没有未来。其实正好相反，没有历史就没有未来。面对急剧变化的二十世纪最后三十年，除了金钱与财富，一些人似乎已不记得还有什么值得长存于记忆之中。即便是将日子过得较为舒缓的乡村，急于忘记过去的也大有人在。而我，是一个十分恋旧的人。一想到往事，一方面会感动，一方面又会恐惧。文明的坚守传播，不是自生自灭的野火，而必须是代代相传的薪火，一天也不能熄灭。依据官方的说法，“民办教师”这个历史遗留问题，已经全部解决。实际上，所谓解决，也就是“取消”，取而代之的是大量乡村代课教师的出现。他们的处境，甚至还不如当年的“民办教师”。作为乡村知识分子的这一类教师，一切的乡村奇迹的酝酿与发生，本应当首先归功于他们。然而，荒诞让历史与现实一次次地无视其伟大得不能再伟大的贡献，以至于沦落为作为名词都不被理解的地步。这一点也正是时代正在流行的顽症。生当作人杰，死亦为鬼雄，至今思项羽，不肯过江东。李清照的诗，正是刚刚过去的那个年代的乡村知识分子的无与伦比的写照。

我敬重一切前往乡村任教的人，不管他们是以何种理由，也不管他们心怀何种想念，哪怕他只在某所学校里待上一个星期，只教会孩子们一个字。

95

大多数作家在写乡村时，都怀有故乡情结。

《天行者》中写到了多个人物，包括余校长、孙四海、邓有米、张英才、余志、李子、叶萌、叶碧秋等，在这些人中，我最喜欢的是叶碧秋的那位苕妈。

这话让很多人费解，不肯相信。

在悼念父亲的那篇散文《抱着父亲回故乡》的开头，我写道：请原谅，这是我第一次描写故乡，就像我总是原谅小路中间的那堆牛粪。故乡的情结有时候真的就是一堆牛粪一样的存在。

在丰厚而神秘的乡村，一棵从不言语的大树都会是旷世的智者。

显然，叶碧秋的苕妈就是这类看着呆傻木讷的大树。

96

小说创作所能遇到的最大困难是如何将小说味道流畅地贯穿始终。

一个成熟的作家要善于控制自己的写作情绪，激愤是小说的天敌。

97

新闻类写作可以用临时采访等急就章的方式，小说创作虽然不排除所谓采风，如果将这种方式当成艺术灵感的主要来源，写不出好作品不说，还有可能成为笑话。小说元素无处不在，核心问题在于自己是否具备了提取如此小说元素的能力。那一年，《湖北日报》的一位朋友在水果湖旁边的中南医院住院，那天他打电话要我去看看他。我赶了过去，才知道，朋友是要我看看隔着走廊，正在急救室急救的几位民办教师。那几位全身插满管子的民办教师，从红安县来，到省政府上访，因情绪失控而当众喝下从家里来的农药。那种惨状，只要看一眼就会泪流满面。可以这么说，从开始写《天行者》，这些民办教师的模样就没有在眼前消失过。《天行者》出版多年了，那一刻的悲壮依然历历在目。看上去这些情节并没有直接进入到我的写作中。在作品的深处，诸如此类的元素，比比皆是。真实的生活无论多么壮烈不堪，仍然要将其融入作品的灵魂中。

98

在我的习惯里，一旦开始写作，就不会再有大到写不下去的障碍。如果有，那也只是在取舍上的左右为难。这时候，就只有凭感觉了。写下去，问题就解决了。不写，问题就会一直存在下去。

尊重自己内心的感受，特别是那些让人心灵震颤的发现。

对写作者来说最重要的是情感所系。作家的成熟，不仅仅是其艺术风格的形成，更是心智的成熟。即便是无意识的睡梦里，其情感所系也不会改变。

一个人如果只是仰仗与生俱来的那点天赋，而缺乏对所从事职业的敬畏与担当，虽然偶有所成，终究难成气候。文学不是杂耍，仅靠弄些小花样是不行的。文学是所有艺术门类中，与历史命运联系得最紧密的。任何文学中人都要谨记，在有限的天赋之上，还有无限的天职。

写作者对自己文字的感受是第一位的，将正在写的每一句话，每一个细节写好是最重要的。如果有其他方面的干扰，文学就将失去自由与独立精神。

如果写作变成了一件很轻易的事，那么这种写作一定也是轻而易举就能遗忘的。每一次新的写作，都应该是对自己写作才华极限、对自己生命极限的一种挑战。也许又有人要说，这样是故意把自己搞得像“天降大任于斯人”——他们可能觉得码码字不就赚几个钱吗。那我觉得，这是“道不同不相为谋”。

作家当然也有很多种，有一些作家满足娱乐需求、迎合大众口味，这也是可以理解的。但一定要有一批作家，他们的写作和他们的存在真正体现了我们民族的灵魂高度。就像鲁迅的存在、曹雪芹的存在一样。我们无法想象，如果没有他们，世界该怎么看待中国文化？现在的人总说，伟大的时代要出伟大的作品。时代的伟大是由历史做出评价的。对文学创作者来讲，当然应该努力尝试走向伟大，让自己的心胸更宽阔，思想更深邃。

99

我是属于那种敏感体质的人。别人尿酸指数高到五百多、六百多都没有感觉。我的体检表上尿酸指数刚过临界点，大脚趾关节就有明显不适。还有从前总以为自己一到春天就爱闹感冒，后来才知道，那些症状是由于花粉过敏。因为身体敏感而痛点低，灵魂的痛点感知度，也在平均值以下。所以，我对灵魂的痛点要比一般人敏感。这样的敏感能使人感同身受，不必要，也用不着拼命地在那里主观编造，还自我陶醉为天才想象力。曾经说过，人的童年就像一只新买回来的米缸，我热爱那些米粒大小的人和事、感觉与情愫，是他们使我童年的空米缸一点点充实长大。人的灵魂也像这样的米缸，而那各种各样的痛点，也即是小小米粒。人越敏感，米缸就会变得越充实。

100

以前创作乡土题材的作品居多，如《凤凰琴》《秋风醉了》《挑担茶叶上北京》等。题材的选择只是表象，将其当成作家风格改变的标志那就大错特错了。如果《圣天门口》也叫历史题材，我最早所写的系列小说《大别山之迷》，就已经是这样的了。如果有所改变，也是因为自己对写作的再认识。以不再年轻的年纪，趁此各方面进入了成熟期，从文坛热热闹闹的名利场中抽身引退，明知山越寂寞越有老虎，也要一个人进去行走一番，高山仰止，不是红口白牙说出来的，母语写作也不是换换花样就能偷天换日。二三十岁时，这样说也许是狂妄。知天命了，数说这些，完全是一种责任。年过花甲了，才想起这些，岁月已不饶人。

101

据李掖平教授说，《天行者》获茅盾文学奖的授奖辞是她执笔的。那些话写得很贴切原作，与我所看重的叙述命运困苦时，不可没有自然流动着的生命诗意有异曲同工之妙。《天行者》尽管写的是民办教师，重点却不是对教育现状的批判，而是侧重于人性在艰苦卓绝之境中的挣扎与升华，生命在平凡卑微之时的迸发与扬厉，以及命运在历史荒诞苍凉之流中的无奈与决绝的喟叹、参悟。语言清丽简约而又不乏诗意的空灵，情感内敛克制而又不失刻骨铭心的尖厉与刺痛。特别注意富有诗意的细节的渲染，有把历史与现实诗意衔接，进而超越具象之上而抵达生命本真的能力。

李掖平教授的一位学生后来专门采访过我。

问：早在一九九二年的时候，《青年文学》就相继在第一期和第五期上重点推出了您的小说《村支书》和《凤凰琴》，在当时引起了很大的轰动。这一年也被文坛称为中国文学的“刘醒龙年”，您能跟我们谈谈当年的心境吗？

答：一晃多年了，那时的自己真的是好年华。想写一篇东西，趴在桌子上，没日没夜写，想几时写完，就一定能几时写完。我记得这一年还有一部中篇小说《秋风醉了》反响也相当不错，后来还被改编成了电影《背靠背，脸对脸》，一直是电影学院的教学片。那时候的写作与其说是赶时间，不如说是体会生命的恩赐。也是因为年轻，做事说话，像风雨雷霆，说来就来，说去就去，好比武汉的初夏，既温暖又火热，令人怀念和向往，同时也让人捉摸不定。

问：的确，将生命某一时刻的感动情状用文字从心头缓释出来，就是书写者最大的成功，《天行者》是您经过十七年光阴沉淀之后的作品，是您对未竟情绪的一种延续性的叙写，一种对自我内心感恩的一种总结，一种向乡村民办教师的一种致敬一种缅怀一种颂写。这一点我很认同，我想问的是支撑这群民间英雄精神天地的力量究竟是什么？是责任？

答：支撑这群民间英雄的力量源泉其实就是“界岭小学的毒”，是一种卑微身处的伟大，平凡之中的崇高，是一种潜隐的良知和责任，是一种启迪贫瘠幼小灵魂的内心之力，一种使命感。如果没有他们，中国的乡村世界就是蒙昧黑暗的，而他们就是乡村知识火种的传递者，守候者。

问：二〇一一年八月，《天行者》以五十六票的高票一举夺得第八届茅盾文学奖，您也成为湖北省获得“鲁迅文学奖”和“茅盾文学奖”这两项国内文学至高殊荣的“双冠”王。而在获奖光环的背后，您在创作《天行者》这部作品时，遭遇到的最大困难是什么？

答：真正的困难是着手创作的前期，是前面近十几年的积压在心头的那份沉重。然而真的开始写作了，一切都又在掌握之中，因为那是完完全全从心底里倾泻出来的一种感情、一种感动，以及一种书写的欲望和使命。

102

与一个年轻人聊天，聊到后来，他问我，你说到命运这个词很多次，我想听你谈谈这个命运，它到底指的是什么？

我告诉他：命运，怎么跟你说呢，比如说《天行者》里的人物，第一次，界岭小学的民办教师好不容易得到转正的机会，却阴差阳错地把机会让给了别人。第二次、第三次转正机会先后来临，他们依然因为这样那样的原因，与终身渴望的东西擦肩而过。如果说第一次是错过，接二连三的错过不断发生，那这就是命运了。中国民间文学有个传统故事：一个孩子满周岁，亲朋好友来祝贺，都说着孩子将来有出息。有一个人却说，这孩子将来要死！人一出生，就注定要死去，这就是命运。命运是你明明知道它在那里，却不想接受的某种事实。正因为命运时常用一种冷眼来看待人生，反而逼迫人们去努力挣扎，去奋斗，尝试用各种各样的方式来摆脱它，在这样那样的过程中，它会散发出生命的光辉，从而体现生命的意义。

每个人都讨厌命运，反过来，谁也无法超越命运。

103

文学是充满感情的事，又绝对是充满理智的事。

年轻时谁都有过渴望成功的焦虑。因为焦虑，会在判断上出现误差，做不理智的事，说不理智的话，甚至写些不理智的文章。

我看年轻人的作品就像看自己孩子的作品，爱惜，爱护，有时候还恨铁不成钢。只要年轻人丁点成功，就心生欢喜。孩子的成功，意味着父母的成功。做长辈的，断断不会嫉妒后辈。

在目前阶段，我所认识的一些年轻的写作者，和上一代人在同龄时期的勤奋努力相比，做得不够。

自己这一代人开始写作时，对出现的挫折和失败，有着充分的心理准备。那时候的写作者，费尽千辛万苦的比比皆是，能将处女作发表出来的却寥寥无几。如今的写作者，十五六岁时，就有大部头的作品印刷出版。所谓处女作，其实是父母拿着血汗钱，买来书号，自费印行。那些印在书上的名家推荐文字，更是父母双亲想尽千方百计，恳请人家得来的。这样的作品，很难达到被人关注的水准。

文学就是文学，没有其他形式。我们讲过竹简文学没有？讲过纸质文学没有？讲过丝绸文学没有？讲过活字印刷文学没有？网络只是一个载体，文学就是文学，没有那么多分法。

文学要有独创性。最可怕的事情是自我不停复制，太多的似曾相识。一个成熟的作家，每过一段时间就会进行自我调整，以求得既不同于别人的写作，也不同于自己已有的写作。

不客气地说，互联网的写作已经被鼠标绑架了。与阅读相比，浏览是靠不住的，点击率更是靠不住。这就有点像一本书，摆在新华书店的书架上，有人有点兴趣，或者毫无兴趣，只是下意识地拿起来随手翻两下放回去，有些书已经被摸黑了，依然摆在那儿。所谓点击率，只是被谁摸了一把而已。

104

曾经上过当，被评论家引诱后，为自己的文学创作过程做过划分。从一九八四年开始发表作品至今，给自己三十多年来的创作划分阶段。后来发现，这是多余的，是画蛇添足。人有上半身和下半身，人生有少年、中年和老年，创作是不好划分为阶段的，在同一个人身上，既不存在传承关系，也没有什么代替什么。如果只以时间顺序作自然划分，当然无可厚非，但硬要说成是初级阶段和高级阶段，就是自作孽了。太多人喜欢将文学创作看作是登山，以为登得越高成就越大。我以为文学创作是畅游大海。刚开始时，对海洋风暴不适应会很难受，等到适应了，体会到汪洋无际的美妙，自己也能在波涛汹涌之中施展优雅的泳姿，那种感觉才是最真实的。也反衬出登高望远的一览众山小，不过是短暂的虚构。

105

《青年文学》出版两百期时，我将柜子上的两本《青年文学》取来叠在一起，又找来一根尺子量了量它的厚度，刚好九毫米。然后又迟疑地算出两百期就该有九百毫米厚。照中国人的身高来比画，也就是两条腿那么高。想想也蛮好，两条腿长成了，就可以自己满世界去奔跑。在成长的规律中，能跑能走才能有自由。

自由多好！时常翻看这熟悉的杂志，其中滋味似乎越来越浓。

从很早开始，我就喜欢《青年文学》，有了自己认为不错的小说，首先便往那儿寄。其中一篇被那时还在《青年文学》的一位女作家署名退回，并告知她认为不错，上面没通过。一九九一年，我去北京参加青创会。一下火车大家都去卖彩券的地方试运气，结果别人都得到袜子之类的奖品，唯有我不见丁点回报，我当即说了句后来广为流传的话：北京不欢迎我。毫不夸张地说，那时候整个北京，除了在新闻联播中天天出现一些人物以外，只认识一个李师东。开会期间，曾同他人一道被困在二十一世纪饭店的电梯里出不去。大家怎么弄也弄不开。我待在角落里，心里本来想着，这地方轮不到自己上场。眼看着别人都泄了气，齐刷刷地站在各自的位置上发呆，我才忍不住想试试，毕竟自己是在工厂干过十年的车工师傅。按照修理工在电梯门外的提示，我伸手在一个地方按了一下，电梯门便就开了。大家往外涌时，一位很明媚的女作家还朝我说了声谢谢。

在北京时，专门到饭店来看我的，只有《青年文学》的李师东。

实际上，我和他认识也只有两个月时间，三月份，他从北京到黄州同我讨论那部名为《威风凛凛》的中篇，因为这是他们有史以来在同一期杂志上发表的最长的一部作品，编辑部才特别重视。李师东当时穿着一身油兮兮的牛仔服，据他自己说，下车后找到第一个人问路，那人竟然知道我。这一点让我很惊讶，虽然我一直相信自己与文学有缘。那时，我从山里回到黄州不久，全黄州城认识我的人不到二十个，能够在这种嘈杂小城的最嘈杂的车站门口，遇上认识我的人，不是奇遇也是奇遇了。李师东全然不是京城名刊名编的样子，他后来要我好好练练普通话，其实他自己也说得不是十全十美。不过我很喜欢他一笑眼睛眯成一条缝的样子，这一点我们很相像。单就作品构架来说，《威风凛凛》的小说情节，我最满意。我们在北京开会时，这部作品正被他们送去印刷厂喂油墨。李师东来看我时，还说它出来后会有影响的。

对我来说，李师东以及后来正式代表编辑部的黄宾堂的出现，其重要性肯定大于先来接见我们的几位首长。

那时尚且没有策划一说，但《青年文学》为我所做的就是策划。在《威风凛凛》之后，他们要我连续给他们来两部中篇，接下来就在北京召开作品讨论会。

我写了《村支书》。

我又写了《凤凰琴》。

迄今为止，我的小说名被编辑改过三次。第一次就是《村支书》，原先叫《水闸》。第二次是《中国作家》上的《合同警察》，原先叫《白菜萝卜》，我后来又用这个名字写了另外一篇小说。第三次改变现在很多人都知道了，就是《迷你王八》变成《分享艰难》。小说内容被修改的只有《村支书》，将其中村支书同妇联主任关系暧昧的那条线隐去了。还有一段机敏的对话：村支部开会，民兵连长与妇联主任开着不荤不素的玩笑，村支书不高兴，借故要他们注意群众影响。民兵连长回应说，这里只有党员，没有群众。这些也被删了去。这在当时是必要的。几年后，因为《分享艰难》的连累，这部小说的结尾被当成画蛇添足。那被批评为故意留下光明的尾巴，成了我背后的靶心。那些瞄准者显然不知其中用心之良苦。不是过来人不知过来累。

一九九二年四月底，《青年文学》在北京召开创刊十周年纪念会。十年间他们已培养了三代青年作家，他们还让我做了刚刚形成的第三代作家的代表，并在会上发言。几句话下来，自己已被憋得满头大汗。没过多久，就到了夏天，三篇小说的讨论会真的在北京召开了。

几年以后，我同一帮人来北京开会，岁月无多，人却油滑了不少，吆喝着要《青年文学》请吃饭。就在东四十二条旁的小酒馆里，前主编陈浩增举着酒杯问谁给他敬酒，想着自己同他们的关系，我迎上去打了头阵，一口就下去二两，接下来又有几个二两。尔后独自乘出租车去机场，一觉睡到候机厅里只剩下我一个人。上了飞机在大家的敌视中，我继续醉酒，似乎只过了一会，飞机猛地震了一下，睁开眼睛人已回到武汉了。好时光不要多，只需一刻便值千金而终生受用。我有些不像青年了，不会再在尴尬前面茫然，不过我仍然愿意为文学还是这么年轻，这么有活力而心醉！

106

这几年看到年纪相仿和不相仿的同道，每有长篇之外的小说新作刊载或出版，便情不自禁地掐指细数，不知不觉中，竟有十几年不写中短篇小说了。因为去远，所以回头。因为日久，所以怀念。特别是当旧作反复结集，哪怕名目上有着实实在在的理由，在心里总有愧疚之嫌。毕竟还是一个大活人，还在写着其他文字，并时常有其他文体的作品公之于世，凭什么偏偏看中短篇小说不顺眼，与中短篇小说过不去，说不写就不写了呢？

不算互联网上的写手，这世界很难找到不热衷中短篇小说的写作者。正如这世界不可能有不热爱青春的过来人，尽管青春充斥着这样那样的错乱与失误，也免不了时常来一场刻骨铭心的伤痛与憾恨，无论如何，青春都是只有一次的人生中华美绚丽、浪漫风流之最大魅力所系。中短篇小说在文学中的意义，正如人生必须打造的青春，那些艺术上的缺憾，因为活力强劲使之成为不足之美。那些文本中的粗糙，因为意气风发使之更显瑕不掩瑜。这时节的写作是春与夏的奏鸣，是花蕾与花蕊的重唱。我留恋这些不含饱和脂肪酸式的写作，留恋这些从没有氧化自由基的血液中流淌出来的作品。

这样说并非嫌弃长篇小说，更非妄指长篇小说是动脉粥样硬化，是低密度蛋白脂肪和胆固醇超标的写作。长篇小说需要成熟大器，也更看重沧桑繁复，感觉上更像将家中珍藏的老酒留到夜深人静时孤独举杯与天对饮，这些关键点的存在，让我对长篇小说怀以格外的尊崇心态。也正是这样的心态才令人不得不深情地怀念以青春热血为才华源头的中篇小说写作。

如果能从别处借到十年时光，我一定会承诺好好地写上二十部中篇小说，在青春的背景下，半年一部，一年两部，一点也不难。只是谁能从白云的缝隙里，拉着苍狗倒退，哪怕只是小小一步或半步？所以我只能对着《暮时课诵》，怀念那些仿佛还在眼前的同事们在东坡赤壁一侧破旧的办公室里的谈笑机锋。更留恋那种一边聊天一边写小说的岁月华彩阶段。春天的时候，曾经重回武汉市南郊那处过去叫纺织疗养院的地方，多数建筑变奢华了，偌大水面也小了许多，唯独那栋曾经小住一阵，日夜听着秋水归雁写作《挑担茶叶上北京》的小楼，依旧一副当初模样。在小楼内外徘徊，分明还能听到每天写作十几个小时的与寂静相差无几的动静，只两个星期就完成了中篇小说《挑担茶叶上北京》和《分享艰难》的写作。而现在，即便火烧眉毛，刀架在脖子上，也绝不可能每天写作十小时以上。《村支书》的写作是这本集子中最早的，那一阵人还在古城黄州，常常因各种各样的缘由到赤壁山上行走，并于林间小路上听到散步的老者们闲聊，并在不经意中，将偶然听来的人与事写进了小说。黄州虽然是我的出生地，那时对她却不熟悉，正是在必须重新熟悉的故乡里，我才能狠狠地揪住青春的尾巴，在十几个月的时间里，接连写出《村支书》《凤凰琴》《秋风醉了》《暮时课诵》《菩提醉了》《白菜萝卜》这些中篇小说。不比现在，一部长篇写完，需要调整几年才能进行新的写作。那时候写中篇小说，简直就像流水线上的作业，只要没有停电般地睡着了，睁着眼睛就能动笔。

青春真好，再好的青春也躲不过告别的。当初下决心似乎一点不难，隔了十几年回头再看，才发现其难度同样难于上青天。从一九九九年开始放下中短篇小说不写，十几年过去，早先那种疯狂搏杀一阵，然后浪漫潇洒一回的写作状态，越来越成为一种去而不返的梦想。我有必要问问自己，为什么如今不关手机，不断交际就不能写作？为什么如今必须待在熟悉的书房里，换到哪怕是五星级的胜境也会找不着属于自己的独特语言？一个作家总要选择某种文体来安身立命，在我越来越依赖于长篇小说时，我也越来越愿意回顾早前相关中篇小说写作的形形色色，为着纪念，更是为着开掘新的境界与深度。

107

在小说中，我不会有意去构建某些主题，如果有一定的主题的出现，那也是水到渠成，是行文之中相关人和事所导致的，与主观没有太多关系。这样写小说恰好应对大篇幅的作品，就如一条九曲十八弯的河，行云流水之间，总有许多意外的惊喜在那山水之后。从《分享艰难》到《圣天门口》再到《天行者》和《蟠虺》，我所了解的现实主义文学是不会辜负读者的。具有真的现实主义品格的小说，如同真正的男子汉，没有花言巧语，也不会卖弄风流，甚至还会冷若冰霜地拒人以千里之外。内在中，是一团熊熊燃烧的暗火。《圣天门口》中的女子，《天行者》中的女子，苦难与厄运一直与她们如影相随，作为我们民族中最纯粹的女子，唯一的错误是太美丽了。这样写作很笨，可我觉得中国文学，如今最需要的不是聪明人，不是智者，而是既不时尚，也不流行的笨家伙。我高兴有人说我笨，如此形容，显然是由于在面对花花世界时，我是自由和独立的。

108

长篇小说是一个独立的生命体，它可以不负载当下的环境因素独立存在于当下，可以依靠自身的完整体系来充实自身。长篇小说是典型的高处不胜寒。长篇小说不可复制，不可模仿，是独立的生命体，甚至还会随着时代强势生长。其本身具有的蓬勃生命力，经过特定的时间，还有可能焕发新的生命形象。中短篇小说则不同，它们的命运与生活是同步的。只要生活到达一种新的状态，中短篇小说们几乎会同时到达，这种与时下生活休戚相关性，也是其无法摆脱的宿命。所以，写短篇小说和中篇小说，无论愿意还是不愿意，就会不知不觉中成为时代代言人。长篇小说不一样，首先，长篇小说特有的巨大规模，任谁都无法一蹴而就，在漫长的写作过程中，生活的足音早已向前飘荡了很远，与其想着追赶又总有赶不上，就只有潜心经营这文学的世外桃源。

长篇小说是成熟的长者和沉思者，中短篇小说酷似时间长河里的年轻人和拓荒者。

长篇小说不可避免地要与时下的社会拉开距离。这种“拉开距离”不是不关注当下的生活。毫无疑问，长篇小说也会关注时下的种种态势，然而，此种关注只是背景，只是气氛，只是契机，最根本东西还在于回眸——人自身所经历的昨天、前天、大前天，包括更远的时候所留下的命运的痕迹。长篇小说是建立在命运的基础上。我们经常所说的长篇要有长度，所指的不是篇幅有多长，不是写了多少万字，而是生命的长度，或者是命运的长度。有些被称为长篇小说的作品，从分量上讲，其实是中篇小说的拉抻。

109

不是从某种意义上讲，是实实在在如此，写长篇小说就是一桩力气活。

看上去写长篇小说的样子慢慢悠悠，再吃力也只像是用千斤顶顶起汽车底盘，本质上却是一名搬家公司的工人，背一台双开门电冰箱，从一楼爬上七楼。

我在很多场合都讲，作家其实是一个体力劳动者，特别是写长篇小说。没有好的体魄，想写长篇小说，简直就是天方夜谭。不是亲历者很难想象，一个人关在家里，几个月乃至一两年，每天写到出门看见太阳，惨白惨白的，已经不是正常人看见阳光的感觉。写累了，需要站起来，感觉双腿像是踩在棉花上。一般到下午，腿还会僵硬。哪怕现在用液晶显示屏，在电脑前待久了眼睛也受不了。写长篇小说就是拼体力，一般长篇小说的毛病是虎头蛇尾，原因就在于到最后时，体能消耗太大，精气神都透支了，只好草草收场。当然我说的是进入写作状态后全靠拼体力，如果没有进入状态那是另外一件事。

在深有体会后，我常常对自己说，赶紧写、赶紧写，要不以后写不动了怎么办?

有记者采访时曾举例说，她采访过的某作家年近八旬还在写长篇。

我回答说，作家不一定知道自己何时可以开始写作，但一定要明白什么时候应当放弃写作了。活过八十岁的作家，肯定是一位智者。与年轻人相比，毫无疑问是智慧过剩。可是，小说更多的是靠细节来充实的，而不是思想。也许这是一个悖论。一个思想非常博大精深的人，写的小说常常会被思想所左右，而缺乏感性，小说的魅力也丧失殆尽。

110

一九九九年，在中篇小说创作高峰期时，我选择闭关六年写作百万字长篇小说《圣天门口》。《圣天门口》出版后，媒体大炒特炒“百万字长篇小说究竟有没有人读”，一则文化新闻演变成社会新闻，身为作家，觉得这有些张冠李戴。年轻时我也喜欢读《三国演义》《水浒传》，因为它们不需要修养，但读《红楼梦》需要修养。书是要读到三四十岁以后才分出高下。至于一百万字或者十万字，那只是读或不读的借口。经典小说要经过时间的考验，旧书店里回收的全都是畅销书。至于《圣天门口》，我只担心它是不是好小说，而不关注它是卖一本还是一百万本？《圣天门口》被新浪网读书频道连载后的第二个星期，其网上阅读率就上升到排行第一。对此我也不曾过于兴奋。

心境纯净、有骨气、不合时尚。这是写作的最佳境地，也是出色的作家应具有的特别素质。

《圣天门口》是我写得最长的一部作品，从前往后，恐怕都是如此。过程中除了累，需要休息，从没有过放弃的念头，因为这不是我的性格。一件事，只要上手做，无论成败，一定要完成。二〇一六年夏天从吴淞口开始的“万里长江人文行走”，二〇一七年七月终于走到可可西里，有人都觉得能到青藏铁路经过的沱沱河站就行了，我坚持一定要走到长江源头格拉丹东冰川。因为天气原因，最终只到了索南达杰保护站，让我一直心有不甘。文学创作是自己最在乎的，如果只是由于篇幅太长，就时时想着不干了，有可能连几千字的短篇也写不好。现在流行说“骨灰级”，从文化的角度看，说“妖精级”更有味道。狐狸修炼千年能够成精变身美女，也就等于说，一个人将自己手中的事做了几十年或者一辈子，最终也能成精。从前就是这么说的，乡野之间，老街之上，那些干了一辈子的木匠、铁匠、剃头匠，还有裁缝，都是无所不知，无所不会，能将世事看透的妖精级的人物。

有时候也在自嘲，说自己成了妖精级的作家。

凡事真正难得做到的是持之以恒，是铁棒磨针，是水滴石穿，这是武侠小说中的扫地僧能够灭敌于无形的真理所在。

事实上也如此，身边，单位，还有同行等等，有时候对方一句话抛出来，不用多听细想，就明白对方内心深处不肯明白示人的弯弯绕是什么。特别是那种冷不防突然抛出来，足够耸人听闻的事。说得越玄乎，越是表明对方黔驴技穷到在自己的专业上没有其他办法了，技术上，艺术上，已经无法相提并论了，就只有用些下三烂的招数。成了精的人，能想到这一层，就不会上当上钩，任其唾沫星子满天飞，不如走自己的正道，去看那好山好水去。

111

在和刘华、若知母女俩还有一帮朋友商量出版《姜天民文集》

时，大家都要我写点专门的文字。我无法推却，有些话必须趁早说，也必须由我来说，再不说就对不起那把姜天民日夜佩带的匕首，对不起姜天民坐过的那把破藤椅。

先说藤椅。多年以前，在英山县文化馆那座破旧两层小楼背后，有一处更加破旧的当作展厅的瓦房，那把连破旧一词都不好意思用作形容、更加破旧的藤椅就摆放在用几块展板，将大瓦房隔成的一个小间中。某个下午，我第一次走进这间屋子，坐在这把藤椅上的一位尚能抓住青春尾巴的年轻人站起来，用清瘦的右手同我握了一下。

这简简单单的一握让我至今难忘，不是由于握过来的手掌有种在冰凉中挣扎的温暖，也不是由于那手掌上有一种异于平常人的朱红，而是右手中指第一关节上的那颗比黄豆大、比蚕豆小的硬茧。那时我已与钢铁机器共处数年，十根手指，十处指根，无不生长着被钢铁机器厮磨出来，直到离开工厂十几年后才渐次消失的老茧。也见识了工友们，因工种不同而生长在肢体上形状各异的老茧。如此绽放在中指关节上，硬如筋骨的茧花，却是第一次见到。当我回到工友中间描述这枚老茧时，竟然无人相信。如果不是亲眼所见，很难想象那被叫作钢笔的东西，真的能与钢铁较劲，将肉身磨成硬骨头。很快这个从民办教师岗位上借调到小城文化部门工作的名叫姜天民的年轻人，成了我兄长般的朋友，不时在我们厂的车间和集体宿舍中出现。借故过来打探的工友，看清楚他那手指关节上真有茧花绽放之后，不免发出声声惊叹。一个人用一支钢笔将肢体上最不可能之处磨出老茧，需要何等的意志与力量？

一个人的毅然决然既可赞叹，又显悲壮。认识姜天民不久，他患病住院，转氨酶高达数百，身体所需要的营养全靠打点滴来维持。偏偏在这时，省内一家文学期刊通知他去修改中篇小说《淡淡幽香的槐花》。姜天民想也不想，就要求出院。医生再三警告，这时候中断治疗是要出人命的。情急之下，姜天民不惜做出若有问题绝不找医院麻烦的保证。

我一直相信，即便姜天民其时不在那个岗位上，我们也会在宇宙时空的某个角落里相遇，并成为一辈子的朋友。不为别的，只因为志趣相投。那一次，带我与姜天民认识的学弟，冲着姜天民一口一个老师称呼，我却脱口喊出他的名号。几乎在认识的那一刻，我们就成了无话不谈的知交。在越来越多、越来越明快的谈锋中，有一个话题是经常要触及的，那就是曾被贴在文化馆大门上的那副对联，上下联的开头分别是"庙小"和"池浅"。这对联我不记得是不是亲眼见过的，但我亲眼见过安放在这楼上，比对联更恐怖的东西。"红卫兵运动"闹到最高潮时，我还很小，住在离县城五公里的贺家桥，那一次，听说县城里的"红卫兵"在搞武斗，就忍不住和伙伴们一起到县城，看看武斗是何模样。路过文化馆时，见到临街的楼顶上，摆着一排硕大的坛坛罐罐，在坛坛罐罐的顶上，插着一根根导火索。当我们明白这东西就是"红卫兵"自制的炸弹后，一个个脸都吓白了。几年之后，姜天民受上级单位赏识经历百般辛苦、千种麻烦，得以离开这座小楼。当我更加辛苦，更加麻烦地进到这座小楼内，坐上姜天民特意留给我的那把破旧老藤椅后，有机会到古城黄州与他相聚。三言两语寒暄过，他便问我感觉如何，我想也没想脱口将那副对联重复了一遍。随之而来的是我俩辛酸与共的喟叹。

姜天民走出这小楼大门之后就没有再回来，离开之日，就是诀别之时。在这一点上，我们性格略有区别，我是历经犹豫徘徊，三番咬牙，五次切齿，才最终下决心的。相比之下，我比姜天民要幸运，命运将他的血脉安排在那个地方的那份名义之下。我则不然，我的家族，我的天地，我五体投地的青草，我四季叩拜的黄花，在数百里之外的回龙山下，扬子江畔。我的离开只关乎肉体，肉体的告别，反而让灵魂更自由地融合在故乡故土之中。姜天民的离开，既在于肉体，也在于灵魂。离开故乡，不再回头，感觉上不可能有快乐，感情上更是深渊般痛苦。姜天民在英年早逝的那一刻是否有过某种回望，已是无人知晓。记得那年在汉口殡仪馆送别的人流中，望见姜天民决绝的最后模样，如同望见他又一次离开故乡。这一次姜天民走得太远了，远到无人知道他去了哪里。

再说匕首。二〇一四年秋天，在苏北泗洪的一个文学活动上，当地一位女子谈及她的舍弃一切只为文学写作活着、到老也未能成功的父亲时，眼泪汪汪地恨不能将此行中的几位外地作家，当作窃取乃父天赐才华的江湖大盗。那双哀怨的秀目，让我记起几十年前，姜天民必须面对的许多双不好说是不怀好意，却分明是不怀好意的侧目与怒目。一九八〇年代初期的姜天民，其文学才华在极短的时间里全面爆发，使其不可避免地成为人心不古者肆意中伤的目标。妖言最甚的那一阵，姜天民手握一把我的工友用高速钢替他打制的匕首，恨不能宰了口中数出的一二三四五个人。在现实中，无论何时何地，这世界最丑陋的物什中，某些酸臭文人的口舌有足够资格上榜，那种明日黄花和江河日下的，还有分明连雕虫小技都谈不上的，最叹为观止的是其妒火中烧后的厚颜无耻，以及比小人还小人地用卑劣手段侮辱他人，作为狐朋狗友的娱乐。

那一次，姜天民拖着病体从武汉回来，见面时，他闷头抽了几支烟，那样子不说也晓得，一定是小说没被那家杂志接受。抽完烟的姜天民将一只紫砂壶举起来，几乎要砸在地板上，大声骂出一句脏话后，才原原本本地说了经过。其实他不说我也明白，一定是受到那惯于中伤他的人的又一次中伤。成名之后，多家杂志抢着要这部《淡淡幽香的槐花》，其中也包括省里这家杂志，这一次轮到姜天民断然拒绝了。

那时的姜天民，时常两眼通红。因为年轻，不识沧桑，我们都以为是愤怒的缘故，从未想过那是生命严重透支的早期预警。人生奋进历程中，将对恶俗的愤怒转化为生命动力，表面看来最为有效，藏在深处的却是自己对自己的残酷。污水四溢之际，姜天民如同火山喷发的才华，终于换得往来时空中的鸦雀无声。那种时候，真理似乎被改写了，变身为写作者价值的唯一证明是作品，写作者品质的唯一证明是作品。一九八二年《第九个售货亭》问世，随即获全国优秀短篇小说奖的那一阵，应当是姜天民故乡生活为数不多的纯美日子。人们忽然发现，原来感情外露疾恶如仇的姜天民，另有一颗柔软纯粹的内心，透过他的作品可以看见，简陋得近乎粗拙的山区小城，原来蕴藏着冰清玉洁。或者还得感谢那些职业酸臭酿造者们暂时的痴呆，来不及找到可供泼洒的污秽。才情逼人这个词，在姜天民短暂一生中那段更加短暂的日子里，月光泻地般抒写着小小山城空前绝后的诗意。等到死灰复燃的恶俗试图侵蚀诗意时，姜天民已经如愿离开了堆满是是非非的故乡。

不管后来姜天民名气有多大，从不推荐朋友的作品，无论情谊有多深，他都不会心慈手软。后来的我却不如他，常常抵挡不住那点世俗之心，忍不住就答应帮别人一把。这其中有别人后来的成名作，也有别人的代表作，还有一些所谓突破性的作品。过不了几年，本来是朋友或者学棣的人，无一不生分了。前两年，被李敬泽戏称为“郁达夫的转世灵童”的甫跃辉写过一篇小文，他是王安忆带的写作专业硕士生，但王安忆从一开始就点明了对他说，休想自己会为他推荐一个字。姜天民当年也大约说过类似的话。本是举手之劳的事，他们为何都不做？其中理由，我也是这几年才悟出来：将别人的作品推荐发表，如果是长辈对晚辈的提携，则是大雅。换成年龄相差无几的人和人，就不一样了。当时是做好人好事，过后说起来，是作品好，还是人缘好？是作者本人行，还是推荐作品的那个人行？这个问题肯定会如针在股，如鲠在喉，如芒在背，成了当事人既躲不掉，又不愿提及的心病。

从不在写作上对人抱有怀柔之心的姜天民，临走时郑重地将那把破得不能再破的藤椅交到我手里，说了一句：在这地方，不坐在这把破藤椅上是写不出来的！日后验证，这貌似夸张之语真如寓言。姜天民离开此地时，已经住进新盖的四层小楼的四楼，包括获得普遍赞誉的一系列作品仍旧是坐在这破藤椅上写就的。日后，我离开此地，也对这把破藤椅有所交代，并转述姜天民说过的话。然而，曾经的文脉很快就只有面对遗憾了。世事之错，往往是自己的错，当一个人责备他人时，一定是自己首先犯下识人之错。在这一点上姜天民胜过我等。相赠以一把破旧藤椅，其意义远大于推荐一篇作品，更大于现如今四方张罗出版《姜天民文集》。

前几年，北方一家文学杂志要我点评一部当代文学名篇，我选了姜天民的短篇小说《失落在小镇上的童话》，并对应具体文字写了一些话。

“态度决定一切，生活无一例外。”

“人在很多时候所做的事，其实不是做事，而是为着铸造自己的内心。”

“梦想决定审美。”

“这些实话，说起来容易，做起来难。”

“人间不能没有寓言，人间更不能没有童话。”

这后一句，我以为最有可能深入到姜天民的内心。

黄州是我的故乡及出生地，姜天民调到黄州不久便遇上爱情，随之又到北京学习，与莫言等做了学友。期间回家养病，女儿若知出生。喜忧纷繁之际，《北京文学》发表了他的短篇小说新作《失落在小镇上的童话》。当年读毕，就将其当成神来之笔。

姜天民是真才子！就像他在这篇小说中写的那样，明明是童话般生活的境界，到最后却无法不成为命运的寓言。姜天民写这篇名满天下的小说时，我才刚刚发表自己的处女作。我一直珍藏着自己读着这篇小说的感动，牢记因这篇小说而泪流满面的样子。姜天民从北京回到黄州，我趁出差之机顺路去看他，却没有说自己的感动，反而表示如果能写得再细致而不是太匆忙，有可能获得更大反响。比如说，让孩子读书没有错，但以一辈子卖馄饨为不齿，有欠考虑。其实，我本可以继续表示，不管怎么说，这是一篇足以让人心碎的杰作。姜天民当时很生气，当面斥责我懂什么小说。以我们的友好关系，当时我也有生气，只是没有他气粗。说实在话，如果放到现在，即使遇到刑讯逼供，我宁可在屈打成招之下，承认自己是“伪娘”“奶茶婊”，也不会对朋友如此说话。

作为小说艺术，每一篇的成就都有独一无二的理由。汪曾祺的小说，如不精致就没有可能传世。也有一类小说是替天行道的，生逢其时就要为天地立言，这时候的艺术，重在呐喊的穿透力。几十年后，重读这篇小说，思索当年举国皆商，在全民向钱的大潮面前，除了姜天民，还有哪几位曾经有过这种特立独行的思考？姜天民生气对我是一种触动，我没去多想生气这事本身，而是在想自己是不是真的判断有误。所幸终于有了发现，文学与但凡伟大的事物一样，伟大本身就是命定的缺陷。人可以将一朵花绣得完美无瑕，不可能将一座大山修筑得了无破绽。童话都失落了，哪来完美？在早春中独立绽放的花朵，如何可以苛求花蕊无损，花瓣没伤？

几十年前的泪水，到今天还在流。谁又能晓得，当年的远行人如今平安否？尽管远行的姜天民会伤心落泪，会心如刀绞，我必须要说到姜天民的遗孀刘华及爱女若知，在最困难的十年间，这对在武汉举目无亲，无依无靠的母女，仅靠刘华退养的六百元生活费，艰难度日，硬是让若知上完大学，成为一家著名医院的执业医师。这中间，母女俩从未向人说过一句软话，尽管她们明知，在这座城市里还有姜天民生前所信赖的几个朋友。直到某天在一条小街上与刘华偶然相遇，听她淡淡地说些近况才知一切，那种心酸实在难以言表。刘华身体不好，却无力求医问药，便自学中药，用最简单的方法自己给自己当医生。二十多年过去，除了电视机更新了，其余居家用品全都是姜天民去世前的旧物。生活是艰难了，却与姜天民短暂一生的品格相延续。

为了重获被剥夺的爱与写作的权利，姜天民当年只身从苏北逃回故乡。为了寻找被扭曲的爱与写作的自由，姜天民又只身从故乡逃到他乡。为了铸造太贫瘠的爱与写作的高地，姜天民最终无法不选择先行天国，这一次他不再孤独，因为他的品格感动许多人。

姜天民匆匆离世，中国文学新进中少了一员大将。姜天民的文学生涯只有短短十年，其探索与创造，对于文学宏观的启迪意义是十分明显的。从先期的《第九个售货亭》，到后期的《失落在小镇上的童话》，不算汪洋恣肆的《白门楼印象》系列，仅此两篇短篇小说，就胜过一些人的洋洋百万言。

此生此界，有人在社交平台上活得很光鲜，口碑却如鼻屎。

又有人身前身后只有一把不到关键处不知其作用的风骨，偶然受人提及，顿时满场崇敬。

为人一生，为文一世，姜天民都可以成为风范。姜天民不去追逐名利高处的奢华，在尘土飞扬的社会生活中用破旧藤椅般的文脉，以及匕首一样的风骨，打造人的世界里至关重要的灵魂底线。

112

作家都应该有些反思，而不单单是炒作一些无聊的东西，时下很多人越来越回避这些问题。确切地说，时下写作者缺乏的是骨气。面对时代，作家应该更清醒。很遗憾，越来越多的人只关心细节的技术性，而不是运用细节为自身建构良好的视野，这正是当代文学的莫大欠缺。《弥天》里写到倪老师因“反动言论”而被捕时，大家感兴趣的是戴在倪老师手上的手铐，是不是不锈钢的，因为没有见过，都争着看不锈钢是什么样的，看到了就发出“啊啊”的惊叹。同此道理，如果我们在历史行进中，只注意一些枝节问题，比如此种写作技巧是否完美，算不算独特，而漠视这类细节背后的深意，那就太悲哀了。

113

我们这一代，早期是因为对生存现状不满足而写作。

现在的年轻一代往往是为了炫耀而写作：我具备这样的才华，我可以让你见识一下。这种样子很可爱，敢说，敢做，非常具有挑战性。当然，他们这一代人的通病，因为有才华，而忽视创作的重要，看不见文学之重，反而将操作当成最重要手段。

114

对于作家来说，也许以前的时代更好。

曹雪芹的时代，完全是写自己个人的想法，只忠实于艺术本身。

如今写作者往往被外部社会非常快捷的信息所左右，这些快捷的信息常常惊人的一致，不只影响一个人，而是影响一批人，甚至是一代人。比如“非典”一来，《鼠疫》《霍乱时期的爱情》就像疯狂一样流行起来，一些年轻的快手三五天就写出了如何对抗“非典”作品。人工智能刚刚出现，便一边说文学将要死在人工智能怀里，一边追着旋风去写人工智能。这些年轻人的才华可能已经到了不可抑制的状态，不“操作”一下就难受。

我佩服有才华的人。但是，文学除了才华还需要别的东西，还有很多。

况且真正的才华是经不起几回“操作”的。

写作的过程是一个慢慢塑造自我的过程。人除了满足自我的欲望外，还有更高的要求，希望自己更伟大，希望自己更完美。写作也是如此。全世界都一样，才子型的作家总是少数，少数才子型作家也难得走出更远。真正靠得住的作家，多数是实力型，靠的是厚积薄发。

115

长篇小说写作的主力，大多是我们这个年龄段的人，从二十世纪八十年代开始积累文学经验，二十一世纪初正是出作品的时候。所以这很正常。

长篇小说写作是对作家资质的全面考验，过了这一关，就会到达一种全新境界。不长不重就不能称其为长篇小说！所谓小长篇只不过是出版业为了牟取暴利，不惜在青少年中揠苗助长而炮制的谎言。长篇就是长篇，何来的小？正如人就是人，硬要放着正人君子不做，变身为小人，终将会遭到普遍唾弃。正如快餐文化盛行，并不能影响百万字的《圣天门口》脱颖而出。也是因为这样的特立独行，才可以让人借《圣天门口》之势，汪洋肆意地表达对长篇小说必须是优雅与高贵的认知。

人有人品，文有文格。“长”与“重”，是长篇小说安身立命的根本，长度代表外在标准，厚重则是内在品质。长篇小说是有生命的，有一套在文学史与文学现场中自给自足的体系，就像世外桃源和沙漠绿洲，不依附时世而生存。

116

进入长篇小说写作领域的人，需要达到较高的修养境界。这样想来，就会发现，世上各类事物，形而上也好，形而下也好，一直被我们用艰难系数分解得清清楚楚。无法例外的写作，将长篇小说当成人所景仰的青藏高原。那样的海拔，那样的敬畏，完全由不得我们。即便是我等资深与熟练的写作者，一旦失去敬畏，生命在小说中延续的过程就会事实终止。我曾经一而再，再而三地重写开头，不惜先后废弃足以构成一部时下热门的所谓小长篇的近二十万字。这种潜意识表达，足以证实我对小说高原的深深敬畏。

有些人喜欢苏州园林，也不失为过一辈子。有些人向往大山大海大漠，不如此就不甘心。不同趣味的文学也是有分野的。《圣天门口》从出版到现在，已经过去多年了。过去长达六年时间的写作，积累下来的肉体苦辛在很长时间仍不见消失，健康透支或许也无法得到彻底补偿。但我一点也不后悔，因为，这是一部可以让我托付自己灵魂的作品。这一点，也是我相信长篇小说是有生命的原因。

文学的灵魂是感恩，是人对生命的感恩，也是人对生存的感恩。

117

一部好小说，理所当然是那个时代民间的心灵史。做到这一点，才是有灵魂的作家。我写《圣天门口》，是要给后来者一条指向历史心灵的通途。有些评论家认为，《圣天门口》的阅读快感就像当年读到陈忠实的《白鹿原》。在这一点上我与老陈的心一定是相通的。我们这些用汉语作为母语的人，面对母体民族写作，应该有天定的义务与责任：拷问灵魂，指正精神，任何文化的东西，如不站在这样的立场上，就会蜕变成把玩，或者是那种大俗若雅的私人炫耀。《圣天门口》与其他作品的差异，就在于它是从血脉中流出来的。至于从血脉中流出来，是否就是汉民族的心灵史，我不敢妄自称是。我是试图往这方面发展，并且非常尽心尽力。

第六章　小说是写给自己的锦书

118

刘颋说过这么一段话："阅读刘醒龙的作品，接触刘醒龙本人，让我产生了这样一种感触：刘醒龙是个被误读了的作家。他的作品，有着太多的当下的现实元素纠缠在里面，因而他本质的文学追求屡被湮没在其中；他的为人，富有激情而且率性，就像他的博客上不停眨动的眼睛，充满了年轻的活力，让人忽略了他的沉静和对人生、对社会的温暖的体贴。一个仍然执着于自己理想的文学老男人，这是他给自己的画像。我以为，除了那个老字，别的很是贴切。"

在中国文学界我虽然不是孤家寡人，能称得上朋友的少之又少。二十多年中，我换过不少手机，但从没有换过手机号，即使如此，一个星期里，手机也难得响几次。而且，一般情况下，只要手机铃声一响，甚至都不用去看来电显示，就能预感来电话的人是谁。

现在不是有个说法吗？什么叫朋友，那得一起下过乡，一起扛过枪。这些经历我都没有。如果说边缘化，我真是一个边缘化的人。大家怎么看我的写作，那是别人的事，但是我的经历里边确实和大家不同。我在乡村长大，但从来不觉得自己是个乡下人，因为我父亲是区委书记、区长。可是我一到县城，就成了乡下人。我既不是完全的文化人，也不是完全的农民，显然，我也不是一个城里人。小时候，与乡下伙伴一起玩，没事大家相安无事，只要有点矛盾，那些乡下伙伴就会集结起来共同对付我。轮到与城里的孩子一起玩时，情况也是如此，一言不合，大家便邀到一起来欺负我。这就是我的特殊背景。像我这个年龄、这样经历和身份是很少的。我从来不属于某个群体。所以我现在和人谈话，还是老和人家发生冲突，因为我们的话语背景不一样。从我的作品也可以看出来我不是一个矛盾体，然而，只要回归日常生活，许许多多的矛盾就会扑面而来。这就像我看我的父亲，我看到的更多的是他善良勤恳和艰难的一面，而别人看到的只是一个乡村干部，和其他乡村干部没什么区别。我家一共八口人，虽然生活在农村，我们的一切生活必需品完全依靠计划供应，供应簿上没有的东西，再怎么想也不可能得到。别的孩子很羡慕所谓干部家庭时，我反而在羡慕农民有田有粮的生活。

我走过了当时国家用工体制的每一个环节。计划内的临时工、集体制工人、聘用制干部、全民所有制合同工人和正式干部等，我都经历过。我做计划内的临时工是进的一个手工业者聚集的合作社性质的工厂。打铁的、补锅的、修板车的、做小生意的都有，绝大多数是半文盲。我们那一批三十个高中生进厂，一下子改变了工厂的面貌。然而，当我进入到文坛后，身份却一成不变。

我老是说自己是一个很笨的人。有人说，看我这个模样一定很

“精”，实际上我真的很笨。很多时候我反应不过来，尤其是遇见突发事件的时候往往是束手无策，不知道怎么办才好。无论是武汉大学的作家班和插班生班，还是中国作家协会的文讲所和鲁迅文学院，从来都没有给我入门的机会。不是我不想去，有时候我也会打听，不过一听到人家说这不行，那也不行后，自己就不愿意再做什么了。当初，在黄冈地区群众艺术馆时，我特别想湖北省作家协会能给我一个机会，哪怕调到杂志社当编辑也行。人家只说一句，我们不缺人，自己就知难而退，再也找不出继续与人家沟通的话语来。我也是一个特别较真的人。一个富有幽默感的人，遇见棘手事情的时候，会以幽默来化解。我不行，碰见难题我只会去想，这个问题该怎么解决啊？这就是笨人。

一九九二年，《村支书》《凤凰琴》和《秋风醉了》的出现，上上下下所受到的重视，让那一年被评论界称之为“刘醒龙年”，这种戏称，在八十年代经常出现，比如“莫言年”“苏童年”“余华年”“迟子建年”等等。进入九十年代后，这是较正式的一次，之后虽然有说“毕飞宇年”的，音量并不太大。也是由于《凤凰琴》的发表，我被当作人才由黄冈地区群众艺术馆破例引进到武汉市文联成为专业作家。之后几年，因为《凤凰琴》效应，往返北京的时间很多。那一次，到北京参加中国文联的一个座谈会后，我到《青年文学》编辑部小坐，然后在东四十二条那家名叫川鲁餐馆的小酒店里喝点小酒。其间，李师东郑重地对我说了再明白不过的话，不仅要我拉开与一些同行的距离，还要拉开与某些官员的距离。在文坛，李师东是我最早的好友。在他身上，从来见不到本该有的责任编辑印象，说什么话都像是朋友之间的交心谈心。李师东说这番话时，有点前所未有的沉重。我当然能理解他对我的理解。那时，其实我正是如此做的。在中国文联座谈会安排的午餐上，主办方特让我与某领导坐在一起，从头到尾我没有主动说一句话。当时的感觉主要是认为说不到一块去。直到现在我还是这样，凡是与文学不沾边的人，不管是领导，还是老板，万不得已必须应酬时，自己都不想多说一句话。李师东的话从外部给了我一种支撑。话说回来，这其实也是一种笨拙。

119

从黄州到英山再回到黄州，之后定居武汉。在武汉的这些日子里，对武汉的感觉，让自己深刻记着的，第一是东湖，第二是东湖，第三还是东湖。我看重东湖浩大，基本上没有被弄得不伦不类，还有几分天生丽质。

文学创作一定要有身临其境的现场感，如果连自己都只能看到一些虚幻的东西，就不要企图别人能从作品中读到真实。春回大地，万物花开，开得越早的凋零得越快，反而是来得晚一些的绿色，能经受酷夏与寒秋。所以，那些“敢为人先”的花朵，仅仅抢先绽放还不行，还要有“追求卓越”的长效机制。

二〇一五年九月一日，参加“武汉市两江四岸景观规划专家听证会”。有人说武汉要少建高楼。说这话就是不在现场，所以我马上回应说，别的城市怕高楼，武汉这座城市却不怕，武汉用大江大湖作胸怀，楼越高越能展现城市气质。同样，那种小气的文学行为也有损武汉的城市气质。武汉这座城市天生一种“赢得起，也输得起”

的大气象，不会因为赢了而任性，也不会因为输了而落魄。武汉三镇文化性格的不同，能为每一种人生准备着每一种现场。

120

二〇一六年，武汉出版社办三十年社庆，邀请我写点与他们相关的文字。

这得从中篇小说《凤凰琴》说起。如果没有这篇小说，自己可能与武汉没有太大关系。作为地域性很强、并且较少出版小说作品的城市出版社，很难想象会有什么需要特别写上一笔的重要事情，与这座城市之外某个作家产生特别的相关。

一九九四年元月我由黄冈调入武汉。办手续时，只知道自己是作为人才引进，诸多关卡都为我开辟了绿色通道。普通的调动，单单人事手续来来回回拖上两三年都很正常。轮到我时，且不说一切障碍都没有，连市人事局大门开在什么地方自己都不晓得，抢在春节之前的最后几个工作日，就来武汉市文联报到，成了专业作家。最初的一段时间里，自己一直在忙于收拾心情，以适应这座城市。那时，天下人都认可一种说法：武汉虽然大，但也就是几十座县城拼在一起而已。但从两三座县城拼成的黄州来到武汉，起码要学会住几年办公室。虽然我一到武汉，有关方面就按人才引进规定，在竹叶山小区三期分配了一套两屋一厅的房子，我却没有要，宁可住在办公室。因为在报到时，我说过，不要房子。如果我要了这套房子，在一房难求的九十年代，只怕会惹火烧身，宁肯日常生活艰难一些，以保证心性安宁。

正因为住在办公室，有太多时间与人闲聊，才知自己作为人才引进武汉，得益于《凤凰琴》。后来，与武汉各方面的人熟识了，了解到时至今日仍被大家亲切称为宪生部长的李宪生，对武汉的文艺事业有着特别的见地，包括武汉出版社在几个关节点上的决断，都是非常关键。《凤凰琴》本是在黄冈写作和发表的，来武汉后，赶上评市级文学奖，因为正在评奖时间范围，虽然少不了非议，最终还是得到了表彰。这也是作为小说的《凤凰琴》的一种魅力吧。

我在武汉扎下根来不久，武汉出版社来人找我商谈出书事宜。那时，我的第一部长篇小说《威风凛凛》刚刚签给了作家出版社。手头上暂时没有长篇写作计划。能与武汉出版社合作的只能是小说集。说起来很简单，小说集就小说集，没过多久，我们就将相关合同签了下来。本来说是《凤凰琴》，由于我的坚持，在那份合同上变成了《白菜萝卜》。

整个九十年代，我的个人生活一直处在被催促的状态。国内的文学杂志就有几十家，家家都在约写中短篇小说，自己写作最高峰的时候，一年下来也只能写三五部中篇小说。答应人家的，对方留着版面等米下锅。还没有答应的，人家便不停地打电话，发电报，写信来，还有登门拜访和邀请参加其相关活动的。一九九四年的情况更是特别，自己刚从黄冈调入武汉，这调动之事本身就在当地产生各种各样的反响。这些反响形成一种非常奇特的压力，反过来又在自己这里形成一种强劲的动力。我在武汉市文联办公楼内安身立命的那间屋子，正对着三楼楼梯口，窗外就是建设大道与解放公园路的交叉路口，临街整个外墙都装上了蓝色玻璃幕墙，那窗户根本打不开。作为写作间和宿舍，想要透点气，只能将靠楼梯的门打开。

所以，任谁来找，几乎是一找一个准，连回避的机会都没有。

中篇小说《白菜萝卜》正在这样的环境中写出来的。作品中写了兄弟二人离开家乡，到黄州城内卖菜的种种情形。发表后获第六届《小说月报》百花奖和原发杂志的《江南》文学奖。因为这是来武汉后写的一部重要作品，在编小说集时，自然作了首选。不曾料到，接下来就有问题了，其中最令我不能接受的是，相关人员非要我将已经发表过的，包括《凤凰琴》在内的几篇小说都做些修改。结果，这份合同就变成一张废纸，一直放在抽屉里。

多年之后的日常社会中出现双赢这个词，理解起来，无非就像武汉的热干面，离不开痴迷它的武汉食客。也即是恋爱中的男女，分明会意于玫瑰，断断不可用桃花来替代。现在想来，年轻时争来斗去，颇似为了某种真理。不像六十来岁的男女，在那里闹得不可开交，往往只是为了面子。

人间之事，无论做什么，面对本土时，总会平添一份复杂。与武汉出版社签的第二份出版合同自己这里倒没什么，只是别的人在一旁因为《武汉作家文丛》而无端地不高兴，人前人后说了些不中听的话。我自是不担心，反而是诗人们更担心，唯恐这套文丛就此黄了，他们的诗集也就出版不成了。当然，如果有了一九九五年武汉出版社出版的《凤凰琴》，也就不会有二〇〇五年武汉出版社出版的《凤凰琴》。还是那句话，凡事皆有定数，四大皆空如是，皆大欢喜也如是。当年来到武汉之前就被武汉用《凤凰琴》定了调的，也是一种定数。

这些年，以《凤凰琴》作书名的书，我自己选的就有十余种，出版社做的选本有多少，没有统计过。

121

在生活中，我性子往往比较率直，有话就想当面说清楚。但在文学中恰好相反。特别是面对诸如《分享艰难》这类问题时，我自己都不明白，为何能够如此沉得住气。一九九七年，参加公安部《啄木鸟》杂志的一个活动时，从石家庄到达西柏坡时，同行的张平忽然发现，其夫人正好在旁边也是来此参观的人群之中。一时间，张平像初恋情人约会时被熟人发现一样，山西大汉害羞起来格外可爱。这次活动中，只要有机会，张平就不断地找我说话，要我出来挑头，对那些针对《分享艰难》以及“现实主义冲击波”等一批作品的批评做出回应。张平还说了些夸张的话，说大家都是从《凤凰琴》学来的，你不作声，大家就不好说话，只有你开口说话，我们才好跟在后面反击冲锋。在评论界开列的“冲击波”名单中，张平的写作是最本色的。那一年在重庆的一个座谈会上，他发言说到激动处忍不住泪流满脸。那几年，他家门口和他任职的山西省文联门口，常年聚着从全省各地专程来找他倾诉的普通人，俨然将他待的地方当成山西省“第二信访办”。张平以一篇《姐姐》获一九八四年全国优秀短篇小说奖时，我的小说处女作才刚刚发表。张平这样表述自己的想法，也是因为他与我一样，凡事能低调的就尽量不出头。所以，我能回答的也只有几个字：他们爱怎么说就怎么说去吧！

这些年，当面背后类似说话的人不少，这也是我最遗憾的，许多人其实不懂得《凤凰琴》。听人谈《凤凰琴》时，我只要使出一招，就能判断其是不是真的读懂了。我会对这样的人反问，是否记得小说中，省报记者王主任这个人物？可以这么说，凡是被问过的人，无人能正确作答。可以说，没有读出省报记者王主任的都不是李逵，至于是不是李鬼，还要另说。关于省报记者王主任有一段细节，是写王主任主动提及，自己回报社后，一定要将界岭小学的事写成文章，发表在省报的头版头条上。没过多久，报纸出来了，王主任的文章果然刊载在头版，但不是头条，头条是“大力发展养猪事业”。因为如此，我最怕有人当面谈《凤凰琴》，谈“现实主义”，这些人要么只知“现实”，不了解“主义”，要么只追求“主义”全然不顾“现实”。真正称得上现实主义的作品并不多。一个人有没有对现实功利的不屑与反叛，有没有对现实的自由视野，有没有对现实的个性梦想，有没有对现实的人文关怀，决定着他的现实主义身份真伪。文坛上对所谓现实主义的文学的评价也是似是而非，而我又不喜欢用檄文发起论争，只能仰仗一部部小说，来说自己想说的，做自己想做的。

要说真的不明白，那也不是。其中原因，也有我对某些被评论绑架到一起的人和作品，本身就持有的强烈保留，而不愿意将自己与其搅和得像是混世魔王。一九九七年元月十八日，由《文艺争鸣》张未民、北京大学张颐武、《人民文学》李敬泽、中宣部文艺局刘新风等人发起，在北京举行的一个聚会，参加的作家还有何申、关仁山、张梅、李肇正等作家，还有长春电视台的相关人员。大家在一起策划如何将这一批作品推出去，形成一股不叫“现实主义冲击波”的新潮流。聚会上，大家意见非常不一致，对张颐武提出来的“社区文学”概念也几无附和。自己则在那时，提出当下世相中，要注意文学中出现的“公民意识”，意指当国家与民族出现巨大困难时，所有人，当然也包括文学中人，应当自觉承担起责任。我的这个观点，当时也没有引起大家的附和。差不多二十年后，韩少功提起类似话题，还算略有传播，很快也不了了之。可见让人承担其不愿承担之责是比登天还要难的事情。

这样的沉默，依然得幸李师东的提醒。一九九二年《村支书》《凤凰琴》一批作品发表后，开始经常应邀到北京。李师东在北京时间长，了解哪里水深，哪里水浅。我印象最深的有两件事，一件事是《青年文学》在刚刚建成、还没有正式开业的中华文学基金会属下的文采阁举办“刘醒龙中篇小说《村支书》《凤凰琴》研讨会”时，请了不少人，其中一位既不回复，也就更不会来了。李师东当时说了一句：“要不了几年，他就会请你去他家。”果真才几年时间，对方就请我去他家小院做客。再有一件事是，与我同在一家刊上发表处女作的一位同行，李师东要我千万别相信他仿佛什么都不知道的那些表情，其实他什么都知道，只是装得比真的不知道还像。李师东是湖北洪湖人，湖水边出生的人与江水边出生的人，为人清澈，在性格上很是相似。从第一次见面起，这么多年一直惺惺相惜，重要原因是我们都像水一样，可以幽深，可以清澈，可以惊涛拍岸，可以明静如镜，就是不可以装神弄鬼。

相交许多年，每逢有事不明，就会与之沟通，听他的意见。一九九六年春天针对《分享艰难》的炮火还没有纷飞，反而是赞颂之词占据各媒体版面时，李师东特地打电话给我，要我小心，别与某些人搅和在一起，说我的小说与他们的小说完全是两码事。李师东的提醒与周介人私下与我说的话，不只是意思，连用词都是一模一样。我的中篇小说里最主要的作品差不多全都刊载在《青年文学》

和《上海文学》上，从主编到责编，对我的了解十分全面，自己与这两家刊物的情感也是最重的。换了别人，他们也是不会如此说话的。本来我就觉得自己只是一个写作者，所思所想，只需用作品说出来就行，犯不着非要像李逵那样自己跳将出来，大吼一声“黑旋风在此”。有人善意提醒，自然能让自己更加沉住气。说到底，当年自己从不出头说一句话，也是因为从心底觉得自己的写作与他人不是一回事。在那段时间里，唯一写过一篇文章《莫当长江是黄河》，《上海文学》发表时，周介人老师亲自改名为《现实主义与“现时主义”》。为此他还致信给我，这样做了是保护我，避免有朋友对号入座，文坛之中最不可取的是莫名其妙地树敌。大约是因为这样的改动，这篇文章的本意才被忽视，或者说是没有人读懂。如果当年那些著文批评《分享艰难》的人，明白了为何我要说长江是长江，黄河是黄河，而不是大喊，“长江长江，我是黄河”，或许就不会有那些文字了。当然，也有可能他们分明懂了，只是需要某种借口，发泄他们心中怒火中烧与怨气冲天的情绪。

抛开如陈思和后来所说对我作品的误读，单单就当年那些火辣辣的文章来看，有许多观点，在我这里并没有分歧。即便是在我的家庭里，那些本不该由普遍人承担的艰难也不得不无可奈何地进行“分享”。所以，我能够理解，不少资深学者也禁不住跟随大家说过的那些杀气腾腾的话。时世那样艰难，偏偏还有人说“分享”，于日常生活之人，是断断不可接受的。进入到文学中，分享与否，则是对艰难时世的通俗演义或经典书写的重大分野。二〇〇一年，时任《当代》副主编的洪清波（笔名：洪水）写了一篇文章《发展的代价》，率先直言，包括他自己在内，当初对《分享艰难》的批评是犯了盲人摸象的错误。能如此写出当代文学的独特案例，应当有着特殊的文学意义。之所以会有这类事情发生，关键问题不是文学视野不够，也不是文学情怀的偏颇，而是如何将大的文学视野，进行正确聚焦。实际上，发生在九十年代的这场重要的文学论争，若有偏差，那也是太多运用散点透视方法，看牡丹不在洛阳，赏荷花跑去敦煌，那种拆东墙补西墙的做法，注定要辜负作家作品中的良苦用心。

二〇一八年四月一日，《文艺报》约我为前一天去世的雷达先生写点纪念文字，本来自陈忠实去世后，自己就不想再写诸如此类的文字。因为是雷达，自己马上写了一段文字：得知雷达先生走了，正好路过一片樱花树林，漫天飞花，遍地落红，这个春天，好人就这么一个接一个地走了，让人格外难过！与雷达先生那种庸常意义上的交往并不多，甚至从没有过一场单独的交谈。但一直认为雷达先生是非常懂我的。在他那皇皇巨著中，时有评论拙作的文字，其中《暮时课诵》的谈及，虽然只是一小段，足以引为知心。时至今日，这部中篇仍是我最偏爱的，雷达先生那时还无缘相见，其文字却如同相知很久了，三言两语便抵达作者心扉……

雷达先生在评论《暮时课诵》时，特意提到小说中的一个细节——

……吃完电烤饼，爱红和海鸥都将手帕伸到小柳面前。小柳一愣，然后用海鸥的手帕擦右手，用爱红的手帕擦左手，并说："我这样做很公平吧？"海鸥说："貌似公平。可左手离心近，右手离心远。"小柳说："你可错了，我是异心位，心长在右边。不信你摸摸。”海鸥说：“你让爱红摸吧！”说着，一抬腿，骑上车子走了……

雷达先生大约是因为这个细节而喜欢上这篇小说的。从各种角度评论《分享艰难》的文字与文章实在太多了，这些文字与文章往往只简单，甚至粗暴地将《分享艰难》与他们想当然认为是一类的作品摆在一起说事，从未见过有人像雷达那样从细节入手来讨论这部小说。比如，孔太平的表妹被洪塔山强暴了，孔太平的舅舅最终无奈提出放过洪塔山，表面上出于对西河镇财政窘境理解，实际上是为了女儿的名节与名声。这种考虑，这种书写，几乎就是中国文化的绝对典型。在九十年代以前，很少有家庭会将这类如今被称为“性侵”或者“性骚扰”的“丑事”闹得沸沸扬扬。反而是某篇总是被摆在一起作为“冲击波”举证的小说，一个陷入困境的工厂，好不容易弄到一点钱，正要给工人发工资，没想到一个准备来投资的外商，因为嫖妓被警察抓起来，工人们深明大义，宁可暂时不领拖欠很久的工资，而让厂长拿上这笔钱去派出所交罚款，将那名境外来的投资商保出来。这种明显缺乏文化心理基础的虚构，不可能发生在现实中，本不应当与孔太平的舅舅的举动混为一谈的。

122

一九九七年七月二十日，在大连机场经历了一场空难。逃过劫难，回到武汉，一个人待在办公楼内的宿舍里，有一阵，人显得特别恍惚。终于镇静下来，我信手写了一篇《活着真好》：

一九九七年七月二十日早上五点半，河北作家何申与叫醒电话几乎同时将我从大连市棒槌岛宾馆417房间的席梦思上叫醒。匆匆忙忙起了床，拎起头天晚上就已收拾好的行李，便往楼下赶。宾馆门前的一辆小面包车里塞满了来自全国各地的十一位作家，大家都是参加了中国作协举办的全国中年作家创作座谈会后，急着往家里赶。车里坐着作家出版社社长张胜友以及叶文玲、赵玫、韩静霆、杨东明、张平与何申等。我上车时，大家都说只等我一个人。我在这个会议上备受关注的原因是大家都不承认我是中年，说我是混入中年作家队伍，这也是本次作家大聚会时一个总让人提起的笑话。在大家的善意取笑中，谁也没有意识到一种前所未有的危险正在悄然接近我。

我是十四日下午从武汉王家墩机场飞到大连的。那天，武汉刚被今年夏天的第一场暴雨“洗劫”过，即将拆迁的候机楼前水深近半米，送我到机场的司机小刘开着伏尔加轿车就像驾着一艘小艇在水面上漂移。这之前我在航空售票处买的一张返程票竟被弄错，按照那张机票的规定，人在大连的我，将要在七月二十号再次飞往大连，幸亏在约定接机时间时，司机小刘奇怪航班抵达太早，细看之下有所发现才及时改正过来。事后想起来，这是不是上天在作某种暗示，否则怎么会出现如此低级的错误！在大连的几天里，我和河南作家杨东明只要一有空就下海游泳。杨东明因此在会上发言时说，他和我在海滩上换游泳裤时也在谈着文学。惹得一向作风严谨态度肃穆的中国作家协会党组书记翟泰丰都忍俊不禁地笑了起来。总而言之，这几天过得很轻松愉快，先前的那么一点预兆，根本引不起我的警惕。

据说大连三个月没下透雨了，但十九日晚下了一场大暴雨。从棒槌岛到大连机场的路面全是水汪汪的。盼雨盼了一百天的大连人在道路两旁的雨丝中行走，脸上尽是高兴的模样。

赶早班车的人中，除了我以外，别的人都去北京。去北京的航班本来是八点钟起飞，而经武汉至深圳的六三三一航班是八点十分起飞，我正和张平说着话，广播里忽然传出声音，让六三三一航班的乘客马上登机。当时我有几分快意地对张平说，自己先走了。

我的登机牌上标示的座号是十九排A座，飞机是麦道型，机号是二一三六。找准位置坐下后，一扫眼发现自己的额头前正是紧急出口的拉手，心里下意识地想了一下什么。接着又发现地毯上有一根约八十厘米长的硬塑镶条胡乱躺着，我本来打算告诉空姐，但《北方航空报》一百四十五期上一篇题为《小姑娘，你平安到家了吗》的文章吸引了我。在我有些伤感的阅读中，飞机启动了，很快便加速到风驰电掣般。就在飞机正要拉起的那一刻，机身被猛地刹了一下，飞机和我们凶狠地抽搐起来，放在脚边的皮包一下子不知飞到什么地方去了。飞机仍在滑行，跑道两旁的景物飞快向后退去，机身又抽搐了几下，在剧烈的颠簸中，不知何时机舱陷入一片黑暗。此时此刻跑道不见了，舷窗外是丛生的野草和越来越近的围墙和矮房。也许是在巨大的恐慌中，也许是在无边无际的茫然中，半秒钟之前还在癫狂的飞机突然不动了。机舱内出现一阵极短的死寂般的沉静，随着一个女人尖锐地惊叫，整个飞机迅速爆发出比癫狂更令人不可思议的惊天动地的伴着哭嚎的骚乱。大家纷纷站起来后，有人大叫了一声说别慌要听空姐指挥。随后的等待仿佛非常漫长，实际上也就一到两秒钟。没有任何暗示，也没有任何提醒，在某个瞬间，我突然伸手一拉紧急出口的门把手，一扇门便轻轻松松地倒进我的怀里，我没有任何别的想法，凭着本能不顾一切地从出现在眼前的这道亡命之门中钻出去，先跳到机翼上，接着又跳到地上，双脚一沾地便开始往草地深处狂奔！在我身后人们纷纷地跟着猛跑。也不知跑出多远，我才回头看了看：巨大的起落架飞出几十米，坠落在草丛与泥水中，脚边到处洒落了不知是什么的金属零件。我们是从左边机翼上逃出来的，这时我们还不知道右边机翼已断成两截，航空汽油像泉水一样往外喷。一个女孩面色苍白地跑上前来不断地重复着问我：怎么会是这样？怎么会是这样？见女人慌得不成样子，我反而有些镇静了，伸出手将她伸过来的小手紧紧握了一阵，说不要紧了！我只说了这么一句话，女孩紧随我在水中走了很长一段路，才站到跑道上。

天上还在下着雨，远远地看见机组人员和乘务人员从倾斜在草地中的机身旁最后离开，让人心惊肉跳的大火与爆炸没有发生。大约过了十几分钟，红色的消防车和白色的工程车才驶过。我看见工程车上坐着的几个人还在若无其事地嬉笑。一位空姐走近我们，用颤抖的声音请我们站到一起去，有几个乘客愤怒地围上冲着她叫骂。空姐脸上似有泪痕，她哆嗦着嘴唇极其委屈地用目光看着大家。我忍不住上前去要大家别骂，有更多的人异口同声地说，她们也是受难者，而且还是最后离开的。骂的人不作声了。我站在跑道边：望着几乎没入草丛中的飞机总不敢相信这是真的。

客车将我们送回候机厅，何申第一个望见，问我怎么又回来了？叶文玲也冲着我站起来，而我几乎是扑过去，紧紧拥抱着他们，并大声说，活着多么好，活着真好！他们尚不知已发生空难，听我说后，张胜友马上要了咖啡给我压惊。大家纷纷围过来，将我按在板凳上坐下。赵玫又说谁叫你混进中年，并问我到底多大年纪。我说自己一岁还不到。的确，就在这么短的时间里，我像是再生了一般。

机场内许许多多的候机人还不知道刚刚发生的一切，但是，一个个神色严峻的地勤人员显然是得到消息了。后来的时间里，我突然想到，如果没有下雨，没有积水，机身摩擦地面的火花，也许早将一切焚为灰烬。如果不是机长技术精良，没让飞机在跑道上倾覆，也没让机头撞上围墙，否则自己此时不知成为何物了。

机场广播开始呼唤六三三一航班的乘客，一大群陌生人在指定地点集中后，一起乘坐机场大巴去到附近的一家宾馆，在客房里发了两个小时的呆，再按照服务员的通知到餐厅里吃午饭。如果有酒，这会是一次日常礼仪中豪华的压惊宴席，一张张餐桌上堆着小山一样的美味佳肴，受邀请参加的宾客却没有一个人有胃口。同是天涯沦落人，大家却没有丁点共同语言，除了偶尔有一两声叹息，再也听不到有人说着什么。与我一样，其实大家都在内心强烈地诉说着恐惧。如果说，回到机场见着熟悉的作家朋友时，还有几分调侃念头，从进到宾馆房间休息与寂寞相处开始，恐惧已不可阻挡地铺天盖地而来。人最难的是与孤独相处。孤独也是最致命的人性弱点。那样的时刻里，无论睁开眼睛，还是闭上眼睛，屋子的每一个角落都有死亡的阴影在飘荡。暂且与我同居一室的一位男子，借了我的爱立信手机给家人打电话，声音很低，有一种重压之下喘不过气来的单调。我也不想听他说着什么，但我分明感觉到那些短促话语的每一个音节都在颤抖。

很庆幸，无所不能的死神不在六三三一航班上，也没有真的与六三三一航班过不去，它只是远远地冲着六三三一航班咳嗽了一声。尽管这就像不戴口罩的晚期结核病患者故意冲着密集人群咳嗽那样令人厌烦，我还是很感谢这来得格外及时的一次人生大考。不过，在我这里因为听见死神不怀好意的笑声就显得不同了，至少会激励我更加高效地珍惜手抓得住、脚踩得着的时光。

下午一点十分，依然是麦道型号飞机，航班号还是六三三一，但机号换成了二一〇五。机舱内那些年轻貌美的空中小姐不见了，在过道上款款走来的全是温柔体贴，一看就是已为人妻母的空中少妇。她们丝毫没有避讳上一架飞机的灾难，善解人意地与每一个想说话的乘客聊着他们想说的话题，在说过我们很幸运之后，还祝我们往后更加幸运！我们乘着飞机在跑道上缓缓滑了圈，从远而近，又从近而远看着那架编为二一三六号的麦道飞机被各类车辆围困着，远远看去极像哪家小孩拆毁了的飞机玩具。这一次我的登机牌上的座位虽然换成了二十排E座，却还是在紧急出口旁边。坐我旁边的中南政法大学的一位大三女生要同我换座位，我欣然同意。飞机再次开始高速滑行，然后一昂机头将陆地向下抛去，当飞行到预定高度，机舱里响起乘务长温柔动人的声音时，一百多名乘客不约而同地鼓起掌来，这是大连机场这一天飞向蓝天的第一架飞机，也是唯一的一架飞机。

既然活着，就要努力地好好活着。

我是一个泛神以及泛信仰主义者，我不相信任何方术，所以我不会空耗脑力去做这样的胡思乱想。但是，这场未得逞的空难让我有过“末日”感。这种“末日”的来而复去与欲走还留，所要达到的目标，是让人们懂得，自己所拥有的肉体，与自己所拥有的才华一样，不过是高风险的生命，需要达成的某个目标的抵押品。

123

曾经在答记者问中透露过，从一九九九年起，自己就放弃了中短篇小说写作，转而专心创作长篇小说。

无论是公开谈及，还是私下倾诉，我都将这种改变归功于一九九七年七月二十日与“末日”擦肩而过。强烈的刺激，强烈的后怕，同样强烈地震慑了我。之前，自己完全沉浸在中短篇小说写作的快意中，那样的写作几乎不存在难度，常常是离约稿时间还差半个月或者一个星期时才动笔，然后像是掐着秒表那样，将成稿的作品准时寄给对方。那场没有得逞的空难，其中奥妙幸好被我体察出来，明白人生苦短且脆弱不堪，稍有变故生命就会万劫不复。想让人生尽可能延长，让生命尽可能强大，需要对人生发起难度更高的挑战。在文学中，比中短篇小说更难达到完美的显然是长篇小说。认识到这一点后，自己便毫不犹豫地作出选择，中短篇小说的芳华总会褪色的，大地一样的长篇小说却是源远流长。

顺便说句大实话，文学之路不在于一个人能跳多高，而在于能走多远。新世纪的青年写作者，大都受过良好的文学训练，才华上都差不多，在文坛上常常以集团军面目出现。这是长处，也是短处。文学创作是极为个性化的，二十世纪五十年代以前的作家，都是特立独行的，各有各的风格，各有各的路数，如果说某某与某某写作上很相似，这两个人只怕会拼老命来证明各自的不同。用“类型”的名义将自己与别人捆绑在一起，有违文学创作规律。作为写作者，要警惕形形色色的出版商挥舞着大额合同的诱惑。那些与铜臭相关的写作，会在一个人的自鸣得意中，自己谋杀自己。

自放弃创作中短篇小说后，随着长篇小说《痛失》《弥天》《圣天门口》的问世，后来的人再谈《分享艰难》时，多数人已能判明迥异。

长篇小说是一座大山，大山深处除了美景，更有孤寂。

二〇〇五年十一月，在北京中纪委招待所召开“《圣天门口》学术研讨会”。研讨会规模不小，开了整整一天，别的人私下里说，开幕时的情形有些吊诡。本来程序上写得很清楚的，中国作家协会党组书记、常务副主席的致辞被临时取消了，代之以参加研讨会的中国作家协会一位副主席的一番有失水准的讲话。在我看来都还算正常。研讨会后的第二天，这位副主席一大早打电话给我，让我用挡待所的座机打他的办公室电话，说了半小时与《圣天门口》有关的话。其中说到“你们黄埔一期的几位”。我知道所谓“黄埔一期”是指“鲁迅文学院一期”，那批学员在中国文坛有着特殊意义。我当即打断他的话，说自己不是“黄埔一期”的，甚至连“黄埔”任何一期都不是。他马上说，这怎么可能，你绝对是的！我只能说，主席呀，你再仔细想一想，那些名单里是不是有我！对方想了想后说，真的，好像真的没有你，这太奇怪了，怎么会没有你呢？多年后，在中国作家协会的一个会议上，我碰到一位曾经任职中国作家协会的一位老书记，他也脱口如此说道。我自己也如此为自己正名一番。最后，他也不无奇怪地望着我说，这怎么可能呢？事实就是如此，不是不可能，而是客观事实。在我这里，则是见惯不怪了。从前，每每只是听到有谁去了鲁迅文学院一期、二期、三期、四期、五期、六期的，从未有人哪怕是征求意见，或者只是询问一下我的意愿。对我来说，仿佛这种事本来就是与我无关。

人活着做一件事，选择孤独与选择当一只孤鸟、一头独角兽，也是要有条件的，除了自己的秉性，还要人家有意无意地成全。

回过头来看，当孤鸟和独角兽的好处，实在太多了。

不要说别的，起码可以少一笔海吃海喝时的花销，对一个完全靠稿费生活的人来说，九十年代，一顿饭吃掉一部中篇小说稿费，说不心疼的只有北方的傻瓜，南方的苕。还有最大好处是可以不受文坛种种流言蜚语的影响。二〇一七年某日，参加在东湖宾馆甲所的一个电视剧研讨会，会后餐叙，一位久未相逢的影视导演刚坐到我身边就直言相告。对方急于说出的那人那事，太狰狞猥琐了。这是我这些年最后悔的一件事，如果那天我哪怕不给朋友面子，也坚决不去参加这个与我不太相干的研讨会，听不到那番话，这类丑闻就会彻底与自己无关。身为作家必须守住万物花开一样的天然底线！若是习惯使用本来只有搞传销的男男女女才喜欢的那一套，与那些江湖骗子相比，就会是五十步笑百步，成了世人常说的，公公莫笑婆婆丑！曾经有人将一向烟酒不沾的谁谁说成是瘾君子。或许在说话的人那里，还以为只要不往杀人放火的份上扯，这类说法仍不失文雅。作家也是人，如果自身免疫力不够强大，一天到晚朝别人泼脏水，迟早会弄脏自己。世界上的毒品，除了人所尽知的海洛因、鸦片、冰毒等可以使人成瘾，开口闭口总是将自己想象出来的对手，说成是天下恶棍的人，也是一种瘾君子。

世上有些事情，无论是不是与自己有关，能不听就可以坚决不听。

有天下午，写作累了，随手打开电视，放松一下脑子。正巧之前看过的电影频道在放映《奔腾年代》，那匹以为是无所不能的赛马，在马场上表现得无精打采。在遇上一匹也在训练的赛马后，所谓无所不能的赛马，才表现出高超的奔腾能力。作家这行，身边有几个超能力的同行，是件很幸福的事情。正如电影所说，在最后冲刺之前，骑手要让那匹马慢下来，看着追上来的另一匹马的眼睛，然后放开那匹马，任它自由奔跑。同行之间，能经常看着对方的眼睛，也是这个道理。不以同行为对手，要以同行为镜子。赛场上好的伙伴能促使自己迸发出更理想的状态。连马都认为自己是最高大的，何况人，何况比普通人显得特别的写作者！一部新作出版，一场比赛结束时的欢呼，胜过一万种蝇营狗苟的妒忌。不与丑陋比谁更丑陋，不与肮脏比谁更肮脏。小时候，听大人说，某某就连吃屎也要赢！每每掩鼻窃笑。世上的俗务，赢不赢永远不是关键，重要的是心眼不能长歪了，脚下的每一步要走得越正越好。一匹马胜过一百名战将，这是电影里的台词。事实也是如此，因为马和人不一样，马没有小心眼，人却免不了时常被小心眼所左右。

我自认为有个好习惯。一般不愉快的事不会让它过夜。首先，家人是我最好的安眠药。这些年来，无论发生什么事，也不会有失眠的情况发生。万一烦心的事没有丢在梦乡里，第二天早起去游泳池晨练时，仍有机会将其一点点地溶解在来来回回不少于一千米的泳道中。再不行，还有最后一招，从泳池里起水后，再来十五分钟桑拿。在那种酷热的小环境里，一切脏不拉几的东西，都为身心所不能容允。

作家都是极为敏感的人。由于敏感，一点点如咳嗽放屁般的小事，都会当成山呼海啸来闹腾，使得文坛人事一直以来从无消停。我的孤独并不等于幽闭，只是那些事关自己和事不关己的东西来得较晚或者很晚。比如前面所列举的，这时候，活生生的事实已经证明那些不雅口水，连笑话都成不了，只配经由便坑和马桶，流入下水道。

124

日常生活中，那些耳熟能详的话听多了，就像一片秋叶从眼前飘过，记得飘落的样子，却记不得叶黄叶枯，更不去想树叶飘飞除了表示秋天来了，万物开始为冬眠做准备了，还有没有其他意义。比如在平凡的岗位上做出不平凡业绩这句话，听了几十年，这两年才觉得这话充其量是貌似真理。想一想，世界上哪一件事情，人生中哪一个段落，不都是由平平常常的事物串联起来的！能飞翔到月球，能下潜到深海的机器们，哪一件不是由普通的平板，普通的线路，普通的螺丝等物件结构而成？能发现宇宙间最微妙粒子的工作，哪一项不是无数次重复那些千篇一律的规定动作后完成的？包括这些年近乎偏执地喜欢上著名青铜重器曾侯乙尊盘，那上面的神奇得直到现今仍无法复制的许许多多的透空蟠虺纹饰，其实是由几种普普通通的线条所组成。

藏着曾侯乙尊盘的博物馆就在家的附近。那些赫赫有名的青铜重器，刚从曾侯乙大墓中挖掘出来就听说过，公开展出之后，隔一阵就有机会进到展室中看上一通。看过也就看过，就像天天要看的长江水色，天天要听的江汉关钟声那样熟视无睹。二〇〇三年夏天，一位年轻的美国女子为翻译我的小说，专程来到武汉，我很自然地带她去看博物馆里的稀世珍宝曾侯乙编钟。这也是人的普遍见识中的一种习惯，听信了连篇累牍的媒体之言，就将编钟当成无上国宝。

当初我去省博物馆，也是摩肩接踵地往曾侯乙编钟跟前挤。从这一次开始变得例外了。一进曾侯乙馆，还没来得去到编钟面前，博物馆的一位工作人员就认出我来，还将自己与某女作家在武汉大学夜大班同学的经历说了一通，以说明自己能在人群中认出我来是有缘有故的。在工作人员的带领之下，我们避开最热闹的人流，走到一处无人问津的展柜前。对方说这才是青铜重器中最珍贵的，是国宝中的国宝，其历史文化价值当在路人皆知的曾侯乙编钟之上。

那一刻，我记住了这名叫曾侯乙尊盘的青铜重器。

不仅记住了，心里还突然冒出一种熟悉的念头。

往后的日子，只要去博物馆，自己就会流连在曾侯乙尊盘四周。三番五次，七弯八绕，那模糊的念头终于被我逮住，随后的结果却是自己被这种名叫灵感的东西所俘获。这有点像爱情，千辛万苦地追求某个心仪的女子，等到抱得美人归时，自己却成了人家终生的俘虏。

在明白自己渴望有一场事关曾侯乙尊盘的写作之后，我开始对曾侯乙尊盘的最新研究成果进行跟踪，同时四处搜寻与青铜重器及其铸造工艺有关的文献资料。与同在曾侯乙大墓中出土的编钟不同，曾侯乙尊盘的独特性，不仅仅在于它的华丽高贵的气质，更在于其令人眼花缭乱，连表面都难以看清，更别说透空蟠虺纹饰内部复杂得难以复制的神奇铸造工艺。在其背后，同样不会缺席的是那些假借历史文化名义的各种丑陋的功利表演。好在青铜重器品质优雅，如此丑恶越多，越是映衬出作为国之重器的当之无愧。

国宝显现，注定会有某种事情伴生。

有一阵，一直为相关青铜重器仿制的一个至关重要的细节无法圆满发愁，须知细节的叙述是小说的核心机密。那天半夜，正要关了电脑休息，身在兰州黄河铁桥上的诗人小说家叶舟，突然发来一首刚刚听得的“花儿”。还未听他说完，便像天赐密钥一样亢奋起来。这首当即就成了长篇小说《蟠虺》中重要节点的“花儿”，令我更加相信，写作者需要不断挑战相对陌生的东西，如此写作更能激发写作者的才情。

小说的有效性还在于与时代生活处在同一现场。

我特别喜欢那段关于翠柳街与黄鹂路、白鹭街和本该对应却没有出现“青天路”的闲笔，精彩的闲笔是小说的半条命脉。还有春花开尽时突然冒出来的带状疱疹，让我在此后的近三个月时间里，不得不像笔下的青铜重器那样赤裸躯体地躲在书房里，用写作来化解疼痛，再用那些尽是痛感的文字，表现最撼动我心的抒情。

这一年是二〇一三年。到了盛夏时节，自己被选去当某电影奖评委，在参评的七十七部影片中，凑巧有一部演义青铜的作品。见到其中荒诞无稽的谬说，我不能不站起来郑重地提请评委们注意。岂料在后来的提名奖投票中，如此将当下功利置于历史真相之上的烂片，竟然获得过半数赞成票。大概是身陷青铜重器的历史品格中不能自拔，在投票现场自己拍案而起，说了一大通气愤的话。那样的气愤其实是小说气场的舒展，是对社会真实中那些披着“大师”的文化外衣，实则干着“窃市”“窃省”乃至“窃国”勾当的奸佞之徒的血性爆发。

文化的本质是风范，文学的道理是风骨。

一个人可以成为风范，但成不了文化，成为文化需要一大批可以代表这个民族的人同样拥有某种风范。一部小说不可以覆盖全部文学，却可以成为文学的风骨。那些普通得不能再普通的蟠虺纹饰，用同样无法再普通的方式铸造成透空样式，就成了千年之后的叹为观止！将数不清的平凡之物，用数不清的平凡姿态，一点点地堆积起来，比如生命中的一分一秒，比如大海中的每一滴水，最终的体现便是奇迹了。不要说人生太普通，也不要企望等到伟大人生突然降临，那些仍然活着的任何一种人事，都应当被看作具备天大的可能。比如我们对曾侯乙尊盘的认知，无论用何种理由拥有她、利用她，都是一种简简单单的原欲和显而易见的原罪，等到灰飞烟灭之际，那些理由就变得不如一粒铜锈，也不如一只沙眼。

关于曾侯乙尊盘的论争，不是小说所能解决的，也不是我想干涉的。为着曾侯乙尊盘的写作只是朝向自殷商以来，在这片大地上越辩越不明白、越活越不爽朗的哲理。曾侯乙尊盘是从哪里来的，其实也是我们是从哪里来的，并且将向哪里去的那个磨人问题的青铜说话。

125

严格说来，二〇一三年元月《蟠虺》动笔之初，算不上是《蟠虺》写作的开始。

真正的开始，是写作进行中，找到“识时务者为俊杰，不识时务者为圣贤”这句话以后。

第一次对曾侯乙尊盘有所了解后，面对难以言说的奇妙心中曾闪过一丝念头，这或许可以写进小说里。真正萌生写作意念是从获“茅盾文学奖”后的纷杂中沉静下来的二〇一二年初。曾经沧海难为水，文学最能使人进入如此境界。文学奖项背后的世俗浊流，会让真正的作家更加忘我地投入到文学沧海之中。作家对世界的认知，有相当部分不需要太劳神费力，文学界本身就是小社会，对文学界认识深了，对社会的认识一定浅不了。

就一个人来说，即使当不了君子，至少不能做小人。

那一阵，几乎是紧挨着几天里，先后听到两件事，一件事是说某人在众目睽睽之下吹捧某位高官，那些话的原意被后来的小说改造为郑雄说新任省长是当代的楚庄王。仅仅如此细节仍进不了我的小说，我一向不去专门为邪恶而耗费文心，也不会用我的文字哪怕只是记录一下邪恶，除非有足以驱逐邪恶的华彩的东西同时出现在我的笔下。苍天自有苍天的公正，如我所愿，接下来就听到人们用敬语谈到华中师范大学前校长章开沅先生，曾不计个人毁誉，挺身而出保护一大批莘莘学子。

《蟠虺》是在写到全书的三分之一处，约十万字时才真正开始的。某天深夜，突然找到“识时务者为俊杰，不识时务者为圣贤”这句话。到这一步我才觉得一直悬着的心终于落到实处，也才体察到这部小说对我的意义所在，甚至是对中国当代文学的意义所在。曾侯乙尊盘上的蟠虺纹是表示毒蛇，还是展现小龙，正可以看作是每个人心境的一种浮现。只有不识时务者才像小说的最后一句话所说，与时光歃血会盟！

126

二〇一〇年下半年，我一直在闹牙疼，从天气变冷时开始。牙齿娇嫩得哪怕只是吸入一口冷空气，也会让人疼得面部僵直，做不出任何动作与表情。武汉市最好的口腔医生也把它没办法，对于这种学术上称为过敏性牙疼的疾痛，唯一的办法就是将好好的牙齿钻开一个洞，用药物将牙神经杀死。因为牙疼，我错过了不少美食。不过，这种望美食而兴叹，让我想到了一些本该想到，却一直没有想到的问题。年轻时，对牙科医生爱护牙齿的劝告总是置若罔闻，将分明就在眼前的老人们咀嚼上的困难，当成一个与已无关的笑话。事到如今才发现，拥有一副好牙齿，是天下一切美食的关键。

人都是这样，越年幼年轻，越是喜欢想象一些超人甚至是非人的情景。之后成熟了，成年了，反而向人的最基本的能力回归。这问题大概是因为先前给我们提供营养的饭菜，好吃和不好吃，都是母亲做的。我们在自立成人之前完成全部教育所花的钱，是多是少，都是父亲挣来的。等到后来，这一切全部需要自己动手才能获得时，对人的体会才变得完整和真切。

牙齿是美食的关键，或者说是美食的宿命。

文学的关键是什么？文学的宿命又是什么？

伟大的思想、深刻的思考、新潮的思索，如果不能与文本紧密结合，成为文本不可分的成分，就不要轻易地称之为文学。

这一年的初夏，与诗人叶文福及夫人在武汉有过短暂的相聚，我告诉他五月九日的《长江日报》上，有记者为他写的专访，首次公开提及，当年因为那首抒情诗《将军不能这样做》，曾有二十一位将军联名写信给中共中央，要求枪毙他。当时他因一些事情而肝火正旺，听到这消息时，起初不相信是真的。后来见到报纸了，马上心情大好，说这是新闻界头一回公开报道此事。

诗人被关进去后，比诗人小二十一岁，在诗人最困难的时候毅然嫁给他的爱妻王粒儿，于一九九〇年六月六日写下一首《绝唱》：

（一九八九年六月到一九九一年十二月，我和我的爱人，经历了五百六十二天生死两茫茫的日子。爱人进了关押死刑犯的囚牢。我们的孩子才出生两个月。白天，父母日渐憔悴的面庞，日益增多的白发和同样与日俱增的慈爱，和怀中的孩子，让我不敢流泪。到了夜静人眠时刻，我才听见我魂魄的呼唤，我才听见我的魂魄的绝唱——那才是我生命的真实，那才是我对自己的爱情最崇高的理解。）泪海已枯竭 / 裸露了狰狞的陆沉 / 夜的谷底你如风袭我 // 今夜我要点燃十指 / 为你照亮 / 今夜我要将长发长成古藤 / 触须搜索如墨的夜 / 我该怎样泣血如路 / 指引你攀援而来 // 今夜无论你是人是神是鬼 / 只要你轻叩我挂满珠泪的窗口 / 我都匍匐于地 / 亲吻你浑体的伤痛和血污 / 跪奉我的青春我的花瓣 / 即便你奄奄一息 / 我丰盈的乳汁足以使你起死回生 /—— 怎么还不来呢 // 我是你千年不死不碎的焦尾 / 生命之弦为你而颤而栗 / 我裸卧于你面前起伏似水 / 灼热的琴弦一触即发 / 今夜你是高山我是流水 / 你是春江我是花月 / 来吧揽我于怀 / 弹我将我弹成 / 千古绝唱！

叶文福被关押了五百六十二天，放出来时，迎接他的是爱妻和爱妻为他写的爱情诗。当年，俄罗斯诗人普希金从流放地回到圣彼得堡，沙皇尼古拉一世接见他时问，如果在圣彼得堡，是不是也会参加十二月党人的暴乱，普希金当即回答说，会的。沙皇问为什么，他说，因为十二月党人都是好人，他们若请我参加，我无法拒绝。诗人们遇上的都是丑陋的政治之灾，相比之下叶文福比普希金更幸福，因为最关爱他的是诗一样的爱妻。

新时期的诗人有不少，唯独叶文福至今还深受尊敬。有些人本来就是东施对西施那样对叶文福效颦，在政治利益诱惑下进行写作上的政治投机。同样是抒情，一种是诗歌情怀，一种是政治图谋。与某些人截然不同，叶文福不仅是写诗的诗人，他的人生经历亦是一部瑰丽的史诗。某些人只不过是丑陋的政治衍生品。

127

世界上没有不受环境影响的文学，也没有不影响文学的环境。在文学中道德的影响是巨大的，通过无所不在的道德的作用，文学获得了种种深入人心的情感因素。哲学给文学以想象的双翼，一种新的哲学思潮出现时，文学首当其冲地会受到其影响，形成新的艺术审美和价值观。至于宗教，从某种意义上看，早期的文学简直就是它的一部分。在政治、道德、哲学、宗教各类环境中，政治对文学的影响无疑是最直接和最大的。一个时代的政治风尚可借助其无所不在的触角，用直接和隐性的方式推动文学发展。

二○○四年三月十七日在巴黎法中文化年中国文学周活动上做讲演时，谈到十三岁那年，我从母亲工作着的乡村商店所收购到的废品中发现一本残缺不全的《萌芽》。那时，对于法国我只知道两个人：一个是欧仁·鲍狄埃，因为他是《国际歌》的作者；另一个是戴高乐将军。左拉是我知道的第三个法国人。在很长一段时间，不知何故我一直认为左拉是女性，后来当我听说左拉不是女性时，竟然还以为是别人错了。曾经在一篇关于左拉的研究文章里读到，左拉前后花费二十五年时间，写了一部包括二十部长篇小说的庞大作品，取名《卢贡—马卡尔家族》，涉及了法兰西第二帝国和第三共和国时期的政治、经济、军事等各个方面出场人物有一千两百多个。这种叹为观止的文学景象，本身就构成一种强大的环境。对于文学，太过强大的政治环境，并不是好事。有个很好的例子：在中国有非常多的人喜欢俄国作家契诃夫的小说，从普通人到讲授文学课程的教师，大都将契诃夫的短篇小说《变色龙》《小公务员之死》等作为世界文学中的经典，实际上这些作品是契诃夫只有十几岁时的青涩之作，由于意识形态的原因，这样的作品似乎更能表现资本主义的腐朽性，才使它们得以成为所谓名篇名著。左拉的作品，也曾有过如此情形，否则像《萌芽》这样的作品极难出现在中国的乡村。

面对政治的影响，文学必须保持警惕。关于左拉，有一本最近出版的汉语文学教科书是这样介绍的："出现在十九世纪六十年代的法国作家左拉，受科学技术的飞速发展，科学实验的方法被运用于医学、生物学、文艺学等时代风气的影响，提倡小说应着重写人的生理本能，写小说就像在实验室里做试验一样，不应受社会规律的支配，强调文学创作的科学性和真实性，主张用纯客观的态度把生活中的一切细枝末节精确而毫无遗漏地摄取下来，不表露自己的思想感情，也不对事物做结论。"对左拉的文学认识正在摆脱先前那些政治因素的困扰，但我以为这样评价仍然有失中肯，在我看来，影响左拉写作《萌芽》的是他所拥有的那份博大的爱——对同样作为人的普通的爱，对男女主人公一点点地走向歧途，一次次擦肩而过，直到濒临死亡归于爱情的爱。

对于文学，爱是唯一不可或缺的。在一切人的行为中，有一些是基本的，就像一加一等于二，它的意义就在于那是数学逻辑的起点，不用怀疑，不用迷惘。文学所面对的环境，也有它的基本所在，譬如爱，譬如恨，将爱作为一，将恨也作为一，文学则是它们相加的结果。爱是开始，也是结局，那些各种各样的恨，则是从爱到爱之间的过程。作为艺术的文学，总是一边受着政治的影响，一边对政治进行反抗。政治影响着文学，却也伤害着文学，当国家机器强使文学成为其力量的一部分时，这种伤害会变得更加突出。唯有那些指向灵魂的爱，才能化解政治环境恶化时对文学的副作用。

一九九五年冬天，我第一次来到欧洲，途中转机时，因暴风雪而被困在布拉格机场，一个人待在酒店的房间里，无所事事地开着电视机打发时光。那些彻底陌生的语言，反而让我对语言的美妙产生一种空前的信任。在当时，我并不知道自己正在观看一部法国电影。多年以后，我有机会欣赏了奇斯洛夫斯基导演的电影杰作《蓝》《白》《红》三部曲，才知道当年在布拉格躲避暴风雪时看过的电影，原来也是琼·露易丝主演的法国电影。与那部描写父亲与儿子的未婚妻相爱的电影一样，帕特利斯·勒孔特导演的《理发师的情人》同样让我十分喜爱，理发师玛蒂尔与从小就决定要娶一个当理发师的女人做妻子的安东尼奥一见钟情，并且结成夫妻，正当他们过着温馨安宁日子时，玛蒂尔却选择在一场暴雨到来时将自己年轻美丽的生命投入到洪水里，临终前她所说的一席话："我永远也不离开你，所以我才选择在你离开我之前离去；我永远爱你，所以我才选择在你不爱我之前离去。"更是让人刻骨铭心。为此我曾经想过：难道真的有"爱比死还冷"的季节吗？不如此就不能维系爱的长远与永恒吗？电影中的法国并不是口口相传中的法国，浪漫是哲理性的，性爱是有人性的。我在看好莱坞电影时，纯粹是用一种游戏与娱乐心情。随着科学技术的进步，我们很容易接触到的影像艺术，就像美丽的彩虹，魅力足以使人惊艳，却不能达到动人心魄程度。但在观看法国电影时，经常以为自己正在阅读某部文学经典的一个章节。法国电影与好莱坞电影的最大区别是，前者强调的文学性，所表现的也是一个时期一个地域人文精髓，后者更多考虑的是如何将某种可能被忽略的商品，从超级市场里突出出来，充分体现其物质价值。在寒冷的冬季，想要取暖，只有两个方式，一种方式是通过各种相关设备和相关材料进行取暖，第二就是进行充分的身体锻炼。作为文学的法国电影正像第二种取暖方式，只有主动地参与，才能洞悉其强烈的思想穿透力。

处在不同时代，因素的不一样，环境就会发生改变。唯独以在爱的名义下的环境是永恒的，也是人类历史当中最丰富多彩的。

一个人总是在他生活迷惘的时候，才会发生深刻的思考。爱不需要环境，环境却离不开爱。爱不需要文学，文学离开爱，就会成为连篇废话，就会变得粗鄙、胡说八道、不负责任，甚至是竞相展示无耻与无知的非文学。

在贫穷的乡村，对赖以维系生命代谢过程所需物质的寻觅，让水滴一样细微的爱显得空前伟大。

环境作为一种生活体验范围、情感感知领域、理性观察视野，直接影响着作家的生存方式和写作方式，并制约着文学的发展。

法国作家的贝尔纳·克拉韦尔的《冬天的果实》我最近才读到。我喜欢他那天才的笔墨：可恶的战争结束了，日子不仅仍然暗淡凄凉，甚至在很多时候比战争期间还艰苦，该有的都没有，想要的要不到，尽管小说中的主人公一直在坚持，一直在让自己振作，哪怕还有一丝力气也要用来往前走，然而日子的沉重终于耗尽了他们的生命。中法两国有很多相同的地方，在语言上，汉语和法语同为人类所拥有的少数极为优美的话言；在文学上，中法两国作家一直将自己所拥有的现实主义风格作为主流；在民族性情上，中法两国的人民同属勤奋勤劳并经常选择用暴动的方式进行社会变革；在经济上，中法两国亦是长期以农业为主体；还有一点相同之处，法国被德国所占领，中国被日本所占领，两国分别都有由大批投敌的法奸或汉奸组成的伪政府。在阅读法国的“战痕文学”时，几乎处处都有似曾相识之感。汉语中的“汉奸”一词，与法语中的“法奸”一词，是中华民族和法兰西民族胸口上一道总在隐隐作痛的伤口。它是中国和法国的家丑。自己说起来心痛，别人说起来除了心痛之外，还有一种额外的耻辱。

一九八八年秋天，爷爷去世之际，我写过一组以二战时期日本占领中国为背景的短篇小说。爷爷还很年轻时，从乡下来到武汉替人织布，有一天他在街上无缘无故地遭到几个日本军人的毒打，一起进城的同乡将他当成死尸运回乡下，靠着乡下郎中的草药，在整整躺了十五个月后才又重新站过来。被日本军人打烂的胸口上留下一个指头大小的窟窿。小时候，我们特别怕那只窟窿，总以为可以从中望见爷爷的心脏。那年秋天，爷爷胸膛上的窟窿开始往外流血水，半个月后，爷爷就死了。爷爷的死仿佛让我经历了那场我本没有经历的战争，那只留在爷爷胸膛上的伤口也成了时空隧道，不知不觉中就将战争的残酷与兽性转移到我的身上。在很长一段时间里，我对与日本有关的一切抱着极端的仇恨，包括家里没有一件日货。直到有一天，儿子也开始在我面前表现出对日本人不共戴天的仇恨，第一次听见儿子说出那样粗野的话时，我的内心发出一阵震颤，并在突然之间想到，已经过了三代人，这场仇恨难道还要延续到第四代人身上去吗？不管日本人如何看待他们国家曾经的罪恶史，对我们来说首先要问自己如何面对世上最让人觉得可怕的仇恨。从那以后，我试着强迫自己一点点地改变，并慢慢地发现日本民族其实有许多值得我们尊重与学习的地方。恨是面向过去的，是倒退的，是一种原始的欲望，过多的仇恨，只能让这个世界变得更加肮脏。而爱是面向未来的，是向前走的，是将人的原始欲望变化后的一种伟大的动力。

在文学里，恨是一种丑陋的审美，爱的审美才是完美的。

第二次世界大战之于中法两国的文学，需要作家们深思的东西更多，从仇恨的动机出发，要达到爱的终极关怀，所走的路途远比俄罗斯文学、英国文学和美国文学更为复杂。与《冬天的果实》的环境一脉相承的还有加斯卡尔的《死人的时代》，一如爷爷之死触动我对那段历史的写作，对于二战，中法两国的作家们，不难达到从爱到爱，然而在结果与起始之间，因敌方与同胞共同犯下罪恶，那些本该是恨的过程，不断地为我们设置着比恨还令人痛苦的陷阱。事实上，这种情况对中国作家来说更为严重：作为侵略者一方，日本的国家机器甚至不肯承认那铁证如山的罪恶。二〇〇三年诺贝尔文学奖获得者、南非作家约翰·马克斯韦尔·库切说，他只听从真诚与良知的声音，所有的诺贝尔奖获得者都是循着真诚与良知的召唤走到这个木制的演讲台上的。库切的话让我想到那位使历史为我们这个时代自豪的南非总统曼德拉。上个世纪末，曼德拉从监狱里走出来后，有无数理由在那里等着他，让他对那些残酷的种族隔离主义者实施正义的惩罚。伟大的曼德拉先生在所有选择之外，选择了他认为最正确的选项：和解！他让许许多多的施暴者坐到受害者或者他们的遗属面前，回忆当初所发生的一切。相信人，并对自己国家充满信心的曼德拉先生的确找到最珍贵的钥匙——爱！南非两大族群之间与仇恨和解，足以让全人类引为尊重。从这个意义上讲，库切之获诺贝尔文学奖的意义应视为这个世界上所有清醒者共同的荣誉。我宁肯相信，库切只是他所在国家各个族群的代表，这一年的诺贝尔文学奖是发给由他来体现的充满仁爱的崭新环境。从曼德拉的南非再到库切的南非，看得到因为政治而发生的众多仇恨，在爱的名义下不断地蜕变。不要在乎别人有没有为自己的罪恶而忏悔，而要让自己首先做到用心去爱每一个人。

汉语中有以血还血，以牙还牙，血债血偿等等视爱为无物的词汇。法语是否有类似的词汇？我读过大仲马的《基度山伯爵》，这种用非爱的方式进行惩罚与报复的故事，应该同上面的汉语词汇一道远远地抛弃之。就文学而言，环境对文学的影响是一个过程，文学对环境的影响才是目的。贝尔纳·克拉韦尔在《冬天的果实》卷首中写道：纪念被劳累、慈爱或战争悄悄折磨致死，而在史册中未见提及的父亲和母亲。文学对于每个人正是如此，写作和阅读，都是为了纪念，不使那些曾经活在我们心中爱的细小痕迹，被厚土埋葬，被人潮淹没。

128

二〇一六年八月十六日在长春松苑宾馆召开的第四届汉学家文学翻译国际研讨会上，中国作家协会安排我做总结发言如下：

汉学家文学翻译国际研讨会已经第四届了，我还是第一次参加。李敬泽副主席在致辞中提到，这次会议的三个议题：翻译的权利与边界，当代汉语的扩展变化及翻译的新挑战，可译与不可译——国际书写的困惑等，可以是文学翻译永恒的话题。会议正式展开研讨之前，我曾猜想，汉学家与中国作家们从何种角度进到这个伟大的话语中。来自西班牙马德里自治大学的达西安娜·菲萨克女士第一个发言，便出乎意料地从一个小到不能再小的角度进入其中，并引起研讨会期间持久的热议。达西安娜·菲萨克女士开门见山地谈到中国人名用拼音方式翻译，很不好，无法传达中国人的姓名中包含的广泛的意义，而且用拼音很容易出现雷同。在我和来自荷兰的林恪先生为双主持人的第二组，这个话题讨论了近两个小时，并迅速诞生一位插话女王——来自德国的郝慕天女士，为这个话题奉献了不少思想火花。中国人的姓名是中国文化最基本的表现，没文化的人给孩子取名往往是最直接的狗剩和狗蛋等，有文化的人给孩子取名，则会考虑多重寓意，包括名字好不好念，是不是朗朗上口等。所以中国人的姓名，是中国文化的基本单元，更是一个人文化命运的起始。不要说作为领导人的毛泽东、周恩来、胡锦涛等，名字是非常有讲究的，就是作家莫言、苏童等，也在开始写作后，就有意识地不再用太过平常的名字，而使用更有意蕴的笔名。这种名字，还可以扩展到千百年来的各个王朝的年号，看上去姓名只是一个简单的符号，实则大不简单，只有几个字的姓名，对任何一个中国人来说，是睁开眼睛就要面对的文化熏陶与心理警醒。

文学翻译一定要始终保持在特定的文化下面。有这样一个关于中国的百万富翁父亲和美国的百万富翁父亲与儿子谈自己拥有的财富的故事：美国父亲告诉儿子，说自己有一百万美元，接下来会马上说，这些钱是我挣来的，与你无关，你的钱要靠自己去挣。中国父亲对儿子自己有一百万人民币时，一定会加上一句，这些东西老子生不带来，死不带去，往后都是你的。表面上是一个关于财富的故事，实际上十分准确地表现了中国文化与其他文化的一大区别。中国家庭文化是以“仁”“孝”为主轴的，不仅是晚辈对长辈的生生死死承担责任，更有长辈对晚辈的喜怒哀乐所承担的义务。六十年代以前，鄂东大别山区还流行一种风俗，孩子生下来后，家人会将胞衣（胎盘）埋在后门，待孩子长大成人以后，长辈会将那个地方指给他看。这个风俗在客家人中也有流行，客家人是将婴儿的胎盘直接埋在自家厨房的门槛下面，无论孩子长大后走多远，都会记得与自己同在的另一块血肉还在家中埋藏着。中国文化讲究血浓于水，血脉相传，与中国文化相关的东西只有放在血脉之中才能体现特定意义。西方对人的研究，往往会从医院与教堂的出生纪录开始，中国文化中对人的研究是从地方志和家谱开始的。抛开血脉传承，就事论事的价值判断是没有意义的。文学之所以被称为一切艺术之母，就在于文学承载着我们不能或缺的文化血脉。

技术性问题总是暂时的，文化才是作品的深刻所在。中国太大，中国文化也太丰富，所带来的文学文本也千千万万，这让中国作家作品的如何选择翻译成为一个问题。长春本地的作家胡冬林几乎不为外界所知，但他的成长与写作方式却很独特，十几年来躲在长白山中，认识两百多种鸟，一百多种动物。在教科书和相关电视科普节目中，从来都说水獭通过水中交配进行繁殖，他却是天下第一个发现雌雄水獭在雪地上完成一场风花雪月事。诗人雷平阳谈到，有译者曾想翻译他的诗歌，另外一位译者却从中阻拦，说雷平阳是体制内作家，不能翻译他的作品。这个问题我自己也有体会，二〇〇八年五月汶川地震时，中国作家代表团正好在韩国访问，在座的朴宰雨先生曾当面对我说，我知道你，你是主旋律作家。姑且不论这类判断是否准确，将西方的政治性选择作为文学翻译的标准，是对中国文学的大不敬。

来自奥地利的青年小说家科内莉亚·特拉福尼塞克说，对德语国家的读者来说，中国作家作品仍然被理解成是政治的，几乎只有符合读者预期的中国形象的文本才被接受，西方读者期待看到能认证他之前的预期想法的作品，这包括与自己相关的能引起共鸣，或者是能让自己感到震惊和同情的作品。这就是为什么许多有品位的、值得一读的中国文学作品得不到关注的原因。要消除对中国文学的泛政治化兴趣，需要一个新的翻译环境，挑选文本时要考虑的是：作品是否能得到国际读者的认可，阅读作品时是否有美的享受等。总之，我们不应该过多地考虑政治因素。但是，我们如何才能做到呢？我们生活的真实世界是充满政治的，我自己就不能超然于政治。翻译中国作家作品的时候，我使用互联网，网络世界也是政治的。因此，我的翻译工具也是离不开政治的。

科内莉亚的观点很有针对性，可能会让一些人觉得不舒服，但我是深表同意的。莫言先生说，翻译文学所遇到的困难，看起来是来自语言，但其实是来自文化。中国文化有主流，中国文学也有主流。二〇一四年出版的长篇小说《蟠虺》中有这样的一段闲笔：春秋战国看似天下大乱，实际上仍存有强大的社会伦理底线。公元前五〇六年，吴兵三万伐楚，楚军六十万仍国破。吴王逼随王交出前往避难的楚王。随王不答应，说随国僻远弱小，是楚国让随国存在下来，随国与楚国有世代盟约，至今没有改变。如果一有危难就互相抛弃，就算吴国也与随国签订了盟约，随国又能用什么来服侍吴王呢？吴王若将楚国灭了，楚国与随国的盟约也就不存在了，随国自然会像服侍楚王一样服侍吴王。然而，眼下随国是断断不能将楚王出卖给吴王的，否则，不仅随国将无法取信天下，就是吴王也会因为威逼随王，让品行高贵的随王变成背信弃义、卖身求荣的小人而受到天下人的耻笑。随王一番大义凛然的话，让吴王觉得理亏。史书上特别着重提到，吴王是羞愧满面地引兵而退。此处的羞愧也体现出一种大义。春秋大义是中国文学一直以来的主流。对春秋大义的传承是中国文学的灵魂所在。

一部文学作品，哪怕只能拯救一个人的灵魂，也远比逗得十万人无聊痴笑来得重要。能让一座城市狂欢的文字，很快会被这座城市当成垃圾扔掉。经典文学之所以被称为一切艺术的母本，就在于文学是用我们的母语创造的，文学承载着我们母语的全部精华，成为我们不能缺少的文化血脉。经典文学能给阅读者接种文化疫苗，使我们不会轻易受到化妆成文明符号的病毒的侵害。对社会公众来说，一部好的文学作品，应当是抵御伪文化的卓有成效的免疫抗体。对中国文学的翻译来说，也应当如此。作为主流的汉学家应当让自己的翻译作品成为了解中国历史主流、中国社会主流、中国文化主流和中国文学主流的有效窗口，而不是偷窥中国社会毒瘤的猫眼，用中国话来说，这叫窥阴癖，是一种不健康的文化心理。

贾平凹先生在主旨发言中谈到，中国作家在继承中国古典文学传统上，因个性、习好、修养的不同分为两个支脉，一支是《三国演义》《水浒》，在我看来实际上是《西游记》《水浒》。一支是《红楼梦》。前一支可能好翻译，后一支可能难翻译。前一支容易出成果，后一支才最为中国人所推荐，是真正的中国文学经验。

莫言先生在开幕式致辞中谈到翻译的错译问题，有译者因对中国历史缺乏了解，将他的作品中的“八路”，翻译成“八号公路”。在文学翻译中很难避免不犯错误，就像莫言对错译他的作品的译者那样，作家要以宽容之心对待译者，译者也要心怀敬意处理原作的每个语言单元。

来自世界各地的汉学家们本着热爱与善意，真诚坦率地谈到，新近兴起的孔子学院学者与传统汉学家们，在传播中国文学与中国文化过程中出现的磨合不顺当。如何才能实现和谐、合力，如何才能形成一加一，大于二，而不是小于二的效应，的确值得好好思考。

在铁凝主席的家乡河北省，著名女作家丁玲的长篇小说《太阳照耀在桑干河上》描写过的桑干河边，有个名叫泥河湾的小地方，于七十年代出土了一只十万年前的古人类头盖骨。头盖骨上，有一只人工钻出来的小小圆孔。差不多同一时期，大洋彼岸的印第安人，也用工具在某个人的头盖骨上钻了同样大小的一个洞。考古学家经过考证认定，那是黄种人祖先和印第安人祖先，出于相同目的，试图将寄居在这些头脑中的灵魂取出来修理一番，除掉那些给祖先们带来病痛的魔鬼。古老的开颅术与现代脑科手术，相隔十万年，其目的还是一样的，没有丝毫改变。再过十万年，科学技术的进步，也许能使人类能够摆脱生与死的纠结。但是科学技术永远解决不了灵魂问题，对灵魂的追寻与守护，是文学永远也改变不了的重要责任。

文学是人类表达幸福与痛苦的关键。铁凝主席在开幕式致辞中说，如果回到二〇一〇年以前，中国文学现今的一切都是不可想象的，从莫言获诺贝尔文学奖，曹文轩获安徒生儿童文学奖，刘慈欣获科幻文学雨果奖，除了这些光照世界文坛的文学成就，还有国内文学事业的蓬勃与兴旺。如果要说什么，真的要感谢这些年来中国作家协会在正确的思想方针指导下，对中国文学的发展与促进所起到的巨大作用。一九九一年我第一次坐火车到北京，这一次坐高铁到长春，同样是纵览中国北方大地，感受到的是天地翻覆。发生巨大变化的还有中国文学的国刊《人民文学》，也是从二〇一〇年以后，一口气办了英法德俄日韩西班牙等多个外语语种版本，这其实也是中国文学翻译走向世界的最快捷窗口与平台。

莫言先生由在中国乘坐高速铁路所体验到的快速谈到什么都能快，文学不能快，文学翻译也不能快。在世界快速巨大的变化中，有一种东西从未改变，那就是被文学所守护的人类灵魂。在日复一日的人生中，在忽隐忽现的幸福与痛苦中，文学是人类替自己发明的伟大的表达方式。在我们生活中，能够拥有一部杰出的文学作品，读懂一部杰出的文学作品，不要说胜过那些日常珍爱的小宝贝，甚至比战胜某个情敌，赢得一场爱情，更让人荡气回肠。

十万年前的中国前辈与印第安前辈，将灵魂从头脑中取出来，修理掉属于魔鬼的部分，再归还原处，这种被付诸具体实施的想象，如今是由文学来实现的。从有文字以来，那些被人类长久传承的文学，便是人类认识灵魂、理解灵魂、记住灵魂的重要途径。世界各国各民族的文学都有其独立存在的光荣与梦想，在相互传播、相互阅读的过程中肯定存在形形色色的差异，重要的是通过文学的相互流传与交融，更加重视对方的存在，善待彼此的文化。

汉学家文学翻译国际研讨会才办到第四届，就表现出如此高水平，在座各位能看到第四十届的人恐怕很少，但大部分是可能看到第十四届的，相信那时我们再聚时，无论是各位汉学家，还是中国文学作品的翻译都会更精彩。

129

二〇一八年八月十五号，第五届汉学家文学翻译国际研讨会在贵阳花溪宾馆召开时，我又做了如下发言：

我一向不怎么写短篇小说。最近在编自己的文集，一共编了二十几卷，主要是长篇小说和中篇小说，短篇小说只有薄薄的一卷。我很佩服那些以写短篇小说为生的作家。我比较笨拙，对付不了这种过于灵动的文体。

我这辈子最不会吵架，也特别害怕吵架。万不得已必须上阵，对方现场感极强的唇枪舌剑，总是将我弄得瞠目结舌，找不到回击的语言。我有一位同事是位短篇小说好手，那年某直辖市办了一个奖金颇丰的青年文学奖，为了表示对该直辖市文学工作的赞美，就对媒体编造了一个我想调到该直辖市去的故事。这个无中生有的故事公之于众后，被本地主管官员看见，打电话来询问。我才知道自己竟然有此想法，不得已打电话问对方，说我们都十几个月没有见面，何曾对你说过我想调到天津去？想不到对方一秒钟也没停顿，马上反过来斥责我说，你怎么一点幽默感也没有？弄得我一时间满面羞愧，无言以对。我这辈子还有一大缺欠，就是不会交际。难得有几个朋友，都是相处的时间长了，感觉到我这人还有某些可爱之处。给人当朋友和与人交朋友，就像当医生、律师，需要有资质，当医生的不能将没病说成是有病，当律师的要有本事将有罪说成是无罪。做朋友的人在一起喝喝酒，品品茶时，要有本事即兴制造出一些话题，让彼此有兴趣，相互之间觉得快乐，哪怕因此耗费不少时间，也觉得值。我没办法做到这些，究其原因，都怪自己不够灵动。

曾经忽发奇想，认为那些会吵架的随时随地让叙事灵感超常暴发的人，可以成为短篇小说奇才，那些人缘好，与任何人都谈得来，在同行中人见人爱的人，也一定是短篇小说高手。很平常的一些人和物，经过口吐莲花的叙事，马上变成多彩多姿。如此来看，我更喜欢长篇小说，也是由于个人性格在做选择。

李白说，朝辞白帝彩云间，千里江陵一日还，是短篇小说的感觉。杜甫说，无边落木萧萧下，不尽长江滚滚来，毫无疑问具备了长篇小说的架构。长篇小说是泰山经石峪的石刻，哪怕万水千山也掩不住。短篇小说则是书斋雅室中的扇面，需要有个圈子，近距离端详，面对面相互欣赏。短篇小说大师，本身就是人气王。李白的人气是杜甫比不了的，杜甫的如同长篇小说的诗歌体系，也是李白所无法做到的。

短篇小说写作需要非常灵敏的头脑。长篇小说体态笨拙，但也不是那种死脑筋可以做的，也需要机缘偶遇，心有灵犀才行。我在武汉的家，出门步行到湖北省博物馆只要十分钟。二〇一八年四月底，习近平主席与印度总理莫迪，在湖北省博物馆举行非正式会谈，主要新闻稿件的文字说，两位世界级领导人在博物馆观看世界闻名的曾侯乙编钟，所用的图片却是我在长篇小说《蟠虺》中作为重要素材的那件名叫曾侯乙尊盘的青铜重器。曾侯乙尊盘没有曾侯乙编钟的名气大。之前我也不知道这个宝物。直到某次再去博物馆，遇上一位懂行的人，拉着我去专门观赏曾侯乙尊盘，这才对其存在的特殊意义有所见识。当时一片空白的脑子，突然冒出一个念头，这可以写一部长篇小说。后来就真的写出来了。这两年慕名专门去看曾侯乙尊盘的人多了起来，与《蟠虺》出版后在读者中的口碑有点关系。曾侯乙尊盘比曾侯乙编钟更有文艺性，同时更有历史价值。不仅是全世界独一无二的器物，还因为它拥有独特的青铜密码：在青铜时代，欧洲的青铜器，都是用失蜡法制造的，中国的青铜器都是用范铸法制造的，这是由完整的考古证据链所决定。迄今为止，没有人知道从擂鼓墩大墓中挖掘出来的独一无二的曾侯乙尊盘是用什么方法制造出来。范铸法的捍卫者与失蜡法的假设者，争议了几十年，表面上没有引出爆炸性新闻，私底下学界种种心态暗潮汹涌。《蟠虺》的背景是曾侯乙尊盘。曾侯乙尊盘上的蟠虺纹是春秋时期楚地青铜重器上的典型纹饰。“蟠”是表示盘曲弯结的体态，成词用虎踞龙蟠来表示吉祥，毛泽东曾用“虎踞龙盘今胜昔”形容南京紫金山。毛泽东喜欢用典，还喜欢将本来的典出按自己的想法做些修改，他说的虎踞龙盘，本应是虎踞龙蟠。至于“虺”，则包含中国文化中最为典型的两种表达。第一种解释：虺是小蛇，经过五百年修炼后变成蛟，再经过一千年修炼才能变成龙。第二种解释截然相反：虺是一种两头蛇，为了争夺食物，两个头相互撕咬，直到一个头将另一个头吞食下去。人生要修成正果与人生不过是弱肉强食，这两种不同的看待世界、看待生命的方式，也是全世界共有的人性缠绕。前者成就正人君子，后者荫蔽无良之人。

人生之事，可遇而不可求。那种自己找上门来的好事，一辈子能碰上一次就是莫大幸运，想要碰上第二、第三次，那就太贪婪了。长篇小说的来龙去脉，主要在于源远流长。二〇一八年七月出版的长篇小说《黄冈秘卷》，得益于小时候常听爷爷说的一句话。在我的故乡湖北东部的黄冈一带，人们习惯将聊天称为挖古。

爷爷挖古时，说到家乡，常常随口说，黄冈人当不了奸臣，自古至今黄冈一带从没有出过奸臣。

如果挑剔，爷爷这话是有问题的，有点当奸臣也要有资格的意思。爷爷的话，小时候听，有点神秘古怪。等到自己年过半百，有一天突然记起这话，就像石破天惊！让人开窍一样地认识到，当我们说故乡时，实际上是在用最普通的方式，为内心世界营造一种品格。在一个人的心目中，故乡风范、父辈品格，可以看作是这个人自身的格调与形象。爷爷那个时代的黄冈人，日子过得再艰难，也要让孩子跟着教学先生上一阵子私塾。在文化上，黄冈大地不曾有过对自己孩子的刻薄。爷爷的母亲曾经是家乡一带著名的苦婆，之所以著名，不是爷爷的母亲守寡养活一群孩子，而是青黄不接时，不让自己的孩子出门乞讨，非要自己亲自去做。讨要的食物拿回家后，一定要在自家的灶台上重新做一遍，才端出来给孩子们吃。仿佛这些食物本来就是家里的，而不是别人的施舍。同时，也是告诫那些饿得嗷嗷叫的孩子，哪怕饿得奄奄一息了也不可以不劳而获。写《黄冈秘卷》时，我一直在心里惦着“贤良方正”这个词。“贤良方正”的出现，正是对应爷爷说过“黄冈人当不了奸臣，自古至今黄冈一带从没有出过奸臣”的那句话。贤良方正的黄州一带，的确与众不同。从古至今，贤心贵体的君子，出了许多，却不曾有过十恶不赦的大坏蛋。从杜牧到王禹偁再到苏东坡，浩然硕贤总是要以某种简单明了的方式流传。如果没有想起小时候听爷爷说过的这句话，大概就不会有这部小说了。

在文学的流传中，有些文字免不了因为不知天高地厚而对故乡有所冒犯。走过的路长了，回头再看，才懂得，这些对故乡不够尊重的文字，被恬不知羞地当成天分，反过来正好衬托了故乡那海枯石烂也难改变的品格与风范。

长篇小说的自给自足特性，就像那些生态很好的自然保护区，是一个能够对抗外部世界而长久生存下去的优良小环境，有没有人气都在那里耸立着，有没有人搭理，都可以使人心无旁骛地写作下去。让大熊猫亿万年繁衍生息的四川省卧龙自然保护区一带，让雪豹自由奔驰的可可西里高原，还有湖北的神农架，不仅生存着金丝猴等一大批珍稀物种，更经常爆出野人出没的传说。只有这类独特的环境，才能让特立独行的物种自由自在地生长。一旦拥有了这些独特环境，世界上的人从上海到纽约、从北京到巴黎，是乘波音空客，还是自驾漫游，就可以不在乎。深圳写字楼和香港地铁站里的人是用4G手机，还是马上要用5G手机了，也不会产生根本影响。一部长篇小说，不包括构思与酝酿，仅仅写作就需要几年、甚至几十年时间，如果不是环境独特，自成生态，只是依附流行与时尚，从动笔的那一刻起，就已经在事实上被淘汰出局。长篇小说有着完善的生长体系，在这个能够游离于时代生活的体系中，笨拙的人也有足够宽阔的天地，让他创造出适合自身的文学经验。

130

一九九九年初秋，我受一项写作计划的邀约，前往正在兴建的浦东机场工地，踩着深深的泥浆来来回回奔波一个星期。相比我要采写的浦东机场，我对机场之外茫茫江海之上，隐约可见的九段沙有着更多的想象。那个九段沙，名副其实由一二三四五六七八排序而来，是长江入海带来的泥沙日积月累的杰作。那时候，我特别想上九段沙看一眼，东道方坚决不肯安排。那时的九段沙，只有一小片露出水面的滩涂，上面盖着一间高脚屋般的小棚子作为候鸟观察站，专业人员也得穿上连体橡胶裤，蹚过泥水才能上去。对一般人来说，这太危险了。

二〇一六年十月二十九日黄昏，一行人站在崇明岛最东端，面对水天，目送长江不动声色地汇入东海时，身旁赫然竖着一块广告牌，告知去九段沙旅游如何走。这还不到二十年，长江之水，就在东海龙王头上造出一块风水宝地，怎不令人叹为观止！

面对母亲河，每个中国人，都会心潮澎湃。试想长江源头清澈的一滴水，从格拉丹东冰川开始流动，穿过崇山峻岭、水乡平原，直至汇入汪洋大海，其情其景何止妙不可言？

所以，当有一个可以亲眼验证的机会摆放在面前，任谁都不会舍弃。二〇一六年年初，《楚天都市报》刘我风女士联系我，邀请我领头，带上其他几个人，来一趟“万里长江人文行走”时，我连一秒钟都没有迟疑就答应下来。答应之后再细想，这往后的时间，哪里够用，家里上下四代人的事都得操心，自己既定的写作计划，还有杂志社那不能不管的没完没了的日常事务。好在《楚天都市报》方面善解人意，四十天的行走，分成四个阶段，正好每个阶段十天。说实话，如果不是这样的安排，也许真的很难坚持下来。九十年代，曾因欠下稿债，尝够了被人催逼的滋味，相比之下，给报纸干活，才是真正要人命。出发的第二天起，早起坐车跑、乘船漂，或者迈开大步走，黄昏时一住下，先打开电脑，再去洗手泡茶，为的是省下哪怕电脑开机的这点时间，用来写作这一天自己认为最应当写一写的那些。如此，常常顾不上与大家一起吃晚饭，让同行的人捎一碗面条到房间边吃边干活。相比之下，报社随行的几位更惨，报社的夜班编辑在等米下锅，我这里文章写到什么程度了，她们不敢打扰，不好催问，每每只能待在自己的房间里搓手跺脚来回乱窜。最惨的一次，都零点了才交稿，整个报社因此处于暂停状态。多数情况还算正常，能够保证在夜里十一点之前交稿。如果哪一天，因为报社的财神来了整版广告，将“行走长江”的版面押后一天，随行的记者编辑自然喜不自禁，我这里却没有一点快乐，毕竟今天的文章今天没有写，明天又有新的文章要写，容不得哪一天有空隙。我也因此得到一个“新闻民工”的别号。别号是夫人取的，她没对我说，而是对在报社工作的大学同学一半发牢骚，一半发脾气时脱口说出来的。

四个阶段走向是这样的，二〇一六年六月的第一阶段，从三峡顺流往下，直到九江。二〇一六年十月的第二阶段，从安徽池州向下抵达崇明岛。回武汉后，感觉不能漏掉黄梅戏和小孤山，又回头专门跑了一趟。二〇一七年五月的第三阶段自重庆开始，溯流到达金沙江上游万里长江第一湾的石鼓镇。二〇一七年七月的第四阶段沿青海玉树的通天河向上直到长江正源沱沱河。全部行程都很令人满意，唯一的遗憾是，由于季节差错，可可西里荒原表层冻土融化，车和人都不能通行，无法深入到长江最源头的格拉丹东冰川。

边走边写的好处是，无须提前为写什么操心，整个人很放松，直到打开电脑了，也还是这种随遇而安心态。这样的行走，根本不知道前方会遇见什么，看到什么。提前做的功课，基本没有用，那些隐藏在大山大水之中的人文天章，不费吹灰之力就将预先谋划的心绪弄得毫无用处。

比如，知道杜甫墓在汨罗江上游的平江就是个天大的意外。去汨罗江，本是奔着屈原去的。端午节在汨罗江下游祭完屈原，忽然听说，杜甫就安葬在一山之隔的平江。我特地问家在平江的朋友，人家都没有听说过，我哪敢轻易相信。虽然难以置信，但也不想错过。当我在杜甫墓前稍一伫立，墓前三尺见方的一泡洗笔泉水，那种专属于原野的清静，清贫里蕴藏的高贵，联想到杜甫的为人为文，忍不住感叹，这地方只能安葬杜甫。文学有一种神圣的魔力，让人感同身受，将心比心。文学讲情怀，不是看指标，是否榜上有名。杜甫一生留下了那么多的作品，可恨历史不可捉摸，李林甫一句野无遗贤，就造成他一生的窘境，晚境更加潦倒和落寞。千年诗圣落得举家投亲靠友，船行湖南耒阳，遇上大风大浪，无法靠岸，五天没吃到东西，幸亏县令聂某派人拿竹竿送点吃的，上岸后还要写文章，对他人的施舍千恩万谢，让人情何以堪……

在醉翁亭遇王黄州也是如此。去滁州琅琊山，原本是为欧阳修，去了之后反而被王黄州的名字所吸引。那种瞬间的引爆，让其千年之后的黄州老乡顿生身世之感。王黄州真名叫王禹偁，在欧阳修之前许多年就写了名篇《黄州竹楼记》。之前从未想过此中关联，身临其境了，就不能不多一个心眼，有此比对，倒也能在不经意间，看透历史与文学的某种不可告人奥秘。

行走之时，最是如信了王黄州那样信赖地方志。每到一地，先读地方志。早年的方志，客观真实，没有炒作之嫌，编纂者也还讲究风骨，不像现在的互联网，看似方便各类查找，非常便捷，真的涉及史实，不靠谱的甚多。为了吸睛，拼命放大传说和传奇，最终变成了谬说与离奇，当一时的玩笑听听就好，却当不得真。

读地方志的最大好处，能对当地的人文背景，有个坚定的判断，而不是道听途说。苏轼也算性情中人，自己先前写诗说得清楚不过，杨贵妃吃的荔枝是现今合江一带的。等到贬谪岭南，不得不在朝夕相处的人面前极度称颂当地荔枝，让后人以为他和杨贵妃喜好的是同一宝物，也是人之常情。身为文人，难免会有应酬之作。我去过皖南泾县桃花潭，方知李白当年也免不了流俗。这样的事自己也有遇到，人家好生款待，总不能不说点什么吧，既要自己不肉麻，别人也不觉得阿谀，最好办法就是写山水人文，像李白，因为看到岸上的人在跳着踏歌舞，所以写上几句，总是说得过去的。这次行走长江，一路上衣食住行都是自己掏腰包，所以，到了醉翁亭，心有不满，就可以毫无顾忌地随笔写上一段。到黄石看相关遗址，听到对方将一座水塔硬是说成是小日本的砖也比中国的好，也能当场指其荒唐。

面对一条大河，情怀会变得大气。弄些小确幸，小清新，对不住长江。在九江浔阳楼现场，再读宋江题的“反诗”，更觉得简直俗不可耐。反过来，那些捕风捉影写匿名信告状的人，真是其俗到骨。而将几句牢骚话当成动摇朝廷统治的大罪，足见这个朝廷的无可救药。相比乌江不渡的悲剧色彩，项羽身上的贵族精神，更深得我心。鸿门宴之败，我宁愿相信他是举不起那把阴险的丑陋之刀。我可以死，但我心不死。我的身子可以被你们分成几块拿去刘邦那里领赏，我灵魂将会让后世永远铭记谁是英雄，谁是小人。这是项羽不渡乌江的原因，也是结论。

长江万里长，我们的行走弯弯曲曲远不止一万里，走了那么多地方，我只在屈子祠和杜甫墓前鞠过躬。这也是没办法的事，他们的品格文章太令人肃然起敬了。

沿着长江水线，越走越感动，越走越亲切，越走到最后，越觉得长江就是家门口的那条小河。长江上那些特别的物产，比如水里的江豚、中华鲟，岸上的雪豹和藏羚羊，就是小时候在河里追逐的那种不知道名称，但被我们叫作马口或者花翅的小鱼，就是被我们当成宠物养过的小野兔和小刺猬。肉眼所见越是亲切了，灵魂所到达的源头越是丰富，除了地理源头，还有科学源头和文化源头。

日子分一年四季，这场行走，跨越一年，季节上却只有春夏秋三种，实际上，还是在可可西里补全了大雪纷飞的冬季。

在整个行程中，印象最深刻最震撼的是从川江到金沙江这一段。万里长江的这一部分，蕴含了太多东西，内涵之丰富，也只有长江浩荡方能赐予。古代史，近代史，自然的，历史的，人类起源和人类的现代化，都可以在这一带的山水中见识。震撼人类考古学的元谋人是在这里发现的，近代史上，红军在这一带宛如神助般四渡赤水，飞越乌江和金沙江，安然渡过万里长征中最危险的区域。最意外的是从四川涪陵转往合江，路过江津，遇上一处深幽独秀的小院，那是晚年陈独秀旧居。这样的小院和斯人风范，值得每个沿长江而来者久久伫望。

文学当然有自己的天命。

我欣赏阿斯塔菲耶夫的《鱼王》那样的行走。唯有那样，行走才是一个大词。只有怀着大词行走，才能在和县突然遇上项羽，在江津突然遇上陈独秀，在曲麻莱县的通天河畔突然遇上狼，在玉树遇上一群藏族作家，又在玉珠峰雪山下遇上一群来自西宁和德令哈的诗人。能将一条江走透，将浩如烟海的江面，走成美人秀目一样的极小水汪，还能够不时地与古往今来的人事撞个满怀，至今想来仍觉得难以置信。真的行走起来，才能体察人生何处不相逢，行走到最陌生处，往往才是最熟悉的开始。不只是对新见的东西开始熟悉，还能发现自己身上隐藏着那些不曾认知的东西。对长江来说，一次行走都不敢妄言已经熟识，更遑论以一座三峡来说万里水流，也不可以用一条乌江，点睛长江精神。如果与谁有所相似，我宁肯相信，走透一条江，最相似的是对没有一滴水的撒哈拉沙漠的穿越。

在万里长江人文行走团队中，从头到尾走完的，只有我一个人。二〇一七年七月二十二日，在海拔四千五百米的曲麻莱县，早上起床后，头一天在通天河畔遇见狼的吉祥，仍在感染这二十年来，一直让我特别感谢的日子。大家聚在一起测心率和血氧，没想到年龄最大的我状况最好，心率才 87，血氧却有 96。二十年前，我第一次上高原，其后又有过多次，还去过珠峰大本营。但医生还是很惊讶，很多小伙子的身体状况都不如我。我告诉大家，自己每天早上游一千米，坚持了十年，现在是第十一个年头。体能的事，临时抱佛脚也能对付一阵，健康之事就不一样了。体能如同现在段子手们写的段子，偶尔为之也可以。健康却是长篇小说，必须具有文学的专业精神，要像大江大河那样源远流长才行。

131

写《黄冈秘卷》，不需要有太多想法，处处随着直觉的性子就行。全书终了，再补写后记，才明白那所谓的直觉，分明是我对以黄州为中心的家乡原野的又一场害羞。

每次回到那叫张家寨村和比张家寨村更小的名叫郑仓的小地方，将车在路边停好，依次听着拉上手刹的咔嚓声和拔下车钥匙后发动机的停歇声，伸手去开车门时，内心总会有些犹豫。有时候犹豫得长一些，有时候犹豫得短一些。这要看停车处那家小杂货店门前有没有人，若有人时，是人多还是人少，是陌生还是熟悉。

这种感觉父亲在世时很轻微，可以忽略不计。那时候，自己虽然非常成年了，跟在父亲身后走进这片原野的感觉与模样，百分之百是个孩子。那些冲着父亲走过来的人，以及父亲冲着走过去的人，将所有问候与笑容，全部交给了父亲，父亲同样将自己的问候与笑容给了人家。不待别人问起身后的我，父亲就主动地将我介绍给上前寒暄的人，并骄傲地大声说，这是我的大儿子。接下来还会用同等音量说出我的名字。

多年后，父亲离开了我们，与当年的发小一道，长眠在那座小山上。轮到我领着儿子去到这名叫小秦岭的小山上给父亲等长辈磕头祭拜时，偶尔有人路过，默默地朝我们看上几眼，既没有人问我是谁，也没有人问儿子是谁。那三两个熟识的称我为哥哥的人，有时候能见着，有时候见不着，但在这土地上走上半小时到两小时，内心总有一种无比的满足，与刚来时的那种空荡荡完全不一样。离开的时候，只是鞋底沾上一层泥土，长裤的膝部横陈几根杂草，还有不管有没有用，合适不合适，自己总要在那小卖部或者必须路过的马槽庙镇上买一两样东西，放进后备厢里，这才真正踏踏实实地将汽车开上驶向武汉的高速公路。在那样的原野上，偶尔遇上一堆牛粪，也会情不自禁地肃然起敬。还有那先哲一样的大树，智者一样的岩石，独醒者一样的犬吠，恍然大悟一样的牛嗥，只要稍微把握一下心境，这些便立即变得就像群贤毕集，就能体会这样的原野正如十室容贤。

二〇一一年秋天在国家大剧院领第八届茅盾文学奖时，曾经说过一句话：再伟大的男人回到家乡也是孙子。顺着这句话，后来又说，越是美丽的女子回到家乡越是娇羞。男人回到家乡的这些感觉，也是伴随着害羞二字而出现。第一次，随父亲站在小秦岭上，还没回过神来，父亲就朝着面前一堆黄土，扑倒下去，山呼海啸地趴在地面，待起身时早已是泪流满面。父亲一手擦着眼窝，一手指着地面，我也慌里慌张学着样，趴在地上结结实实地磕了三个响头。做完这些事，自己竟然像个做错事的孩子，害羞地站在一旁低着头不敢吱声。也是那一次，在一条小路旁，突然听见有人高声叫着父亲的小名，也就是词典所指的乳名，就像无意地窥见别人那藏得很深的秘密，心有愧疚又无法对人家说，只能独自臊眉耷眼，面红耳赤。

直到现在，都一把年纪了，只要回到那片原野，害羞的滋味便油然而生。害羞的意义是一种身不由已的爱，就像一个男人在一个女人面前莫明其妙地表现出害羞。如果是爱情，拥有一个在自己面前常常害羞的男人，是女人一生的幸运。回到原野上的害羞不是滥情，也非极欲，而是太深的爱。爱到只能默默相对，哪怕多出一点动静也是打扰。

原野所在，遍地温情。我在黄州城内上班的那几年，母亲身体不好，特别害怕坐车，没办法来黄州。再后来父亲去世，母亲的身体反而康健起来。这时候我已来到武汉。依着母亲的心愿，那一年我开上车，载着母亲到黄州故地走了一圈。在离东坡赤壁很近的一处房子前，母亲徘徊了好一阵，一直无法确认，自己到底是在哪一栋楼里生下了我。问了好多人，都说不清楚，差不多五十多年过去了，当年的旧城早就不复存在，偶尔有没被拆除的老房子，大都藏在某个高楼的角落里，不是特别熟悉的人轻易找不着。

生身之地那恩情本来就很厚了，找不着旧时房子也是无所谓的。况且黄州对我真是不薄。我离开黄州来到武汉的那年，由于特殊原因，一批早期习作手稿惨遭弃失，其中包括第一次试笔小说的那篇文字。十几年来，这事一直令我伤心不已，以为那些手稿早被当成废纸，要么成了人家的生煤炉子的引火柴，幸运一点的也是回到造纸厂再生成一些白纸。我的人生童年颠沛流离，文学生涯的前期竟也一波三折。二〇一一年元旦过后，我在汤逊湖边的一处房子装修完毕，有朋友代请了刻工，在门口的一块石头上雕刻两个字。过程中，陪同刻工的一位小伙子，总像是有话要对我说。那天下午，小伙子终于开口了，说自己手里有我的手稿。追问之下，他说了手稿的名字。我在惊讶中等了一天，小伙子再来时，拿出来的手稿令我又惊又喜，因为这手稿正是被弃失的手稿中的一篇。后来才知道，当初那些被弃失的手稿，到了一处废品回收站，开回收站的人是小伙子的朋友，无意之中发现被拾荒者得到的这些废纸与众不同。接下来的事就是不幸中之万幸了，那些手稿被黄州本地一群爱好书香的人各自收藏起来，完好无损地保存至今。

贤良方正四个字，或者说贤良方正这个词，是爷爷说出来的。

后来我才明白，爷爷说这四个字和这个词，简直就是希望对方会意而充满暗示地抛过来的一个飞眼。如此飞眼的意义，比同属暗示的一声咳嗽要深情许多。在纷乱之中，万事都没有头绪，心性也无所归属，有那样一个飞眼抛过来，尽管自己还不知道为什么，也不明白接下来是对还是错，就开始将自己后来的所作所为毫无保留地交付那飞眼。

爷爷不是有意与我说，我也不是有意去听，而是爷爷在与别人挖古说闲话时，不经意冒出来的，我也是不经意听了进去的。起初只是觉得这种说法很不一般，直到自己长大了，有一次爷爷显然是有意对我说，黄冈人当不了奸臣，自古至今黄冈一带从没有出过奸臣。如果挑剔，爷爷这话是有问题的，其中当奸臣也要有资格的意思。我当然不会如此去想，因为爷爷早就告诉过我，他那个时代的黄冈人，日子过得再艰难，也要让孩子跟着教学先生上一阵子私塾。以爷爷的身份与模样，我宁肯相信，在文化上，黄冈大地不曾有过对任何一个孩子的刻薄。

贤良方正的黄州一带，确与众不同。从古至今，贤身贵体的君子出了许多，却不曾有过十恶不赦的大坏蛋。从杜牧到王禹偁再到苏轼，浩然硕贤总是要以某种简单明了的方式流传。

比如几如圣迹的东坡赤壁，那二赋堂边有一座不伦不类的石塔。地方志载得很清楚，清朝年间，黄州城内某家族出了一位失节女子，被施以族规之后族人仍不解恨，还在坟头上建起一座简陋石塔，以镇其妖。一九八〇年代，作为苏轼研究者的丁永淮先生，新编了一个故事，让那石塔有了新说：苏东坡在黄州四年，大兴贤路，以五水蛮而闻名的黄州大地，变得倚重斯文。由安国寺的和尚带头，在二赋堂边建了一座焚纸塔，每天早上起来扫大街，见到有文字的纸片，一一捡起来，集中送到焚纸塔中焚毁。此话一经出口就变得像是千真万确，黄州人全都奉行此说，有知情者再提旧时旧事真相时，反会遭人痛斥为胡说八道。

比如我上高中时，隔壁班上的那位语文老师。老师在一九四九年以前教过两年私塾，这点秘密学生们全知道，但语文老师更加闻名的是他永远也说不正确一句话，并且这句是那个时侯断断不能犯错的。当年的高中语文课本中有一课是讲《国际歌》的作者欧仁·鲍狄埃。语文老师真是个老学究，那句“英特纳雄耐尔”，只要他开口读，哪怕读一百遍，打头的“英特纳雄耐尔”也会变成“英特纳雄耐吾尔”。语文老师每每想自我纠正，但凡回过头来重读，充其量只会读成“英特纳雄吾耐尔”。在老师的叙事中，吾与尔，这一句中是断断少不了谁和谁的。那个年代，如此无心之错，轻易就会放大成政治之罪。语文老师却没有因此中招，这不能说是与一众气质的不同有关。

吾与尔是一对天生的字词，没有吾哪有尔，没有尔哪有吾。以黄州为中心的原野传说甚多，传承甚广，最重要的还是这些有如乡贤的品格。会害羞的成年男人，也是由于心中多一些质朴贤明、丁永淮先生和他的那些信奉者，还有藏起我的本当是铁定成为废纸的手稿的年轻人，看上去相去甚远，内在的精髓是一脉相传。

还要说说这一年来，自己所面对的疼痛。首先是腱鞘炎，开始写《黄冈秘卷》，只是右手大拇指疼痛，随后左手大拇指也闹将起来，有一阵子，每天晚上都会被疼痛惊醒。差不多一年时间里，我尝试着换了四种护具，从夸张的微小钢板，到时尚如装饰品的拇指套全有。自我按摩用的扶他林软膏一次十支或者二十支地买，前后用了近百支。《黄冈秘卷》脱稿后三个月，双手腱鞘炎才明显好转起来。

另外还有一种疼痛。我一向坚持使用的一个字，在别的作品中恐怕不被注意，自己不曾严肃认真地做过解释。面对《黄冈秘卷》

却不能不说。从开头到结尾，文中用了许多次的地名“刘家大塆”和“林家大塆”。这“塆”字，在六十年代以前，本来普遍用的是“垸”字。“文革”时，将很多美妙的汉字，用简化的名义胡乱写。后来拨乱反正，将乱写的汉字又重新改回来，“垸”字本不在拨乱之列，却也被反正为“湾”字，完全丢掉了山沟里的风韵。再后来，一些有心的读书人，找出“塆”字，用来替代风马牛不相及的“湾”字。也怪这“垸”字有其先天不足，查遍任何字典，都说是与“院”字同音。事实上却不是，在做地名时，它应当与“湾”“塆”同音。这也就注定了“垸”在地名中的地位日渐式微。在我的写作生涯中，但凡写到如此地名时，一直用“垸”，从未用过“湾”或者“塆”。这一次，我咬牙切齿地让自己在最后一刻，将出版社都在二校了还在用的“垸”，改为“塆”。将我所熟悉的“刘家大垸”和“林家大垸”改为让自己将信将疑的“刘家大塆”和“林家大塆”。不能不承认，从“垸”到“塆”，这是一种趋势，这是从万有引力到量子纠缠的不同认知所教导的。那些纵横在原野上的各式各样的路标上，再难见到“垸”字的踪迹，取而代之的不是“湾”，就是“塆”。听孩子们不得不读到“垸”字时，用字正腔圆的普通话发出“院”字音，真不如尽快改为“塆”，起码“塆”是单指山沟里的村落，而“湾”与人们休养生息的村落相去甚远，更多指江水河水湖水海水的拐弯处。这样的细枝末节，也体现出以黄州为中心的原野上的一种品格，可以低头，可以弯腰，决不下跪求饶。

二〇一六年夏天，就曾受邀写《黄州安国寺重修记》，写完《黄冈秘卷》后的这个春节，自己终于也将这笔文债了了，还一鼓作气写成书法。其中有这样一些句子：“山山水水，造物浅近。善善恶恶，造化深远。”“读书人传承文脉，师即是徒，徒即是师。修行者空门涅槃，先也是后，后也是先。”“春野秋山，必留圣贤风范。既敢独对时世无妄，就足以邀命运同欢。”文章中还提到安国寺前的青云塔，又称文峰塔，明万历二年建成后，此地文气骤然增加，明清两朝，各中进士二百七十六和三百三十五员。凡事太巧，必有蹊跷，不是天赐，就是阴谋。在以黄州为中心的这里，在天南地北的原野上，从来不屑于阴谋。一切际遇，从不仰仗天赐，偏偏一切，都是躲也躲不脱，推也推不掉的天赐。

132

写书法几年，慢慢地小有名气。来索字的人无一例外地会问，我从哪一年开始练书法的。这实在是一个不好开口说实话的问题。在我们家，有一把小木椅，是我幼小时候，家里添置的。当时有两把一模一样的，我和姐姐一人一把。姐姐的那一把，后来用废了，也就扔掉了。剩下来这一把为什么会认定是我的，是因为椅板反面有毛笔写的三个字：刘醒龙。那还是我亲手写的，写这三个字，也是由于那时小学有大字课的缘故。上完课回家，就着毛笔和墨汁，淘气一样信手写在椅子上，想不到成了我小时候练过书法的物证。其实，那时候我最不喜欢大字课，不是因为墨黑弄脏了手，而是耐不住老师所要求的缓慢运笔，不许潦草塞责。往往一堂课写下来，两页作业本上的字，只有少数几个会被老师用红笔划上钩钩。

二〇一二年元月十八号，因为要过春节了，大家说好聚一下。之前，一向相处时只叫汉桥的那位，亲手替我备好笔墨纸砚，要我写几幅字现场相赠。汉桥姓陈，是团风同乡，以武汉市委宣传部副部长兼任市文联党组书记，是我非常敬重的地地道道的顶头上司。也是由于敬重到了一种境界，才直呼其名。真到相聚时，汉桥见我什么也没带，免不了有些失望。汉桥于我其实更是朋友，他那样子让我心生不忍，聚会之后，回到家中，才真的拿起毛笔，在宣纸上写下第一个字，自此一发不可收。

书法之事，最欣赏的只有苏东坡啊！现在的人嘴里说书法艺术，实际上是将书法当成一门写毛笔字的技术。办个展时，我用“笔记书法展”为名，就是告诉别人，书法作品中的文章句子全是自己创作的。展览期间，不少人拿着笔，悄悄抄录我的那些句子。没有文章就没有文气，文气只存于文章中。只是用别人的文章句子，字写得再好，也谈不上才华。

一些书法家，恨不得天下原本就是先有书法，后有文章。书画界有个词叫泼墨，如果不趁早重新将书法与文章合为一体，到头真的就成了没有艺术的泼墨了。苏东坡的书法，有草书的锋利，行书的率性，楷书的格律，隶书的宽厚，这些东西不是书法本身所能给予的，一定要到泼墨运笔等技法之外去获得。真的将书法当成一门艺术，就同文学殊途同归了。文学修养积累从来不会来自文本，仅靠一支毛笔，一方砚台，一张宣纸和一汪墨水，再怎么练也只是个变着法子抄录文字的写字匠。

关于书法，我写过一篇短文，作为二〇一六年四月个人书法展的序言：

天下艺术依墨黑之色而登峰造极者，除去汉字书法未见第二例。

对于汉字书法，常说得幸天造地设般配了宣纸和毛笔，果然历经浸春蒸捞晒的清高贤纸，必尊盈绌皆雅风尚，容不下狂欢者天花乱坠。更有纤纤一管，分明无筋无骨，挥洒之间才见云卷云舒，又闻天雷滚滚。最最神奇的还是习惯表现负面情绪、渲染负面元素的墨黑之色，一旦入主汉字书法，在他处美轮美奂的赤橙黄绿种种艳丽，就只能与浅俗为伍。

世间以黑闻名之物多多，唯有墨黑凭着书法独上高峰。反过来，书法也得了雄俊醇厚风骨。黑之色泽看似寻常物什，却非等闲之之，正如心性五欲，力道过了肯定自损元气，念想太多势必露出一歪一瘸马脚。朴素之心最难得，唯一丝不多丁点不少，或人或事才能契合千年万载的贤学，成就春秋功德。

没有黑色就没有汉字书法，离开汉字书法的黑色也无独领风骚之日。天下人色种种，以美艳性感而论，谁也比不上原始非洲者。由此恍然觉悟，汉字书法的关键是为大美。简要说来，就是墨黑之色与生俱来的忧郁之魂。好笔舒心，好纸识人，好墨修行！

这些话，是我对书法艺术自信的表现。按理说，书法在全世界是独一无二的，不存在文化自信的问题，但在一些书法家的潜意识中，有没有某种自信的缺乏？在我看来多多少少有一点。书法明明是作为汉字艺术的登峰造极，一旦变得汉字不像汉字，横竖撇捺等基本笔画变成了雾里看花，很有诗意的句子非要让人越看越糊涂，还硬要强词夺理说成是对章法的发展，这种所谓的创新，其实就是书法功力不足的另一种表现。一个热爱汉字，懂得汉字，了解每一个汉字都有博大精深来源的书法家，断断不会故意将字写得一塌糊涂，一定会首先想到如何在不让人认错字的基础上，再用书法艺术表现汉字的美轮美奂。我写书法时间不长，实际上，我是一直称自己为写字。若论写字，我写的时间就很长了。也是由于写小说时，必须斟词酌句，从数不清的可用的字句中，选择自己认为最有表现力的。所以，我对自己所写的每一个字都怀有足分的感情。因为有感情，就会有自信心，就会在下笔时，认真善待，不让写成歪瓜裂枣，而要写得贤良方正，才觉得对得住自己，也对得起别人。

作为小说家，写小说时不会没有自信心，也一定很有感觉。但是，轮到小说家写书法，而且时间不长，能写到现在这种样子，得益于必不可少的自信心。小说家写书法，只有将小说写作过程的感觉，正确移植到书法中，才能获得卓有成效的自信。

133

文学艺术原理是相通的。就像有的人，说起自己是在网上写作的，那劲头简直如同已经把握未来。互联网是互联网，文学是文学，不早些认清这个简单的事实，硬要将互联网与文学混为一谈，最终不仅会被文学所抛弃，还会被互联网所抛弃。

没有经典的传承，就不会有灿烂的现实与光辉的未来。

无土栽培技术无论如何完善，也只能种些豆芽菜之类的细微草本，无法获得参天大树，以及我们所需要的茂密而环保的森林。这类出产，不要说用岁月的风霜来检验，就连温室外小小的温差就会使其陷入灭顶之灾。那种无法在命运起落沉浮中，发出历史慨叹和时代强音的作品，不需要生活长河，亦不需要太多的政治颠簸，甚至不需要他人的评说，便会像稻草人那样，自动地暴露出面无血色的苍白。如猪尿泡打人那样的虚张声势，不可能成为文学的正途。

文学是一种源远流长的事业，是一个人用生命作为抵押。

无论是得意还是失意，都要不断作出锻造自身气节的选择。

想要获得大历史的灵魂感召，就要先去寻找社会体系里细小的思想缝隙。想要获得大时代的灵感启迪，只能先去生活空间体察微不足道的民生民情。

134

按照习惯的说法，里程碑是从零公里开始计算，每一公里就标示一个。一九九八年夏天第一次到西藏，在日喀则城外的公路边见到一块里程碑，上面铭刻的数字表明，从上海到此地共有三千一百二十八公里。也就是说，沿途共有三千一百二十八个里程碑。作家将一部作品写完了，也就等于竖起一个里程碑，成为这个阶段的标志物。用里程碑作为形容词很有趣，一边写作，一边前进，来的路可以摸得着，回去的路能够看得见。若是论起作用来，日常生活中对里程碑的理解可能夸大了一些，好像只适合对应某些大事件。实际应用起来，并没有那么夸张。比如日历，人做没做什么，这一天都会翻过去。里程碑的意义在于，告诉一个人他在这条路上走过多远了，如果停下来不动了，就不会再有里程碑出现。

后来，又有两次机会到日喀则，在我心里，还记得那块竖在一棵大柳树下的里程碑，不过我没有痴迷到非要找到那棵大柳树，看看那块里程碑，照相留念。这种发自内心的纪念，提醒了我，作家也需要找机会回顾一下，看看自己用文字创造的那个里程碑，是不是还在原来的地方，有没有显出新的意味？

短篇小说抓住一个灵感，抓住一个人物，抓住一个细节就可以。长篇不行，得有层出不穷的灵感，一批成熟的人物，一批鲜活的细节。在厚度，广度，深度上必须有更充分的东西，仅仅靠幽默，仅仅靠俏皮，仅仅靠抒情，都是不够的，必须是这几个方面的成熟结合和建构，才能写出一部出色的长篇小说。长篇小说的写作，有一个漫长的过程，不算心里琢磨的那些年月，仅仅从有了写作欲望到开始动手写，正常跨度和时间至少在五年以上。如此看来，在文学这条路上，一个个短篇小说的完成更像是一个个里程碑，长篇小说应当是长途跋涉过程中难得一见的车站。

一个背着背包的独行客，终归要到达某个车站，一个普普通通的人，依赖日积月累，也是为了能在学养上达成阶段性成果，或者说是理想中的目的地。在二〇〇〇年以后创作出版的长篇小说《天行者》《圣天门口》《蟠虺》《黄冈秘卷》中，可以言说的东西很多，从抒情的角度来判断，《天行者》要浪漫一些。是对自己青春时代的和盘托出。那些在心里放了很长时间的东西，终于写出来了，这才发现，一个人的心灵之痛，也是一个民族的精神之痛，一个人的精神荣耀，更是一个民族的光明未来。从难度来说，当然是《圣天门口》，具体来看，这样的写作俨然是自己几十年人文积蓄的集中爆发，往深处看，也是一个时代人文元素重新聚合。从个人心理情绪，到身体机能，再到生活环境，各方面不谋而合地共同做了充沛饱满准备。正确的写作必须仰仗多方面的保证，保证越靠谱，走得就越来越远，发掘越来越广。轮到写《蟠虺》，求实求真的心态在起着主导作用。二十年时光，就这样在《天行者》《圣天门口》《蟠虺》之间交替流逝。如此一场漫长的旅行，该经历的都经历了，到最后，也是最高境界，还是刀枪不入、水火不避和宠辱不惊的超然。新作《黄冈秘卷》似乎在往这方面靠拢了。

人在某一行当中做久了，就会像俗话所说的，变成精怪了！

文学这一行，精明的人反而成不了精，笨到不懂得回头的人想不成精也难。

小时候去大山中砍柴，路过的那棵大樟树就是最好的例证。大樟树孤零零巨大的样子，几十里不见第二棵相同的，说它是超然肯定没错。仔细看来，仔细想来，从一颗种子落地生根开始，它就没有挪动地方。春夏秋冬四季在变，东西南北风向在变，冰火旱涝在变，它那绿色叶片一直不变。由此来看，所谓超然，也可以就是自然。

文学创作也是如此，超然本性就是自然，自然到头定是超然。一九八四年发表的小说处女作《黑蝴蝶，黑蝴蝶……》中，通过作品中人说，机遇是少数人才能享受的奢侈品。一九九四年出版的第一部长篇小说《威风凛凛》，开头就讲了一个分明是牧师犯错，想惩罚牧师的上帝，却失手用雷电劈头盖脸地打中纯洁无辜的修女的小故事。二〇〇五年出版的《圣天门口》和二〇一四年出版的《蟠虺》，三十年中，每部作品差不多都是相隔十年，一方面是个体文学人生的不断积累，另一方面是自己对自己的醍醐灌顶。

可以说，小说是写给自己的赦书！

还可以说，小说是写给自己的诏书！

与诗歌和散文不同，诗歌和散文可以将自身彻底虚化，全部文字也跟着虚化得与写作主体相去甚远。也与戏剧和电影不同，戏剧和电影要求有强烈的戏剧性，处处必不可少的表演性让创作主体变成了局外人。这些在经典小说中是无法做到的，经典小说的各种要素，从人性到人文，从家长里短中的贤良方正，到历史命运中的春秋大义，稍有做作就会被人看出破绽，贻笑大方。这种全方位的文学性求证，迫使作者本人，不得不使出浑身解数，情不自禁地将自己的本真泄露在小说文本中。在作品中，一个坏人如何慢慢地变得不那么坏，一个好人如何做出不那么好的事，还有如何让读者读得泪流满面，如何让读者读过后掩卷长思，这些都需要作家本人通过自己的信仰，自己的理想，自身的价值判断，自身的心理健康程度，形成一套只能属于个人的极具个性的完整的经验和理论体系，只有这种体系，才能保证个人写作的与众不同。偏偏就是这样的个性，这样的与众不同，在造就一部作品的同时，也将作品背后的人心与人品暴露无遗。

在别人的教科书里，成语二桃杀三士是在传播一种邪恶的权术与阴谋。我从这本书里，读到的是三位勇士身上顶天立地的浩然正气。在别人的教科书里，“不可半渡击之”是在嘲讽食古不化的愚蠢腐笨。我从这本书里，读出了人对信义忠良的神圣捍卫，宁可置一时成败于不顾，也不可以因苟且而小人。这些想法，也是我在《圣天门口》中完成并读出来的。

在心里和文章里，读得最多，使用最多的有三句话。第一句出自《圣天门口》：用人的眼光去看，满世界全是人；用畜生的眼光去看，满世界全是畜生。第二句也是出自《圣天门口》，但这话来自日常生活中的口口相传：如果被一只疯狗咬了，难道还要反咬它一口吗？第三句是《蟠虺》中的：识时务者为俊杰，不识时务者为圣贤。

小说还没有问世，自己就已经相信了。

只有自己相信，才有可能让别人相信。

换言之，小说的本意是让别人读的，让别人读后照着去感怀和思索的。

本来像是诏书一样的文字，真正对照检验的对象，首当其冲的是写作者，以及作为第一读者的作家本人。就算当成敕书，也是通过领悟文学，回过头来点化自己。李清照用诗感叹，山盟虽在，锦书难托。作家与自我之间，也有山盟海誓之约。任何一部作品，都是作家写给自己的锦书，相送相托，都在方寸内里。除非人格分裂，才会无法托寄。相比诏书和敕书，小说更适合做自己写给自己的锦书。

所以，闲来无事，我会不时地翻一翻自己的旧作，与自己创作的那些人物隔空相望。在本质上，这种隔空相望，正是与另一个自己相爱相杀，互为表里。

2018 年 10 月 24 日定稿于斯泰苑

附录　刘醒龙著作年表

1992 年	
《浴血平原》	湖北人民出版社 1992 年版
《异香》	长江文艺出版社 1992 年版
1993 年	
《凤凰琴》	中国青年出版社 1993 年版
《村支书》（英文版）	《中国文学》季刊（北京）1993 年第二期
1994 年	
《威风凛凛》	作家出版社 1994 年版
《恩重如山》	中国文学出版社 1994 年版
《秋风醉了——跨世纪文丛》	长江文艺出版社 1994 年版
《村支书》《凤凰琴》（法文版）	中国文学出版社（北京）1994 年版
《暮时课诵》（日文版）	《中国现代小说》（东京）1994 年冬季号

1995 年

《至爱无情》　　群众出版社 1995 年版

《凤凰琴》（英文版）　　《中国文学》季刊（北京）1995 年第一期

1996 年

《生命是劳动与仁慈》（《燕子红》）　　人民文学出版社 1996 年版

《刘醒龙文集——无树菩提》　　群众出版社 1996 年版

《刘醒龙文集——荒野随风》　　群众出版社 1996 年版

《刘醒龙文集——乡村弹唱》　　群众出版社 1996 年版

《刘醒龙文集——疼痛温柔》　　群众出版社 1996 年版

1997 年

《寂寞歌唱》　　百花文艺出版社 1997 年版

《往事温柔》　　漓江出版社 1997 年版

《凤凰琴》中国青少年发展基金会希望文库丛书（非卖品）1997 年版

1998 年

《爱到永远》（《一棵树的爱情史》）　　江苏文艺出版社 1998 年版

《黄昏放牛》　　北京出版社 1998 年版

《冒牌城市》（法文版）　　中国蓝出版社（巴黎）1998 年版

《白菜萝卜》（法文版）　　中国蓝出版社（巴黎）1998 年版

1999 年

《市府警卫》　　群众出版社 1999 年版

《刘醒龙——中国当代作家选集丛书》　人民文学出版社 1999 年版

2001 年

《痛失》（《政治课》）　　长江文艺出版社 2001 年版

《大树还小——中国经典乡土小说六家》解放军文艺出版社 2001 年版

2002 年

《弥天》 上海文艺出版社 2002 年版

2003 年

《刘醒龙小说选——城市眼影》 群众出版社 2003 年版

《刘醒龙小说选——我们香港见》 群众出版社 2003 年版

2004 年

《挑担茶叶上北京》（法文版） 中国蓝出版社（巴黎）2004 年版

2005 年

《圣天门口》（三卷本） 人民文学出版社 2005 年版

2006 年

《圣天门口》（两卷本）（修订本） 人民文学出版社 2006 年版

《凤凰琴》 武汉出版社 2006 年版

《菩提醉了——文学中坚丛书》 文汇出版社 2006 年版

《刘醒龙小说——鲁迅文学奖获奖作家丛书》中国社会出版社 2006 年版

《冒牌城市》（法文版） 中国蓝出版社（巴黎）2006 年版

2007 年

《圣天门口》（三卷本） 人民文学出版社 2007 年版

《女儿是父亲前世栽下的玫瑰》 中国青年出版社 2007 年版

2008 年

《跨世纪文丛精选本——刘醒龙卷》长江文艺出版社 2008 年版

《刘醒龙自选集》 海南出版社 2008 年版

2009 年

《天行者》 人民文学出版社 2009 年版

《威风凛凛》	作家出版社 2009 年版
《圣天门口》（两卷本）	人民文学出版社 2009 年版
《一滴水有多深》	作家出版社 2009 年版

《凤凰琴》（韩文版，《吉祥如意》合集）民音出版社（首尔）2009 年版

2010 年

《政治课》	湖南文艺出版社 2010 年版

2011 年

《威风凛凛》（绘图版）	工人出版社 2011 年版
《寂寞如重金属》	北京十月文艺出版社 2011 年版
《人是一种易碎品》	地震出版社 2011 年版
《圣天门口》（节选，英文版）	《人民文学》（英文版）2011 年第一期

2012 年

《刘醒龙中短篇小说自选集》	新世界出版社 2012 年版
《凤凰琴》（英文版）	长河出版社（旧金山）2012 年版
《刘醒龙散文自选集》	新世界出版社 2012 年版

2013 年

《燕子红》	重庆出版社 2013 年版
《一棵树爱情史》	北京十月文艺出版社 2013 年版
《天行者》	人民文学出版社 2013 年版
《天行者》	人民文学出版社 2013 年版
《大树还小》	人民文学出版社 2013 年版
《暮时课诵》	江苏文艺出版社 2013 年版
《刘醒龙小说精选》（维吾尔文版）	新疆人民出版社 2013 年版

《挑担茶叶上北京》（维吾尔文版）	新疆人民出版社 2013 年版

2014 年

《天行者》	上海文艺出版社 2014 年版
《一棵树爱情史》	上海文艺出版社 2014 年版
《威风凛凛》	上海文艺出版社 2014 年版
《弥天》	上海文艺出版社 2014 年版
《往事温柔》	上海文艺出版社 2014 年版
《燕子红》	上海文艺出版社 2014 年版
《圣天门口》（三卷本）	上海文艺出版社 2014 年版
《蟠虺》	上海文艺出版社 2014 年版
《刘醒龙》	中国青年出版社 2014 年版
《刘醒龙卷》	长江文艺出版社 2014 年版
《菩提醉了》	安徽文艺出版社 2014 年版
《一滴水有多深》	地震出版社 2014 年版

2015 年

《凤凰琴》	长江少儿出版社 2015 年版
《抱着父亲回故乡》	重庆出版社 2015 年版

2016 年

《赤壁》	文化发展出版社 2016 年版
《我的山河我的家》	贵州人民出版社 2016 年出版
《小路，才是用来回家的》	百花洲出版社联合 2016 年版
《我有南海四千里》	北方联合出版传媒（集团）股份有限公司、万卷出版公司 2016 年版
《刘醒龙墨迹》	中国青年出版社 2016 年出版

《刘醒龙笔记书法展作品集》 湖北美术出版社 2016 年出版

2017 年

《上上长江》 作家出版社 2017 年版

《刘醒龙自选集》 天地出版社 2017 年版

《天行者》（英文版） 英国欧若拉出版社 2017 年版

《天行者》（英文版） 中国中译出版社 2017 年版

2018 年

《黄冈秘卷》 湖南文艺出版社 2018 年版

《刘醒龙中短篇小说典藏》 神曲（北京）文化发展有限公司 2018 年版

《凤凰琴》 湖南文艺出版社 2018 年版

《凤凰琴》 河南文艺出版社 2018 年版

被改编作品

电影

《凤凰琴》改编为电影《凤凰琴》，潇湘电影制片厂、天津电影制片厂联合摄制

获 1993 年中国电影政府奖（华表奖）最佳故事片、最佳男演员、最佳编剧奖

获 1993 年第三届全国精神文明建设“五个一工程”奖

获 1994 年中国电影金鸡奖最佳故事片奖、最佳男演员奖、最佳导演奖

获 1994 年电影百花奖最佳故事片奖、最佳导演奖、最佳男主角奖，及其他奖项

《秋风醉了》改编为电影《背靠背脸对脸》，西安电影制片厂摄制

获 1995 年中国电影金鸡奖最佳合拍片奖

获 1995 年东京电影节最佳男演员奖

获 1995 年第五届上海影评人十佳影片奖

获 1995 年第十四届香港电影金像奖十大华语片

电视剧

《凤凰琴》改编为四集电视剧《凤凰琴》，河南省电影制片厂、中央电视台影视部合拍，获 1994 年中国电视剧“飞天奖”二等奖

《黄昏放牛》改编为六集电视剧《黄昏放牛》，太原电视台、中央电视台影视部合拍，获 1996 年中国电视剧“飞天奖”三等奖

《农民作家》改编为上下集电视剧《戏》，太原有线电视台、中央电视台影剧部合拍，获 1997 年中国电视剧“飞天奖”二等奖

《分享艰难》改编为十集电视剧《小镇》，中央电视台影视剧部、长春电视剧制作中心合拍

《生命是劳动与仁慈》改编为十集电视剧《劳动的人民在歌唱》，中央电视台影视剧部、太原电视台合拍

《圣天门口》改编为四十八集电视剧《圣天门口》，华谊兄弟影视公司拍摄

舞剧

《爱到永远》（再版改名《一棵树的爱情史》）改编为大型舞剧《山水谣》，武汉歌舞剧院演出，获文化部戏剧文华奖

获文学艺术奖

《凤凰琴》	获第三届《青年文学》奖（1989—1992）
	获第五届《小说月报》百花奖（1991—1992）
	获第三届湖北省屈原文艺奖（1995）
《暮时课诵》	获第六届《上海文学》奖（1992—1993）
《白菜萝卜》	获第六届《小说月报》百花奖（1993—1994）
《凤凰琴》	获中国电影政府奖最佳编剧奖（1993）
	获中国电影金鸡奖最佳编剧奖（1994）
《去年》	获《人民文学》纪念创刊 45 周年小说新人奖（1994）
《菩提醉了》	获第七届《上海文学》奖（1994—1995）
	获第三届上海市长中篇小说奖（1994—1995）
《分享艰难》	获第七届《小说月报》百花奖（1995—1996）
《挑担茶叶上北京》	获第一届鲁迅文学奖优秀中篇小说奖（1995—1996）

《分享艰难》	获第四届上海市长中篇小说奖（1996—1997）
	获第八届《上海文学》奖（1995—1997）
	获《中华文学选刊》优秀中篇小说奖（1996—1997）
	获《中篇小说选刊》优秀中篇小说奖（1996—1997）
	获1997年度全国中篇小说十佳奖（1997）
《威风凛凛》	获1997年度全国长篇小说十佳奖（1997）
	获中华侦探小说学会第二届优秀侦探小说奖（2000—2001）
《历史的埋伏》	获中华侦探小说学会五十年二十部侦探小说佳作奖（1999）
《圣天门口》	获第二届中国小说学会奖长篇小说大奖（2003—2005）
	获首届世界华文长篇小说红楼梦奖决审团奖（香港）（2004—2005）
	获首届中国当代文学学院奖（2006—2008）
《天行者》	获第十一届全国精神文明建设“五个一工程”奖（2009）

	获第二届中国出版政府奖提名奖（2010）
	获第八届茅盾文学奖（2007—2010）
	获《十月》杂志创刊35周年最具影响力作品奖
《抱着父亲回故乡》	获第五届“在场主义散文奖”
	获第七届老舍散文奖
《蟠虺》	获第九届中国书业“年度图书奖”
	获《人民文学》2014年度优秀长篇小说奖
	获第六届中国图书势力榜2014年度十大好书
	获2014年度中国小说学会长篇小说排行榜第一名
	获2013—2014武汉市文化艺术奖

第二届湖北省文艺明星奖（1993）

第七届中华文学基金会庄重文文学奖（1995）

第四届武汉市黄鹤文艺奖（市长奖）（1996）

第一届武汉市优秀文艺家奖（2000）

第一届青年文学创作成就奖（1990—2004）

武汉市人民政府文学艺术贡献特别奖（2011）

湖北省人民政府文学艺术贡献特别奖（2011）

湖北省杰出人才奖（2014）

武汉市黄鹤英才奖（2014）

文学回忆录书系

策划 肖风华

主编 陈思和

执行主编 向继东

统筹 段洁 李欣

刘心武文学回忆录	刘心武 著
蒋子龙文学回忆录	蒋子龙 著
张炜文学回忆录	张 炜 著
王跃文文学回忆录	王跃文 著
残雪文学回忆录	残 雪 著
张抗抗文学回忆录	张抗抗 著
叶辛文学回忆录	叶 辛 著
刘醒龙文学回忆录	刘醒龙 著
宗璞文学回忆录	宗 璞 著
陈忠实文学回忆录	陈忠实 著
* 梁晓声文学回忆录	梁晓声 著
* 王蒙文学回忆录	王 蒙 著
* 冯骥才文学回忆录	冯骥才 著

* 待出